Les Gardiens de Légendes

Tome 1

L'Envol du dragon rouge

Martin Rouillard

L'ENVOL DU DRAGON ROUGE
Les Gardiens de légendes, Tome 1

Dépôt Légal: mars 2012
Bibliothèque nationale du Canada
Bibliothèque nationale du Québec

ISBN : 978-1-926463-15-5

REMERCIEMENTS

Je voudrais remercier Keith Miller (www.millerworlds.com) pour la révision et la correction de l'édition anglaise de ce livre. Je voudrais également remercier Jocelyn Rouillard, Geneviève Laurier et Ginette Bédard pour leur aide dans la correction de l'édition française de ce livre. La couverture est une peinture de Danny O'Leary (www.dannyoleary.com). Finalement, je voudrais remercier ma famille et mes amis pour leur support et leur patience.

Pour obtenir plus de détails sur la série Les Gardiens de

Légendes ou sur l'auteur:

www.martinrouillard.com

1

La pièce était plongée dans l'obscurité et le silence, telle une chambre secrète à l'extérieur du temps, oubliée des hommes et des dieux. Un rayon de lumière poussiéreux dessinait une mince bande éclatante sur le vieux parquet de bois, et constituait l'unique indice de la présence d'un monde externe.

Un garçon prenait place dans un coin sombre de la pièce. Le silence qui l'entourait était léger à ses oreilles, mais lourd sur son esprit. Chaque seconde s'étirait pour devenir une éternité, tandis que le garçon attendait patiemment la suite des événements.

Devant lui se trouvait une table, sur laquelle reposaient les restes d'un repas. Des assiettes à demi pleines et des verres à moitié vides, des ustensiles polis et des serviettes immaculées. Le garçon baissa le regard vers son repas inachevé, ramassa sa fourchette en argent et tourna l'ustensile au milieu des pommes de terre en purée, sans but précis. Il leva les yeux vers le mur à sa droite, derrière lequel avaient disparu ceux qui étaient assis à la table, un peu plus tôt.

Le garçon ralentit sa respiration jusqu'à un soupir inaudible, puis il tendit l'oreille et perçut de nouveau les voix des gens derrière la cloison. D'une certaine façon, les entendre comploter ainsi était pire que le silence, car il se doutait qu'il n'était pas censé savoir qu'ils préparaient quelque chose. Il n'aurait pas dû être en mesure de deviner leurs plans, mais c'était trop tard maintenant, car il percevait leurs murmures, tandis qu'ils conspiraient pour le surprendre. Le garçon souhaitait qu'ils changent d'idée, qu'ils reviennent s'asseoir à table comme si de rien n'était, mais il doutait qu'il en soit ainsi. Il avait vécu ce moment plusieurs fois déjà.

Les chuchotements s'arrêtèrent, et la pièce sombra de nouveau dans le silence absolu. Quelques secondes plus tard, une lueur apparut sur le sol, franchissant timidement le coin du mur et dansant sur les lattes de bois, une auréole chaleureuse où se mêlaient des teintes jaunes et rouges. Le faible halo grandit rapidement, jusqu'à ce qu'il recouvre la moitié de la pièce dans laquelle se tenait le garçon.

Puis le porteur de la lumière s'arrêta.

Ils étaient prêts.

— *Bonne fête, Samuel! Bonne fête, Samuel! Bonne fête, bonne fête, bonne fête, Samuel.*

Samuel ferma les yeux et secoua la tête, affichant une pointe de dépit.

— Ça va, lança-t-il à ses parents. Ce n'était pas nécessaire. Je ne suis plus un enfant. J'ai quatorze ans maintenant. Vous n'avez pas à vous embarrasser comme ça pour mon anniversaire.

Le père de Samuel pointa un doigt accusateur vers son épouse, roulant les yeux en signe d'impuissance.

— Samuel, tu seras toujours mon petit poussin à moi, répondit sa mère. Et puis, c'est un plaisir pour nous de chanter pour toi. Il n'y a rien d'embarrassant là-dedans. N'est-ce pas chéri ?

— Bien sûr, répondit M. Osmond avec un clin d'œil à son fils.

La mère de Samuel fit lentement le tour de la table, surveillant le gâteau d'anniversaire qu'elle transportait comme si c'était une précieuse offrande destinée à un dieu terrible.

— Eh bien, c'est embarrassant pour moi, dit Samuel. Au moins, vous pourriez faire un effort pour garder la surprise.

— Ne sois pas un petit rabat-joie, dit sa mère.

Elle posa le gâteau devant Samuel.

— Nous y voilà, poursuivit-elle. Je suis persuadée que tu vas aimer ce gâteau. Je l'ai acheté à la boulangerie de Mlle Saunders, sur la 63ᵉ Rue.

Samuel fut forcé d'admettre que le gâteau était plutôt extraordinaire. Il était façonné à l'image d'un bouclier, parfaitement symétrique et divisé verticalement en deux, un côté noir et l'autre rouge. Au centre se trouvait une croix celtique en chocolat blanc, et les flancs du gâteau étaient décorés avec de la crème chantilly. La pâtissière avait même trouvé le moyen d'appliquer une garniture argentée sur les rebords du bouclier, complets avec des vis en sucre.

C'était probablement un gâteau conçu pour un enfant plus jeune que Samuel, mais il s'en moquait. Il était impressionné par le travail artistique devant lui. Il leva le regard vers ses parents, maintenant heureux qu'ils aient honoré le rituel d'anniversaire une fois de plus, avec leur offrande et leur chant.

— Il est magnifique ! dit-il. Je l'adore.

— Je le savais bien, dit sa mère avec un sourire chaleureux.

— Donne-moi une minute pour prendre une photo avant que tu ne le coupes, dit M. Osmond en attrapant l'appareil photo sur le comptoir. D'accord. Maintenant, un petit sourire.

— Papa, je t'en prie.

Avant qu'il ne puisse protester davantage, un flash aveugla Samuel.

— Parfait, dit son père. Maintenant, n'oublie pas de faire un vœu avant de souffler les bougies.

Samuel fixa les quatorze flammes ondoyantes devant lui. Les chandelles étaient pratiquement éteintes et il devait formuler son souhait rapidement. Après tout, une occasion pareille ne se présentait qu'une seule fois par année. Rêvant de demoiselles en détresse et de dragons, il pressa fermement ses paupières ensemble et fit le souhait de vivre lui-même des aventures héroïques. Puis il prit la plus grande inspiration que pouvaient contenir ses poumons et souffla avec force sur les chandelles.

— Qu'as-tu souhaité ? demanda sa mère.

— Tu sais très bien que je ne peux pas te le dire, maman. Si je veux que mon souhait se réalise, il faut que ce soit un secret !

— D'accord, ça va. Dans ce cas, que penserais-tu de couper ce gâteau ?

— Il va falloir se dépêcher pour avaler notre morceau, Samuel, dit son père. J'ai une surprise pour toi et nous devons nous mettre en route bientôt.

— Où allons-nous ?

— Eh bien, mon garçon, ta mère et moi, nous voulions t'offrir un présent pour ton anniversaire, mais aussi pour les bons résultats scolaires que tu as obtenus dernièrement. Par contre, puisque nous ne partageons pas tes vastes connaissances des objets médiévaux et des jeux de rôle, nous avons décidé de t'offrir deux cents dollars que tu pourras dépenser à ta guise dans un magasin de ton choix, même si j'ai une bonne idée sur lequel ce sera.

— Vraiment ? N'importe quel magasin ? Pouvons-nous aller au Repère du Griffon dans ce cas ?

— C'est bien ce que je pensais. Nous passerons chercher Lucien pour qu'il nous accompagne. J'ai déjà averti ses parents et il nous attend.

— Va pour moi ! répondit Samuel avec entrain.

Il coupa rapidement trois parts dans le gâteau, puis en passa une à chacun de ses parents. Peu de temps après, son père et lui étaient en route pour aller chercher son meilleur ami, Lucien, afin qu'il l'accompagne au seul endroit qu'il jugeait digne de recevoir ses deux cents dollars.

Le Repère du Griffon était le plus grand magasin de la région pour tout ce qui était relatif aux jeux de rôle. En plus d'un assortiment quasi infini de jeux de table et de figurines pour les accompagner, l'endroit offrait tout ce dont on pouvait avoir besoin pour personnifier n'importe quel héros ou encore le vilain de son choix. La sélection allait des épées en plastique jusqu'aux pièces d'armure véritables, et des capes de velours aux bottes de cuir.

Samuel et Lucien visitaient religieusement le magasin chaque semaine, cherchant les nouveautés et s'émerveillant devant le réalisme des répliques d'armes et de boucliers. Ils passaient des heures à essayer des vêtements de chevalier, bombardant les employés de questions à propos de nouveaux jeux à paraître et en consultant des bandes dessinées et des encyclopédies de monstres ou de sorciers. Ils achetaient rarement quelque chose, puisque la plupart des objets étaient assez dispendieux, mais ce soir était différent. Ce soir, Samuel avait de l'argent à dépenser.

— Je me charge de la section des répliques ! lança Lucien dès qu'ils eurent mis le pied dans la boutique.

Avant que Samuel ait le temps de répondre, son ami avait déjà disparu derrière les étagères remplies de dagues en plastique.

Les deux garçons avaient grandi ensemble, vivant pratiquement à deux pas l'un de l'autre depuis leur enfance. Lucien avait été le premier d'entre eux à s'intéresser aux jeux de rôle. Bien entendu, ceci n'avait rien amélioré quant à sa popularité à l'école, déjà au minimum à cause de choses aussi banales que son poids et ses cheveux roux impossibles à coiffer. Cependant, Lucien ne s'inquiétait pas vraiment de l'opinion des autres, et Samuel n'aurait pas changé son ami pour tout l'or du roi Arthur. Lui-même aurait pu flâner avec les sportifs et les joueurs de football, mais ça ne l'intéressait pas vraiment. Revivre les batailles légendaires et jouer les héros sauvant le monde était beaucoup plus amusant pour Samuel que de risquer une commotion cérébrale toutes les cinq minutes. Ça ne le rendait pas très populaire auprès des jeunes filles, mais il se disait qu'il aurait tout le temps voulu pour y remédier une fois à l'âge adulte.

— Regarde ça ! lança Lucien, tenant une cape noire avec une bordure dorée. Je n'en ai jamais vu comme ça. Elle est magnifique.

— Oui, mais je pense que je vais passer mon tour.

— Quoi ? Tu te souviens qu'on a un G.N. en fin de semaine, oui ? Ton personnage de voleur pourrait utiliser un accessoire comme celui-ci.

— Non, il ne pourrait pas. Il se ferait repérer à cause de la bordure. Elle doit être complètement noire si je veux me servir de mon habileté de camouflage.

— Tu as raison, mais elle est quand même magnifique.

— Continuons à regarder, d'accord ? De toute façon, je vais probablement participer en tant que guerrier cette fois-ci.

Lucien et Samuel avaient récemment découvert un site de camping où l'on tenait une fois par mois des jeux de rôle grandeur nature, ou G.N. L'un des aspects les plus fascinants de l'activité était de dénicher la pièce d'équipement parfaite, ou encore l'arme idéale pour son personnage. Les participants étaient habituellement connaisseurs de l'histoire médiévale et chaque détail était scruté à la loupe, afin de s'assurer du plus haut degré de réalisme. Même les symboles sur une pièce d'armure étaient choisis avec attention pour représenter la période et le pays d'origine du personnage que l'on incarnait.

Samuel continua d'analyser la marchandise qui défilait sous ses yeux, inspectant soigneusement chaque objet et chaque couverture de livre. Il s'arrêta finalement dans la section des figurines. On y trouvait des répliques miniatures de chevaliers et de gobelins, en plus de statuettes de dragons, dont certaines pouvaient atteindre près de cinquante centimètres de haut. La plupart des pièces étaient grises ou blanches, prêtes à être peintes et décorées. Il décida d'en acheter quelques-unes. Après un moment de réflexion, il choisit un ogre portant un gourdin, un sorcier à la barbe incroyablement longue, un chevalier en armure, et une paire de loups-démons. Il estima rapidement le total dans sa tête, afin de ne pas dépenser une trop grosse part de son budget au même endroit.

— Samuel ! Que penses-tu de ça ? lança Lucien derrière lui.

Samuel se retourna et vit son ami qui tenait une arme si grande qu'il pouvait à peine se déplacer sans tout faire tomber autour de lui.

— Ne sois pas ridicule, Lucien. C'est une arbalète.

— Elle est tout simplement géniale. En fait, elle est constituée de génialité.

— Même si c'est chouette tout ça, mon père n'acceptera jamais que je garde un truc pareil chez moi. Et puis, combien ça coûte au juste ?

— Je n'en sais rien. Cinquante dollars, je crois. Il faut que tu la prennes, Samuel, tu n'as *pas* le choix.

— Je suis à peu près certain qu'elle ne fonctionne même pas, Lucien.

— Nom de Dieu, t'es tellement ringard. D'accord, je vais continuer de chercher, mais je pense que tu devrais prendre l'arbalète.

— Ça va, c'est noté. Préviens-moi si tu vois un espadon ou une claymore. Il me faut toujours une épée pour ce week-end.

Samuel poursuivit son chemin le long du comptoir vitré, jusqu'à ce qu'il atteigne une autre section de la boutique, où l'on conservait les cartes à jouer et à collectionner. Il étudia les boîtes sans empressement, espérant y trouver une nouveauté intrigante qu'il pourrait essayer avec Lucien. Malheureusement, il n'y avait que du déjà-vu. Tout de même, il demanda au commis de lui passer quelques paquets d'un jeu de cartes appelé Sorcery, auquel il aimait bien s'adonner avec son ami.

Il s'attarda ensuite sur l'étalage vitré du comptoir, où l'on conservait des accessoires de jeux comme des cartes géographiques représentant des mondes imaginaires et des dés à plusieurs faces de toutes les formes. Encore une fois, Samuel ne vit rien de nouveau.

Il allait abandonner cette section de la boutique et se surprit même à considérer l'arbalète que Lucien tenait toujours, lorsqu'un objet étrange attira son attention. Il se pencha au-dessus du comptoir afin de le regarder de plus près. L'objet en question avait une forme irrégulière, s'approchant de celle d'un cube, sans en être tout à fait un. On aurait dit une sorte de bout d'os avec cinq ou six côtés inégaux, formant une drôle de pyramide. Samuel n'aurait su dire quelle était la nature de l'objet étrange, mais il vit ensuite un deuxième article, quelque peu différent, mais d'une forme similaire au premier.

Samuel pensa qu'il s'agissait de répliques d'anciens dés à jouer.

Ils semblaient être fabriqués d'une matière imitant l'ivoire de façon étonnamment réaliste. Qui que soit le fabricant de ces dés, il avait apparemment développé une technique pour reproduire à la perfection le vieillissement d'un objet, car les dés semblaient datés de temps antédiluviens.

Un peu plus loin dans le comptoir, Samuel aperçut une paire d'étranges dés noirs, conçus selon le même procédé, mais arborant une finition légèrement différente, ainsi que des égratignures et des marques distinctes. Ils avaient l'apparence aussi vieille que les premiers et semblaient également avoir été fabriqués à la main, d'une façon artisanale.

Par contre, il ne put s'empêcher de noter que malgré tout le travail que l'artisan avait mis dans la conception de ces dés, il avait oublié d'y graver des chiffres, laissant chacun des côtés vide de toute inscription. En y repensant, peut-être avait-il voulu laisser les dés dans cet état, afin que quiconque les achèterait puisse y ajouter ses propres symboles magiques ou runes divinatoires.

— Excusez-moi, demanda Samuel au jeune commis qui lisait une bande dessinée, tout juste de l'autre côté du comptoir. Combien coûtent ces dés ?

L'employé leva paresseusement la tête, puis se rendit d'un pas lent devant Samuel. Sans aucun enthousiasme, il observa les dés. Mollement, le commis fit glisser la vitre et saisit les dés noirs dans le présentoir.

— Non. Pas ceux-là, dit Samuel. Les blancs, là. Combien sont-ils ?

Le commis observa Samuel et soupira fortement.

— Bob ! C'est quoi le prix de ces dés ?

— Comment veux-tu que je le sache ? C'est ta section ! cria un autre commis.

Le premier se tourna vers Samuel, au moment même où Lucien les rejoignait, portant toujours l'arbalète constituée de génialité.

— Ben, y' a pas à dire, ce sont des articles uniques, tu vois, dit le commis, essayant soudainement d'avoir l'air du conservateur d'un quelconque musée. Ils sont faits à la main et ils sont très rares. Normalement, on vend ce genre de truc une cinquantaine de dollars.

— Cinquante dollars ! hurla Lucien. Pour une paire de dés ? Tu te moques de nous !

— Écoute le gros, répondit le commis, ce sont des articles uniques. T'en trouveras pas des pareils nulle part ailleurs. Pense à ce que diront tes potes quand tu lanceras ces petites merveilles, lors de vos jeux de sous-sol.

— Il n'y a même pas de chiffres dessus, dit Lucien.

— Justement, p'tit gars, c'est le plus génial. Tu peux y mettre ce que tu veux. Des chiffres, des lettres, des épées, la nana de tes rêves. N'importe quoi.

— Je ne sais pas Samuel, je pense toujours que tu devrais prendre l'arbalète.

Samuel n'écoutait plus son ami, ni même le commis. Il tenait à présent les dés au creux de sa main, les observant avec attention. C'étaient des répliques, faits d'une résine à l'allure réaliste, mais il avait l'étrange sentiment qu'ils étaient authentiques. Il ne pouvait l'expliquer, mais une petite voix au fond de sa tête lui disait de tenir les dés dans ses mains et ne plus jamais les lâcher.

— Alors, qu'est-ce que ce sera ? demanda le commis.

Il jeta hâtivement un regard en direction de sa bande dessinée.

— Tu as probablement raison, Lucien, dit Samuel, mais il y a un je-ne-sais-quoi à propos de ces dés. Je ne peux pas l'expliquer. On n'en reverra plus jamais comme ça, je le sais. Imagine un instant ce que diront les autres, lorsqu'on les utilisera au G.N. de ce week-end. Ils ont l'air si authentiques et anciens. On pourrait même installer une table pour un jeu improvisé et faire un peu d'argent si on est chanceux.

— D'accord, ça va, répondit Lucien, visiblement en désaccord avec la décision de son ami. Après tout, c'est ton anniversaire, Samuel. Au moins, prends les noirs.

— Non, je vais prendre les blancs. Ils ressemblent encore plus à de vieux bouts d'os datant du début du monde.

Dès qu'il fut à la maison, après que son père eut déposé Lucien chez lui, ce dernier parlant toujours de l'arbalète, Samuel remercia ses parents pour les cadeaux et le merveilleux anniversaire qu'ils lui avaient offerts. Il s'empressa ensuite de monter dans sa chambre pour le reste de la soirée, emportant avec lui le petit butin qu'il s'était procuré : quelques figurines, cinq bandes dessinées, un gobelet en plastique qui semblait être en corne, et une paire de dés blancs de forme irrégulière.

Aussitôt la porte fermée derrière lui, Samuel ouvrit les emballages contenant les figurines miniatures et les disposa sur une petite table que son père avait fabriquée pour lui, dans le coin de sa chambre. C'était un petit coin de travail, où il pouvait peindre les figurines sans tout salir. Ensuite, il plaça le gobelet de plastique sur la table de chevet. Pour terminer, il mit les dés ivoire près de son ordinateur, sur le bureau où il faisait normalement ses devoirs. Pendant un certain temps, il observa les petits cubes en forme d'os, songeant à divers symboles et caractères anciens qu'il dessinerait sur les surfaces blanches.

Il mit son ordinateur sous tension. Après quelques frappes sur le clavier, il trouva un site qui décrivait assez bien l'histoire du dé et ses différentes fonctions au cours des époques.

Apparemment, les dés les plus anciens connus à ce jour dateraient de plus de cinq mille ans. Les dés originaux étaient traditionnellement faits à partir d'astragale, un petit os prélevé dans la cheville d'animaux à sabots comme des brebis. Quelques clics de plus avec la souris lui confirmèrent que les répliques qu'il avait achetées plus tôt dans la soirée étaient particulièrement fidèles aux anciens dés. En fait, ils étaient pratiquement identiques.

Il poussa ses recherches un peu plus loin et découvrit que les habitants de la Mongolie utilisaient encore aujourd'hui ces dés en os, tandis que d'autres cultures employaient des artéfacts semblables dans le culte de leurs dieux. Samuel était surpris de constater qu'un objet aussi anodin avait une histoire aussi riche.

Après quelques minutes supplémentaires, il se souvint de ses nouvelles bandes dessinées. Il se leva, se déshabilla et se glissa rapidement sous les couvertures. Empilant les oreillers de façon à soutenir sa tête, Samuel prit le premier numéro et se lança immédiatement dans la lecture d'histoires mettant en vedette des monstres mythiques et des créatures légendaires. Vers dix heures, il éteignit la lumière et s'endormit aussitôt.

S'il était demeuré éveillé quelques instants de plus, il aurait aperçu les dés chatoyant d'une lueur rouge qui les enveloppait et vibrait de façon régulière, à l'instar d'un battement de cœur. Graduellement, des symboles anciens apparurent sur chacune des faces des dés, des runes oubliées et gravées au fer rouge dans les os. On aurait dit que la lumière provenait de l'intérieur même des dés, émergeant à travers les différents symboles.

Lentement, les signes et caractères prirent vie, fusionnant les uns avec les autres et se transformant en des runes différentes. Les lignes se courbèrent et les cercles devinrent des triangles, alors que des points apparaissaient et que d'autres s'effaçaient. Après quelques minutes, chaque symbole s'était transformé en un nouveau signe. Puis, la vibration de la lumière s'estompa et les symboles disparurent de nouveau. Quelques instants plus tard, les dés avaient repris leur apparence anodine.

2

Le lendemain matin, le soleil apparut tranquillement dans le ciel, recouvrant le paysage de magnifiques teintes rouges et orangées, comme si un peintre insufflait amoureusement la vie à son œuvre. Au moment où les premiers rayons caressaient le parquet de la chambre, le réveille-matin de Samuel afficha six heures quarante-cinq. L'instant suivant, le son de l'émission matinale emplissait la chambre.

Samuel ouvrit les paupières contre son gré, essayant de trouver son chemin à travers le brouillard qui divisait le monde des rêves et la réalité. Pendant quelques secondes, il eut l'impression de jongler avec les deux univers, mais il se résigna finalement à demeurer dans celui qui était tangible, quoique monotone et souvent sans saveur.

Pendant un bref moment, il souhaita qu'un matin il puisse choisir la première option.

Lentement, il s'extirpa du lit, emportant la moitié des draps avec lui. Il observa la pièce autour de lui, se rappelant que c'était un jour de semaine et qu'il devait se rendre à l'école.

— Samuel, es-tu levé ? demanda sa mère depuis le rez-de-chaussée.

— Oui, maman !

— D'accord. Je vais préparer le petit déjeuner.

Samuel sauta ensuite dans une douche bien chaude, où il demeura un peu plus longtemps qu'à l'habitude, profitant de la tranquillité du moment. Pendant quelques minutes, il oublia les devoirs, ses parents, et l'école. Lorsqu'il eut terminé, il enfila un jeans et un t-shirt de son groupe préféré.

Quelqu'un frappa à la porte de la salle de bain.

— Samuel ? dit son père. Si tu ne te dépêches pas, tu vas être en retard pour l'école.

— Quelle heure est-il ?

— Sept heures trente.

— Merde !

Samuel sortit de la salle de bain en trombe, renversant presque son père au passage, puis il courut dans sa chambre et fourra rapidement ses choses dans son sac : ses livres d'école et les bandes dessinées qu'il avait lues la veille. Au moment où il allait quitter la chambre, il posa le regard sur les dés et décida de les emporter avec lui. Il avait une classe d'art au programme de la journée et il pourrait en profiter pour les décorer, si le temps le permettait.

Samuel descendit l'escalier à toute vitesse. Dans la cuisine, sa mère lui avait déjà versé un jus d'orange, en plus d'avoir préparé quelques rôties avec de la confiture à la framboise. Il prit rapidement le jus et termina le reste de son petit déjeuner sans même prendre le temps de s'asseoir.

— Un de ces jours, dit sa mère, tu devras apprendre à te lever plus tôt.

— Je sais.

— N'oublie pas que ta sœur vient dîner à la maison ce soir !

— Mais j'avais des plans avec Lucien pour ce soir. Nous devons préparer nos costumes pour le G.N. de ce week-end.

— Tu les prépareras une autre fois, jeune homme. C'est ton anniversaire et ta sœur a fait le voyage depuis Boston pour être ici.

— D'accord...

Il embrassa sa mère sur la joue et fila à l'extérieur, claquant la porte derrière lui. L'arrêt d'autobus se trouvait à une centaine de mètres de sa maison. Déjà, quelques élèves du voisinage y étaient présents, incluant Lucien. Un peu plus loin dans la rue, Samuel vit l'autobus jaune entamer le dernier virage et s'engager dans sa direction. Il imagina prendre part à une sorte de duel entre lui et la bête jaune, afin de savoir lequel d'entre eux parviendrait à l'arrêt le premier. Son imagination fertile lui donna un surplus d'énergie et il parcourut rapidement la distance entre lui et son but, bousculant presque Lucien lorsqu'il atteignit le trottoir, quelques secondes avant le véhicule.

— Tu sais mon gars, je t'aurais attendu, dit le chauffeur, tandis que Samuel grimpait dans le bus.

Ce dernier sourit au vieil homme et se rendit vers l'arrière, où il s'assit près de son ami.

— Tiens, dit-il à Lucien, lui tendant quelques bandes dessinées. J'ai lu celles-là hier soir. J'ai pensé que tu aimerais peut-être y jeter un coup d'œil à ton tour.

— Merci. Elles en valent la peine ?

— Tu vas adorer celle intitulée *Caïn, le mangeur d'ogres*. Les autres ne sont pas mal non plus.

— Merci. Alors, as-tu dormi avec tes précieux dés sous l'oreiller ?

— Ferme-la ! Non, je n'ai pas dormi avec les dés.

— Je pense encore que tu aurais dû prendre l'arbalète. Ce truc était complètement génial.

— Ça va, arrête de me casser les oreilles avec ce truc. Si tu l'aimes tellement, cette arbalète, demande cinquante dollars à ton père et va te l'acheter toi-même. À propos, j'ai emporté les dés avec moi. Nous devrions essayer de travailler dessus durant le cours d'art de cet après-midi. Je me disais que tu pourrais m'aider à peindre des symboles sur les facettes.

— Compte sur moi !

Le cours d'art était prévu après l'heure du lunch et Samuel passa la majeure partie de la matinée à rêver de mondes anciens, tandis que les dés étranges occupaient sans cesse son esprit. Ce qui était bien avec le cours d'art, c'était que le professeur, M. Sanchez, n'utilisait généralement que la première partie de la classe pour enseigner la matière. Ensuite, il laissait le reste de la période aux étudiants, afin qu'ils travaillent sur des projets personnels. La nature du projet n'avait pas d'importance, pourvu qu'il s'agisse d'une forme d'art. C'était le moment que Samuel et Lucien avaient attendu toute la journée pour travailler sur les dés.

— Nous devrions commencer par peindre des symboles sur les différentes faces, dit Lucien. Je vais aller chercher de l'acrylique.

— Attends une seconde, Lucien. Je ne veux pas courir le risque de gâcher les dés. L'acrylique est un peu trop durable comme peinture. Je veux m'assurer que nous pourrons enlever ce que nous inscrirons sur les dés sans les endommager.

— Samuel, ce ne sont pas de *véritables* bouts d'os.

— Je sais. Je pense seulement que nous devrions faire attention, c'est tout.

— D'accord. Je vais aller chercher de la peinture à l'eau dans ce cas.

Quelques instants plus tard, Lucien était de retour avec des pinceaux et de la peinture. Samuel ouvrit le flacon renfermant un bleu royal et y trempa la pointe d'un pinceau. En faisant très attention, il saisit l'un des dés. Il marqua une petite pause, puis il déplaça le pinceau vers la droite, afin de former un trait horizontal qui serait le haut du symbole qu'il avait en tête.

Toutefois, la peinture n'adhéra pas à la surface et glissa sur la table de travail.

— Qu'est-ce que...? souffla Lucien.

La peinture à l'eau avait complètement glissé de la surface du dé, sans peindre la moindre particule de la surface. Samuel trempa une nouvelle fois le pinceau dans le flacon et traça un nouveau trait. Encore une fois, la peinture coula le long de la surface du dé et sur la table. Pas une goutte ne demeura sur l'étrange objet.

— Peut-être que ce côté-ci est trop poli ou trop lisse pour que la peinture adhère, dit Samuel.

— Tu crois ?

Samuel tourna le dé et tenta de nouveau l'expérience, mais il obtint le même résultat : la peinture glissa le long du dé.

— Veux-tu que j'aille chercher l'acrylique maintenant ? demanda Lucien.

— Oui. La peinture à l'eau est probablement trop liquide pour que ça fonctionne.

Avant que son ami change d'idée, Lucien était de retour avec quelques flacons d'acrylique. Samuel appuya le pinceau sur la surface ivoire du dé, mais aucune trace n'était visible après coup. Encore une fois, la peinture glissa rapidement le long du dé.

— De la peinture à l'huile ! s'exclama Lucien.

— Attends une minute. Ce truc est impossible à nettoyer. Je ne veux pas risquer d'endommager les dés.

— Samuel, si l'acrylique n'arrive pas à adhérer à la surface du dé, la peinture à l'huile devrait être facile à nettoyer. En supposant qu'elle reste sur la surface.

Samuel plongea le regard dans les yeux de son ami et sut qu'il ne réussirait pas à le faire changer d'idée.

— D'accord, ça vaut le coup d'essayer. Ils ont seulement coûté cinquante dollars après tout !

— Là tu parles !

Pour la troisième fois, Lucien se rendit aux étagères qui contenaient les différentes fournitures d'art. Il revint avec un seul flacon de peinture à l'huile verte.

— Le tout pour le tout, murmura Samuel.

Il répéta l'exercice, mais encore une fois, la peinture coula de la surface. Le dé demeura exempt de la moindre goutte de peinture verte sur sa paroi ivoire et rugueuse.

Samuel reprit le pinceau et tenta une dernière fois de tracer une ligne sur un des côtés, appuyant davantage sur le pinceau afin de produire un trait plus large. Cette fois-ci, il remarqua quelque chose d'étrange. Une nouvelle tentative confirma ce qu'il avait cru voir.

— Lucien, regarde ça.

— Qu'est-ce qu'il y a ?

— Chaque fois que j'essaie de tracer une ligne, la peinture glisse immédiatement de la surface.

— Oui, ça, je le sais.

— D'accord, mais regarde la *manière* dont elle se déplace.

Lucien s'approcha plus près, tandis que Samuel faisait un nouveau trait, appliquant autant de peinture que pouvait contenir son pinceau. Comme à l'habitude, la peinture glissa rapidement hors de la surface, mais le liquide suivait un parcours étrange vers la bordure du dé, plutôt que de couler de façon régulière.

— As-tu vu ça ? demanda Samuel. On dirait qu'un champ de force repousse le liquide et l'oblige à couler autour.

— Que crois-tu que c'est ?

— Je ne sais pas, répondit Samuel. Je n'ai jamais rien vu de semblable.

— Nous avons besoin d'un flot de liquide plus constant, dit Lucien. Et si nous le plongions dans un flacon de vitre remplie de peinture ?

— On ne verra plus le dé par contre. La peinture va le dissimuler.

— Tu as raison. Essayons avec de l'eau à laquelle nous mélangerons quelques gouttes de peinture, seulement pour la teinter.

— Ça pourrait fonctionner.

Lucien attrapa un flacon de verre qu'il remplit d'eau. Il le passa ensuite à Samuel, qui y ajouta quelques gouttes de peinture à l'huile verte, juste assez pour que le liquide soit coloré. Ensuite, Samuel laissa tomber un des dés dans le flacon.

L'objet coula immédiatement au fond, un peu trop rapidement pour un objet de son poids.

— Nom de Dieu, as-tu vu ça ? souffla Lucien.

Des symboles étranges étaient maintenant visibles sur les faces du dé. Comme protégées par une force magique inconnue, des runes mystiques semblaient repousser totalement l'eau, demeurant parfaitement au sec malgré le liquide qui submergeait le dé.

Chaque symbole était différent. Le premier, directement en face de Samuel, était une étoile à six branches, dont celles du dessus et du dessous étaient plus longues que les autres. Sur le dessus du dé, il pouvait apercevoir un symbole ressemblant à une plume d'oiseau. Sur un troisième côté se trouvait le chiffre romain VI. Samuel retourna lentement le flacon, révélant les autres côtés du dé. Le premier avait une forme semblable à la lettre X, avec des traits perpendiculaires au bout de chacune des branches. Le deuxième symbole ressemblait à la lettre K, mais d'une façon plus courbée, avec un point sur la gauche. Finalement, Samuel souleva le flacon de verre, afin de voir sous le dé. Là, il vit un symbole en forme de W, avec deux traits sur chaque côté.

— Qu'est-ce que tu crois que c'est ? demanda-t-il à Lucien, qui semblait au bord de l'évanouissement à force d'excitation excessive.

— Je n'en sais rien, mais ces symboles sont anciens.

— Tu crois toujours que j'aurais dû acheter l'arbalète ?

— Tu te fous de moi ? Ces dés sont incroyables.

Les deux garçons demeurèrent immobiles et observèrent l'objet mystérieux au fond du flacon, espérant apercevoir un signe qui leur fournirait la clé de l'énigme. C'est alors qu'une ombre apparut au-dessus de la table, brisant le charme qu'exerçait le dé sur leur esprit jeune.

— Qu'est-ce que vous faites, les filles ?

Samuel leva les yeux et vit trois étudiants, le plus imposant d'entre eux se tenant devant ses deux disciples.

— Ça ne te regarde pas, Danny, répliqua Samuel.

Danny était la terreur de l'école. Il était constamment accompagné de deux rapaces, ceux-ci espérant lancer leur part d'injures, sans pour autant s'exposer directement à des risques de représailles. Samuel aurait facilement fait face à des garçons de son âge, mais Danny était plus vieux que lui. Il était dans la même classe qu'eux, car il avait repris une année entière.

— Qu'est-ce que tu as dit, connard ? dit Danny.

— Il a dit que ce n'était pas de tes oignons, répondit Lucien.

Danny se retourna vers Lucien, ses yeux dirigeant toute sa haine vers celui-ci.

— Samuel, tu devrais mettre une laisse à ta copine ou elle pourrait se faire mal.

— Et si tu nous laissais plutôt tranquilles, dit Samuel, tandis qu'il récupérait le dé dans le flacon d'eau verte. Va donc ennuyer quelqu'un d'autre.

— Non. Ennuyer deux fillettes comme vous est amusant. Que caches-tu là ? Une sorte d'arme magique du Royaume des Connards ?

— En fait, c'est..., commença Lucien.

— Ce n'est rien du tout, trancha Samuel. Va donc au diable et laisse-nous tranquilles.

Danny regarda Samuel droit dans les yeux et ce dernier pouvait apercevoir toute la colère et le mépris que la terreur avait envers lui. Il ne savait pas pourquoi Danny le détestait à ce point. Probablement parce qu'il avait le courage de se dresser devant lui pour se défendre et protéger Lucien. C'était l'ennui avec les brutes comme Danny : il faut se tenir droit devant eux et résister à leurs menaces, mais ce faisant, nous nourrissons leur haine envers nous. Malgré tout, Samuel pensait qu'il était dans son intérêt de faire face aux gens tels que Danny et ne pas se laisser marcher sur les pieds.

Malheureusement, cela voulait aussi dire que parfois, il fallait se salir les mains. Danny se dirigeait maintenant vers Samuel d'un pas lent et inquiétant. Ses deux acolytes le suivaient, mais ils faisaient attention de demeurer hors de danger.

— Maintenant, ça va être ta fête, connard, dit le premier d'entre eux.

— Ouais, connard ! lança le second.

Les mains de Danny étaient des poings si serrés que ses jointures viraient au blanc, alors que sa bouche était déformée par la rage. Il s'arrêta à quelques pas de Lucien et l'observa quelques instants. Samuel ne pouvait qu'être admiratif devant l'attitude de son ami. Ce dernier n'avait pratiquement pas reculé et semblait prêt à endurer quoi que ce soit que la brute devant lui avait l'intention de lui faire subir.

Heureusement pour Samuel et son ami, la cloche annonçant la fin du cours retentit à ce moment même.

— S'il vous plaît, n'oubliez pas de nettoyer votre station de travail avant de partir, lança le professeur Sanchez, sa voix à peine audible dans l'agitation. Et n'oubliez pas votre assiette de céramique pour le prochain cours !

Danny fixa Samuel.

— Je te verrai plus tard, connard.

— Tu sais où me trouver.

Tandis que le reste de la classe courait à l'extérieur de la salle de cours, Danny et ses deux guignols suivirent la foule, laissant les deux garçons à leur table.

— Cette fois-ci, je croyais bien que ça y était, souffla Lucien. Pendant un moment, j'ai cru qu'il allait m'en balancer un dans la figure.

— Moi aussi, répondit Samuel.

— Un de ces jours, j'aimerais bien que quelqu'un lui foute une de ces baffes et lui botte le cul jusqu'à la lune.

Samuel rangea les dés dans son sac, ainsi que le matériel d'art qu'il avait emporté avec lui.

— Je suis sûr qu'il irait pleurnicher à sa mère, dit-il.

— Ouais ! J'aimerais bien voir ça !

La dernière classe de la journée était l'algèbre. Après la sonnerie finale, Samuel rejoignit Lucien à son casier, et les deux garçons remplirent rapidement leur sac avec les travaux à remettre le lendemain. Tandis qu'ils traversaient tranquillement le parc de stationnement, deux mains frappèrent soudainement Samuel entre les épaules, le projetant brusquement au sol. Des petits éclats de cailloux écorchèrent ses paumes, et il entendit son jeans se déchirer.

Samuel se retourna rapidement et aperçut Danny qui reculait le bras pour prendre un élan, avant d'enchaîner avec un coup de poing qui frappa Lucien directement sur le nez. Derrière la brute de l'école, ses deux camarades riaient sans retenue. Samuel laissa son sac glisser de son épaule droite, se redressa sur ses pieds, et fit face à Danny.

La brute avait déjà frappé Lucien une nouvelle fois dans l'estomac et s'apprêtait à le cogner une troisième fois.

— Laisse-le tranquille, Danny, lança Samuel.

— Je vais être avec toi dans une minute, cul de vers, répondit la brute, sans même lancer un regard vers Samuel.

— Ouais, reste par terre, cul de vers, lança l'une des deux baudruches derrière Danny, comme un écho fidèle.

— Ouais ! ajouta l'autre.

Avant que Samuel puisse réagir, Danny frappa Lucien une autre fois de toutes ses forces, envoyant le pauvre garçon au sol. Lucien couvrit son nez d'une main, tout en essayant de retrouver son souffle. Avant que le dur à cuir envoie un coup de pied dans les flancs de son ami, Samuel se jeta sur lui et le frappa avec son épaule droite dans la poitrine, ce qui fit reculer Danny de quelques pas.

Les deux adversaires se firent face un moment, chacun fixant l'autre droit dans les yeux.

— T'es mort, Samuel, murmura la brute.

— Tu ne me fais pas peur, Danny. T'es simplement un petit con qui s'est fait larguer par ses amis parce qu'il était trop stupide pour réussir son année comme eux.

Samuel faisait plus d'un mètre et demi et déjà soixante kilos, mais Danny atteignait presque deux mètres, avec des épaules beaucoup plus larges. Une foule de curieux se rassemblait rapidement autour d'eux.

— Je vais te casser ta sale petite gueule de merdeux, menaça Danny.

— Dans cinq ans, Lucien et moi nous allons entrer au collège, draguer les filles et préparer notre avenir, alors que toi tu seras encore prisonnier de cette école-ci avec des enfants.

— Pas une fille ne voudra de cette carotte engraissée.

Danny pointa en direction de Lucien, qui se tortillait toujours au sol.

— Et je vais m'assurer qu'elles ne voudront pas de toi aussi, connard, continua Danny en s'adressant à Samuel. Je vais te refaire ton portrait, tu vas voir.

— Elles nous préféreront quand même à un perdant comme toi qui essaie encore d'apprendre à écrire « trou-du-cul ».

Cette dernière remarque sur le manque de capacité intellectuelle de la brute fut suffisante pour le projeter dans une rage incontrôlable. Samuel eut tout juste le temps de voir Danny plisser les paupières et plongea sur sa droite, évitant un crochet qui l'aurait sûrement envoyé dans les pommes. Sans perdre une seconde, Samuel répliqua avec un coup dans les côtes de Danny. La douleur ressentie dans son poing était au moins équivalente à celle que la brute dut éprouver dans son flanc.

Danny perdit le souffle pendant un instant et Samuel se retint de le frapper dans le dos. Il se contenta plutôt de lever sa garde et d'attendre la prochaine attaque de Danny.

Lorsque Danny eut repris ses esprits et son souffle, il essaya de surprendre son adversaire avec un direct en se retournant. Malheureusement pour lui, il jeta un coup d'œil par-dessus son épaule pour repérer sa cible, laissant voir ses intentions. Samuel glissa aisément sur sa gauche pour éviter le coup. De cette nouvelle position, il aurait pu frapper Danny à la tête et porter un coup douloureux, mais il décida encore une fois de se retenir, se contentant de maintenir sa garde.

Danny par contre n'était pas près de laisser son adversaire lui échapper indéfiniment. Il était peut-être lent, mais il avait beaucoup plus d'expérience au combat que Samuel. Lorsqu'on est une terreur professionnelle, on développe certains réflexes qui peuvent s'avérer utiles dans des situations comme celle-ci.

Sans aucun avertissement, il envoya son coude vers l'arrière de toutes ses forces, atteignant Samuel directement dans le ventre, avant que ce dernier ait le temps d'abaisser sa garde. Le coup expulsa l'air hors des poumons du garçon et fit monter un goût de bile dans sa bouche. Samuel tomba prestement sur les genoux, n'ayant plus la force de se tenir sur ses pieds.

Avant qu'il ne se ressaisisse, Danny lui attrapa les cheveux et tira sa tête vers l'arrière. Il devina que Danny s'apprêtait à lui balancer son genou à la figure.

Samuel se prépara à l'impact, cherchant toujours à reprendre son souffle.

— Danny! M. Seymour arrive! lança l'une des deux racailles qui suivaient la brute.

À la mention du directeur d'école, la foule se dispersa rapidement.

Danny tira violemment la tête de Samuel vers l'arrière.

— Si j'étais toi, je changerais d'école et j'éviterais de revenir dans les parages, dit-il, avant de le lâcher et de prendre la fuite à son tour.

Samuel s'assit dans le gravier, toussant et haletant. Une main lui prit l'épaule.

— Allez, Samuel, dit Lucien, partons d'ici avant que M. Seymour n'arrive et nous trouve par terre.

Samuel se releva avec peine, mais avec l'aide de son ami, il récupéra son sac et se rendit à l'autobus avant de se faire attraper par le directeur. Il ne voulait surtout pas se retrouver dans le pétrin après que ses parents l'eurent félicité pour ses bons résultats scolaires.

Quelques minutes plus tard, le bus rempli d'étudiants prenait le départ vers la maison.

— Merci de m'avoir aidé contre cet imbécile, dit Lucien.

— Il n'y a pas de quoi.

— Viens-tu toujours à la maison ce soir?

— Je voudrais bien, mais je ne peux pas. Ma sœur arrive de Boston et je dois passer la soirée avec elle et mes parents.

— Quoi ? T'es pas sérieux ?

— Je suis désolé.

— Je t'en supplie, dit Lucien, tu ne peux pas me faire ça ! Nous devions explorer le dernier niveau du *Repère du roi des dragons*. Nous sommes si près de trouver Excalibur !

— Je sais, mais je ne peux pas. Mes parents m'en voudraient jusqu'à la fin de mes jours si je ne me présentais pas pour le dîner de ce soir.

— Bah ! Lorsque nous trouverons le roi Arthur, je vais m'assurer de lui mentionner que c'est moi seul, Krisklef du clan Gataroc, qui ai déniché son épée.

— Oui d'accord, tu lui diras.

Samuel adorait les jeux de rôle, mais parfois il ne pouvait s'empêcher de penser que Lucien prenait les choses un peu trop au sérieux. Et puis, de toute façon, le roi Arthur se débrouillait probablement très bien sans leur aide.

— J'allais oublier, dit Lucien, cherchant dans son sac. J'ai assemblé un petit cahier pour le G.N. de ce week-end.

Il tendit à Samuel un document imprimé, relié par un boudin de plastique noir. Le dossier comportait une vingtaine de pages avec une couverture en couleur, représentant un dragon rouge sur quatre pattes, accompagné du drapeau de l'Angleterre.

— Il y a deux jours, j'ai reçu un courriel des organisateurs, continua Lucien. Ils nous ont placés du côté des Anglais, dans une bataille légendaire contre des hordes de barbares, qui se déroule près de Londres. J'ai fait quelques recherches sur le Web et tout est dans le dossier : le contexte, l'histoire, le vocabulaire de l'époque et d'autres détails qui nous seront utiles pour bien jouer notre personnage.

Vraiment, Lucien prenait le jeu de rôle beaucoup plus au sérieux que Samuel. Malgré tout, il devait admettre que c'était en partie cet enthousiasme qui rendait leur amitié si plaisante pour Samuel. Il y avait quelque chose d'humoristique, mais aussi d'irrésistible à voir son ami s'investir de cette façon dans une activité qui le fascinait.

— C'est très... impressionnant, dit Samuel. Je vais y jeter un coup d'œil plus tard.

— Assure-toi simplement d'avoir un dragon rouge quelque part sur ton équipement, car c'est l'emblème de notre équipe. Je vais demander aux organisateurs de m'envoyer l'adresse courriel des autres membres, afin que je puisse leur faire parvenir le document aussi. Ça va être un événement du tonnerre, Samuel, je le sens !

Quelques instants plus tard, alors qu'il se dirigeait vers la maison, Samuel essayait de trouver une histoire plausible pour expliquer les égratignures que sa mère ne manquerait sûrement pas d'apercevoir. Il avait eu de la chance de ne pas se retrouver avec un œil tuméfié ou des blessures plus importantes, mais il devrait sans doute expliquer les trous dans son jeans et le sang séché sur ses mains.

La maison de Samuel se trouvait au bout de la rue. Il nota immédiatement la Prius de sa sœur, stationnée devant le domicile, tout juste à côté de la berline de sa mère. Il traversa rapidement le gazon devant la maison et ouvrit la porte d'entrée sans perdre de temps.

— Je suis rentré ! annonça-t-il.

Personne ne répondit.

Profitant de l'absence de sa mère, Samuel fila à l'étage pour enfiler un nouveau jeans et se laver les mains. Quelques minutes plus tard, il était de retour dans la cuisine. Il prit le lait dans le réfrigérateur, s'en versa un verre, et se servit ensuite quelques biscuits au chocolat, qu'il prit dans la jarre tout près. Il traversa ensuite la salle à manger pour sortir sur la véranda, où il trouva sa mère et sa sœur en pleine discussion autour d'une sangria faite maison.

— Te voilà enfin, dit Shantel, se levant pour embrasser son petit frère. Viens ici et donne une grosse bise à ta sœur préférée.

Samuel eut à peine le temps d'ouvrir les bras et d'écarter le verre de lait et les biscuits, avant que Shantel se jette sur lui pour l'enlacer.

— On dirait que chaque fois que je te vois, tu as grandi et pris du volume !

— On pourrait dire la même chose de toi, répondit Samuel.

— Oh, ce n'est pas très gentil ça, petit frère.

En effet, ça ne l'était pas. Shantel était une jeune femme très attirante et chaque personne sur la véranda le savait très bien. Samuel se joignit aux dames pour discuter de l'école et d'autres sujets divers, et Shantel leur parla de sa vie sur le campus à Boston, ce qui incluait quelques histoires qui firent rougir sa mère.

Une heure plus tard, le père de Samuel rentra du travail et tout le monde s'installa à table pour un autre dîner d'anniversaire.

— Alors, as-tu toujours la tête dans tes jeux d'aventure, à combattre des monstres imaginaires avec Lucien ? demanda Shantel, après qu'ils eurent terminé les restes du gâteau de la soirée précédente.

— Oui. Nous avons d'ailleurs un événement costumé de grandeur nature, prévu pour ce week-end.

— Ce n'est pas vrai ! Dis-moi qu'il y a au moins quelques filles à ce genre de truc.

— Bien sûr qu'il y en a.

— Ouf. Tu n'es pas tant à l'écart du parcours normal d'un garçon de ton âge.

— Shantel ! s'exclama M. Osmond.

— Allons, papa, il est presque un homme maintenant. De toute façon, j'ai un présent pour toi Samuel, pour ton anniversaire.

Elle lui passa une boîte enrobée d'un papier d'emballage argenté, avec un chou blanc sur le dessus. Samuel le déballa rapidement.

— Bonne fête, petit frère, dit Shantel.

La boîte contenait une magnifique chemise en lin très pâle, ressemblant à un gilet de style médiéval, avec un petit cordon à l'avant pour fermer le col, ainsi qu'un pantalon de cuir noir. Les deux articles paraissaient authentiques et plutôt dispendieux.

— Merci, Shantel, s'exclama Samuel. Mais tu n'aurais pas dû dépenser tout cet argent, vraiment.

— Ne sois pas ridicule. Au moins avec ces vêtements, je sais que les filles vont te regarder sans pouffer de rire à cet événement costumé. Allez, va les essayer !

Quelques instants plus tard, Samuel était de retour dans la cuisine, arborant ses nouveaux vêtements à l'allure médiévale.

— Très séduisant ! dit Shantel. Très... Jim Morrison. Les filles vont adorer !

— Shantel, s'il te plaît, plaida son père. Fiche-lui la paix avec les filles.

— Ça va, papa, dit Samuel. J'adore la chemise et le pantalon. Merci encore, Shantel. Puis-je monter dans ma chambre, maman ? Je dois faire mes devoirs au plus tôt, si je veux me coucher avant minuit ce soir.

— Bien sûr, mon trésor, mais n'oublie pas de revenir nous souhaiter bonne nuit avant de te mettre au lit.

— Bien entendu.

Samuel gravit à toute vitesse l'escalier qui menait à sa chambre et ferma la porte derrière lui. Par mesure de sécurité, il verrouilla la porte. Évidemment, ses devoirs n'étaient pas la raison derrière son empressement à s'esquiver ainsi dans l'intimité de sa chambre. Dès l'instant où il avait mis les pieds dans la maison, tout ce qui occupait son esprit était les dés étranges et les symboles mystérieux qui se dissimulaient sur chacune des faces.

Il ouvrit son sac et s'installa à la petite table où il avait disposé les figurines, la soirée précédente. Il disposa les dés blancs sur le banc de travail et s'appuya sur ses coudes, contemplant les artéfacts bizarres.

— À quoi pouvez-vous bien servir ? murmura-t-il.

Samuel ramassa à nouveau les dés et les agita doucement. Peut-être étaient-ils d'anciennes reliques provenant de Babylone ? Peut-être s'agissait-il d'objets perdus depuis toujours, utilisés dans la divination de dieux oubliés ? Ou encore, peut-être était-il en présence d'instruments utilisés dans l'élaboration de la destinée ? Il jeta les dés sur la table de travail devant lui.

Les dés bondirent sur la surface de bois et projetèrent des étincelles multicolores dans toutes les directions. Après ce qui sembla une minute entière, ils s'arrêtèrent l'un près de l'autre. Une petite lueur rougeâtre apparut et enroba les artéfacts étranges, s'intensifiant doucement à chaque battement de cœur de Samuel.

Il avait peine à en croire ses yeux. Les dés étaient maintenant enveloppés d'une lumière éclatante et rouge, qui gagnait encore en intensité, et se propageait à présent sur tout le banc de travail. En quelques secondes à peine, la table fut recouverte de cette étrange énergie qui semblait émaner de l'intérieur même des dés.

Lorsque le halo lumineux approcha des doigts de Samuel, il se redressa abruptement, renversant sa chaise. Reculant d'un pas, il suivit la lueur rouge des yeux, alors qu'elle se déversait maintenant en dehors de la table et sur le plancher de bois. Au-dessus de la station de travail, la lueur se propageait également sur les murs, et couvrit bientôt le coin entier de la chambre et même une partie du plafond.

Tout à coup, sur chacune des facettes des dés, des runes antiques apparurent, se gravant elles-mêmes dans la surface ivoire. Samuel craignait la suite, mais il était également émerveillé par ce qui se déroulait sous ses yeux. De petites flammes coururent le long des côtés de chacun des dés, révélant toujours plus de symboles, brûlant les caractères sur la surface d'ivoire.

Ignorant la voix de la raison, il leva prudemment une main pour saisir un dé, mais avant qu'il ne l'atteigne, les symboles sur les objets étranges s'illuminèrent intensément et l'aveuglèrent temporairement.

Titubant vers l'arrière, Samuel tenta de se protéger le visage contre la lumière intense. Lorsqu'il fut en mesure de voir à nouveau, ce dont il fut témoin était impossible à décrire. Les runes recouvrant les dés brûlaient maintenant avec une intensité désarmante et la lumière écarlate tapissait à présent la chambre entière comme une peinture d'énergie liquide, battant à l'unisson avec le cœur du garçon.

Samuel en eut assez. À présent, la panique s'emparait rapidement de son esprit, saisissant le contrôle de ses muscles et de sa volonté. Impatient de sortir de la chambre, il se jeta sur la porte, mais avant d'atteindre la poignée, la pièce autour de lui se mit à tourner sur elle-même, doucement au début, mais gagnant rapidement de la vitesse. En un instant, les meubles, murs et livres fusionnèrent pour former un maelström de couleurs et de formes, avec Samuel au centre de cet ouragan magique.

Il hurla, mais d'autres bruits camouflèrent sa voix. Tandis que la chambre tournait de plus en plus rapidement, il entendit des voix d'hommes qui criaient confusément, en plus du son d'épées qui s'entrechoquaient et de flèches filant autour de lui.

Chaque forme était maintenant indiscernable, les couleurs mixées entre elles pour créer un kaléidoscope surréel. Les bruits de batailles et les voix des soldats augmentèrent de volume, encore et encore, jusqu'à devenir assourdissants aux oreilles du jeune homme. L'odeur de sa chambre avait été remplacée par des fragrances d'herbe et de feuilles humides.

Avant qu'il ne puisse se demander s'il était dans un rêve, tout devint subitement noir et Samuel perdit connaissance.

La pièce reprit son apparence usuelle en une seconde, chaque objet retrouvant la place qui lui était familière. Le gobelet de plastique, le sac à dos et les figurines, comme tout le reste, étaient parfaitement normaux et bien rangés.

À l'exception d'une paire de dés qui avait disparu.

Ainsi que Samuel.

3

— Que le diable emporte ces traîtres de rats !

Le roi Vortigern, souverain autoproclamé du royaume de la Bretagne, était furieux. La chevauchée au cœur de la campagne, en tête de son armée, n'avait qu'aggravé la colère du souverain. Il avait espéré que l'air frais apaiserait son esprit tourmenté, mais le voyage lui avait plutôt fourni du temps pour réfléchir aux décisions qu'il avait prises, et aux erreurs qu'il avait commises. Au bout du compte, l'esprit de Vortigern luttait toujours pour retrouver son calme, même si le soleil avait terminé son parcours quotidien et que des feux éclairaient le camp de ses hommes.

— Mon roi, il est bien connu qu'on ne peut pas faire confiance aux Saxons. Vous deviez savoir que tôt ou tard, ces barbares nous trahiraient. Leur parole est comme de la merde de sanglier : puante et sans aucune valeur.

L'homme qui parlait était un conseiller du roi, assis sur un fauteuil près de ses confrères, à l'intérieur de la tente royale, tandis que le souverain faisait les cent pas entre eux. Vortigern n'avait pas le souvenir d'avoir invité ces gens dans sa tente, mais c'était une tradition pour le conseil de se réunir à la fin de chaque journée, afin de discuter de stratégies et de planifier la suite des événements. Pour l'instant, ils se contentaient de s'empiffrer grâce à un banquet somptueux, tandis que l'armée dehors souffrait de malnutrition, et que leur peuple était affamé sous la semelle des barbares. Toutefois, les Bretons étaient en fuite devant un ennemi terrible, et leurs sages conseils trouvaient d'ordinaire une oreille attentive auprès du roi.

— Nous t'avions prévenu, poursuivit le conseiller, avant de choisir une pomme dans un panier de fruits.

La dernière remarque exaspéra Vortigern au plus haut point. Il se retourna vers le conseiller négligent. Le roi s'avança de quelques pas, dégaina une longue épée qu'il portait à sa taille et avant que quiconque puisse réagir, il plongea la lame dans la poitrine de l'homme. Le coup fut porté avec tant de force que la pointe de l'arme traversa le dossier en bois de la chaise. Avec un coup de pied rapide sur le corps du pauvre homme, le roi l'envoya sur le dos, avec l'épée toujours plantée dans son cœur, le pommeau pointant vers les étoiles.

— Quelqu'un d'autre désire faire état de ce qui est une évidence ? demanda Vortigern.

Personne n'osa remuer le moindre muscle.

— Vous pouvez disposer. Hors de ma vue et que ça saute. Sauf toi, Morghan. Reste un peu.

Les conseillers et autres stratèges qui se prélassaient dans la tente du roi se levèrent promptement et quittèrent l'abri royal en toute hâte. En quelques minutes, l'immense tente fut plongée dans le silence, à l'exception du roi et de son conseiller aîné, celui en qui il avait le plus confiance.

Morghan s'était tenu aux côtés de Vortigern bien avant que celui-ci ne se déclare lui-même roi de la Bretagne. Il y avait de cela plusieurs années, le conseiller avait été un guerrier redoutable, capable de vaincre les ennemis les plus coriaces grâce à sa force naturelle, mais aussi à ses réflexes rapides et surtout, à sa sagesse. Il avait rapidement acquis la réputation d'un homme qu'il valait mieux écouter et s'abstenir de confronter. Aujourd'hui, il était un vieil homme, ayant troqué son armure lourde pour une tunique de coton, mais ses yeux laissaient toujours entrevoir le puissant guerrier qui sommeillait au fond de ce corps meurtri. Si le besoin s'en faisait ressentir, tous escomptaient que Morghan démontrerait les mêmes habiletés qui l'avaient rendu célèbre, quelque quarante ans plus tôt.

Au cours de l'heure qui suivit, aucun des deux hommes ne prononça le moindre mot. Vortigern savait que son ami n'avait nullement besoin d'être commandé sur ce qu'il devait faire ou dire. Morghan était parfaitement capable d'occuper son esprit par lui-même, sans demander la permission à qui que ce soit. Quant au conseiller, il était parfaitement conscient que Vortigern n'était pas encore disposé à discuter, qu'il devait tout d'abord réussir à taire la rage qui habitait son cœur.

Vortigern avait vieilli considérablement au cours de la dernière année. Ses traits étaient ceux d'un homme bien plus âgé que ses quarante-deux ans. Ses yeux sombres étaient devenus encore plus obscurs, plus impétueux, et ils semblaient parfois perdus au milieu d'une folie qui pointait à l'horizon. Ses longs cheveux avaient récemment tourné au gris, tout comme la barbe qu'il avait cessé de raser ces derniers mois. Son visage semblait presque émacié autour de ses yeux et des ombres éternelles habitaient dorénavant ses joues creuses, tandis que sa peau s'accrochait directement sur ses os. Même son corps, d'ordinaire fort et puissant, avait souffert de la détérioration lente causée par le désespoir et l'anxiété.

Morghan l'observait, tel un père posant les yeux sur un fils blessé. Il aurait souhaité pouvoir intervenir et faire disparaître les problèmes de son roi, mais il se sentait impuissant, incapable du moindre réconfort pour son ami.

Finalement, Vortigern s'assit et prit un bout de pain sur la table de bois.

— Que vais-je faire, mon vieil ami ? demanda-t-il à Morghan, plongeant le bout de pain dans un bol de bouillon de volaille tiède.

Morghan attendit quelques secondes avant de répondre. Il savait pertinemment que la question du roi était rhétorique, et qu'elle exprimait plutôt une pensée. Lorsque le moment sembla approprié, il entama la conversation.

— Vous avez agi comme vous le deviez, mon roi.

— À quel moment, dis-moi ? À quel moment ai-je pris la bonne décision ? Je t'en prie, dis-le-moi !

— Le résultat n'est peut-être pas celui que vous espériez, je vous l'accorde, mais vos actions ont été guidées par de nobles raisons. Vous vouliez venir en aide à votre pays et apporter la paix à votre peuple.

— Je n'aurais jamais dû faire confiance aux Saxons, murmura Vortigern.

Il écrasa le bout de pain dans son poing, maudissant la trahison dont il avait été victime.

— Je vous l'accorde, répliqua Morghan, mais nous ne sommes pas encore défaits, mon ami. Nous allons nous tenir debout contre nos ennemis et nous vaincrons, comme nous l'avons toujours fait auparavant. Mais ne laissez pas votre haine prendre le contrôle de votre raison. Vous devez rester sain d'esprit, vous devez être fort et mener votre peuple à la victoire.

— Comme toujours, tu as raison, Morghan. Resteras-tu un moment avec moi, dans le silence ?

— Bien sûr, mon roi.

Les deux hommes prirent place près d'un feu qui brûlait au centre de la tente, la fumée s'échappant par une ouverture plus haut. Morghan obéit sagement à Vortigern et demeura silencieux, observant les flammes qui dansaient sur les bûches, écoutant le craquement du bois sec et trouvant un peu de réconfort dans les fragrances du feu. Il ne doutait pas que le cœur de Vortigern était rempli de bonnes intentions, mais il semblait que chacune des décisions que prenait le roi se retournait inévitablement contre lui.

Vortigern regardait également en direction du feu, mais ses pensées allaient dans une tout autre direction. Il souffrait grandement à l'idée de ce qu'il devait faire, mais il n'avait pas le choix. Il était forcé de passer en revue chaque détail de la trahison dont il avait été la malheureuse victime. Il devait anticiper le prochain coup des Saxons. En tant que roi des Bretons, il était également de son devoir de protéger son peuple contre d'anciens ennemis, notamment les Pictes et les Scots, deux tribus qui occupaient les Terres du Nord. Il avait réussi à se débarrasser de la plupart de ses rivaux pour la couronne, mais ces hordes sauvages avaient causé à elles seules la majorité de ses problèmes. Sans relâche, elles cherchaient à s'approprier ses terres et capturer les villages près du mur d'Hadrien. Dès les premiers instants où les Romains avaient quitté l'île pour rentrer chez eux, des tribus barbares comme celles-ci avaient cherché à s'approprier du pouvoir afin de conquérir les Bretons.

Puisque la plupart des nobles bretons étaient devenus faibles et prétentieux sous le règne « généreux » des Romains, la Bretagne avait été abandonnée à elle-même après le départ de ces derniers. Sans aucune armée véritable, le royaume avait été laissé sous la protection d'un système de défense inadéquat dès que le dernier régiment romain avait quitté l'île. Les quelques milliers d'hommes que Vortigern avait réussi à rassembler étaient insuffisants pour protéger le territoire entier.

Il avait donc dû demander de l'aide et les Saxons avaient été le choix logique. L'unique choix en fait, même si son entourage l'avait couvert d'avertissements à propos de ces derniers. Ils ne comprenaient pas la position dans laquelle il s'était trouvé et les compromis qu'il avait dû faire. Mais ces barbares étaient des avares insatiables, demandant constamment plus de terres et d'or, davantage de nourriture et de femmes. Vortigern s'était pourtant montré accueillant, leur offrant un endroit pour s'installer à l'est de l'île. Mais chaque mois, de plus en plus de leurs semblables traversaient l'océan depuis le continent, dans le but de s'implanter en Bretagne et d'y trouver une vie meilleure.

— J'aurais dû écouter, Morghan. J'aurais dû me douter qu'ils exigeraient toujours plus de terres.

Le conseiller ne répondit pas, puisqu'il était inutile de le faire. Il savait que son roi pleurait toujours la perte de plusieurs amis.

Il y avait de cela environ un an, un messager avait débarqué dans la cour du roi, portant une lettre des Saxons. La missive était relativement simple : Hengist, le chef des tribus saxonnes, exigeait une rencontre avec le roi et les lords de la région. Il faisait état de plusieurs propositions dont il voulait discuter, afin d'obtenir davantage de terres pour accueillir un plus grand nombre des siens. Par le fait même, il proposait d'agrandir la milice du roi et renforcer ainsi la protection du peuple breton contre les attaques des tribus du Nord.

À nouveau, les nobles et les conseillers avaient fait part de leurs craintes au roi, lui enjoignant d'être prudent, car la requête de Hengist avait tout d'un piège. « On ne peut leur faire confiance ! » avaient-ils répété, mais le roi avait fait la sourde oreille. Son entêtement était en partie dû à son orgueil, mais également en raison d'un secret beaucoup plus noir : il était terrifié par les tribus vivant au-delà du mur d'Hadrien. Cette crainte démesurée le poussait bien souvent à fermer les yeux sur tous les autres dangers, dans la mesure où il assurait la sécurité de son peuple contre les barbares du Nord.

Il avait donc accepté l'offre de Hengist et s'était rendu au point de rencontre fixé par les Saxons, accompagné par la plupart des nobles et gentilshommes qui possédaient la majorité des terres et contrôlaient la petite armée bretonne. Pour comble de malheur, ils avaient tous assisté au rendez-vous avec un minimum de protection, convaincus qu'ils démontreraient ainsi leur bonne volonté aux barbares. Mais les Saxons n'avaient aucun respect pour des choses aussi anodines que l'honnêteté et l'honneur.

Ils se firent tous massacrer jusqu'au dernier, à l'exception de Vortigern qu'on laissa en vie, afin que son peuple puisse voir la honte et le déshonneur qui l'habitaient depuis ce jour.

— Ils savaient que nous nous dirigions vers la mort, Morghan, murmura le roi, fixant les flammes. Chacun de nos compagnons d'armes, ils savaient que je les emmenais dans un piège et malgré tout, ils m'ont accompagné.

— Vous êtes le roi, dit Morghan. Un roi fort et confiant. Les hommes vous suivent naturellement, peu importe ce qu'ils pensent ou ce qu'ils croient.

— Si tu dis la vérité, mon vieil ami, alors dis-moi ce qui arrivera lorsque le peuple réalisera à quel point je suis faible et incapable de les mener à la victoire. Que se passera-t-il alors ? Vont-ils seulement accepter que je respire le même air qu'eux ou que je mange la nourriture qu'ils produisent à la sueur de leur front ?

— Sire, il est inutile de laisser libre cours à de telles pensées. Vous avez toujours la confiance de votre peuple, soyez-en assuré. Il n'est pas nécessaire d'envisager des scénarios absurdes et invraisemblables.

Morghan mentait, bien sûr, et cela lui causait grande peine de le faire, mais son ami avait besoin de retrouver de l'assurance et un esprit de commandement s'ils voulaient avoir la moindre chance de remporter cette guerre.

— Votre armée vous suit encore à ce jour, n'est-ce pas ? poursuivit-il. Ils continueront d'obéir à vos ordres aussi longtemps que vous leur donnerez de l'espoir. Ce n'est pas le temps de sombrer dans l'amertume.

— Ils me suivent, car ils n'ont aucun autre endroit où aller ! Au cours de la dernière année, les hordes de Saxons ont dévasté leurs terres et détruit chaque village sur leur passage. Leur maison fut réduite en cendres, et leur femme fut agressée sans merci et laissée pour morte par un ennemi terrible. Un ennemi devant lequel nous sommes, jusqu'à présent, totalement impuissants, Morghan ! Non, ils ne me suivent pas en raison de ma force de caractère. Ils marchent à ma suite, car il n'y a tout simplement pas d'autre option.

Encore une fois, Morghan resta silencieux. Vortigern avait raison et il ne voulait pas insulter son roi en le traitant comme un enfant, prétendant que tout irait bien.

— Je crains que nos ennemis profitent de cette opportunité pour se dresser contre nous, dit le roi.

— Vous avez pourtant réussi à garder les Scots et Pictes à distance, Sire, loin de vos terres, au moment même où les Saxons nous poussent vers l'océan, à l'ouest. Il n'y a aucune raison de croire qu'ils pourraient s'organiser et vaincre nos défenses derrière le mur d'Hadrien.

— Ce n'est pas aux tribus du Nord que je fais allusion, mais bien à des ennemis anciens et plus sournois. Je parle de deux frères qui cherchent à venger le meurtre d'un des leurs. Je parle des deux fils encore en vie du roi Constantine II.

— Sire, nous n'avons aucune nouvelle des deux frères depuis plus de dix ans.

— Exactement. J'aurais préféré avoir entendu une rumeur ou une information à leur sujet. J'aurais cru qu'après tout ce temps, nous aurions eu vent de leur mort ou de leur fuite vers le continent. Si au moins ils complotaient ouvertement pour nous renverser, nous pourrions au minimum apprendre où ils se cachent. Mais ils ont réussi à éviter tous mes espions, se terrant dans l'ombre, prêts à frapper à tout instant. J'ai assassiné leur frère aîné, Morghan, afin de prendre sa place sur le trône. Ils ne me pardonneront jamais un tel geste.

Morghan considéra sa réponse pendant un instant, pesant chacun de ses mots.

— Ils devront d'abord nous trouver, dit-il enfin. Et s'ils décidaient de se lancer dans une telle quête, ils devraient également faire face aux hordes de Saxons, tout comme nous. Ces barbares ne feront aucune exception dans leur conquête de l'île. Peu importe le Breton qui aurait la malchance de tomber sous leurs pattes, même s'il s'agit du grand Ambrosius, celui-ci serait décapité sur-le-champ.

— Ne sous-estime pas Ambrosius et son frère. Ils sont malins et astucieux.

— Dans ce cas, nous nous dresserons devant l'ennemi et mettrons un terme à l'invasion des Saxons. Si nous arrivons à les repousser, cela renforcera votre emprise sur vos hommes, faisant de vous un héros du peuple pour avoir sauvé leur contrée. Si nous assénons un coup fatal aux Saxons, les deux frères n'auront plus aucun espoir de tourner le peuple contre vous. Il leur sera impossible de trouver de l'aide. Le plan que nous avons mis sur pied, celui de nous diriger vers Dinas Ffaraon et d'y construire une forteresse, nous donnera cette victoire dont nous avons besoin, Sire. Faites confiance au destin, et je vous promets que nous remporterons cette guerre.

Vortigern leva les yeux sur son conseiller. Il avait peut-être raison. S'ils remportaient une bataille impressionnante, ils renverseraient l'allure de cette guerre et en saisiraient l'issue. Sa position en tant que roi serait alors intouchable.

— Morghan, dit-il, posant une main sur l'épaule de son ami. Comme toujours, tes mots sont pareils à un voile de paix sur mon esprit troublé. Tu as toujours été un sujet loyal et un excellent ami. Je t'en remercie du plus profond de mon cœur et je prie pour que tu sois à mes côtés durant plusieurs années encore. Si tu crois que nous pouvons réussir, alors j'y crois aussi.

— Je le crois, Vortigern, avec chaque fibre de mon être.

Morghan se leva et se rendit près de la table.

— Mon roi, comme je vous l'ai expliqué auparavant, bien qu'il n'existe aucune garantie quant à l'issue d'une bataille, il existe par contre des moyens pour faire pencher la balance en notre faveur. Pour l'instant, les Saxons dictent le pas et le déroulement de cette guerre. Nous sommes les proies et nous ne faisons que réagir à leurs moindres mouvements. Nous devons arrêter de courir et faire face à notre ennemi. Si nous utilisons notre tête et que nous tirons avantage des moyens à notre disposition, je crois fermement que nous pouvons écraser nos assaillants.

— En effet, répondit le roi.

Morghan saisit un énorme parchemin que le roi conservait sous la table. Il le déroula pour révéler une carte de l'île de Bretagne.

— Afin d'affronter avec succès nos poursuivants, dit-il, nous avons besoin de trouver l'endroit idéal pour prendre position. Il doit être élevé et facilement défendable, avec un entonnoir naturel qui forcera l'armée ennemie à un endroit précis que nous contrôlerons. Là, nous pourrons systématiquement les massacrer, ne laissant que très peu de survivants, afin qu'ils puissent retourner chez les leurs et raconter l'histoire de leur cuisante défaite.

Le roi s'approcha de son conseiller près de la table.

— Nous atteindrons la colline de Dinas Ffaraon demain, Sire, dit Morghan.

— Dans ce cas, nous commençons notre riposte demain, répondit le roi.

Quelques heures plus tard, Morghan était de retour dans sa propre tente, plus petite que celle du roi, mais tout de même confortable et richement aménagée. Il passait en revue différents récits sur le site que l'on nommait Dinas Ffaraon, s'efforçant d'identifier la façon optimale d'utiliser les traits naturels de l'endroit. À cette heure tardive, l'armée entière roupillait déjà, les hommes ronflant lourdement dans leur tente. Toutefois, le vieux conseiller n'avait jamais été du genre à dormir beaucoup. Il demeurait souvent éveillé jusqu'à tard dans la nuit, étudiant différents problèmes et pesant les solutions possibles qui s'offraient à lui, tout en profitant du silence et de la solitude pour organiser ses pensées. Ces heures privilégiées, Morghan les attendait impatiemment chaque jour.

Mais ces derniers temps, il en était venu à craindre ces moments nocturnes.

Tandis qu'il étudiait le récit d'un soldat, un frisson glacé courut le long de la colonne vertébrale de Morghan. La température à l'intérieur de la tente sembla descendre de quelques degrés, et le feu s'agita sauvagement.

Le conseiller leva la tête et vit une silhouette noire qui se dressait à quelques pas de lui, le regardant à son tour. De forme humaine, l'entité était vêtue d'une coule noire de moine, qui recouvrait entièrement son corps, tel un disciple infernal de sorcellerie diabolique. Son visage était dissimulé dans l'ombre d'une cagoule qui recouvrait sa tête, ses yeux invisibles à Morghan. Les mains de cet être étaient cachées à l'intérieur des manches de la robe et ses pieds étaient impossibles à voir sous l'ourlet, donnant l'impression que la figure sous le manteau planait au-dessus du sol.

— Le roi est-il toujours d'accord pour suivre votre plan ? demanda l'homme en noir, sa voix paraissant venir des plus profonds puits de l'enfer, comme un tremblement de terre qui émergeait d'un abîme souterrain.

— Oui. Vous avez eu raison de m'indiquer Dinas Ffaraon. C'est l'endroit parfait pour nous défendre contre les Saxons.

L'étranger à la cagoule s'avança vers Morghan, qui se recula instinctivement. Cela faisait maintenant une semaine que l'inconnu l'avait approché. Il était apparu lors d'une nuit sans lune, s'immisçant à l'intérieur de la tente alors que le vieil homme dormait, sans être détecté par les gardes postés à l'entrée. Morghan avait d'abord cru qu'il s'agissait d'un assassin envoyé par l'ennemi, mais l'homme mystérieux avait parlé de la guerre et de Vortigern. Il avait dicté au vieux conseiller des directives à suivre et des instructions sur la suite des choses. Jusqu'à maintenant, tout ce que l'étranger avait prédit s'était avéré véridique, et c'était en bonne partie grâce à cette figure lugubre qu'ils avaient réussi à éviter les Saxons. Ils avaient même mis un peu de distance entre les deux clans.

Par contre, Morghan demeurait dans le brouillard le plus lourd quant aux véritables intentions de l'homme cagoulé, et cela ne manquait pas de le rendre extrêmement nerveux. Pire encore, il ne pouvait être absolument certain que c'était réellement un homme qui se tenait devant lui en ce moment. Si on lui avait posé la question, il aurait répondu qu'il pouvait très bien s'agir d'un démon cherchant à les damner tous.

Mais peu importe quels étaient les plans de l'homme cagoulé, Morghan était à court d'options et n'avait pas d'autre choix. Il devait accepter toute l'aide qui lui était offerte en ces temps de crise. Vortigern s'efforçait d'être un souverain au cœur juste, mais il semblait destiné à constamment prendre la mauvaise décision. Ses actions n'avaient attiré que le malheur et la tragédie sur les Bretons. Morghan accepterait volontiers chacune des idées que cet étranger lui apporterait, afin de donner à son peuple une chance dans cette guerre.

— Les Saxons croient toujours que vous vous dirigez vers le nord pour joindre d'autres divisions de votre armée, dit l'étranger noir. Ils prendront quelques semaines avant de réaliser leur erreur et de rebrousser chemin.

— Qu'allons-nous faire à propos de leurs éclaireurs ? Je présume que quelques-uns nous suivent et fournissent des informations à Hengist sur notre position.

— Je me suis occupé des éclaireurs. Croyez-moi, lorsqu'ils trouveront leurs restes, personne ne se portera volontaire pour prendre leur place.

Morghan ne put réprimer un frisson à la pensée des supplices que cet homme devait être capable d'infliger. Une chose était certaine, il ferait tout en son pouvoir pour ne jamais irriter son visiteur.

— Bien, murmura-t-il. Mais qu'adviendra-t-il des villageois que les Saxons rencontreront en chemin ? Ou encore des divisions militaires cantonnées au nord et qui seront laissées à elles-mêmes pour se défendre, coupées du corps principal de l'armée ? Ils n'auront aucune chance contre ces barbares, particulièrement s'ils sont furieux, après avoir retrouvé leurs éclaireurs. Ils ne seront pas très enclins à démontrer de la compassion pour notre peuple.

L'homme en noir tourna brusquement la tête en direction de Morghan. Le conseiller pouvait sentir le regard de l'étranger transpercer son âme, s'emparant de toute sa volonté avec une poigne de fer.

— Des sacrifices doivent être faits en des temps comme ceux-ci, conseiller. Vous êtes en mesure de le comprendre plus que quiconque. Les actions qu'accomplira votre roi dans les jours qui viennent solidifieront sa position comme souverain de son peuple. Suivez mes conseils et vous obtiendrez une victoire écrasante à Dinas Ffaraon, une victoire qui incitera les Saxons à s'enfuir à toutes jambes sur le continent. C'est bien ce que vous désirez, Morghan, n'est-ce pas ?

Évidemment que c'était ce que le conseiller désirait : sauver son peuple. Lorsque l'homme en noir avait initialement approché Morghan, il lui avait promis le trône, planifiant de renverser Vortigern et de le remplacer à la tête de la Bretagne. Mais Morghan n'avait aucun intérêt pour de telles suggestions. Le royaume de Bretagne avait besoin d'un roi puissant et expérimenté, un monarque qui serait en mesure de rassembler les troupes avec ses paroles et ses exploits militaires. Le conseiller se savait trop vieux pour être un tel roi, préférant travailler dans l'ombre de quelqu'un tel que Vortigern. Le roi était loin d'être parfait, mais il n'avait pas froid aux yeux et savait prendre les décisions difficiles, lorsque nécessaire. La dernière chose dont l'île avait besoin était d'une autre dispute, en plus de celles que livrait son peuple envers les Saxons et les tribus du Nord. Une querelle pour le trône signifierait assurément la perte des Bretons.

— Le roi est accablé par des soucis dont il ne m'avait pas encore parlé, dit Morghan, essayant de faire diversion et de changer le sujet. En plus des Saxons, il craint que des ennemis anciens et dissimulés ne profitent du conflit pour comploter contre lui.

— Les fils de Constantine.

— Oui, les frères du défunt Constans. Nous n'avons rien déniché à leur sujet depuis de nombreuses années maintenant et Vortigern croit qu'ils pourraient tirer avantage de la situation pour tenter un coup d'État et l'assassiner, espérant ainsi prendre possession de la couronne.

— Il ne doit pas s'inquiéter à propos des frères. Si vous suivez mon plan et obéissez à chacune de mes instructions, vous n'aurez plus jamais à vous soucier de ces deux-là.

L'homme cagoulé s'approcha encore plus près de Morghan, son visage toujours dissimulé dans les ténèbres, maintenant à quelques centimètres de celui du conseiller.

— Il est impératif que vous écrasiez les Saxons, poursuivit-il. Alors seulement, le règne de Vortigern sera-t-il assuré pour plusieurs décennies, aguerri contre toute attaque de la part des fils de Constantine.

Morghan tenta de demeurer calme et de camoufler sa terreur, mais il ne réussit cet exploit que durant quelques secondes. Il se tourna rapidement pour diriger son attention sur les cartes et les illustrations de Dinas Ffaraon.

— Que dois-je dire au roi lorsque nous atteindrons Dinas Ffaraon ?

— Nous en avons déjà discuté, conseiller. Vous lui suggérerez de construire une forteresse. La colline constitue une position idéale pour vous défendre, mais vous aurez besoin de la protection d'un rempart et de tours d'archers.

L'homme cagoulé pointa l'une des cartes, révélant une main gantée de cuir noir.

— Vous abattrez les arbres ici, pour créer un entonnoir naturel où les Saxons devront s'engouffrer. Si vous ne disposez pas de murailles de pierre, ils vous encercleront et vous attaqueront à partir de la forêt environnante. Avec une forteresse, ils devront concentrer leurs efforts sur les portes, puisqu'il leur sera impossible de manœuvrer aisément avec des échelles au travers des arbres, afin d'escalader les murs.

Le conseiller observa la carte et approuva de la tête. Encore une fois, les paroles de l'étranger étaient remplies de sagesse.

— Dès que vos hommes auront rasé les arbres et bâti la citadelle, vous serez prêts pour vous défendre. Alors je vous révélerai la suite de mon plan, afin de vaincre les Saxons d'une manière si éclatante qu'elle fera l'objet de légendes et de chansons pour les siècles à venir.

Sans attendre une réponse, l'homme cagoulé quitta la table et se dirigea vers la sortie de la tente. Bien que le conseiller remerciait le Ciel de lui avoir envoyé cet étranger pour leur venir en aide, il n'était toujours pas à l'aise avec sa présence à l'intérieur de la tente. Comme s'il avait entendu les pensées du conseiller, l'étranger s'arrêta juste au moment de sortir et releva la tête, le dos toujours tourné à Morghan.

— Une dernière chose, dit-il. Un jeune homme a infiltré votre armée. Il ne s'agit pas d'un espion pour l'ennemi, mais de quelque chose de bien pire encore. Il est un puissant sorcier cherchant à anéantir votre peuple. Je ne connais pas son identité, ni même de quoi il a l'air, mais restez sur vos gardes et ayez l'œil ouvert pour tout détail qui pourrait vous paraître étrange. Soyez particulièrement alerte à quiconque semblera se parler à lui-même, car il s'agira du sorcier, discutant avec des démons ou même le diable en personne.

Avant que Morghan s'enquière sur la façon de capturer ce sorcier, l'étranger mystérieux avait disparu. Morghan se laissa choir sur une chaise à proximité, son corps complètement vidé de toute énergie, comme s'il venait tout juste de mener la bataille la plus violente de sa longue vie.

4

— Debout, espèce de sale fainéant ! lança une voix rauque, tandis que l'on frappait du pied les jambes de Samuel.

Il cligna des yeux à quelques reprises, tandis qu'une lumière aveuglante assaillait ses pupilles. Après quelques tentatives, utilisant sa main droite pour se protéger, il réussit à lever les yeux. Un homme trapu, sans aucune dent, le regardait avec une expression sévère et des yeux louches.

— T'as de la merde dans les oreilles, moucheron ? Je t'ai dit de te lever et de foutre le camp ! cria l'homme.

Il attendit quelques instants de plus, injuria Samuel davantage, et s'éloigna du garçon pour aller embêter quelqu'un d'autre.

Samuel tenta de s'asseoir, mais sa tête lui donnait l'impression d'avoir passé la nuit dans une machine à laver. Son crâne vibrait douloureusement et son cerveau se plaignait à chaque inspiration. Ses yeux voulaient rouler dans sa tête à la moindre occasion, et un sifflement constant résonnait dans ses oreilles. Finalement, il rassembla le peu d'énergie qu'il possédait toujours et parvint à se redresser.

Lorsqu'il prit conscience de l'endroit où il se trouvait, la première chose qui frappa Samuel fut la puanteur horrible. Un mélange infect lui assaillit les narines, le renvoyant presque par terre : de la fumée sèche et poussiéreuse, du bois humide, de la merde, et de la sueur d'animaux.

Les images d'un voyage éducatif à la ferme locale, il y a quelques années, resurgirent prestement dans l'esprit de Samuel.

Agissant purement par instinct, il inspira par la bouche, mais sa langue fut immédiatement couverte de poussière.

Après quelques secondes à tousser et cracher par terre, Samuel se leva enfin pour observer les alentours. Il avait les deux pieds dans une petite botte de foin, sur laquelle il était revenu à lui quelques minutes plus tôt, derrière une tente couverte de boue sèche. Pivotant sur lui-même, il vit des dizaines de tentes supplémentaires, disposées sur plus d'une centaine de mètres dans toutes les directions. Il y en avait de toutes les dimensions, de la plus minuscule jusqu'aux abris larges, à l'intérieur desquels on pouvait se tenir debout. Toutes sans exception étaient sales et poussiéreuses, certaines carrément dégoûtantes.

Au travers de ces tentes, des hommes de tous âges et de tous gabarits s'affairaient à différentes activités. La plupart portaient une veste de cuir, alors que d'autres arboraient une armure en cotte de mailles. Ils étaient également équipés d'une variété impressionnante d'armes, incluant des épées et des lances, en plus de boucliers et d'arcs.

Selon toute évidence, Samuel était revenu à lui au milieu d'un camp militaire quelconque. Pivotant toujours sur lui-même, incapable de saisir ce qui lui arrivait, il aperçut l'homme trapu aux yeux louches qui revenait dans sa direction, l'injuriant à nouveau et criant des paroles inaudibles à son intention. N'ayant aucunement l'intention de faire face à l'homme, Samuel tourna les talons et s'éloigna rapidement.

Pendant quelques minutes, il déambula sans but précis, observant les soldats qu'il croisait d'un air hébété. La plupart d'entre eux étaient plus petits que lui, mais ils portaient presque tous de vilaines cicatrices.

S'il avait cru être dans un événement de jeux de rôle grandeur nature, victime d'un violent coup à la tête qui l'aurait fait tomber dans les pommes, Samuel devait admettre qu'il se trompait. Il ne faisait aucun doute que les hommes qui l'entouraient étaient de véritables guerriers. Les armes qu'ils portaient n'étaient pas de vulgaires répliques. Elles arboraient des marques de batailles, de la rouille, et des taches de sang séché.

— Toi là-bas ! lança un homme derrière Samuel. Où crois-tu que tu vas comme ça ? Amène-toi sur-le-champ et prends une arme avant qu'un officier te voie.

Désorienté, Samuel observa l'homme. Il était incapable de deviner son âge, car son corps semblait à peine plus vieux que le sien, mais son visage appartenait à un homme beaucoup plus âgé ; un homme ayant traversé de nombreuses épreuves, et envers qui la vie n'avait pas été tendre. Il portait un casque simple fait de métal brut, ainsi qu'une veste de cuir rapiécée, sur laquelle étaient fixées quelques plaques de fer aux formes irrégulières. Son pantalon semblait aussi vieux que son propriétaire. Finalement, lorsque l'homme se retourna pour continuer ses tâches usuelles, Samuel vit qu'il portait un petit bouclier rond sur son dos, avec une hachette fixée à sa taille.

Assurément, il était dans un rêve. Tout cela était impossible, voire irréel. Une minute, il se trouvait dans sa chambre et l'instant d'après, il se promenait dans la boue, au milieu de Dieu seul savait où. Malgré tout, réel ou pas, Samuel commençait sérieusement à s'inquiéter.

Il regarda une fois de plus aux alentours et remarqua que les tentes étaient disposées d'une manière ordonnée, soigneusement alignées les unes avec les autres. Au centre du camp, à un peu plus de cent mètres, quelques tentes plus imposantes étaient ceinturées d'une petite clôture, la tente centrale environ deux fois plus haute que celles qui l'entouraient.

À partir de ce point, deux chemins se croisaient avant de s'étendre dans quatre directions. Samuel se rappela avoir vu des camps similaires à celui-ci, avec une palissade de bois qui les entourait, dans des films sur les Romains d'autrefois. Ce camp-ci, par contre, avait été bâti au milieu d'une clairière, entourée par une forêt dense.

Était-il en Europe ? Avait-il réellement voyagé dans le temps pour revenir en arrière, à une période de l'histoire où les Romains étaient toujours dans leur conquête du monde ?

— Qu'attends-tu ? cria à nouveau le vieil homme au bouclier, se tenant de l'autre côté du chemin, entre deux râteliers contenant des armes de toutes sortes. Arrête d'agir en imbécile et amène ta sale carcasse. Nous devons nous grouiller le cul !

Il fit signe à Samuel de le rejoindre.

Samuel était perplexe et effrayé. Il n'avait aucune idée de l'endroit où il se trouvait, de la manière qu'il était arrivé ici, ni de ce qui s'était produit exactement. Malgré tout, il jugea qu'il était dans son intérêt de faire ce que le vieil homme demandait. Il traversa donc le chemin en direction d'autres tentes, où l'homme s'affairait maintenant à distribuer des épées, lances et casques à un groupe de soldats. Lorsque Samuel fut tout près, l'homme attrapa une épée rouillée qui ne faisait pas moins d'un mètre de long et paraissait particulièrement lourde.

— Tiens, prends celle-là, ordonna-t-il à Samuel.

— Pardon ?

— T'es sourd ou quoi, vermine ? Prends cette fichue épée et le casque derrière toi, avant de t'attirer des ennuis. Tu ne chercherais pas des problèmes, par hasard ?

— Non.

— Alors, prends cette stupide épée et ce putain de casque ! Je n'ai pas toute la journée.

Samuel étudia l'épée qui pointait maintenant dans sa direction. Elle ressemblait à une vieille claymore, lourde et sale.

— Vous n'auriez pas quelque chose de plus petit ou plus léger ? demanda-t-il, se surprenant lui-même d'avoir trouvé le courage de parler de la sorte.

— Je te demande pardon ? répondit le vieil homme. Qu'est-ce que tu as dit ?

Soudainement, Samuel réalisa qu'il attirait plus d'attention qu'il ne le souhaitait, surtout de la part du groupe de guerriers derrière lui.

— Je veux dire, balbutia-t-il, que cette épée m'a l'air conçue pour un adulte. Avez-vous quelque chose pour un adolescent ?

— Un adolescent ? Mais bordel de merde ! Qu'est-ce que c'est qu'un adolescent ? Mon gars, quel âge as-tu au juste ?

— Quatorze ans.

— Quatorze ! s'exclama l'homme. Par la barbe de Lucifer, t'es un homme, ma parole. Prends cette maudite épée et sors de ma vue, avant que je m'en serve pour te trancher la gorge.

Samuel attrapa rapidement l'épée à deux mains et la traîna plus loin, sans contester l'ordre de l'homme une nouvelle fois.

— Et mets quelque chose sur ta tête, nom de Dieu, entendit-il l'homme lui lancer derrière lui.

L'arme était encore plus lourde qu'il avait estimé et Samuel pouvait à peine lever la pointe du sol. Lorsqu'il fut hors de vue de l'homme et des guerriers, il laissa tomber la claymore. Il lui était tout simplement impossible de transporter cette arme lui-même. De plus, il n'avait nulle part où la ranger.

Du coup, il s'observa pour la première fois depuis qu'il avait retrouvé ses sens et réalisa qu'il portait toujours les vêtements que lui avait offerts sa sœur, il y avait de cela presque une heure... ou peut-être que plusieurs siècles s'étaient écoulés depuis. Il constata aussi qu'il ne portait pas de bottes et donc, ses chaussettes étaient maintenant si sales qu'elles auraient été parfaites pour une publicité de détergent.

Samuel doutait fortement qu'il trouve du détergent ici, et décida simplement de retirer ses chaussettes et de les jeter plus loin. Il y avait un million de questions qui se bousculaient dans sa tête, mais il pensa que la première chose à faire était de trouver une arme de taille appropriée et des bottes à sa mesure. La dernière chose qu'il voulait était de se promener ainsi et de risquer un face-à-face avec le vieil homme, responsable de l'équipement. Si on l'apercevait à nouveau sans une arme, on pourrait se poser des questions et il ne voulait surtout pas attirer plus d'attention que nécessaire sur lui-même. Du moins, jusqu'à ce qu'il se calme et éclaircisse le mystère qui l'entourait.

Laissant la claymore derrière lui, Samuel se rendit près d'une table, sur laquelle reposaient des armes d'une taille plus convenable. Il aperçut un petit glaive rangé dans son fourreau de cuir et attaché à une ceinture. Il décida que c'était probablement sa meilleure option. L'arme n'était pas particulièrement lourde et Samuel fit quelques pas sans qu'elle l'encombre véritablement. Comme il s'apprêtait à s'éloigner de la table, il vit une petite dague et décida de l'emporter aussi.

Une fois la dague solidement attachée à sa taille, il examina les quelques casques qui se trouvaient devant lui, sur un petit meuble adjacent. Ils étaient tous faits de la même façon, avec du cuir usé et quelques pièces métalliques attachées çà et là, sans aucune technique particulière. Il en essaya quelques-uns, mais les casques étaient beaucoup trop grands et il décida donc d'abandonner l'idée, en espérant que personne ne s'offense de son manque de protection à la tête.

Pour terminer, il aperçut une vieille paire de bottes en cuir sous la table et y glissa les pieds. La taille n'était pas parfaite, mais elles étaient assez confortables pour marcher sans risquer de les perdre.

Lorsqu'il fut satisfait, Samuel s'éloigna de la table et des tentes d'approvisionnement. Il revint sur le chemin poussiéreux et se dirigea instinctivement vers le centre du camp, espérant peut-être y trouver des réponses. L'idée qu'il était dans un songe lui traversa à nouveau l'esprit, mais il était toujours convaincu que ce n'était pas le cas. Tout était si réel et authentique, même s'il était normalement impossible pour lui de se trouver dans un endroit comme celui-ci.

Est-ce qu'on l'avait drogué et emmené ici dans un but qu'il n'arrivait pas à deviner ?

Tout en marchant le long du chemin, il essaya de se souvenir de ses dernières actions, avant de se réveiller dans ce monde étrange. Il se souvint d'être rentré de l'école, d'avoir pris le dîner avec Shantel et ensuite, il était monté à sa chambre. Il s'était assis à la petite table de travail et avait examiné les dés étranges, avant de les lancer par inadvertance. Une lumière étrange était alors apparue et avait envahi la chambre entière. C'était la dernière chose dont il se souvenait.

Ce ne pouvait être que les dés ! Ils devaient être responsables de sa situation.

Il fouilla les poches de son pantalon de cuir et y trouva les petits bouts d'os. Chaque face arborait un étrange symbole, brûlant doucement comme les tisons d'un feu qui se meurt. Que signifiait tout cela ? Les dés l'avaient-ils transporté ici après qu'il les avait lancés ? Cela paraissait une explication logique, mais si c'était le cas, alors une question évidente devait être posée. Que devait-il faire pour rentrer chez lui ? Devait-il lancer les dés à nouveau et prier pour que cela fonctionne ?

Avant qu'il n'ait le temps de prendre une décision, quelqu'un l'agrippa par l'épaule et le tira violemment par-derrière, l'envoyant rouler sur le sol humide.

— Attention ! lança le jeune homme qui avait tiré Samuel. Il faut être prudent, l'ami, ou tu vas te faire piétiner.

Samuel vit un groupe de chevaux approcher à vive allure, martelant le sol de leurs sabots à l'endroit même où il se tenait quelques instants plus tôt. Environ une douzaine de cavaliers défilèrent devant lui, tous vêtus d'une armure de fer et portant d'énormes boucliers, ainsi que des lances et des épées rangées sur le côté de leur selle.

Au milieu du groupe, un des hommes portait une armure différente. Entièrement faite d'un métal noir onyx, elle couvrait complètement son corps. Sur sa tête, un heaume de métal était décoré d'un crâne d'animal et de crins de chevaux. Sur le côté, deux longues cornes s'étiraient de part et d'autre, au bout desquelles on avait accroché des plumes d'oiseaux divers. Un masque de métal, forgé pour avoir la forme d'un visage humain, dissimulait l'identité du cavalier. Pour terminer, une cape rouge volait derrière lui, un aigle blanc brodé sur le revers.

Alors que l'homme passait devant lui, Samuel remarqua qu'il ne portait pas de lance ni de bouclier, comme le reste des cavaliers. Il était plutôt armé d'une épée à la lame noire comme son armure, et qui devait faire un mètre et demi de long.

À petite distance derrière le groupe, quelques douzaines de chevaux leur emboîtaient le pas, montés par des hommes vêtus de vestes de cuir et de cottes de mailles rouillées. Le groupe semblait provenir du centre du campement et se dirigeait vers la forêt.

Le jeune homme qui avait sauvé Samuel lui tendit la main pour l'aider à se relever.

— Je suis Malloy, lança-t-il. Malloy Cadwallader.

— Samuel Osmond.

— Content de te rencontrer, Samuel. Je crois que l'armée s'apprête à lever le camp. Tu devrais aller ramasser tes effets.

— Qui était cet homme ? demanda Samuel, regardant toujours les cavaliers s'éloigner.

— De qui parles-tu ? dit Malloy.

— Celui avec l'armure noire.

Dès qu'il prononça ces paroles, Malloy l'agrippa par l'épaule, le fit pivoter vers lui, et le regarda droit dans les yeux.

— Que veux-tu dire par « *qui était cet homme* » ? Ne reconnais-tu donc pas ton roi ?

Samuel vit du coin de l'œil que Malloy approchait lentement sa main de l'arme qu'il portait à sa taille.

— Non ! Je veux dire, oui, balbutia Samuel. Bien entendu que je sais qui il est. Écoutez, je suis désolé, je ne voulais pas vous offenser, je le jure.

— Tu n'es pas un espion saxon par hasard, non ?

— Quoi ? Évidemment que non. Je ne sais même pas de quoi vous parlez. Oh merde ! S'il vous plaît, ne me tuez pas, je vous en prie !

Malloy considéra les mots de Samuel durant de longues secondes. Au bout du compte, il retira la main de son épée et lâcha le garçon, selon toute évidence satisfait de la réponse de Samuel.

— D'accord, je veux bien te croire Samuel, dit-il. Maintenant, magne-toi.

— Oui, bien entendu !

— Et trouve-toi une vraie épée ! Tu ne découperas personne en pièce avec ce petit couteau que tu traînes avec toi.

— Bien sûr, répondit Samuel, observant son glaive. C'est simplement un souvenir, pour un ami. J'attendais qu'un espadon soit disponible. Bref, merci et à plus tard.

La colonne d'hommes et de guerriers continuait à passer au centre du camp et s'allongeait sans cesse. À présent, en plus des soldats à cheval, plusieurs hommes à pied ou encore conduisant des charrettes s'étaient joints au groupe, transportant de l'équipement divers et des victuailles de toutes sortes. La petite armée entamait son voyage quotidien, sans se soucier des retardataires qui s'empressaient de ramasser leur butin et de se joindre au groupe.

Samuel étudia les dés qu'il tenait toujours au creux de sa main. Pourquoi l'avaient-ils transporté ici ?

Lorsque le roi et son escorte furent hors de vue, un homme costaud portant une énorme hache à deux tranchants grimpa sur une table près de Samuel. Il souffla dans une corne creuse, afin d'attirer l'attention des soldats autour de lui.

— Très bien, bande de tire-au-flanc, cria-t-il à toute voix. Il est temps de partir. Le roi Vortigern vient tout juste de passer. Ramassez vos cochonneries en vitesse et rejoignez la colonne sans perdre une minute. Brûlez tout ce que vous ne pouvez pas emporter, incluant les armes et la nourriture. Ne laissez rien pour l'ennemi qui pourrait nous suivre. Si vous ralentissez le pas et vous retrouvez seul, c'est votre problème, alors bougez-vous le cul !

Samuel regardait l'homme qui semblait être responsable de cette section-ci du campement. Peut-être avait-il des réponses pour lui. Si seulement il pouvait lui parler sans avoir l'air d'un idiot ou pire encore, d'un espion ennemi.

— Si j'étais toi, je lui obéirais, suggéra une petite voix derrière lui.

— Oui, je sais, merci, répondit Samuel, sans quitter des yeux l'homme sur la table.

— J'espère bien, poursuivit la voix, parce que cet endroit va grouiller de barbares saxons dans quelques jours et s'ils t'attrapent, tu peux oublier tout espoir de rentrer chez toi, Samuel Osmond.

À la mention de son nom, il pivota sur lui-même. La personne qui s'adressait à lui savait qui il était et d'où il venait. Il avait envisagé de se retrouver face à un autre guerrier ou du moins un être humain, mais la créature qui le regardait semblait sortie tout droit d'un livre de fantaisie.

Une jeune femme qui ne dépassait pas trente centimètres volait sur place devant lui, un peu plus haut que son propre visage. Elle portait une armure de cuir brun et une jupe en coton blanc, avec une minuscule épée qui ressemblait plus à une aiguille à coudre qu'à une arme mortelle et qui pendait sur le côté de son uniforme. À ses pieds, elle portait des sandales de cuir agencées à son armure, tandis que sur sa tête reposait une petite couronne dorée. Dans son dos, deux ailes semblables à celles d'un papillon s'agitaient.

Cet endroit devenait plus étrange à chaque instant.

— Tu sais qui je suis ? demanda Samuel.

— Bien sûr que oui, gros bêta, répondit la jeune femme. Je m'appelle Angéline et je suis ta nouvelle fata.

— Ma quoi ?

— Ta fata... Attends une minute !

Le sourire chaleureux d'Angéline se changea en une expression consternée.

— Tu ne sais pas ce qu'est une fata ?

— Non.

— C'est pas vrai ! Tu es un petit nouveau n'est-ce pas ? C'est toujours pareil ! J'avais pourtant spécifiquement demandé à ne plus être affectée aux nouveaux Gardiens. Une fois, rien qu'une seule fois, j'aimerais qu'on me jumelle avec quelqu'un qui sait ce qu'on attend de lui.

Samuel ne savait trop que répondre ou même comment réagir devant l'emportement de cette... fata.

— Je suis désolé ! fut tout ce qu'il trouva à dire.

— Oh, ce n'est pas ta faute, mon petit cœur. Je devrais apprendre à me tenir debout et me faire entendre lorsque vient le temps des promotions, c'est tout. Bref, oublions tout ça. Tu dois avoir des tonnes de questions, mais malheureusement, le temps n'est pas un luxe dont nous disposons. Il semblerait que ton arrivée ait été retardée. Ce n'est pas la première fois que ça arrive, et ça rend les choses plus difficiles pour tout le monde.

Angéline s'approcha quelque peu, prenant le nez de Samuel entre ses mains pour avoir toute son attention.

— Suis-moi. Trouvons un endroit plus discret où nous pourrons discuter quelques instants. Tu es le seul qui peut me voir et nous ne voulons certainement pas que les Bretons croient que tu es une sorte d'abruti, non ?

Sans prendre la peine d'attendre une réponse, la petite fata s'envola rapidement, ses ailes bourdonnant à vive allure. Samuel était sous le choc. Il voulut faire un pas pour suivre Angéline, mais son esprit essayait toujours d'assimiler les informations qu'il avait reçues depuis qu'il s'était éveillé dans cet endroit étrange.

Angéline revint à la vitesse d'une flèche et lui asséna un coup de pied sur l'épaule.

— Allez, on se bouge Samuel ! Arrête de gaspiller un temps précieux !

Quelques minutes plus tard, il avait pris place sur une souche d'arbre, derrière une grande tente, et Angéline s'était installée sur une petite table de bois devant lui.

Angéline ressemblait à une version miniature des guerrières Valkyrie. Son visage était délicat et ses cheveux d'un noir soyeux, coiffés en deux fines tresses derrière ses oreilles pointues. Ses yeux étaient plutôt grands pour sa taille et la pupille luisait d'un violet vif. Samuel pensa que la petite fata aurait été une fille populaire à l'école... si elle avait eu la bonne taille, bien entendu.

— Bien. Tu te demandes probablement où tu es, n'est-ce pas ?

— Oui. J'ai entendu des hommes parler de Saxons et ils semblent être en guerre contre eux. Suis-je en Angleterre ?

— Pas tout à fait. En fait, ce n'est pas encore l'Angleterre que tu connais. C'est encore la Bretagne. Mais commençons par le début. Avant tout, je veux que tu m'écoutes attentivement, car il y a énormément de choses que tu dois savoir et c'est beaucoup d'information à absorber d'un seul coup. Je fais ce boulot depuis assez longtemps pour savoir qu'il est préférable que nous prenions les choses doucement et que je te donne les détails de façon sporadique. Ne va pas croire que je te cache quoi que ce soit lorsque nous aurons terminé cet entretien. Je veux simplement que tu assimiles ce que je vais te dire avant de te livrer d'autres détails.

— Tu me fais un peu peur maintenant.

— Eh bien, tu *devrais* avoir peur, mais pas de moi. Je suis ton amie. En fait, je suis plus que ça, mais nous y reviendrons plus tard. Tu vois, c'est ce que je veux dire. Je ne peux pas m'étendre dans toutes les directions en même temps et te bombarder de détails. Il faut se concentrer sur un aspect à la fois, en faire le tour et passer au suivant. De cette façon, ta tête n'explosera pas comme une baudruche au soleil.

Samuel fixait Angéline avec des yeux écarquillés de surprise.

— D'accord ! poursuivit-elle. Donc, comme je le disais, tu n'es pas en Angleterre comme tu l'entends, tu n'es d'ailleurs plus dans ton monde non plus.

— *Pardon* ? trancha Samuel, un peu plus fort qu'il ne l'aurait souhaité.

— Calme-toi. Tu n'es pas sur une planète distante ou quelque chose de la sorte, seulement dans un univers différent. Rien de très grave. Un peu comme une dimension parallèle. Est-ce que ça a plus de sens pour toi ?

Cela n'avait pas plus de sens.

— Ce monde-ci se nomme Metverold, la terre des mythes, continua Angéline. C'est ici que les légendes et les histoires des différentes mythologies de ton monde prennent place. Dans ce monde-ci, les dieux d'autrefois et les anciennes divinités existent toujours, les héros accomplissent chaque jour leurs hauts faits, et les méchants sortent directement de tes pires cauchemars. Je sais que c'est un peu compliqué, et que cela peut être difficile à accepter, mais pour le moment, sache seulement que de ton point de vue, tu es dans une légende. Tu es comme un héros d'histoire pour enfants. En fait, pas vraiment un héros, mais sans doute un des personnages. Un personnage secondaire probablement. Pas le genre qui meurt au début, par contre, histoire de faire paraître le méchant encore plus vilain. Voilà que je m'emporte encore ! Désolée. Où en étais-je ?

Samuel avait peine à croire ce qu'il venait d'entendre. Un monde parallèle ? Un endroit où les légendes prenaient vie ? C'était absurde.

— Ah oui, avant que j'oublie. C'est plutôt important. Tu dois savoir que certaines régions de Metverold, comme celle-ci, sont similaires à ton propre monde, en ce sens que la nature et les lois de la physique sont identiques. Tu ne peux pas voler ou encore respirer sous l'eau dans ce monde-ci non plus. Donc, ne va pas faire quelque chose d'idiot en croyant que tu es invincible, parce que tu ne l'es pas. Bien au contraire. Pour l'instant, prends simplement les choses comme elles viennent, c'est tout.

— Pourquoi voles-tu dans ce cas ?

— Mais parce que je suis une fata évidemment, gros bêta ! Regarde, j'ai ces adorables petites ailes dans mon dos pour m'aider.

— Qu'est-ce qu'une fata au juste ? Je n'en ai jamais entendu parler dans aucune des légendes que je connais.

— Tu n'as jamais entendu parler de l'Inébranlable Angéline ? Ouch ! Tu m'en vois peinée. Bien que vous avez tendance à toujours changer les noms dès que vous retournez dans votre monde. On a fait référence à ma race en tant que fae ou faerae. Dryades ou sylphes. On nous a même parfois surnommés anges gardiens ou génies. Je ne sais jamais quel est le dernier nom que les hommes inventent pour les miens.

— Donc, tu es une sorte de fée ?

— Une fée, tu dis ?

Les ailes d'Angéline se mirent à battre rapidement, soulevant le petit être dans les airs, au-dessus de la table. Elle s'examina lentement, promenant son regard sur ses bras et ses jambes.

— Est-ce le nom que l'on nous donne ces jours-ci ? Je pense que j'aime bien, c'est joli. Une fée. La fée Angéline. J'aime comment ça sonne !

— As-tu des pouvoirs magiques ? demanda Samuel.

— J'aimerais bien ! J'ai quelques pouvoirs limités, mais pas dans le sens que tu sous-entends. En gros, je suis ici pour t'aider, le Gardien, afin que tu sois en mesure d'accomplir la tâche qui t'a été assignée. Chaque Gardien possède une fata. Nous sommes les gardiens des Gardiens, en quelque sorte. Mon rôle est de te guider et de te maintenir sur le droit chemin. Pour réussir, j'ai quelques pouvoirs auxquels je peux avoir recours.

Samuel était plus confus que jamais.

— Donc tu ne vas pas me renvoyer chez moi ? demanda-t-il, craignant la réponse.

— Par tous les dieux du ciel, bien sûr que non ! Enfin, pas tout de suite. Tu dois d'abord accomplir ta mission. Mais ne t'inquiète pas, je vais t'aider. Je suis comme une assistante personnelle. Je vais te rappeler ce qui doit se dérouler comme prévu et ce que tu dois empêcher de survenir. Je te dirai où aller et avec qui t'entretenir, mais à la fin, sache que chacune des décisions t'appartient et qu'elles doivent toutes être prises par toi, le Gardien.

— Attends une minute, intervint Samuel. Ce que tu dis n'a pas de sens pour moi. Pourquoi m'appelles-tu sans cesse un « Gardien » ? Que veux-tu dire au juste ?

— Oui, désolée. J'y arrivais. Comme je le disais plus tôt, il y a beaucoup de choses à expliquer et je n'ai qu'une seule bouche. C'est pour ça que je déteste qu'on me confie des petits nouveaux, sans vouloir t'offenser.

— Ça va.

— Eh bien, mon cher Samuel, tu seras content d'apprendre que tu portes maintenant le titre officiel de Gardien de Légendes. Je dis Gardien uniquement parce que je suis de nature paresseuse. Ton rôle consiste à maintenir l'intégrité des légendes et des mythes dans lesquels tu te retrouves, comme celui-ci. Tu vois, sur Metverold, chaque histoire, fable, légende et autre récit de folklore qui est raconté dans ton monde se déroule réellement ici, encore et toujours.

Samuel n'était pas certain de saisir exactement ce qu'Angéline essayait de lui dire.

— Tu veux dire que vous vivez sans cesse les mêmes histoires, encore et encore, sans jamais passer à autre chose ? Pourquoi ?

— Pourquoi pas ? Avons-nous besoin d'une raison valable à tes yeux pour exister ? Ton monde évolue sans cesse et change continuellement, jamais satisfait de ce que vous avez et demandant toujours plus. Est-ce vraiment mieux que d'être heureux avec ce que l'on a et s'en contenter ? Notre monde n'est pas si déplaisant, tu le verras bien assez tôt.

— Mais les habitants de ce monde ne désirent-ils pas un peu de changement de temps en temps ? demanda Samuel. Qu'advient-il de ceux qui périssent ou disparaissent à jamais au cours d'une légende ? N'aimeraient-ils pas connaître un sort plus clément ?

Angéline éclata de rire.

— Mais *bien entendu* qu'ils le voudraient. Qu'est-ce que tu crois ? Mais ils ne sont pas conscients qu'ils répètent sans cesse les histoires. C'est difficile à expliquer, mais la grande majorité des habitants de Metverold ne sont que des acteurs, répétant continuellement la même pièce. Et il doit absolument en demeurer ainsi pour la survie de nos deux mondes ! Je sais que tout ça peut paraître très confus, mais en temps et lieu, je t'expliquerai mieux la relation entre nos deux univers.

— Je t'en prie, pas maintenant, ma tête va exploser, dit Samuel. Mais je dois te demander une dernière chose. Vais-je être en mesure de rentrer chez moi bientôt ?

Angéline regarda Samuel droit dans les yeux.

— Samuel, tu vas rentrer à la maison, je te le promets. Malheureusement, je ne peux pas te dire à quel moment.

Elle pointa vers les poches de son pantalon.

— Les dés t'ont choisi, Samuel, pour être le Gardien de cette légende et le sort de nos deux mondes repose sur tes épaules. C'est un honneur que d'avoir été élu, mais aussi un devoir très sérieux. Tu dois accepter qu'il soit impossible de rentrer chez toi pour le moment. Tu dois accomplir ton devoir ici avant. Si tu ne prends pas ton devoir au sérieux, alors tu vas échouer et le chaos s'ensuivra. La sécurité de nos mondes repose entre tes mains, Gardien Samuel.

5

De sombres nuages avaient accompagné l'armée bretonne durant toute la journée, regorgeant de pluie glacée et projetant des ombres menaçantes sur le monde en dessous. De temps à autre, quelques gouttes éclaboussaient les hommes, comme un avertissement indiquant qu'à tout moment la nature pouvait relâcher un déluge sur leur corps fatigué et meurtri.

Lorsque les ombres s'allongèrent et que le soleil effleura les montagnes, les hommes avaient construit un nouveau camp, après avoir défriché une petite clairière au cœur de la forêt. Autour d'eux, des loups tapis attendaient l'occasion de mettre la patte sur une proie blessée ou affaiblie, afin de la tirer dans leur tanière. Les guerriers démontraient une efficacité impressionnante pour assembler leur campement, un art qu'ils avaient appris des légions romaines, quelques siècles plus tôt. Avec une force de travail qui comptait des milliers d'hommes œuvrant tous dans un même but, le refuge temporaire fut achevé en quelques heures seulement. Rapidement, des douzaines de feux s'étaient allumés à travers le camp et l'odeur de viandes cuites avait envahi l'air environnant, suivie des rires et des chants des guerriers profitant de quelques heures de repos.

Quelque part dans ce campement, totalement ignoré par les fêtards, un jeune homme était assis, seul et en silence. Il était épuisé, désespéré et complètement abattu.

Samuel pouvait à peine marcher. Toute la journée, il avait fait de son mieux pour suivre l'armée et les soldats, s'immisçant dans la foule pour ne pas attirer l'attention. Pendant des heures, il avait marché sans répit dans des bottes trop grandes pour ses pieds. Vers la fin de la matinée, des cloques étaient apparues sur la plante de ses pieds. Au milieu de l'après-midi, les cloques étaient devenues des plaies ouvertes où la chaire exposée brûlait à chaque pas qu'il effectuait.

Le plus difficile était de suivre les centaines de chevaux qui précédaient les soldats à pieds, laissant derrière eux un sol labouré et déformé par leurs sabots. Chaque pas était une lutte pour conserver son équilibre.

Le pire, c'était que le reste des hommes semblait endurer ces difficultés avec aise. À quelques reprises, Samuel avait voulu s'arrêter pour récupérer son souffle et retrouver un peu d'énergie, mais chaque fois, personne n'avait même lancé un coup d'œil dans sa direction. Samuel avait rapidement compris qu'il devait rester avec le groupe à tout prix, ou on l'abandonnerait derrière, sans que personne ne s'aperçoive de rien. La peur de se retrouver seul dans les bois inconnus avait été suffisante pour lui faire oublier les plaies sur ses pieds et les crampes dans ses mollets.

Malheureusement, la douleur qui envahissait son corps n'était pas son seul souci. Tout d'abord, il n'avait rien avalé de toute la journée et les grognements de son estomac camouflaient presque les grognements des hommes autour de lui. Ensuite, il y avait le froid. Déjà, il pouvait sentir les doigts glacés de la nuit courir le long de sa colonne vertébrale. Sans moyen de se couvrir, il redoutait l'heure de la nuit où les feux s'éteindraient d'eux-mêmes et que les guerriers seraient endormis à l'intérieur de leur tente. S'il n'avait pas déjà été victime des loups à ce moment, il ne faisait aucun doute que le froid se chargerait de lui.

Des larmes roulèrent le long de ses joues. Samuel les essuya rapidement avant que quelqu'un ne les voie.

— Laisse-moi deviner. Tu n'as pas de fourrure ni de manteau, n'est-ce pas ? demanda une voix derrière lui.

Se retournant, Samuel vit Malloy, l'homme qui l'avait sauvé le matin même. Le guerrier avait les bras croisés sur la poitrine, observant le garçon avec dérision.

— As-tu seulement quelque chose pour dormir ce soir ? demanda le guerrier.

— Non.

— Dieu du Ciel, tu es impossible. Avec des amateurs comme toi qui prétendent être des soldats, pas étonnant que les Saxons nous bottent les fesses.

Il décroisa les bras et révéla une peau de mouton.

— Tiens, prends ceci ou tu vas mourir de froid avant même que ce feu ne s'éteigne.

Samuel déplia délicatement la peau de mouton et remarqua deux petites cordes à l'une des extrémités. Il balança la peau sur son dos et attacha les cordons à l'avant, autour de son cou.

— La vie est-elle si pénible pour toi, mon ami, que tu essaies de t'étrangler pour en finir ? demanda Malloy, incapable de dissimuler un sourire d'amusement. Attends, laisse-moi t'aider avec ça.

Le jeune homme s'agenouilla devant Samuel et délia les cordons. Il déplia ensuite davantage la peau autour du corps du jeune homme, révélant ainsi deux trous où ce dernier put insérer les bras. Le guerrier attacha ensuite le tout sur la poitrine de Samuel.

Samuel sentit immédiatement sa poitrine se réchauffer, ainsi que son cœur.

— Voilà, dit le guerrier. Tu as dit que tu t'appelais Samuel, n'est-ce pas ?

— Oui.

— Ça ne fait pas très longtemps que tu es soldat, Samuel, non ?

— Non.

— As-tu seulement livré une seule bataille à ce jour ?

— À dire vrai, je me suis déjà battu oui, mais pas dans ce genre de combat.

Malloy prit place sur le tronc d'arbre sec, près de Samuel. Il leva les mains pour réchauffer ses paumes près du feu.

— Quand as-tu rejoint l'armée, Samuel ?

— Très récemment en fait.

Samuel appréciait la compagnie de Malloy, mais il ne pouvait s'empêcher de ressentir une certaine nervosité. Il devait être prudent avec ses réponses et choisir ses mots avec sagesse. Au moindre doute qu'il était un espion ennemi, Malloy le transpercerait avec son épée, sans poser davantage de questions.

— Donc si je comprends bien, tu n'étais pas avec nous lors de la bataille de Verulamium ? Tu dois être avec nous que depuis quelques jours seulement, non ?

— En fait, je suis arrivé ce matin même. Je me suis joint au groupe au campement précédent.

Malloy le regarda avec prudence. Samuel eut la désagréable impression qu'on l'évaluait, qu'on pesait la vérité de ses paroles. Malloy, même s'il paraissait ne pas être beaucoup plus âgé que Samuel, était un guerrier beaucoup plus expérimenté et il avait appris à se fier à son instinct. Pour l'instant, il semblait que son instinct mettait toujours en doute l'allégeance de Samuel.

— D'où viens-tu ? demanda Malloy.

— Un petit village, pas très loin d'ici.

— Lequel, exactement ? insista Malloy. Ratae ? Lindum ?

— Oui.

Samuel nota que le guerrier approchait de nouveau la main du pommeau de son arme.

— Lequel, exactement ?

La situation s'envenimait rapidement et pouvait facilement glisser hors de contrôle. Il devait réfléchir en vitesse et inventer une réponse qui satisferait le guerrier, ou son aventure dans ce monde se terminerait avant même qu'elle ne commence.

— Lindum, je suis de Lindum.

— Prouve-le, exigea Malloy, glissant à peine son épée hors de son fourreau.

Autour d'eux, les hommes s'étaient arrêtés de discuter et portaient maintenant leur attention sur le garçon et le guerrier. Ces hommes étaient entraînés à reconnaître des situations explosives et ils n'hésiteraient pas à se joindre à Malloy pour disposer de Samuel.

Tout à coup, Samuel pensa à Danny, la brute de l'école. Il se demanda comment ce dernier réagirait dans une situation similaire. Pour la plupart d'entre eux, les hommes autour de lui étaient probablement des brutes sans pitié. Ils étaient le genre de gaillards qui donneraient suite à leurs menaces et qui n'hésiteraient pas à lui trancher la main, juste pour faire passer le message. Ces hommes ne se laisseraient pas intimider par un directeur d'école ou un policier.

Toutefois, comme toutes les brutes, peu importe d'où elles provenaient, elles pouvaient être prises par surprise, si on les confrontait avec assurance. Devant un faible, les brutes prenaient du plaisir à tourmenter leurs victimes, mais face à un homme qui leur tenait tête, elles se recroquevillaient souvent dans leur coquille. Il n'y avait aucune garantie que c'était la bonne stratégie à adopter en ce moment, mais Samuel pensa que c'était la seule qui avait la moindre chance de fonctionner.

— Écoute-moi bien, tête de nœud, dit-il, regardant Malloy droit dans les yeux. Je n'ai rien du tout à te prouver. Tiens, reprends ta stupide peau de mouton et laisse-moi tranquille avant que ça tourne mal pour toi.

Il délia le nœud qui maintenait la peau en place sur son dos, très lentement, priant pour que son pari réussisse. Mais Malloy continuait de le fixer, ne bougeant pas d'un pouce. Les hommes autour du feu s'approchèrent d'un pas, plaçant également une main sur leurs armes.

Durant de longues secondes, les deux jeunes hommes sur le tronc renversé s'observèrent patiemment. Autour d'eux, le monde sembla s'arrêter, retenant le temps dans l'attente de la suite de leur face-à-face. Même la forêt paraissait garder le silence, afin de laisser la scène aux deux protagonistes. Seul le crépitement du feu venait perturber le silence.

Finalement, la lèvre inférieure de Malloy se mit à trembler, le guerrier étant incapable de se retenir davantage. Sans avertissement, il éclata de rire, comme s'il venait tout juste d'entendre la blague la plus idiote jamais racontée. Tous les hommes autour l'imitèrent aussitôt, soulagés qu'il ne s'agisse que d'une farce. Ils recommencèrent rapidement à se pousser l'un et l'autre, et reprirent leurs histoires interrompues.

— Oh, mon Dieu, tu devrais voir ta tête, dit Malloy. Allons, tout le monde peut voir que tu es un petit richard de Venta. T'es-tu seulement regardé ? Tes vêtements sont à peine tachés et tu es complètement épuisé d'avoir marché toute la journée, nom de Dieu.

Samuel espérait que Malloy ne remarquerait pas le soupir qui glissa entre ses lèvres, après qu'il ait retenu son souffle tout ce temps. Pendant un instant, il avait vraiment cru qu'il serait tué ici, au centre d'une forêt n'appartenant même pas à son monde natal.

— C'est si évident que ça, n'est-ce pas ? dit-il finalement à Malloy qui riait toujours et se frappait les genoux.

— Aussi évident qu'un cheval noir dans la neige, mon ami. Dis-moi Samuel, qu'est-ce qui s'est passé au juste ? Pourquoi t'es-tu enfui avant que les Saxons n'atteignent Venta ?

Tandis que la tension redescendait graduellement dans l'esprit de Samuel, il regroupa ses pensées, afin de fournir des réponses qui s'assembleraient pour créer une histoire plausible. Après tout, ce n'était pas très différent des jeux de rôle et il avait amplement d'expérience de ce côté. Tout ce qu'il avait à faire, c'était de s'immiscer dans la peau de son personnage, agir de manière conséquente et tirer son inspiration d'histoires qu'il connaissait bien. Lorsqu'il prenait part à des jeux de rôle grandeur nature, il était toujours plus facile de s'en tenir à une histoire familière et d'improviser les détails.

— Je ne me suis pas enfui ! lança-t-il, feignant l'indignation. Mon père m'avait demandé de protéger ma sœur, Shantel. Il nous a fourni deux chevaux et nous a envoyés hors du village avant que les barbares arrivent. Il avait entendu les histoires et savait ce qu'ils feraient à ma sœur s'ils la trouvaient sur place.

— Un homme avisé, ton père. Où se trouve ta sœur maintenant ? Ce n'est pas très sécuritaire pour elle d'être ici.

— Non, elle n'est plus avec moi maintenant. Avant que nous quittions Venta, elle voulait aller voir Lucien, son amoureux secret. Cela faisait quelque temps qu'ils se fréquentaient.

— Qu'ils se fréquentaient ?

— Se courtisaient, je veux dire.

— Ah, je vois.

— Mon père s'opposait à leur union puisque Lucien provenait d'une famille rivale. Il ne croyait pas qu'il était digne de demander la main de sa fille.

— Ton père est donc un noble ? demanda Malloy, soudainement quelque peu agité. Qui est-il au juste ? Tu ne devrais pas être ici, avec les gens du peuple, Samuel. Cela pourrait être très dangereux pour toi.

Samuel avait réalisé son erreur dès que les mots avaient passé ses lèvres. Dans ce monde-ci, les habitants étaient répartis dans des classes sociales distinctes. Il n'aurait pas dû se laisser emporter aussi facilement par son histoire. Il devait être plus prudent.

— Non, ça va, dit-il rapidement. Personne ne sait qui je suis, ne t'inquiète pas. Mais par souci de sécurité, je ne te révélerai pas qui est mon père. Disons simplement que tu n'as rien entendu, d'accord ?

— Si tu le dis, répondit Malloy. Mais dis-moi, qu'est-il arrivé à ta sœur et Lucien ?

Samuel n'en croyait pas ses oreilles. Son compagnon voulait connaître la suite de l'histoire ! Ces gens n'avaient-ils pas des livres ou d'autres moyens de se divertir ? Probablement que non, pensa-t-il. Il n'eut donc aucun autre choix que de poursuivre l'histoire que lui inspirait Shakespeare.

— Eh bien, Lucien vivait de l'autre côté du village. Ma sœur et lui avaient prévu de se rencontrer dans une étable, mais lorsque nous sommes arrivés, nous avons trouvé le corps sans vie de Lucien. Il s'était empoisonné.

— Seigneur ! Pourquoi a-t-il fait une chose pareille ?

— Je ne sais pas. Par contre, lorsque ma sœur vit la dépouille de son amour, elle pleura pendant des heures, le cœur brisé et inconsolable, jusqu'à ce qu'elle commette elle-même l'irréparable. Saisie par l'hystérie, attendant que je détourne le regard pendant un instant, elle prit une lame et la plongea dans son cœur. Elle ne pouvait tout simplement pas vivre sans Lucien et préféra la mort.

— Oh mon Dieu ! hurla Malloy, ses yeux grand ouverts d'effroi.

— Je sais ! Mais ce n'est pas tout. Quelques minutes plus tard, après qu'elle eut poussé son dernier souffle, Lucien se réveilla. Il avait simplement arrangé une fausse mort, avec un poison paralysant, espérant que l'on rapporte son décès à mon père et qu'il puisse s'enfuir avec ma sœur. Lorsqu'il vit celle-ci et ce qu'elle avait fait à cause de lui, il prit sa propre épée et se trancha la gorge. Voilà pourquoi ma sœur n'est plus avec moi aujourd'hui.

— Par tous les démons de l'enfer, s'exclama Malloy, maintenant horrifié. Mais de quel genre de famille viens-tu donc ? Êtes-vous tous des fous ?

— En fait, j'avoue qu'ils le sont tous un peu. Mais ne t'inquiète pas, je suis parfaitement sain d'esprit.

— Je prie le Ciel que ce soit vrai. Comment tes parents réagirent-ils à la nouvelle ?

Samuel crut qu'il devrait inventer des histoires pour le reste de la nuit. Il devait faire diversion et changer le sujet.

— Tu comprends que je ne pouvais pas retourner auprès de mon père après une telle tragédie. Tu imagines la punition... je veux dire le châtiment qu'il m'aurait imposé ? Non, j'ai décidé de tout quitter et de rejoindre l'armée. Mais assez parlé de moi, je meurs de faim. Je n'ai rien avalé de la journée. Est-ce qu'il y a un endroit où je pourrais trouver un peu de pain ou quelque chose à grignoter ?

Malloy se tenait la tête à deux mains, toujours sous le choc de ce qu'il venait d'entendre. Il releva lentement la tête.

— Il y a quelques cuisiniers dispersés dans le camp. Il y en a d'ailleurs un tout près, là-bas. Moi, j'ai perdu l'appétit.

— Comment ça fonctionne exactement ? demanda Samuel. Dois-je payer quelque chose ? Parce que j'ai seulement... à dire vrai, je n'ai rien pour payer.

Malloy regarda le garçon avec une expression incrédule.

— Es-tu sérieux ? Bien entendu que la nourriture est gratuite. C'est là tout l'avantage de se battre pour ce roi qui est le nôtre. La nourriture et l'équipement qu'on nous fournit. Tout ce que tu vois appartient à tout le monde. Attends, ne me dis pas que tu t'es joint à l'armée pour les batailles, quand même ?

— Bien sûr que non !

Sans attendre une seconde de plus, Samuel se leva et s'éloigna dans la direction qu'avait indiquée Malloy.

Tout autour de lui, des hommes de différents âges et aux multiples statures étaient assis ensemble, partageant leur repas autour des feux. Certains d'entre eux semblaient être de simples fermiers, se battant pour leurs terres, alors que d'autres affichaient les cicatrices de plusieurs combats. Ces derniers étaient probablement des mercenaires ou encore des soldats professionnels, toujours à la recherche du prochain conflit.

Samuel avait souvent imaginé que l'esprit de camaraderie qu'on imaginait flotter dans un camp comme celui-ci relevait plus d'une lubie littéraire, popularisée par des auteurs de fantaisie et des directeurs de films fantastiques. Par contre, maintenant qu'il se trouvait lui-même dans un véritable campement militaire, se préparant à affronter une nuit froide, il constatait que les liens qui unissaient ces hommes étaient bien plus que le fruit d'une imagination fertile. Ils ne combattaient pas pour de l'argent, mais bien pour leur survie. Sans endroit où s'établir, sans pâturages pour nourrir leur bétail, sans terres à cultiver, il était tout simplement impossible d'exister très longtemps.

Non loin de l'endroit où Samuel était assis quelques minutes plus tôt, il vit un autre feu, sur lequel reposait un énorme chaudron noir. L'estomac du garçon gargouilla d'anticipation à l'idée du repas qui était à portée de main, mais il hésita un moment. Pouvait-il vraiment marcher jusqu'au chaudron et prendre ce qu'il désirait ? Était-ce si simple ?

Il jeta un coup d'œil par-dessus son épaule. Malloy était toujours assis sur le tronc d'arbre, observant Samuel. Il fit signe au jeune homme de continuer et donc, Samuel s'exécuta. Il tenta d'afficher un visage passif, dissimulant la peur de passer pour un voleur du mieux qu'il le pût. Lorsqu'il fut à moins de cinq pas du chaudron, un homme de grande taille apparut soudainement devant lui et lui barra la route.

— Où crois-tu aller comme ça ? demanda le colosse qui semblait être dans le début de la trentaine.

Il n'était rien de moins qu'une montagne de muscles, il était couvert de poils graisseux et dégageait une odeur puante et fétide. Derrière lui, accrochée dans son dos, une énorme massue de guerre était partiellement visible.

— J'ai dit, où crois-tu aller, moucheron ?

Samuel n'arrivait même pas à regarder l'homme dans les yeux.

— Je... Je cherchais simplement un repas, bredouilla-t-il.

— Tu m'en diras tant.

Derrière l'énorme brute, deux autres guerriers sautillaient d'anticipation, dans l'attente que leur chef fasse quelque chose de particulièrement déplaisant à Samuel.

— Regardez-moi ça les gars, cet imbécile croyait pouvoir se pointer ici et voler notre nourriture.

— Le sale petit voleur ! ajouta l'un des deux acolytes.

Samuel pensa une seconde utiliser la même tactique que plus tôt, soit de défier l'homme. Mais son plan avait fonctionné uniquement parce que Malloy lui avait joué un tour depuis le début.

Ce gaillard-ci n'entendait sûrement pas à rire.

— Pardon, répondit Samuel, de toute évidence, il y a eu un malentendu. Je croyais que je pourrais trouver à manger ici. Apparemment, on m'a mal informé.

— Apparemment oui, répliqua la brute colossale.

— Je vais chercher ailleurs dans ce cas. Désolé pour le dérangement.

Samuel voulut se retourner et courir à toute vitesse. Malheureusement, le mammouth en face de lui avait d'autres plans en tête. Il attrapa Samuel par l'épaule pour le forcer à lui faire face de nouveau.

— Attends un peu, petit couillon. Il n'y a aucune raison d'agir comme une jeune fille offusquée avec moi. Nous ne sommes pas des gens déraisonnables. Nous savons très bien que les soldats ne peuvent pas se battre avec un estomac vide. Pas vrai, les gars ?

— Je parie qu'il ne sait pas se battre de toute façon, répondit un des petits trolls derrière l'imposant guerrier.

Samuel demeura sur ses gardes.

— Tu peux avoir à manger, continua la brute. Seulement, il faut me payer pour ça.

— Je n'ai pas d'argent.

Les trois malotrus éclatèrent d'un rire qui frôlait l'hystérie, dès que Samuel prononça ces paroles.

— On ne veut pas de ton argent, mon gars. Ça ne vaut rien ici.

— Que voulez-vous alors ?

L'immense soldat fit un pas en direction de Samuel, qui recula immédiatement de la même distance.

— Pour commencer, je vais prendre cette peau de mouton que tu portes, avec cette épée qui pend à ta taille. Ajoute ensuite ton pantalon de cuir tout neuf et ce gilet à peine usé. Tout compte fait, fous-toi à poil et donne-nous tout ce que tu as.

— Pardon ?

— Tu m'as compris, petite vermine, dit le chef de la bande, maintenant penché au-dessus de Samuel. Et plus tard, tu viendras me montrer à quel point tu apprécies ma gentillesse. Après tout, je vais me retenir de t'étriper aujourd'hui.

Samuel était si terrifié qu'il ne vit pas les deux acolytes de la brute se déplacer derrière lui. Lorsqu'il voulut faire un pas vers l'arrière, l'un d'eux le repoussa vers l'avant, presque dans les bras du colosse.

— Viens par ici ! cria l'homme.

— Maintenant serait le moment parfait pour te montrer, Angéline, murmura Samuel.

— Viens-tu de m'appeler mon ange ? demanda le géant. Oublie ma proposition. Maintenant, t'es mort, sale moucheron !

Avec une vitesse surprenante, le colosse saisit l'énorme masse qu'il portait dans son dos et la leva au-dessus de sa tête, prêt à la rabattre sur le crâne du jeune homme. Samuel était pétrifié par la peur. Il ne pouvait ni respirer ni bouger, paralysé par des images de sa mort imminente. Il voulut fermer les yeux, mais même ce simple geste s'avéra impossible, la panique ayant pris le contrôle de son corps.

Le marteau de guerre s'abattit vers son crâne.

Mais au lieu de lui administrer une mort sanglante, le marteau s'arrêta soudainement. Un instant plus tard, Samuel vit que le monde qui l'entourait était également figé dans le temps, sous l'effet d'un mystérieux sortilège. Les hommes étaient pétrifiés dans différentes poses grotesques et impossibles, telles des statues de cire, alors que d'autres affichaient une expression horrifiée en regardant vers Samuel et son assaillant.

Cela dura seulement le temps d'un battement de cœur, un instant minuscule entre deux respirations, mais ce fut suffisant pour que Samuel entende la voix d'Angéline lui souffler quelques mots à l'oreille :

— Défends-toi, Gardien Samuel, fut tout ce qu'elle dit.

Au battement de cœur suivant, le monde revint à la vie et la massue du colosse reprit sa course en direction de la tête de Samuel. Sans y penser deux fois, il roula sur sa droite et esquiva le coup à la vitesse de l'éclair, dégainant son épée d'un même geste. La tête en pierre de l'énorme marteau manqua sa cible par moins d'un cheveu, mais atterrit ensuite sur le pied d'un des deux acolytes du géant. L'homme hurla de douleur, les os de son pied écrasés sous la force de l'impact.

Dans un seul mouvement fluide, Samuel était de retour sur ses pieds, tenant dorénavant son glaive dans sa main droite. Le deuxième complice du géant, qui avait toujours deux pieds intacts, dégaina déjà sa propre arme, mais avant qu'il ne puisse la tirer de son fourreau, Samuel plaça un pied sur sa main et repoussa l'épée dans son étui. Avec un geste rapide, il sauta ensuite dans les airs en décrivant un arc complet vers l'arrière, frappa l'homme directement à la mâchoire avec son autre pied, et trancha la ceinture de celui-ci de la pointe de son glaive. Samuel atterrit ensuite sur pieds, au moment même où le pantalon de son ennemi tombait autour de ses chevilles, avec son arme toujours dans le fourreau.

Samuel pouvait à peine croire ce qui venait de se produire et ce qu'il avait fait, mais il n'eut pas le temps de s'émerveiller davantage sur ses nouvelles habiletés. Le géant avait ramassé son marteau à nouveau et lui faisait décrire un arc horizontal cette fois-ci, essayant d'atteindre les jambes de Samuel pour lui briser les genoux.

Le garçon eut à peine le temps de sauter par-dessus le manche de bois. Poursuivant son mouvement, il frappa le colosse au menton avec le genou droit. Le coup surprit son adversaire, mais réussit à peine à le ralentir. Pivotant sur lui-même, le colosse fit un tour complet et releva son marteau un peu plus haut, afin de faire une deuxième tentative, visant cette fois-ci la poitrine de Samuel.

Le jeune homme esquiva facilement le coup qui atteignit plutôt le malheureux au pied en bouilli directement sur l'épaule, et l'envoya voler dans les airs en lui faisant perdre connaissance. Il ne serait pas en mesure de se battre de sitôt.

Son camarade, par contre, avait décidé de retirer complètement son pantalon et brandissait son épée rouillée, qu'il avait réussi à dégainer de son fourreau. L'air stupide qu'il affichait était égal à son accoutrement ridicule, alors qu'il ne portait qu'un gilet troué et des sous-vêtements sales, fabriqués d'un tissu impossible à identifier. Alors que le géant retrouvait son équilibre après le dernier coup dévastateur, l'andouille à demi nue chargea Samuel, son arme au-dessus de la tête.

D'instinct, le jeune homme para le premier coup avec son propre glaive, puis le suivant et enfin, un troisième. Avant que son adversaire ne puisse rassembler suffisamment de forces pour une autre combinaison de coups, Samuel contra avec quelques frappes de son cru, désarmant son assaillant sans pantalon.

Comment arrivait-il à faire tout ça ? Il n'en savait rien. Attentif à son entourage, avec ses sens plus aiguisés que jamais, il entendit les pas du géant qui approchait, le chargeant de l'arrière. Le garçon se retourna agilement et pointa son épée bien droite dans les airs, en direction de son agresseur. Le colosse s'arrêta net, la gorge à moins de quelques centimètres de la pointe de la lame.

Il lâcha son marteau de guerre.

— D'accord ! D'accord ! Stop ! supplia-t-il. Prends ce que tu veux ! Ne me tue pas, je t'en prie.

— Ramasse tes amis et fichez le camp, ordonna Samuel. Laissez-moi tranquille. Tu as compris ?

— Oui. Merci, merci !

L'homme fit quelques pas hésitants vers l'arrière, puis sur le côté. Dès qu'il jugea qu'il était hors d'atteinte de l'épée de Samuel, il se retourna et s'enfuit dans la nuit, suivi immédiatement de son camarade sans pantalon. Ils ne se soucièrent même pas de récupérer leur ami brisé et toujours sans connaissance.

L'adrénaline de Samuel redescendit d'un cran, et son pouls retourna à la normale.

Qu'est-ce qui venait de se passer, au juste ?

Il regarda autour de lui et vit des dizaines d'hommes qui l'observaient à leur tour. Ils paraissaient tous stupéfaits devant ses prouesses d'épéiste. Samuel croisa le regard de Malloy. Le guerrier avait été témoin de toute la scène et semblait étudier Samuel, se questionnant assurément sur la façon dont ce jeune homme, apparemment sans formation ou entraînement, avait réussi à défaire trois adversaires avec autant de facilité, sans subir la moindre égratignure.

— Tiens mon garçon, prends ceci.

Un cuisinier tenait un bol de métal bosselé et une chope de bière, les offrant à Samuel.

— S'il te plaît, prends-les et merci. Merci de nous avoir débarrassés de ces voleurs. À partir d'aujourd'hui, tu es le bienvenu à mon chaudron chaque fois que tu le désires, mon garçon.

— Merci, répondit simplement Samuel.

Il prit le bol et la chope, puis s'éloigna rapidement. Alors qu'il revenait vers le feu où Malloy prenait toujours place, il sentait le regard inquisiteur du guerrier sur lui. Il s'assit sur le tronc d'arbre et attaqua son repas sans dire un mot.

Malloy le laissa avaler son repas en paix, mais Samuel se doutait bien qu'il aurait des explications à fournir à cet homme avant longtemps.

Un peu moins d'une heure plus tard, le ventre repu grâce à un ragoût délicieux, Samuel déambulait à travers le camp, à la recherche d'un endroit calme pour le point sur cette première journée sur Metverold. Malloy lui avait indiqué la tente qu'il utilisait, pas très loin de là, et il avait mentionné qu'elle était assez grande pour que quelques hommes y prennent place. Samuel était le bienvenu pour y dormir au sec. Aucun des deux hommes ne fit allusion à l'incident de la soirée et Samuel s'était rapidement éclipsé, prétextant le besoin de prendre l'air.

— C'était une belle démonstration d'habileté, tout à l'heure.

Samuel tourna la tête à droite et vit Angéline qui flottait près de lui. Elle l'avait silencieusement rejoint pour sa promenade.

— Tu devrais être bientôt prêt pour accomplir la tâche qui t'incombe, poursuivit-elle.

— Ne devrions-nous pas trouver un endroit pour discuter ? Un endroit avec un peu moins de gens aux alentours ?

— Pourquoi ?

— Ne m'as-tu pas mentionné ce matin que j'étais le seul à pouvoir te voir, et que les gens seraient suspicieux de me voir parler à moi-même ?

— Oh, ne t'en fais pas trop pour ça. Ce matin, tout le monde était frais et dispos, s'apprêtant à entreprendre une longue journée de marche. Tous leurs sens étaient aux aguets pour anticiper des complications potentielles. Ce soir par contre, ils sont ivres ou trop fatigués pour se préoccuper de leur entourage. Contrairement à ce que tu pourrais penser, les gens ne te surveillent pas constamment.

— C'était toi, n'est-ce pas ? demanda Samuel. La voix que j'ai entendue, juste après que le colosse m'ait attaqué et ait porté le premier coup. M'as-tu donné une sorte de pouvoir ?

— Oui et non. Je ne peux pas te donner de pouvoirs, mais comme Gardien de Légendes, tu as reçu quelques habiletés lorsque tu as ramassé les dés la première fois. Ces pouvoirs te serviront à te sortir du pétrin, comme celui où tu te trouvais plus tôt. Mais puisque tu ne connaissais pas cette information et que tu te tenais là, en attente de te faire écrabouiller la figure, j'ai dû improviser. Le murmure était simplement pour te donner la confiance dont tu avais besoin pour combattre ces voyous.

— Tu n'aurais pas pu mentionner ce détail plus tôt ?

— Je suppose que oui. Ça m'est sorti de la tête, on dirait bien.

Samuel s'arrêta et roula les yeux vers Angéline.

— Oh, ne me regarde pas comme ça, dit-elle. Il y a une quantité énorme de trucs à t'enseigner et je ne suis qu'une seule fata ! Mais maintenant, tu connais ton pouvoir et tu peux te défendre contre les meilleurs d'entre eux.

Samuel observa ses mains, ayant peine à croire les prouesses qu'il avait accomplies un peu plus tôt.

— C'est incroyable. Que puis-je faire d'autre ?

— Je ne sais pas, Samuel. C'est à toi de le découvrir. Chaque Gardien obtient des habiletés qui lui sont propres, différentes pour chacun. Certains ont des aptitudes psychiques, d'autres sont de redoutables combattants. J'ai même connu quelques Gardiens avec des pouvoirs magiques.

Samuel regarda Angéline.

— Attends un instant. Si je comprends bien, lorsque tu m'as inspiré à me battre, tu n'avais aucune idée que j'avais des aptitudes au combat en moi, pas vrai ?

— Non.

— Angéline ! J'aurais pu mourir !

— Oh ! Calme-toi. Ne fais pas une montagne avec une maison de korrigan. J'étais presque complètement certaine que tu avais les habiletés nécessaires pour les vaincre.

— *Presque* ? Et si je n'avais pas été capable de battre ce colosse ? Que serait-il arrivé ? Tu m'as dit que si j'échouais, nos deux mondes périraient. N'est-ce pas gros comme enjeu à placer sur une simple intuition ?

Angéline fit quelques cercles autour de la tête de Samuel, visiblement irritée par sa réaction.

— Par la Lumière, es-tu toujours aussi pleurnichard ? Samuel, Metverold n'est pas un monde sécuritaire et douillet comme le tien. C'est un monde violent et rempli d'embûches, où le danger hante chaque pas que tu fais vers ton but. Tu dois apprendre à te faire confiance ; tu dois croire que tu peux survivre tout seul dans cet univers. Je ne peux pas me battre pour toi. En fait, je ne peux rien faire à ta place. Je peux seulement t'offrir des indices et des conseils. Si tu n'avais pas eu d'aptitudes au combat pour vaincre tes adversaires, tu aurais trouvé un autre moyen. Tu es le Gardien de Légendes, tu trouveras toujours un moyen.

Samuel saisissait de plus en plus la gravité de sa situation et l'importance de son rôle. Ce n'était pas un rêve ni un scénario de jeu de rôle. C'était réel et il n'y avait qu'une seule manière de venir à bout des épreuves qui l'attendaient. Il n'y avait pas d'option pour recommencer ni de vies supplémentaires si l'on n'était pas prudent. Il devait apprendre à survivre, accomplir sa tâche et, ensuite, il pourrait rentrer chez lui.

— Tu n'as pas toujours besoin de pouvoirs spéciaux pour faire quoi que ce soit, Samuel. Il y a beaucoup de choses que tu peux accomplir par toi-même, des choses que tu pouvais déjà faire avant que tu atterrisses dans ce monde. Les dés t'ont choisi pour une raison, Samuel. Crois en eux. Crois en toi.

Samuel prit les dés dans les poches de son pantalon, où il les avait conservés durant la journée. Les symboles étaient toujours visibles sur chacune des facettes, deux d'entre eux irradiant d'une lumière plus intense, comme un feu sans flammes.

— Que sont-ils exactement ? demanda-t-il.

Angéline ramassa l'un des dés.

— Honnêtement, nous ne savons pas vraiment ce qu'ils sont. Tout ce que nous savons, c'est qu'ils agissent comme une sorte de portail entre nos deux mondes. Je sais que lorsque ta tâche sera accomplie ici, les symboles disparaîtront et tu seras en mesure de les utiliser à nouveau pour retourner chez toi.

— Nous ? Tu veux dire toi et qui, au juste ?

— Moi et les autres fatas, bien sûr, gros bêta ! Et les autres créatures qui habitent ce monde, à propos desquelles je ne peux pas t'en dire davantage pour le moment. En fait, j'en ai déjà trop dit.

Angéline remit le dé au creux de la main de Samuel.

— Maintenant, j'ai besoin que tu écoutes attentivement ce que je vais dire, poursuivit-elle. Je vais t'en révéler un peu plus sur ta tâche et j'ai besoin que tu te concentres.

78

— D'accord.

— Avant tout, tu dois me dire une chose. Lorsque tu as trouvé les dés, y avait-il une paire noire avec eux, par hasard ?

— Oui.

Les ailes d'Angéline se mirent à bourdonner rapidement.

— Très bien ! Maintenant, sais-tu qui les a ramassés ?

— Non. Ça, je n'en sais rien. J'ai quitté la boutique après avoir acheté les blancs, et les noirs s'y trouvaient toujours.

Angéline revint vers Samuel et se posa sur son genou.

— Merdouille ! Ça valait le coup d'essayer. Nous le retrouverons de toute façon.

Encore une fois, Samuel devenait de plus en plus perplexe.

— De quoi parles-tu ? demanda-t-il.

— Par où dois-je commencer ?

Angéline s'assit sur le genou du jeune homme.

— As-tu déjà entendu parler d'une *Parca* ?

— Une quoi ? répondit Samuel. Non, jamais.

— Je m'en doutais. Tu vois, les *Parcae* sont des êtres suprêmes, avec un pouvoir absolu. Nous n'en avons jamais vu une, mais nous savons qu'elles existent. Elles marchent entre les mondes, s'assurant de maintenir un équilibre entre les différentes forces. Leur pouvoir est si grand et si vaste, que les dieux eux-mêmes les craignent. C'est d'ailleurs probablement la seule chose qui peut entraîner de la faiblesse dans les genoux de ces prétentieux.

— D'accord, mais qu'est-ce que ces Parcae ont à faire avec moi ?

— On croit que les Parcae sont celles qui laissent les dés derrière elles, et elles laissent toujours deux paires : une blanche et une noire. Heureusement pour toi, tu as choisi la paire blanche et tu es donc dans l'équipe d'Angéline ! Tu vois, tout comme dans ton monde, les forces du bien et du mal s'affrontent sans cesse sur Metverold. Nous appelons le bon côté Virtus et le côté mauvais, l'Yfel. Un équilibre fragile doit être maintenu entre les deux côtés, afin d'éviter le chaos. C'est pour cette raison que certains mythes se terminent bien, alors que d'autres connaissent une fin plus déplaisante.

« Malheureusement, les choses ne sont pas toujours aussi simples. Comme je l'ai mentionné auparavant, les légendes et les histoires prennent vie sur Metverold et se répètent sans fin. Mais cela ne veut pas dire qu'elles ne peuvent pas évoluer et être altérées. »

— Je ne suis pas certain de te suivre, dit Samuel.

— Pense à une légende ou à une fable qui t'a été racontée à quelques reprises dans ton monde, peu importe laquelle. As-tu déjà remarqué que différentes sources ont chacune leur propre version de l'histoire ? Des détails sont différents, des personnages sont ajoutés et d'autres disparaissent, les endroits ne sont pas les mêmes. Tu n'obtiens jamais deux fois la même version, même si l'histoire en général demeure la même. Vois-tu ce que je veux dire ?

— Je crois, oui.

— Donc, si les histoires peuvent changer subtilement, elles peuvent aussi être altérées de façon à complètement transformer la légende et, par le fait même, la fin de celle-ci. Par exemple, la légende qui fit naître le mythe de Dracula était beaucoup plus intéressante au début ! Quel gâchis ! Bref, sur Metverold, les histoires peuvent aussi changer, mais lorsqu'elles le font, ce ne sont pas les paroles d'un conteur qui diffèrent, mais le déroulement lui-même. Ici, le déroulement de chacune des histoires peut être influencé. L'Yfel essaie constamment d'influencer les légendes pour changer la conclusion, bien qu'il soit interdit de le faire. S'ils arrivaient à changer un mythe, cela bouleverserait l'équilibre et aurait un impact sur nos deux mondes. Parfois, les changements peuvent être minimes et leur effet est subtil, mais à d'autres occasions, la modification pourrait affecter le tissu même de la morale et changer jusqu'à l'histoire d'un pays. Le moindre changement peut créer ou annihiler des religions, altérer des traditions ou encore transformer le monde de bien d'autres manières. Par exemple, les sacrifices humains des Mayas n'étaient pas censés avoir lieu...

— Donc, ça veut dire que je dois protéger le déroulement de cette histoire-ci ? demanda Samuel.

— Tu commences à comprendre ! En effet, c'est ta tâche.

— Mais contre quoi suis-je censé le protéger ? L'Itel ?

— L'Yfel, corrigea Angéline. Si tu es ici, cela veut dire que quelqu'un d'autre de ton monde a ramassé les dés noirs et agit pour le compte des forces du mal en ce moment même, dans cette légende.

Samuel et la petite fée demeurèrent silencieux quelques instants, parfaitement immobiles, comme si leur ennemi était à l'écoute. Finalement, Samuel brisa le silence.

— D'accord. Supposons que tout ça est vrai. C'est difficile à croire, mais à ce point-ci, il faut que je donne du crédit à ce que tu racontes si je veux garder ma santé mentale intacte. Par contre, il y a un détail que je n'arrive pas à saisir. Pourquoi les Parcae utilisent-elles deux paires de dés ? Pourquoi ne pas laisser seulement celle qui concerne le côté qui a besoin d'aide ? En fait, pourquoi se compliquer la vie de la sorte ? Ne pourraient-elles pas intervenir elles-mêmes pour rectifier l'ordre des choses et conserver les mythes intacts ?

— Pourquoi les dieux se préoccupent-ils des humains ? Pourquoi les hommes sont-ils violents les uns envers les autres ? répondit Angéline. Qui sait pourquoi tous ces êtres font ce qu'ils font ? Je n'ai pas réponse à tout, Samuel. Je ne suis qu'un pion sur cet échiquier, tout comme toi. Mais il y a une chose dont nous pouvons être certains. Quelque part tout près, quelqu'un agit pour le compte de l'Yfel, et nous devons le retrouver avant qu'il ne soit trop tard.

6

Le lendemain matin, Samuel se réveilla lentement. L'espace d'un bref instant, avant qu'il reprenne entièrement connaissance, il s'imagina être de retour dans son monde natal. Durant ce moment de calme, il supposa que la journée précédente avait été le fruit de son imagination ; qu'elle n'avait été qu'un rêve et qu'il était toujours allongé dans son lit. Il pouvait même sentir les crêpes que sa mère préparait au rez-de-chaussée.

Malheureusement, dès que Samuel ouvrit les yeux, il se souvint exactement où il était : à l'intérieur d'une tente sale, humide et nauséabonde. Il tenta de se retourner sur les coudes, mais ses muscles se plaignirent vivement, endoloris d'avoir passé la nuit sur le sol froid et dur, sans le confort d'un oreiller ou d'un matelas. Lorsqu'il réussit finalement à se retourner, il se retrouva en face d'un vieil homme barbu, qui empestait la bière et la sueur. Cette vision fut suffisante pour lui redonner les forces nécessaires et il se retrouva debout en moins de deux. Attrapant son glaive et sa dague, il sortit rapidement de la tente pour respirer un peu d'air frais.

À l'extérieur, le campement était recouvert d'un brouillard froid et spectral. Ajustant la peau de mouton sur ses épaules,

Samuel observa les alentours, incertain de ce qu'il devait faire à présent. Malgré l'heure précoce, des douzaines d'hommes s'affairaient déjà autour de lui, certains s'affairant à préparer le petit déjeuner, alors que d'autres rangeaient leurs possessions pour la marche de la journée. Contrairement à l'atmosphère de la veille au soir, où l'air résonnait de rires et de blagues, celle de ce matin était imprégnée d'un sens du devoir et du travail à accomplir.

Samuel s'éloigna de la tente dans laquelle l'homme barbu ronflait toujours. Après quelques pas, il se retrouva près du feu où il avait pris place la veille, celui-ci maintenant réduit en un tas de cendres fumantes. Il s'assit à nouveau sur le tronc d'arbre, tentant de se débarrasser des dernières poussières du sommeil dans sa tête, histoire de se sortir de cette torpeur matinale.

Il aurait tout donné pour un verre de jus d'orange ou même une tasse de café chaud.

Samuel pensa à la discussion qu'il avait eue avec Angéline. La petite fée lui avait révélé beaucoup d'informations, mais la plus troublante était certainement la présence d'un ennemi sur Metverold, un sorcier des forces obscures : l'Yfel. Cela ne faisait qu'un jour qu'il était dans ce monde et, déjà, il avait failli y laisser sa peau à quelques reprises. Par contre, ces dangers avaient toujours été tangibles et bien visibles. Son ennemi était une menace inconnue, dissimulée à ses yeux. Savoir que quelqu'un dans ce monde, peut-être tout près de lui, était ici spécifiquement pour le confronter, ne manqua pas de le faire frissonner.

Observant les derniers tisons du feu mourant, Samuel prit une décision. Le temps de pleurnicher était terminé. Maintenant, il allait agir comme un homme et accomplir sa tâche, peu importe les dangers qu'il trouverait sur sa route.

Bien sûr, c'était plus facile à dire qu'à faire.

— Bonjour, Samuel, lança Malloy, le rejoignant sur le tronc d'arbre.

Il portait deux bols avec lui, contenant une mixture que Samuel ne pouvait identifier, une sorte de bouillie grise, dont le goût paraissait pire que l'odeur.

— Tiens, continua le guerrier, offrant l'un des bols à Samuel. Le petit déjeuner.

Samuel prit le bol. Pendant un moment, il l'observa, puis se tourna vers Malloy qui avait déjà entamé son repas à l'aide de ses doigts. Selon toute évidence, les cuillères étaient un objet de luxe par ici.

Plus de pleurnichages, se rappela Samuel. Il plongea deux doigts dans la mixture collante, ferma les yeux et l'avala rapidement.

Du gruau.

À sa grande surprise, la mixture n'avait pas un goût aussi mauvais qu'il avait imaginé. Tout d'abord, elle était chaude. Le goût n'était pas très prononcé, mais cela aurait pu être pire. Malloy lui passa un peu de pain que Samuel trempa dans le gruau, l'utilisant comme une cuillère de fortune.

Il faut croire que les choses paraissent soudainement plus roses lorsque l'on cesse de se plaindre constamment. Depuis qu'il avait accepté sa situation, Samuel sentait qu'un poids immense lui avait été retiré des épaules.

— Quel est le plan pour aujourd'hui ? demanda-t-il.

— La plupart d'entre nous croient que nous nous dirigeons vers les montagnes, à l'ouest. Il y a une rumeur qui court selon laquelle Vortigern veut construire une forteresse à cet endroit, afin de repousser les hordes de Saxons une fois pour toutes. Je ne suis pas certain que nous trouverons un endroit propice, mais j'imagine que nous le saurons bientôt. Nous atteindrons sûrement notre destination cet après-midi, si tout va bien.

Malloy plongea son bout de pain dans son bol de gruau.

— Une forteresse ? demanda Samuel.

— C'est ce que j'ai entendu.

— Mais ça prendra des années pour exécuter des travaux pareils.

— Quoi ? dit Malloy. Mais non, pas du tout. Nous avons au-dessus de quinze mille hommes qui peuvent participer à la construction. En quelques semaines, tout au plus, elle sera achevée. On ne fait pas un château pour un roi, seulement un fort pour nous défendre contre notre ennemi.

— Et quinze mille hommes pourront tous se cacher à l'intérieur d'un fort comme ça ? interrogea Samuel.

Malloy tourna les yeux vers Samuel, les joues gonflées de gruau.

— Dois-tu tout mettre en doute ? Comment veux-tu que je sache quels sont leurs plans ? Seigneur, tu es pire que ma mère. Contente-toi d'avaler ton petit déjeuner.

Samuel n'en revenait pas. Quelques semaines pour construire une forteresse ! Il voulait croire son ami, mais il devrait le voir de ses yeux d'abord.

Il prit quelques bouchées de son pain.

— Tu ne m'as pas dit d'où tu venais, dit-il à Malloy.

— Moi ? Je suis né à Deva, au nord d'ici, mais je vis maintenant à Conavium avec ma famille.

— Tu as des enfants ?

— J'ai un fils, répondit Malloy, le regard perdu dans le brouillard qui se dissipait lentement. Il est né l'hiver dernier. Je ne l'ai pas vu depuis ce printemps.

— Tu ne pourrais pas simplement retourner vers eux, si tu le désirais ?

— J'imagine que oui, mais j'ai pris la décision de servir mon roi et de défendre mon pays. Comme ton père, je sais ce qu'il adviendrait de ma femme si les Saxons atteignaient notre village. J'ai rejoint l'armée pour les protéger, elle et mon fils, afin de m'assurer qu'ils auront un futur où ils pourront être en sécurité, loin de toute cette violence. Je préférerais de loin être à leurs côtés, tu peux me croire, Samuel.

— Je suis sûr que oui.

— Et puis, la belle bourse de pièces d'or qu'on recevra à la fin de cette guerre sera la bienvenue.

Pendant un moment, les deux hommes demeurèrent silencieux, terminant leur petit déjeuner.

— Samuel, il faut que je te pose une question, dit Malloy. Ne le prends pas mal, mais ce fut une véritable surprise pour moi de te voir te battre de la sorte. Je ne t'avais certainement pas perçu comme le genre de type qui pouvait se défendre comme tu l'as fait.

Samuel ne releva pas la tête et continua de manger, dissimulant la panique qui grandissait dans son ventre.

— Les apparences peuvent être trompeuses, répondit-il.

— Oui, elles le peuvent. Tout de même, c'était une démonstration d'habiletés hors du commun. Je n'ai jamais vu quelqu'un se battre de la sorte.

— Cela vient avec l'entraînement.

— Et c'est exactement ce dont je voulais t'entretenir. Celui qui t'a enseigné ces gestes et cette technique doit être un génie ou un dieu. Où as-tu appris à te battre de la sorte et bouger ainsi ?

— Il y a une école d'où je viens, qui enseigne le combat de ce genre, ainsi que d'autres techniques.

— Une école ? Tu veux dire un terrain d'entraînement ? demanda Malloy.

— Oui. Il y a un maître dans cet endroit qui n'accepte qu'un petit groupe d'étudiants à la fois. Seuls quelques élus sont choisis chaque saison pour s'entraîner avec ce maître.

— Me diras-tu le nom de ce maître ? J'aimerais enrôler mon fils dans une de ces classes, lorsque celui-ci sera assez vieux.

— Aragorn. Maître Aragorn.

— Je n'en ai jamais entendu parler, mais à voir comment tu t'es battu la nuit dernière, il doit être très doué pour enseigner les techniques de combat. Considérant que tu n'as jamais participé à une bataille, tu étais très impressionnant. Crois-tu que tu pourrais lui glisser un mot pour moi, lorsque cette guerre sera terminée ?

— Bien sûr, je le ferai avec plaisir.

— Merci, mon ami. C'est très apprécié. Possèdes-tu autant d'aisance à manier d'autres armes ? demanda Malloy.

— Maître Aragorn m'a initié au maniement de plusieurs armes, mais je ne suis pas certain de pouvoir toutes les utiliser avec efficacité dans une bataille. J'imagine que s'entraîner dans une salle contrôlée n'est pas la même chose que combattre sur un véritable champ de bataille.

— En effet, ça n'a rien à voir, répondit Malloy avec un petit sourire. Suis-moi. Voyons comment tu te débrouilles avec un arc.

Malloy se rendit à une tente tout près. Il demanda à un homme de lui fournir deux arcs et quelques flèches. Il fit signe à Samuel de le suivre et ils s'éloignèrent du camp. Lorsqu'ils furent à l'orée de la forêt, Malloy passa un des arcs à Samuel, ainsi qu'une seule flèche.

Le garçon observa l'arme, quelque peu confus, essayant de deviner comment la tenir de façon appropriée.

— Viens, laisse-moi te montrer, dit Malloy. Place ton épaule gauche en direction de la forêt et ramène ton bras droit un peu. Comme ça. Maintenant, écarte les pieds un peu, mais garde-les en ligne l'un avec l'autre. Pointe l'arc vers le bas. Ne le lève pas immédiatement pour ne pas fatiguer ton bras inutilement.

Samuel essayait tant bien que mal de suivre les instructions de son ami.

— C'est presque aussi difficile que d'apprendre le golf, dit-il à la blague.

— Qu'est-ce que le golf ? demanda Malloy.

— Seulement un jeu que ma famille aime pratiquer. Je pense que c'est assez nouveau.

— Tu es vraiment quelqu'un d'étrange, Samuel. Où en étions-nous ? Voilà. Concentre-toi sur le gros arbre là, en face de nous. Tu le vois ? Maintenant, encoche ta flèche en pinçant la corde entre ton pouce et ton index. Garde ta main détendue. Ne fais pas un poing serré. Maintenant, relève ton arc pour pointer, tout en tirant la flèche vers l'arrière. Lorsque le fût de la flèche est aligné avec ton épaule, vise et relâche le projectile, tout doucement.

Le projectile vola sur une distance de quelques mètres, avant de piquer du nez et de tomber mollement sur le sol. Selon toute évidence, Samuel ne possédait pas de pouvoirs spéciaux pour le tir à l'arc.

— Bon, ce n'était pas si terrible, déclara Malloy avec une tape amicale sur l'épaule de Samuel. Au moins, la flèche est allée dans la bonne direction. Peut-être qu'avec un peu d'entraînement, tu arriveras à toucher la cible.

Les deux hommes demeurèrent quelque temps à cet endroit, discutant de divers sujets, tout en pratiquant leur technique à l'arc. Samuel était heureux d'avoir un ami dans ce monde hostile. L'idée d'affronter seul les multiples dangers de cet endroit, quelle qu'en soit leur nature, envoya un frisson glacé le long de son échine.

Lorsqu'ils virent que l'armée était sur le point de se remettre en route vers les montagnes, ils retournèrent vers la tente de Malloy et rassemblèrent leurs effets. Quelques minutes plus tard, Malloy alla retrouver un groupe de soldats qui l'attendaient. Samuel se retrouva donc à nouveau seul, mais il savait que le soir venu, il rejoindrait son ami. De plus, il profiterait de sa solitude pour réfléchir aux événements de la journée et peut-être contacter Angéline.

Tandis qu'un groupe d'archers bruyants passait près de lui, échangeant des blagues et des informations peu fiables, une pensée effrayante lui traversa brusquement l'esprit. Et si les guerriers n'étaient pas les seuls êtres vivants sortis tout droit des livres de légendes ? Et si les autres créatures qu'il avait affrontées dans ses séances de jeux étaient également réelles dans ce monde-ci ? Des monstres diaboliques, plus terrifiants les uns que les autres, qui chercheraient à dévorer les héros comme lui.

Soudainement, la résolution d'être un homme capable de contrôler ses peurs semblait impossible à respecter.

Au cours de l'après-midi, après que le brouillard matinal fut dissipé, au moment où le soleil atteignait son zénith, l'armée bretonne arriva enfin à destination : les collines de l'ouest. À leur arrivée sur place, on ordonna au corps principal de l'armée d'établir un camp temporaire et d'attendre des instructions supplémentaires, pendant que le roi et ses conseillers inspecteraient les alentours, accompagnés d'un petit détachement de gardes du corps.

La végétation était dense et la région difficile à parcourir, pleine de rochers aux dimensions titanesques encerclant d'immenses chênes et des ormes tout aussi imposants. Sur le sol, des cailloux couverts de mousse offraient peu de stabilité pour les sabots des chevaux. Quelques ruisseaux glacés cascadaient le long de la colline. Ici et là, des véroniques en épi étalaient leurs pétales violacés entre les arbres, accompagnées de magnifiques pavots jaunes.

La progression des cavaliers à travers cette forêt était lente et pénible, mais ils arrivèrent finalement à Dinas Ffaraon. La colline qui se dressait devant eux était rocailleuse et escarpée, entourée de falaises abruptes. Elle s'élevait sur plusieurs centaines de mètres et semblait s'étendre au moins du triple en largeur. Quelques trembles endurcis brandissaient leurs feuilles au bas de la colline, mais plus haut sur les pentes, ils étaient écartés par des rochers. Des ruisseaux coulaient le long de la paroi, se transformant occasionnellement en petites cascades, le bruit de l'eau couvrant alors le chant d'oiseaux invisibles.

C'était un endroit solennel et beau ; austère et cependant magnifique.

— Mon roi, dit Morghan, ceci est l'endroit dont je vous ai parlé. Bienvenue à Dinas Ffaraon.

— Tu avais raison, mon ami. Cet endroit est sans pareil pour la construction de notre forteresse. Avec l'aide de Dieu, elle sera un testament à notre force et notre détermination, un symbole grandiose qui demeurera debout pour l'éternité. Sur ce lieu, nous vaincrons les hordes de Saxons et nous honorerons nos ancêtres par notre triomphe.

Le roi se tourna vers un conseiller.

— Retourne au camp de l'armée. Divise les hommes en groupes de travail et ordonne que l'on entreprenne immédiatement la collecte des matériaux nécessaires à la construction de notre forteresse. Nous aurons besoin de bois et de pierre, en grande quantité. Identifiez aussi les maçons et les charpentiers parmi les hommes, afin qu'on les conduise ici sans attendre. Je veux que les travaux soient entrepris avant le coucher du soleil.

Le roi se tourna ensuite vers les autres conseillers.

— Vous autres, venez avec moi. Nous devons atteindre le sommet de cette colline et préparer nos plans pour les fortifications préliminaires.

Le groupe progressa lentement vers le sommet de la colline, grimpant autour des arbres et évitant les rochers aux angles tranchants. Le sol devenait rapidement plus abrupt et leur monture avait peine à trouver un endroit stable où poser leurs sabots. Au bout d'un moment, il devint impossible pour eux de poursuivre leur ascension à dos de cheval, et ils posèrent donc le pied à terre.

— Mon roi, peut-être devrions-nous marquer cet endroit, dit Morghan.

— Dans quel but ?

— D'après ce que l'on peut en déduire, c'est l'endroit le plus élevé qui soit accessible par des chevaux. Il serait sage de se souvenir de ce point.

— Bien vu, répondit Vortigern. Nous construirons un rempart ici, comme première ligne de défense.

— En fait, nous serions avisés de construire le rempart environ cinquante mètres plus loin. Les Saxons n'ont pas de machines de guerre très avancées, mais lorsqu'ils apercevront la forteresse, ils planifieront certainement d'utiliser des échelles pour escalader les murs et des béliers pour enfoncer les portes. Ils utiliseront des chevaux pour transporter cet équipement jusqu'ici, mais ils devront parcourir le reste de la distance à pied. Leurs progrès seront lents et pénibles, faisant d'eux des cibles faciles pour nos archers postés sur le rempart. Avec l'inclinaison importante de la pente, ceux qui survivront à nos flèches seront trop épuisés pour se battre. Nous pourrions gagner cette bataille avant même que les Saxons atteignent nos murs.

— Bien entendu ! s'exclama le roi.

Il s'adressa à deux chevaliers qui les accompagnaient.

— Vous deux ! Contournez cette colline et marquez les endroits qui vous seront impossibles d'accès à dos de cheval. Poursuivez votre trajet jusqu'à ce que vous ayez contourné la colline entière pour revenir ici. Durant votre parcours, trouvez également un endroit par lequel nos chevaux pourront accéder au sommet, s'il en existe un. Nous y construirons notre entrée fortifiée.

Les deux chevaliers hochèrent la tête et s'éloignèrent sur-le-champ. Le reste du groupe accompagnant le roi entreprit alors la suite de l'ascension à pied. La montée s'avéra encore plus éprouvante que prévu. La paroi était constituée principalement de pierres, couvertes de mousse glissante, et de faibles plantes qui se déracinaient sous la moindre tension.

Finalement, à la suite d'une escalade de près d'une heure, le petit groupe atteignit le sommet de la colline. Le plateau qui s'étendait devant eux était parfait pour l'exécution de leur plan. Généralement plat, il offrait une vue imprenable sur la région entière, de la petite vallée devant eux jusqu'aux montagnes du nord, au milieu desquelles ils aperçurent un lac. Quelques petits monticules de pierres offraient des points de vue supérieurs pour des sentinelles et des bosquets d'arbres fournissaient une protection naturelle contre les flèches ennemies, en plus d'un endroit ombragé où se reposer.

Le visage de Vortigern affichait un sourire de satisfaction devant le panorama qui s'offrait à lui. Il fit quelques pas vers le centre du plateau, éclata de rire et saisit Morghan dans ses bras, soulevant le vieux conseiller du sol.

— Morghan, espèce de salopard, tu as réussi ! Ce site est digne des légendes ! C'est un endroit où Dieu parle à l'homme, un lieu où un roi peut sculpter sa place dans l'histoire.

Le roi relâcha le vieil homme et parcourut le plateau au pas de course, indiquant différents endroits sur le sol couvert d'herbe et de cailloux.

— Ici, nous bâtirons l'entrepôt. Là, les écuries pour les chevaux. Le long du périmètre, nous construirons des tours pour nos archers et les sentinelles. Finalement, juste au milieu, nous érigerons le fort lui-même, une forteresse impénétrable pour nous défendre contre nos ennemis. Elle sera si vaste et impressionnante qu'à sa seule vue, le courage disparaîtra de l'esprit faible des barbares.

Au cours des heures qui suivirent, le roi et ses conseillers tracèrent les premiers plans de la forteresse. Des ordres furent passés aux officiers, les plans expliqués aux responsables, et l'on entama rapidement les travaux pour l'érection des fondations, sur lesquelles seraient assis les édifices, ainsi que le rempart qui entourerait la colline.

Au camp de base de l'armée, les guerriers étaient transformés en ouvriers et divisés en plusieurs groupes de travail. Samuel et Malloy furent affectés au groupe des bûcherons et on leur remit des outils, comme une hache mal affûtée. Bien entendu, Samuel n'avait jamais manié un outil pareil. Il n'avait d'ailleurs jamais été témoin de l'abattage d'un arbre. Malgré tout, il n'avait pas d'autre choix, il devait suivre les directives. Quelques instants plus tard, il se retrouva donc au milieu de la forêt, où on lui assigna quelques arbres à abattre. Heureusement, le travail s'effectuait en équipe et bien qu'il ne soit pas avec Malloy, ses compagnons de corvée s'avérèrent plus amicaux qu'il ne l'aurait imaginé. Rapidement, ils trouvèrent un rythme de travail satisfaisant.

Alors qu'il prenait une petite pause, Samuel pensa à nouveau aux créatures de légendes qu'il avait l'habitude de voir dans les magazines et les livres de jeux de rôle. Depuis qu'il avait pensé que de telles créatures pouvaient exister dans ce monde, il avait essayé de contacter Angéline, mais ses appels étaient restés sans réponse. Peut-être s'y prenait-il de la mauvaise façon pour convoquer la petite fée. Devait-il prier ? Peut-être devait-il crier davantage. Avec chaque tentative infructueuse, Samuel se sentait un peu plus seul dans ce monde étrange. Angéline était le seul être dans cet univers qui connaissait la vérité à propos de lui. Sans elle, il serait perdu dans le monde de Metverold, prisonnier de ce monde, sans que personne puisse l'aider à rentrer chez lui. Observant les alentours, Samuel vit des douzaines d'ouvriers travailler avec acharnement, abattant les arbres sans relâche. Aucun d'entre eux ne lui prêtait attention et il décida que c'était le meilleur moment pour tenter une nouvelle fois de contacter la fata protectrice. Il feignit un urgent besoin de se soulager et s'éloigna de son groupe de travail, sans que personne lance le moindre regard dans sa direction.

Après quelques minutes, Samuel se retrouva hors de vue de quiconque, seul et entouré d'arbres centenaires. Sans perdre une minute, il murmura le nom de son ange gardien dans ce monde inconnu.

— Angéline…

Un oiseau lui répondit, comme s'il se moquait de son appel.

— Angéline ! répéta-t-il, haussant un peu le volume.

Toujours rien. La solitude grandit davantage dans son estomac, accentué par les arbres massifs et les rochers noircis qui l'entouraient maintenant.

— Angéline, s'il te plaît, si tu peux m'entendre, j'ai vraiment besoin de ton aide ici.

— D'accord, d'accord, entendit-il derrière lui.

Enfin, la petite fée lui était apparue.

— Angéline ! Où étais-tu donc passé ? demanda Samuel d'une voix tremblante.

— Je suis désolée, mais j'ai d'autres tâches tu sais ! Je rapportais à mes supérieurs tes progrès sur Metverold.

— Tu as un patron ?

— Comme tout le monde, Samuel. À l'exception des Parcae, bien sûr. Quoique, elles pourraient en avoir un également, qui sait !

Elle s'approcha et retira la couronne sur sa tête. L'objet disparut aussitôt de ses mains dans un petit nuage de poussières dorées.

— J'avais prévu de venir te voir plus tard aujourd'hui, Samuel. Tu dois être plus patient.

— Patient ? Depuis deux jours maintenant que je marche dans la boue en compagnie d'étrangers. Je bûche des arbres au milieu d'un monde dont je n'avais même pas conscience de l'existence. En plus, je fais tout ça sans avoir le moindre indice sur ce que je dois faire exactement. Je pense que je suis *très* patient !

La dernière phrase fut lancée avec un peu plus de rage qu'il ne l'avait voulu. Angéline le regarda droit dans les yeux et fronça les sourcils, pinçant ses petites lèvres roses ensemble. Puis, avec un claquement de doigts sec, elle disparut.

— Si tu me parles sur ce ton, je reviendrai plus tard, lorsque tu seras plus calme, dit la voix d'Angéline.

— Non ! Attends ! S'il te plaît, ne pars pas. Je suis désolé. Je ne voulais pas paraître si fâché. Il faut que tu comprennes, tout ceci n'est pas facile pour moi. Je t'en prie, ne me laisse pas seul.

Il attendit quelques secondes. Graduellement, Angéline réapparut devant lui.

— Allez, poursuivit-il. Je suis désolé, d'accord ? Je ne voulais pas me mettre en colère contre toi. Comprends que c'est très difficile pour moi d'assimiler tout... ceci. En fait, je ne suis pas encore tout à fait convaincu que tout ça est bien vrai. Peut-être que ce n'est qu'un long rêve duquel je n'arrive pas à me sortir. J'ai besoin de ta présence pour me rappeler qu'il y a une issue. Je dois garder à l'esprit que je ne serai pas coincé ici pour toujours, dans un monde auquel je n'appartiens pas.

Angéline s'approcha de Samuel, les petites ailes de papillon battant à toute vitesse. Elle sécha une larme sur la joue du garçon, prit son nez entre ses petites mains et l'observa dans les yeux.

— Samuel Osmond, je ne t'abandonnerai jamais dans ce monde. Tu peux me faire confiance. Ne va pas croire que je ne t'ai pas eu à l'œil au cours de ces deux derniers jours. Si je ne te suis pas apparue depuis la veille au soir, c'est parce que je ne croyais pas que tu avais besoin de moi. Il y a certaines choses que tu dois faire par toi-même, sans mon aide. Tu t'en sors très bien, mon ami, et j'ai été plus que fière de faire mon rapport sur ta progression à mes supérieurs. Les dés ont bien choisi le Gardien de cette légende. Ce n'est pas le temps de laisser aller ton cœur au désespoir et à la peur.

Une autre larme roula le long de la joue de Samuel.

— Qu'attends-tu de moi exactement, Angéline ? demanda-t-il. Que suis-je censé faire au juste ? Pourquoi suis-je ici ?

— Le temps approche, Samuel. Très bientôt, le chemin que tu dois suivre pour préserver cette légende te sera indiqué, mais pour l'instant, je ne peux pas te révéler les détails de cette histoire.

— Pourquoi pas ? Dans quel but dois-tu garder secrète l'histoire que je suis censé protéger ?

— Parce que c'est comme ça ! Pourquoi te bornes-tu à tout remettre en question ? Je ne fais pas les règles et toi non plus. Nous nous contentons de les suivre. Tout ce que je sais, c'est que je peux uniquement te révéler ce qui est pertinent pour ta mission.

— Sauver la légende..., termina Samuel.

— Exactement. Tu es un Gardien de Légendes. C'est ton rôle de t'assurer que celle-ci demeure intacte et se déroule comme prévu.

Samuel prit place sur un rocher et Angéline se posa sur l'un de ses genoux. Elle ne pesait pas plus qu'une plume d'oie.

— Écoute, poursuivit-elle. Je ne peux pas te raconter l'histoire parce que tu risquerais de prendre des décisions qui en changeraient le cours. Si tu connais à l'avance le sort des personnages par exemple, tu pourrais tenter de le changer. Même si tes intentions étaient nobles, nous devons tout de même nous assurer que tu ne sois jamais en position d'influencer l'histoire, même si tu ne penserais pas avoir un effet sur celle-ci. Ce n'est pas notre rôle de juger si l'histoire est moralement acceptable ou non. Je sais que cela peut s'avérer difficile, mais nous devons nous contenter de garder les mythes intacts, même si parfois, la fin nous paraît injuste ou inappropriée.

— Que dois-je faire alors ? Et ne me dis pas de retourner couper du bois ! Je ne sens plus aucun des muscles de mon corps.

— Malheureusement, Samuel, tu n'as pas d'autre choix. Le sorcier de l'Yfel possède un plan qu'il suit à la lettre. Ils en ont toujours un. Avant que nous puissions agir et que je sois en mesure de te donner plus de détails, nous devons trouver qui est le sorcier et découvrir son plan. Est-ce que tu comprends ?

— Je crois, oui.

— Bien, continua la petite fata. Je sens que le temps approche où son plan nous sera révélé et que nous pourrons enfin y mettre un terme. Pour l'instant, contente-toi de garder la tête basse et l'œil ouvert, suis les ordres que l'on te donne et mélange-toi aux autres soldats. Tu dois faire très attention de ne pas te faire remarquer par quelqu'un qui pourrait travailler pour le compte de l'Yfel.

— Comment saurais-je que le temps est venu d'agir ? Et comment suis-je censé savoir quoi faire ?

— Seigneur ! Il faut que tu commences à croire en toi, Samuel ! Regarde comment tu as réussi à survivre ces derniers jours, sans que notre ennemi te remarque. Tu sauras lorsque le moment sera venu d'intervenir. Fais confiance à tes instincts et sache que je suis toujours à tes côtés. Tu es sous la protection d'Angéline, mon garçon, et il n'y a pas matière à s'inquiéter.

Samuel sourit à l'idée d'être protégé par un être aussi minuscule. Tout de même, il se doutait que la fata possédait plus de pouvoirs qu'elle ne le laissait paraître.

— Il y a une dernière question que je dois te poser, Angéline.

— Je t'écoute.

— Puisque nous sommes dans un monde où les légendes sont réelles, les créatures qui les peuplent sont-elles aussi vivantes et en liberté ? Les monstres de cauchemars dont j'ai lu les descriptions dans les livres sont-ils présents sur Metverold ?

Angéline sourit amicalement, comme une mère le ferait à l'un de ses enfants.

— Disons simplement que la nuit qui t'attend ne sera pas aussi calme que la précédente, répondit Angéline. Le roi Vortigern a choisi cet endroit sans savoir ce qui se cache dans les entrailles de la colline. Par contre, je veux que tu saches qu'à aucun moment tu ne seras en danger, même si tu crois que le monde s'écroule autour de toi. Tu seras constamment en sécurité, pourvu que tu gardes la tête froide et que tu ne paniques pas.

— Maintenant, je suis officiellement terrifié, dit Samuel.

— Eh bien, ne le sois pas, il n'y a absolument rien à craindre. Mais je veux que tu restes près de ton ami Malloy. Ne le laisse pas hors de ta vue. Peu importe où il va, suis-le, sans te poser de questions. C'est très important.

— D'accord.

Avant qu'il ne puisse poser les autres questions qui lui brûlaient les lèvres, il entendit le bruit d'une branche qui craqua sous le pied d'un intrus. Quelqu'un approchait.

— Je dois partir, lança Angéline. Souviens-toi, Samuel, reste près de Malloy. Et prends garde à Morghan !

— Compris, je vais.... Attends ! Quoi ? Qui est Morghan ?

Mais Angéline avait disparu. Samuel se retourna brusquement, sa main prête à sortir son glaive du fourreau, afin de confronter l'étranger qui s'avançait vers lui.

— Samuel ? demanda Malloy, tandis qu'il écartait une branche. Que fais-tu là ?

— Rien. Je devais soulager ma vessie.

— J'ai cru t'entendre discuter avec quelqu'un.

Samuel passa près de son ami et s'éloigna dans la direction d'où ce dernier arrivait.

— Non, tu as dû entendre le vent. Tu vois bien que je suis seul.

Malloy demeura immobile quelques instants, observant les alentours, étudiant chaque espace entre les arbres et les feuilles mortes qui jonchaient le sol.

— J'aurais pu jurer que je t'avais entendu parler à voix haute.

Il rejoignit Samuel et l'agrippa par le bras.

— Tu n'es pas un homme dément ou troublé Samuel, non ?

Samuel essaya de calmer la peur qui naissait dans ses entrailles, tentant de prendre le contrôle de son esprit.

— Lâche-moi, Malloy. Je suis seul et tu as entendu le vent. Je ne suis pas plus fou que toi.

Malloy étudia les yeux du jeune homme. Il y avait quelque chose d'étrange à propos de ce garçon, mais il n'arrivait pas à mettre le doigt dessus. Tout de même, il aimait bien Samuel.

— D'accord, inutile de te fâcher, dit-il finalement, lâchant le bras de Samuel. Tu dois être prudent Samuel. Ce n'est pas prudent de se balader seul en forêt. Certains individus avec de mauvaises intentions pourraient en profiter pour te surprendre, sans personne pour te venir en aide.

— Je m'en souviendrai.

Samuel passa le reste de la journée à transporter du bois depuis le bas de la colline jusqu'au milieu de celle-ci, où d'autres hommes utilisaient des poulies pour acheminer les troncs d'arbres plus haut. Lorsque le soleil disparut finalement derrière les montagnes au nord, tous les muscles de Samuel le faisaient souffrir atrocement. Encore une fois, il semblait qu'il était le seul dans cette condition. La plupart des hommes autour de lui, incluant Malloy, se promenaient toujours d'un feu à l'autre, se chamaillant amicalement, racontant des anecdotes de la journée, et riant aux éclats à la suite de leurs blagues.

La vie sur Metverold était ardue et Samuel se surprit même à souhaiter que le sorcier de l'Yfel se manifeste bientôt, afin qu'il termine sa mission et rentre chez lui. Alors qu'il était allongé dans la tente sale qu'il partageait avec Malloy et deux autres hommes, il se répéta les paroles de la petite fée : « Cette nuit ne sera pas aussi calme que la précédente. » Toutefois, même le mauvais augure de cette menace ne put repousser le sommeil qui s'empara rapidement de lui.

7

Lorsque la lune fut bien haute dans le ciel et que les étoiles étincelèrent sur Dinas Ffaraon, le camp de l'armée sombra dans le silence. Un par un, les hommes s'étaient retirés dans leur tente et avaient rapidement trouvé le sommeil, aidés par les nombreuses chopes de bière et le dur labeur de la journée. Même pour ces hommes endurcis, les travaux de cette première journée s'étaient avérés difficiles et accablants. Par contre, ils ne pouvaient que s'encourager du résultat des corvées que leur avait imposées le roi. Déjà, le rempart qui entourerait la colline prenait forme et les premières pierres de la forteresse avaient été posées.

Ce soir, chaque soldat breton s'endormit avec une lueur d'espoir au cœur.

Parmi ces hommes, un seul était toujours au travail. Malgré l'heure avancée, au moment où le lendemain devenait aujourd'hui, Morghan était toujours assis devant son petit bureau en bois, étudiant des cartes et des schémas. Tandis qu'il dégustait un verre de vin réservé pour le roi et ses plus proches confidents, le conseiller révisait pour une centième fois les notes et les plans à sa disposition. Il tentait d'évaluer à nouveau chaque détail, afin d'être prêt pour la tâche monumentale qui l'attendait. Construire une forteresse n'était pas une simple entreprise, même si l'on avait à sa disposition une armée entière comme force ouvrière. Des calculs devaient être effectués, les tâches classées en ordre de priorité et l'exécution des plans établie avec précaution.

Cependant, Morghan savait que la construction de cette forteresse était primordiale pour remporter la victoire sur leur ennemi. Sans connaître le délai dont il disposait, les travaux devaient être exécutés au plus vite. D'un jour à l'autre, les Saxons comprendraient que les Bretons n'étaient pas allés au nord et rebrousseraient chemin.

Leurs défenses devaient être prêtes lorsque le moment viendrait.

Il porta la coupe de vin à ses lèvres. Le sinistre étranger avait vu juste. Cette colline était un endroit parfait pour faire face aux hordes de barbares qui les poursuivaient. Elle était suffisamment haute, entourée de falaises abruptes qui rendaient l'ascension quasi impossible, en plus de fournir un point de vue incomparable sur toute la région. Il était virtuellement impensable qu'un ennemi puisse s'infiltrer dans le fort sans être vu.

Par contre, il y avait un détail que Morghan ne pouvait ignorer. Il avait beau tenter de taire la voix dans sa tête, elle répétait constamment la même question.

Comment l'étranger en était-il venu à connaître cet endroit ? Et qui était-il exactement, cet homme qui semblait constamment dissimulé par l'ombre ? Pourquoi les aidait-il ?

Le vieux conseiller releva la tête. Fermant les yeux, il se remémora à nouveau cette nuit où il avait fait la connaissance du sombre étranger, réfléchissant aux circonstances de leur rencontre. Cela s'était passé tout juste après la bataille de Verulamium, où les Saxons avaient presque anéanti la totalité des forces bretonnes, en grande partie à cause de l'inhabileté de Vortigern à commander ses troupes. Le roi était un homme résolu et déterminé, mais il était poursuivi par la guigne et le mauvais sort.

Si seulement Vortigern avait écouté Morghan et n'avait pas invité les Saxons sur l'île, rien de tout ça ne serait arrivé.

Le conseiller se souvint de la tristesse et du désespoir qui avaient rempli son cœur, à la suite de la perte de tant de bons soldats. Il s'était retiré dans sa tente, après avoir ordonné aux gardes de ne pas le déranger, sous aucun prétexte. À ce jour, il avait de la difficulté à croire que l'espace d'un court instant, il avait pensé renverser le roi et le remplacer par un souverain plus jeune et plus versé dans l'art militaire. Vortigern ne possédait pas les compétences nécessaires pour mener les Bretons, et chaque homme l'ayant côtoyé le savait. Malgré tout, personne n'avait le courage de le défier, surtout depuis qu'il avait assassiné le fils aîné de Constantine II.

Morghan se leva et se dirigea vers l'entrée de la tente, écartant quelque peu le tissu qui servait de porte. Fixant l'obscurité, il se souvint du moment où l'étranger était sorti de l'ombre, le réveillant en sursaut. Morghan avait empoigné son épée, mais d'un seul mouvement de la main, l'inconnu l'avait désarmé. Puis, avec une voix basse et tranchante, il avait prononcé un ordre indiscutable.

— Assoyez-vous.

Le seul souvenir de cette nuit glaciale suffisait à faire naître des frissons sous la peau du vieil homme. À ce jour, il se souvenait encore du sentiment d'impuissance effroyable qu'il avait ressenti. C'était comme si l'homme noir s'était saisi de son esprit, drainant chaque goutte de volonté que possédait le vieux conseiller.

Sans perdre un seul instant, l'homme noir avait expliqué qu'il était là pour aider les Bretons. Il voulait s'assurer de changer l'allure de cette guerre. Il avait indiqué au conseiller qu'il devait rassembler les troupes et marcher vers l'ouest, vers les montagnes qui bloquaient l'accès à l'océan. Sans avoir attendu la moindre objection de la part du conseiller, présumant de toute évidence qu'il lui obéirait, l'étranger lugubre avait simplement produit une carte qu'il dissimulait sous son manteau noir. Ensuite, il avait indiqué un endroit dans les montagnes au conseiller.

— Là, avait-il dit. Vous guiderez votre roi et son armée ici, à Dinas Ffaraon. Lorsque vous y serez, vous construirez une forteresse assez solide pour survivre à l'érosion du temps, où vous remporterez plusieurs victoires. Les Saxons n'auront aucun espoir de vaincre les Bretons, une fois que vous vous serez acquitté de cette tâche.

Morghan avait alors réussi à rassembler assez de courage pour demander à cet homme comment il pouvait être persuadé que cela fonctionnerait.

— Vous ferez ce que je vous dis, avait répondu l'étranger, ou votre peuple souffrira atrocement pour les siècles à venir, aux mains des Saxons ou par les miennes.

Ensuite, l'homme était sorti de la tente, avant de s'évanouir dans la nuit, laissant la carte sur la table et une petite dague plantée à l'endroit qu'il avait indiqué à Morghan. Le vieil homme avait eu besoin d'une bonne heure pour reprendre le contrôle de sa volonté et nettoyer son esprit de toute peur qui s'y accrochait. À ce moment, assis à son bureau et étudiant la carte de l'étranger, il avait pris la décision d'écouter l'homme noir, persuadé que c'était dans leur intérêt. Et il avait eu raison. Cette colline était parfaite, l'endroit idéal pour reprendre le contrôle de cette guerre et regagner leurs terres.

Morghan reprit son travail. Étudiant un plan sommaire du plateau au sommet de la colline, il vit un monticule particulièrement intéressant, parfait pour y ériger une tour d'observation. Il étendit la main pour prendre sa plume dans l'encrier noir, mais celle-ci sauta brusquement, dansant hors d'atteinte de ses doigts.

Morghan étendit les doigts de nouveau pour répéter le geste, mais pour une seconde fois, la plume sautilla hors de portée, cette fois-ci avec assez d'insistance pour envoyer quelques gouttes d'encre sur le bureau de bois.

Le vieux conseiller leva les yeux. Pour une troisième fois, la plume bondit, décrivant un cercle dans l'encrier. Cependant, Morghan savait maintenant que la plume n'était pas le point central de ce mystère, puisqu'il aperçut également des ondulations circulaires dans la coupe de vin, près de sa main.

Le conseiller demeura immobile, sa main toujours étendue au-dessus du bureau. Il regarda autour de lui, sans remuer le moindre muscle. Pendant un moment, tout lui parut normal, la nuit aussi calme qu'à son habitude.

Puis il entendit un bruit étrange. C'était un grondement subtil, comme une tempête qui approche, toujours au loin et à peine audible, mais qui gagnait rapidement de la force et de l'intensité. Pendant quelques secondes, le grondement gagna de la puissance, se transformant en un râlement lourd et menaçant. Puis il s'arrêta net, aussi subitement qu'il avait débuté.

Morghan retint son souffle pendant quelques instants, attentif au moindre son. Au moment où il s'apprêtait à relâcher l'air de ses poumons, son bureau bondit brusquement dans les airs, ainsi que la chaise sur laquelle il prenait place, de même que chaque pièce du mobilier à l'intérieur de la tente. Quelques parchemins roulèrent sur le sol et un vase éclata en plusieurs morceaux.

Les secousses souterraines reprirent de plus belle, cette fois-ci beaucoup plus fortes et plus près que les précédentes. Le vieil homme agrippa les bordures de son bureau qui s'agita, alors que le sol tremblait violemment sous ses pieds, projetant les tabourets et les étagères par terre.

En quelques secondes à peine, l'intérieur de la tente du conseiller était dans un chaos total, alors que le sol tremblait toujours vigoureusement, comme si l'enfer même s'apprêtait à s'ouvrir sous les pieds de l'armée bretonne.

Soudainement, le poteau de soutien central se fissura et les cordages se libérèrent de leurs ancrages. Le conseiller eut tout juste le temps de s'échapper de la tente avant qu'elle ne s'effondre bruyamment sur elle-même.

Au sein du camp principal de l'armée, au pied de la colline, Samuel fut brusquement tiré du sommeil par une secousse. Malloy était déjà sur pied, tandis que les deux autres guerriers avaient déjà quitté l'abri.

— Allez, debout ! cria-t-il. Il faut qu'on sorte d'ici au plus vite !

Samuel chassa rapidement les derniers nuages du monde des rêves et obéit à l'ordre de Malloy. Après avoir bondi sur pieds, il courut à l'extérieur, repoussant le toit de la tente avec ses mains pour éviter de s'y retrouver prisonnier.

Lorsqu'ils furent à l'air libre, Samuel saisit la nature de ce qui l'avait réveillé si violemment. Un tremblement de terre secouait le camp, le sol remuant dans tous les sens. Le simple geste de poser un pied devant l'autre était maintenant une tâche ardue. Samuel se concentra pour conserver son équilibre. Tout autour, des soldats couraient dans tous les sens, pris d'effroi et de terreur. La panique se propageait à travers le camp comme un feu de forêt en pleine saison sèche. Même les hommes les plus endurcis hurlaient de peur, priant pour leur vie.

— Les anciens dieux sont furieux de notre présence en ce lieu ! cria un guerrier tout près.

— Vortigern nous a emmenés aux portes de l'enfer ! hurla un autre.

Samuel regarda Malloy qui se tenait près de lui, tentant également de demeurer debout malgré les tremblements. Les deux hommes s'observèrent longuement, incertains du prochain geste à poser.

Malloy ouvrit la bouche pour dire quelque chose, mais il fut interrompu par un rugissement à glacer le sang.

Au sommet de la colline, Morghan déambulait péniblement en direction de la tente du roi, essayant de maintenir son équilibre. Soudainement, un rugissement des plus effrayants le pétrifia sur place. Il s'agissait d'un hurlement long, caverneux et profond, qui sembla durer une éternité et provenir de toutes les directions à la fois. Pendant un moment, il couvrit même le grondement des secousses.

Le grognement terrifiant se poursuivit pendant plusieurs secondes et lorsqu'il s'arrêta finalement, l'intensité des secousses continua d'augmenter, et un deuxième grognement retentit, celui-ci provenant du ciel. Ou peut-être provenait-il du centre de la colline, le conseiller n'aurait su le dire.

Tout autour de lui, les soldats et les gardes s'affolaient avec confusion, s'enfuyant sous le moindre abri qu'ils pouvaient dénicher, avant que celui-ci ne s'effondre inévitablement sur leur tête.

Le conseiller avança lentement vers le bord de la colline, jusqu'à ce qu'il voie le travail qu'ils avaient accompli au cours de la journée. Les efforts avaient été concentrés sur une palissade de bois qui entourait la colline, près de laquelle ils avaient entassé des pierres pour construire un rempart. Maintenant, tout ce que Morghan apercevait était les rochers qui roulaient le long de la paroi, écrasant les troncs d'arbres qui se trouvaient sur leur route et laissant des débris de toute sorte derrière eux.

En quelques minutes seulement, le travail de milliers d'hommes fut réduit à néant.

S'éloignant de la falaise, Morghan se retourna vers le centre du camp au sommet de la colline. Toutes les tentes abritant des officiers étaient étendues sur le sol, les toiles couvertes de boue et de débris. Plus loin, les fondations de la forteresse s'étaient également écroulées, réduites à des piles de poussière et de bois fracassé. À sa gauche, Morghan ne vit rien de la tour d'archers qu'ils avaient érigée juste avant le coucher du soleil. À l'instar du rempart ceinturant la colline, le travail des troupes au sommet avait été complètement rasé et réduit à de vulgaires débris.

De plus, les hurlements gutturaux et les rugissements infernaux résonnaient toujours dans la nuit, sans le moindre relâchement.

— Mon Dieu, où sommes-nous ? murmura le vieux conseiller.

— Samuel! Aide-moi! criait Malloy.

Samuel se tourna vers lui et aperçut son ami qui tenait une couverture de laine, essayant d'éteindre un feu qui consumait un pauvre soldat. Le malheureux avait probablement perdu pied et avait atterri dans un des feux de camp. Il roulait à présent sur lui-même, hurlant d'agonie, alors que Malloy essayait d'éviter les flammes et de lui venir en aide. Samuel était paralysé, saisi d'effroi par l'horreur dont il était témoin.

Puis, l'instant suivant, il sortit de sa torpeur. Courant vers son ami, il ramassa une deuxième couverture et s'efforça également d'éteindre le feu qui brûlait le pauvre homme.

— Arrête de rouler dans tous les sens, ordonna Malloy à l'homme.

En moins d'une minute, bien que cela parut une éternité dans l'esprit de Samuel, ils réussirent à éteindre les flammes. Malheureusement, l'homme était trop sévèrement brûlé et après quelques secondes d'agonie terrible, son cœur céda.

— Nom de Dieu! souffla Malloy.

— Qu'est-ce qui se passe? demanda Samuel.

— Nous sommes aux portes de l'enfer, Samuel! Voilà ce qui se passe. Notre roi à la cervelle d'âne nous a conduits dans un endroit où même les Saxons n'oseront pas nous suivre. Cet imbécile nous a guidés au royaume d'Hadès.

— Quoi? cria Samuel par-dessus le vacarme des secousses. Ce que tu dis ne fait aucun sens, Malloy. Pourquoi nous aurait-il emmenés dans un endroit pareil?

— Qui peut savoir les raisons obscures derrière les décisions de ce roi? Viens, suis-moi, allons trouver Clive. C'est un ami et un officier. Peut-être pourrait-il nous dire où nous sommes et pourquoi le sol tremble sans relâche.

Malloy s'élança au pas de course en direction de la montagne, se frayant un chemin parmi les débris. Partout où Samuel posait les yeux, des tentes gisaient au sol, des hommes couraient dans tous les sens, et des chevaux s'enfuyaient vers la forêt, où des loups ne manquaient pas de les attraper. La nuit était remplie de plaintes agonisantes et d'une odeur pestilentielle de lin brûlé, de bois fumant et de chair calcinée. Des douzaines de feux avaient éclaté un peu partout, les flammes se propageant d'une manière incontrôlée. Une épaisse fumée noire planait maintenant dans l'air, brouillant la vision des hommes et brûlant ardemment leurs poumons à chaque inspiration.

L'intensité des secousses ne diminuait pas et les grognements terrifiants devenaient de plus en plus forts et hostiles, telle une horde de démons qui lançaient une attaque sous la couverture de la nuit.

Plus les deux jeunes hommes s'approchaient de la colline, et plus nombreux étaient les blessés. Finalement, ils atteignirent l'endroit où l'on avait installé les tentes des officiers. Alors qu'il s'approchait de l'abri, Malloy s'arrêta net. Samuel, lisant l'horreur sur le visage de Malloy, suivit son regard.

La tente de Clive, l'ami de Malloy, était un brasier sans pareil, les flammes s'élevant haut dans le ciel, tandis qu'une fumée noire s'envolait vers les étoiles.

Morghan tentait toujours d'atteindre la tente du roi, ses bras étendus de chaque côté de son corps pour essayer de conserver son équilibre. C'est alors qu'un détail capta son attention. Une silhouette se tenait sur un petit monticule, observant l'horizon.

L'étranger noir.

Immédiatement, Morghan se rendit vers l'homme pour le confronter, malgré la peur qu'il ressentait dans ses entrailles et qui tentait de le convaincre de rebrousser chemin.

— Vous ! hurla-t-il par-dessus les grognements furieux et le vacarme des secousses. Où nous avez-vous emmenés ? Que veut dire cette démence ? J'exige une réponse !

L'homme noir ne broncha pas. Non seulement ne fit-il pas le moindre mouvement pour signifier qu'il avait entendu Morghan, mais le tremblement du sol sous ses pieds semblait n'avoir aucun effet sur lui.

— Répondez-moi ! cria Morghan.

L'inconnu leva la main droite et le vieux conseiller s'immobilisa instantanément, les muscles de son corps ne répondant plus aux commandes de sa tête. Il était paralysé du cou à la pointe des pieds.

— Qui êtes-vous ? demanda Morghan, s'efforçant de contrôler sa voix. Que me faites-vous ?

— Je vous suggère de vous taire, conseiller, dit l'étranger. Vous savez pertinemment pourquoi je vous ai guidé jusqu'ici, avec votre armée. Nous savons tous les deux que c'est l'endroit idéal pour faire face aux Saxons. Je ne vous ai pas menti et je vous serais reconnaissant de cesser de l'insinuer. Même votre roi incompétent a réalisé que cet endroit était un cadeau des dieux pour votre victoire sur l'ennemi.

— Je suis d'accord, dit le conseiller, mais au cas où vous ne l'auriez pas remarqué, Dieu semble nous indiquer clairement qu'il ne veut pas de nous ici.

— Dieu n'a rien à voir avec ce petit contretemps. Je croyais que vous étiez un homme raisonnable, et pas un de ces imbéciles superstitieux. Cet endroit est le seul où vous pourrez confronter votre ennemi avec succès. C'est en ce lieu que l'histoire de votre peuple sera écrite et que vos noms seront gravés dans la mémoire des générations à venir.

L'homme mystérieux s'approcha de Morghan.

— Maintenant, continua le sombre étranger, voici ce que vous allez faire. Vous allez vous rendre auprès de votre roi et vous lui parlerez d'un jeune garçon. Écoutez bien ce que je vous dis, car ce garçon apportera la délivrance à votre peuple et vous permettra d'obtenir la victoire que vous désirez tant.

Morghan écouta la suite des instructions, toujours paralysé par le sortilège de l'inconnu, mais parfaitement capable de ressentir les secousses qui assaillaient la colline.

— Il faut que nous fassions quelque chose ! hurla Malloy.

Celui-ci et Samuel couraient vers la tente enflammée.

— Trouve-nous des lances, ordonna Malloy.

Samuel acquiesça et s'empressa de chercher dans les alentours pour trouver les armes demandées. Heureusement, il trouva rapidement un râtelier qui contenait toujours quelques lances, miraculeusement encore debout. Il prit rapidement deux lances et retourna auprès de Malloy.

— Voilà, dit-il, tendant une lance au jeune homme.

Ils s'approchèrent de la tente enflammée et utilisèrent la hampe de leur lance pour écarter le tissu enflammé de la porte, essayant de voir à l'intérieur. Ils devraient faire vite, car le manche de bois de leurs armes commençait déjà à produire de la fumée.

— Là ! Je vois quelqu'un ! annonça Samuel.

À travers la fumée et les flammes, Samuel pouvait voir une large silhouette tituber au hasard, à la recherche d'une issue. L'homme se couvrait la bouche et tentait de se protéger de la fumée, mais paraissait aveuglé par le feu, incapable de s'orienter.

— C'est Clive ! lança Malloy. Il faut que nous le sortions de là !

— Si nous entrons là-dedans, nous serons aveuglés par la fumée, dit Samuel.

— Nous allons faire le tour de la tente et découper une ouverture à l'arrière, dit Malloy. Nous pourrons l'agripper par là et le tirer à l'extérieur.

Samuel considéra l'idée quelques secondes, puis se souvint de certains films où des personnages insouciants faisaient l'erreur d'ouvrir une porte ou une fenêtre, lorsqu'il y avait un brasier à l'intérieur d'une pièce.

— Non ! dit-il. Il ne faut pas faire ça. Si nous perçons un trou dans la tente, nous allons alimenter le feu en oxygène, ce qui l'amplifiera instantanément.

— Quoi ? Mais que racontes-tu ?

— Crois-moi, Malloy. Si tu fais un trou dans la tente, le feu s'intensifiera immédiatement.

— Que suggères-tu que nous fassions dans ce cas ?

— Je ne sais pas, répondit Samuel.

Il regarda à nouveau dans la direction de la silhouette chancelante de Clive à l'intérieur de la tente, se sentant totalement impuissant.

Quel héros il faisait !

— Mon Dieu ! Vous ne pouvez pas être sérieux, demanda Morghan à l'homme en noir.

— Ai-je l'air du genre de type à faire des blagues, conseiller ?

— Il doit bien y avoir un autre moyen ! Je suis prêt à tout faire pour protéger mon peuple, mais ce que vous me demandez est insensé. Ce que vous suggérez est de l'hérésie.

— Soit vous mettez en branle le plan que je viens de vous expliquer, soit votre armée se fait massacrer par les Saxons lorsqu'ils arriveront. Dites-moi, conseiller Morghan, comment comptez-vous dire à vos hommes que votre plan a échoué ? Comment croyez-vous qu'ils vont réagir, lorsque vous leur direz de quitter cet endroit, après avoir marché des jours pour l'atteindre ? Vous pensez qu'ils voudront errer sans but dans la forêt, pendant des jours, jusqu'à ce que les Saxons les trouvent pour les tuer ?

— Vous saviez que tout cela arriverait, pas vrai ?

— Ce que je sais ou ne sais pas n'a aucune importance, vieil homme. Si vous ne voulez pas être le témoin des barbares écrasant votre pathétique petite armée et s'emparant de vos précieux pâturages, vous ferez ce que je vous dis, sans vous questionner sur les motifs.

Morghan savait que l'homme ténébreux avait raison. Il n'avait aucune alternative ; il devait faire ce qu'il lui disait. Cet étranger avait réussi à le manipuler pour faire exactement ce qu'il désirait.

— D'accord, répondit le conseiller. Je vais expliquer votre plan au roi. Par contre, je doute fort que le garçon dont vous me parlez accepte de nous venir en aide.

— Faites-moi confiance, il le fera.

— Écoute ton cœur.

C'était la voix d'Angéline. Comme elle l'avait fait la nuit précédente, elle lui murmurait ces quelques mots à l'oreille. Du coup, Samuel sut exactement ce qu'il devait faire. C'était si simple, il avait peine à croire qu'il n'y avait pas pensé plus tôt.

Sans gaspiller de précieuses secondes, il laissa tomber la lance. Il fouilla hâtivement les alentours et trouva rapidement ce qu'il cherchait : un bouclier de métal, probablement laissé à l'abandon dans la confusion. Dès qu'il eut ramassé le bouclier, il passa son avant-bras gauche dans les sangles de cuir à l'intérieur, puis s'avança vers l'entrée de la tente. Il baissa la tête derrière le bouclier et dégaina son épée. Derrière lui, il entendit Malloy lui crier quelque chose, mais il ne s'arrêta pas. Il se précipita sur l'entrée de la tente, se servant de son épée pour écarter les lambeaux en flammes.

Une fois à l'intérieur, la première chose qui le frappa fut la fumée brûlante. Heureusement, Samuel avait pris soin de prendre une grande inspiration juste avant d'entrer. Il ne doutait pas qu'une seule inhalation serait suffisante pour le condamner. Devant lui, il vit la silhouette de Clive, courbé sur le dossier d'une chaise, cherchant désespérément une bouffée d'air frais. D'ici quelques secondes, l'homme s'effondrerait au sol et Samuel ne croyait pas qu'il pourrait transporter seul le corps inerte de l'officier. Il devait sortir Clive de là pendant qu'il pouvait encore se tenir debout.

Il voulut crier à l'officier de le suivre, mais encore une fois, cela signifierait simplement que de la fumée s'engouffrerait dans ses poumons.

Se déplaçant aussi rapidement qu'il le pouvait, Samuel écarta une petite table et atteignit l'homme corpulent. Il passa le bras de Clive autour de son cou, priant pour qu'il ait la force de soutenir le poids de celui-ci. Il aurait préféré conserver le bouclier comme protection, mais s'il voulait avoir la moindre chance de réussir, il dut s'en départir, afin de maintenir l'officier sur pied.

La progression des deux hommes vers la sortie était lente et Samuel avait du mal à maintenir son équilibre. D'une seconde à l'autre, il ne serait plus en mesure de retenir sa respiration. Déjà, le manque d'oxygène à son cerveau brouillait son champ de vision, en plus de rendre pénible chacun de ses pas. Alors qu'il commençait à penser que l'idée n'était pas si bonne au bout du compte, qu'il n'atteindrait probablement pas la sortie, une ombre surgit devant lui. Malloy avait trouvé un bouclier à son tour et avait suivi l'exemple de Samuel, s'élançant à l'intérieur de la tente. L'aîné agrippa Samuel et l'officier, puis il les tira violemment vers lui, en direction de la sortie. Malgré son jeune âge, il était animé d'une force surprenante.

Les trois hommes déboulèrent à l'extérieur de la tente, au moment même où celle-ci s'écroulait sur elle-même, envoyant des étincelles et des débris enflammés dans toutes les directions. Quelques tisons mirent d'ailleurs le feu à une autre tente tout près. Samuel roula sur son ventre et se releva avec peine, toussant et crachant des cendres qu'il avait inhalées dans sa chute.

Alors seulement s'aperçut-il que le sol avait cessé de trembler. De même, les grognements infernaux avaient disparu.

Tout était terminé.

— Eh bien ! dit Malloy, regardant Clive qui tentait de reprendre son souffle, puis Samuel. Ou bien tu es incroyablement brave, ou bien tu es incroyablement stupide.

Le roi Vortigern se tenait près de sa tente, maintenant réduite à un tas impressionnant de débris. Le tissu blanc recouvrait le mobilier, percé ici et là par les poteaux de bois et entremêlé dans les cordages de soutien. Le roi observa les alentours, muet devant l'ampleur de la destruction. Chaque pierre que les soldats avaient transportée jusqu'ici avait roulé jusqu'au pied de la colline. Chaque planche qu'ils avaient assemblée pour créer une structure était réduite en miettes. Tout le travail de la journée était dévasté et détruit.

Lorsque le sol s'arrêta finalement de trembler, Vortigern leva les yeux vers le ciel pour interroger les étoiles. Se faisant, il vit Morghan qui s'approchait de lui. Seule l'amitié que les deux hommes entretenaient depuis longtemps empêcha le roi de trancher la tête de celui qu'il estimait responsable de ce cauchemar.

— Toi ! hurla-t-il. Est-ce là ta grande idée ? Est-ce là ta vision de notre victoire écrasante ? Pourquoi nous as-tu conduits ici ? Réponds-moi, avant que j'arrache la langue de ta sale gueule.

— Mon roi, mon ami, tu dois me croire quand je dis que je n'avais aucune idée que cet endroit était maudit. J'ai été plus surpris que quiconque lorsque le sol s'est mis à trembler. Je te supplie de me pardonner. Tu sais que mon cœur a toujours battu pour toi et pour notre peuple. Je ne ferais jamais rien pour compromettre la sécurité de l'un et l'autre.

— Je n'en doute pas, Morghan, mais regarde autour de nous. Regarde le résultat de ta bêtise.

— J'ai peut-être été bête, mon roi, mais j'ai de bonnes nouvelles. J'ai réfléchi à notre problème et je suis heureux d'annoncer que j'ai une solution pour briser la malédiction de cet endroit. Une fois que ce sera fait, nous pourrons reprendre la construction de notre forteresse et utiliser ce lieu stratégique à notre avantage.

— Ça suffit ! Pas un mot de plus de ta part, Morghan, ou je te jure que je t'arrache le cœur de mes mains nues. Je veux que tu réunisses le reste du conseil d'ici une heure. Tu nous expliqueras alors la raison de ta trahison et ce que tu comptes faire pour te laver de tes péchés envers ton peuple.

Morghan voulut argumenter que ce n'était pas sa faute, qu'il n'avait commis aucun crime envers le roi ou les Bretons, mais il savait que c'était inutile. Vortigern était fou de rage. Tout ce qu'il pourrait dire ne trouverait qu'une oreille sourde, et ne ferait qu'alimenter davantage la colère de l'irascible souverain.

— Oui, mon roi, répondit-il.

Exactement une heure plus tard, Morghan était de retour à la tente du roi. On avait rapidement réparé celle-ci et le conseil fut en mesure de se réunir à l'intérieur. Sur la longue table de chêne se trouvaient déjà de la nourriture et du vin.

Un des plus jeunes conseillers, un homme que Vortigern écoutait plus pour ses idées politiques que pour son talent militaire, entama la discussion.

— Mon roi, avant que nous ne décidions de quoi que ce soit, je dois informer Votre Majesté que le camp est complètement en ruine. Il est évident pour tout le monde que l'idée du conseiller Morghan de venir ici était une erreur fatale. Les hommes maudissent votre nom et plusieurs croient même que nous nous sommes attiré la colère d'anciens dieux par nos actions.

— Par quelles actions spécifiques sont-ils irrités, exactement ? demanda un autre conseiller. Sont-ils en colère parce que nous fuyons comme des lâches devant un ennemi barbare ou parce que nous les laissons prendre nos terres sans opposition ?

Le roi fixa l'homme qui avait posé la question, le regard plein de rage.

— Prends garde aux mots que tu choisis, Corwan. Je ne tolérerai pas tes insinuations plus longtemps.

Corwan baissa légèrement la tête, prétendant avoir du respect pour le roi.

— Morghan, continua Vortigern, explique au conseil pourquoi tu as suggéré que nous venions ici, à Dinas Ffaraon.

— Mon roi, estimés collègues, amis et adversaires respectés, je vous présente mes plus sincères excuses. Je n'ai découvert l'existence de ce lieu que tout récemment, après avoir étudié attentivement des cartes et des parchemins, au cours de nombreuses nuits. Avant notre arrivée, je n'avais que des informations de seconde main concernant cet endroit que l'on nomme Dinas Ffaraon. Mon unique intention était de trouver un endroit propice pour l'érection d'une forteresse et selon ces informations, cet endroit était parfait. D'ailleurs, je crois toujours en son potentiel stratégique.

— Pardon ? trancha Corwan. J'imagine que les secousses que j'ai endurées pendant deux heures n'étaient que le ronflement d'un voisin ?

— J'admets que je n'avais pas prévu ces événements, dit Morghan. Comment aurais-je pu savoir que cet endroit était maudit ? Ce fut autant une surprise pour moi que pour toi, Corwan. Malgré tout, aucun de nous ne peut être aveugle au fait que le terrain sur lequel nous nous trouvons est un endroit rêvé pour une armée voulant se défendre. Les parois abruptes de la colline, la forêt dense qui l'entoure, le sol humide et glissant. Il serait impossible pour un ennemi de transporter de l'équipement de siège jusqu'au rempart. Nos archers écraseraient n'importe quelle armée qui tenterait d'escalader la montagne. Si nous faisons fi des secousses, cet endroit est parfait.

— Morghan, dit le roi. Je te connais depuis assez longtemps pour deviner que tu as un plan. J'admets que je n'ai aucun désir de quitter cet endroit. Tu dis savoir comment briser la malédiction qui règne ici. Si tu peux y arriver, alors cet endroit sera le lieu de notre victoire sur les Saxons.

Le conseiller expliqua son plan, sans toutefois révéler l'existence de l'homme en noir.

— Mon roi, je vous assure que la malédiction peut être brisée. Au moment où le sol commença à trembler, plus tôt cette nuit, j'étais dans ma tente, plongé dans la lecture de parchemins à propos de Dinas Ffaraon et de la région autour de nous. Quelqu'un a dû explorer cet endroit de fond en comble avant nous et je désirais apprendre chaque détail qui pourrait être une faiblesse pour notre projet. Ce faisant, j'ai déniché un texte qui fait mention du sort maléfique qui habite cet endroit. Lorsque les tremblements se sont arrêtés, je suis retourné à ma tente pour trouver le texte et en terminer la lecture. Le texte n'est malheureusement pas très explicite sur les causes de cette malédiction, mais les passages concernant les conséquences de la malédiction sont très clairs. Les secousses qui ont chamboulé notre camp cette nuit vont se reproduire encore et encore, chaque nuit, jusqu'à ce que nous partions. Avec cette malédiction en place, il nous sera impossible de construire quoi que ce soit sur cette colline. Par contre, le texte mentionne une façon de briser ce sort noir. Les membres de ce conseil ont sans doute entendu parler d'un garçon qui n'a pas de père et qui vit quelque part sur l'île de Bretagne.

Les conseillers retinrent tous leur souffle. Le roi, quant à lui, ouvrit grand les yeux, incertain d'avoir bien entendu les mots de son conseiller. Ils avaient entendu parler de ce garçon sans père, mais ils avaient toujours cru que ce n'était qu'un mythe ou une légende.

— Il n'y a jamais eu de preuve de son existence, dit Vortigern.

— Je vous assure qu'il est bien réel, répondit Morghan. En fait, je sais de source sûre qu'il vit dans un monastère, près de Mancunium, caché au sein d'une forêt impénétrable. Il fut placé là par sa mère, lorsqu'elle le mit au monde. Elle se doutait que son fils possédait des pouvoirs extraordinaires, et que ceux-ci en feraient une cible aux yeux d'étrangers. Maintenant, le garçon a huit ans et, comme prévu, il a démontré des pouvoirs magiques.

— Comment sais-tu tout ça ? demanda un conseiller qui était demeuré silencieux jusqu'à présent.

— Je le sais depuis longtemps, mon ami.

— Et tu as cru bon de nous cacher ces informations, au conseil et à ton roi ? demanda Corwan.

— Je suis certain que nous avons tous nos raisons pour révéler nos secrets seulement lorsqu'il est prudent de le faire, répondit Morghan.

— Tout de même, je n'aime pas savoir que tu as gardé ce secret, Morghan, dit le roi.

— Je vous présente mes excuses, sire. J'ai simplement agi en ayant vos intérêts à cœur, je vous assure.

— Oui, d'accord, dit le roi. Maintenant que nous savons qu'il existe et où nous pouvons le trouver, comment ce garçon peut-il nous venir en aide ?

— Nous ne sommes pas encore tout à fait certains de l'étendue des pouvoirs du garçon, répondit Morghan. Par contre, nous savons qu'il est le seul à pouvoir briser la malédiction. Mon roi, messieurs les conseillers, je propose que nous allions chercher ce garçon et que nous l'amenions ici, afin qu'il examine cette colline. Avec ses pouvoirs, nous purifierons cet endroit pour ensuite l'utiliser à notre avantage.

— Et s'il ne peut pas briser la malédiction ? demanda Corwan.

— S'il ne peut pas rendre cette région sans danger avec ses mots, alors il le fera avec son sang. Cette malédiction est très ancienne, elle date d'un temps où nos ancêtres honoraient encore des dieux païens. Seul un rituel païen peut briser ce mauvais sort. C'est le seul moyen dont nous disposons pour nous libérer des secousses nocturnes.

Morghan marqua une pause, attendant que l'idée fasse son chemin dans l'esprit de chacun des conseillers. La plupart d'entre eux étaient des guerriers endurcis et des seigneurs brutaux, mais même pour eux, l'idée de sacrifier un enfant devait être immorale, perverse.

— Qu'est-ce qui nous dit que ton idée fonctionnera ? demanda le jeune conseiller qui avait entamé la discussion.

— Mon plan fonctionnera, je le jure sur ma vie, répondit Morghan.

Tous les regards se tournèrent vers le roi, qui étudiait Morghan. Le souverain pesait chacune de ses options. D'un côté, il voulait accepter le plan de son ami de longue date et son plus fidèle conseiller, aussi cruel soit-il. De l'autre, il devait se présenter devant son armée, avouer son impuissance et risquer la mutinerie dans les rangs. Après un moment, il rendit sa décision.

— Nous ferons ce que tu suggères, Morghan. Envoie un petit groupe d'hommes chercher ce garçon sans père et ramène-le ici, devant nous. Mais avant qu'on ne lui fasse quoi que ce soit, j'insiste pour l'observer et voir s'il peut briser la malédiction avec ses mots.

— Mais mon roi, interrompit le jeune conseiller.

— Ma décision est prise ! Nous restons ici, à Dinas Ffaraon. Je ne suis pas près d'aller devant mes hommes et leur dire que nous n'avons aucun plan, que nous reprenons la route en attendant d'être massacrés par les Saxons. Nous devons leur démontrer que nous maîtrisons la situation. Je ne vais certainement pas risquer un soulèvement parmi les rangs. Pas maintenant, alors que l'allure de cette guerre est contre nous.

— À vos ordres, mon roi, répondit le jeune conseiller.

— Morghan, où exactement trouverons-nous ce garçon ?

— Le monastère est dissimulé dans une vallée, au nord d'ici, près de Mancunium. Il faudra deux jours à quelques cavaliers pour l'atteindre et deux de plus pour revenir ici. Je leur remettrai une carte. Lorsqu'ils seront sur place, ils devront demander au moine en chef pour le garçon. Ils devront demander à voir Myrddin Emrys.

8

Le lendemain matin, le soleil grimpa lentement au-dessus de la forêt bretonne. Au cœur des chênes massifs et des ormes feuillus, des oiseaux entonnaient déjà leur chant courtisan.

Tandis que les premières lueurs de l'aube révélaient l'étendue des dommages causés par les tremblements de la nuit précédente, la moindre parcelle d'espoir s'évanouit de l'esprit des soldats. Ce qui aurait dû être un monument d'ingénierie bretonne, un témoignage de la volonté des hommes dans leur poursuite de la victoire, n'était maintenant plus qu'un tas de débris fumants.

Dans le camp de l'armée, la vaste majorité des tentes gisaient sur le sol, couvertes de boue, déchirées en lambeaux, et piétinées par des hordes d'hommes en panique qui s'étaient affolés dans tous les sens. Quelques-unes brûlaient toujours, allumées par un feu qui avait été renversé dans la confusion, répandant des flammes ardentes sur les alentours. L'odeur de tissu calciné et de chair carbonisée attaquait sans merci les narines de chaque homme, formant un nuage pestilentiel qui se mélangeait à la brume matinale.

Il faudrait plusieurs heures pour remettre le camp en ordre, mais les hommes ne semblaient aucunement enclins à se mettre à l'œuvre. Ils déambulaient sans but à travers les débris, maudissant cet endroit et le roi qui les y avait conduits.

Samuel s'affairait à nettoyer les déchets autour de la tente de Malloy, ramassant les piquets et les cordes. Ce n'était pas quelque chose qu'il devait faire immédiatement, mais il voulait s'occuper d'une manière ou d'une autre, afin de repousser l'abattement contagieux qui avait pris le camp d'assaut.

Après que lui et Malloy eurent secouru Clive, d'autres officiers avaient tenté de reprendre le contrôle des soldats. Ils avaient aboyé des ordres et crié des directives, réussissant à limiter le nombre de victimes à un peu moins d'une douzaine, mais la lumière grandissante du jour révélait plusieurs centaines de blessés. En plus de nécessiter des soins de la part de leurs compagnons, ces malheureux seraient maintenant incapables de participer à la reconstruction du camp et aux travaux de nettoyage.

Samuel prit une pause et observa les alentours.

Toute cette destruction faisait-elle partie de la légende ? L'armée avait-elle été guidée jusqu'ici dans un dessein précis, pour être détruite et mentalement anéantie ?

Il prit les dés qu'il conservait toujours dans les poches de son pantalon. Les symboles étranges brillaient de leur lueur rouge habituelle, brûlant d'un feu froid et surnaturel. Il les fit tourner dans le creux de sa main, puis les rangea au fond de la poche et reprit son travail. Il s'apprêtait à nettoyer le tissu de la tente lorsqu'il entendit une voix familière derrière lui.

— Je suis très fière de toi, jeune Samuel ! dit Angéline, flottant à quelques pas de lui.

— Ce n'est pas la peine de me faire ton imitation de Yoda, s'il te plaît.

— Qu'est-ce qu'un Yoda ? demanda la fata.

— Oublie ça. Qu'est-ce que c'était au juste, toutes ces secousses ?

— Ces secousses, cher Samuel, marquaient le début de la légende. Ta première légende! Je dois avouer que je suis très excitée. C'est un moment palpitant pour toi!

— Au moins, ça en fait un de nous qui est emballé. Je vais bien, en passant, merci de t'inquiéter.

Angéline s'approcha de Samuel.

— Je le vois bien, gros bêta! Et je dois dire que je suis ravie que tu aies survécu à cette nuit. Sinon, les conséquences auraient été désastreuses pour tout le monde. Je préfère ne pas y penser. Mais pour être honnête, je n'ai jamais douté que tu t'en sortirais!

— Merci pour le vote de confiance, mais ce n'est certainement pas grâce à toi si je vois le soleil se lever ce matin. J'aurais facilement pu y rester dans la tente enflammée de Clive.

— Mais tu t'en es sorti! répliqua Angéline, tel un professeur qui complimente son plus brillant élève.

— J'ai entendu ta voix et je me suis précipité dans la tente, dit Samuel, mais lorsque j'étais entouré de flammes et aveuglé par la fumée, je n'ai ressenti aucun pouvoir spécial de Gardien.

— C'est parce que tu n'as pas d'aptitude surnaturelle pour cette tâche en particulier, c'est tout. Souviens-toi, Samuel, tout ne nécessite pas des pouvoirs spéciaux. Certaines choses doivent être faites par toi-même. Je t'ai donné un petit encouragement, car j'avais pleinement confiance que tu réussirais à secourir ce pauvre homme. Et tu l'as fait! Tu es un véritable héros, maintenant.

— J'en sais rien. J'aurais quand même apprécié un petit avertissement.

Angéline prit un air légèrement offensé.

— Mais je l'ai fait! Tu ne te souviens pas? Je t'ai dit que la nuit ne serait pas aussi calme que la précédente. N'avais-je pas raison?

— Tu sais très bien que ça ne veut rien dire. Je n'aurais jamais imaginé qu'un tremblement de terre de magnitude neuf secouerait la région entière pendant plus d'une heure. Je croyais que tu parlais d'un brûlement d'estomac ou de loups qui hurleraient à la lune. Tu n'es pas la personne la plus cohérente que j'ai rencontrée, Angéline.

— Samuel, tu sais pertinemment que je ne peux pas t'en dire davantage. Nous en avons déjà parlé. Si je t'avais expliqué en détail ce qui allait se passer, que des hommes allaient mourir sous la violence des secousses ou qu'ils seraient blessés, je suis persuadée que tu aurais essayé de les avertir.

— Il faut que je te pose une question, dit Samuel. Hier, tu as mentionné un certain Morghan. Qui est-il au juste ?

— Ah oui ! Le conseiller Morghan. Il est un ami très proche du roi Vortigern. C'est lui qui a suggéré au roi d'emmener l'armée ici, à Dinas Ffaraon. Il est aussi responsable du prochain acte de l'histoire. Je ne sais pas encore quel rôle il joue dans cette version-ci du mythe, mais il est un homme astucieux et méfiant. Tu devrais t'en éloigner le plus possible ou il pourrait trouver ton comportement suspect et nous ne savons pas comment il réagirait. De plus, il a peut-être déjà été contacté par le sorcier de l'Yfel.

— Très bien, je tâcherai de l'éviter. Toujours rien au sujet du sorcier de l'Yfel ?

— Non. Qui qu'il soit, il fait un travail admirable pour se cacher de nous.

Samuel prit les dés et les observa à nouveau.

— Pourquoi n'a-t-il pas dit à Morghan de ne pas suggérer au roi de venir ici ?

Angéline saisit l'un des dés à son tour pour l'observer.

— Que veux-tu dire ?

— Eh bien, puisque le premier acte de l'histoire était de venir ici et de bâtir une forteresse pour ensuite la voir s'écrouler, ne serait-il pas plus simple pour le sorcier de l'Yfel de suggérer un autre endroit ? S'il avait accès à Morghan, il aurait pu s'assurer que l'armée ne vienne jamais ici, et la légende n'aurait jamais débuté, non ?

Angéline réfléchit à ce que disait Samuel.

— Cela a beaucoup de sens, en effet. Mais nous ne connaissons toujours pas le plan de notre ennemi. Tout ce que nous savons, c'est qu'il est ici, et qu'il n'a pas encore influencé le mythe. Peut-être que pour le moment, son véritable objectif n'a pas encore de sens pour nous.

La petite fata replaça le dé au creux de la paume de Samuel et s'envola rapidement, décrivant de petits cercles devant le jeune homme.

— Malgré tout, tu soulèves un bon point, Samuel, dit-elle. Je vais en parler aux autres. Peut-être que quelqu'un connaît un indice qui pourrait nous éclairer. D'ici là, garde les yeux ouverts et reste sur tes gardes.

— Compris. Mais qui sont ces autres dont tu parles ?

— Sshhh, quelqu'un vient !

La petite fata disparut dans un minuscule nuage de fumée violacée.

— Attends ! lança Samuel.

— Samuel ! dit Malloy, venant dans sa direction d'un pas rapide. Parles-tu encore tout seul, Samuel ?

— Moi ? Bien sûr que non ! Ce serait un peu stupide, non ? Je ramassais simplement les débris de la tente pour récupérer les ancrages.

Malloy ne répondit pas immédiatement, étudiant le visage de Samuel.

— Qu'est-ce qui se passe ? demanda Samuel, essayant de briser le silence inconfortable.

Il referma aussi la main sur les dés qu'il tenait toujours, les dissimulant à la vue de son ami.

— J'arrive du chevet de Clive, répondit Malloy. Tout indique qu'il va s'en sortir sans trop de séquelles. Il a encore un peu de difficulté à respirer normalement, à cause de toute la fumée qu'il a inhalée, mais il va bien.

— Je suis content de l'entendre, dit Samuel.

— Pendant que j'étais avec lui, j'ai appris quelques trucs intéressants, continua Malloy. Il semblerait que tout ce que l'armée a construit au sommet de la colline a complètement été rasé par les secousses. Il paraît que le roi Vortigern est furieux envers son conseiller en chef, Morghan.

Samuel dirigea soudainement toute son attention sur Malloy. Il n'avait pas espéré entendre le nom de Morghan si tôt. Dissimulant l'inquiétude sur son visage, il se retourna et continua d'enrouler une corde autour de sa main et de son coude, afin de former un cercle pour la ranger.

— Pourquoi est-il furieux ? demanda-t-il.

— Apparemment, c'est Morghan qui a suggéré que nous venions ici, à Dinas Ffaraon. C'est d'ailleurs curieux, parce que Morghan est un homme avisé. Il est aux côtés de notre roi depuis toujours, alors que ce dernier n'était qu'un jeune homme pas plus vieux que toi. Je serais surpris qu'il nous ait guidés jusqu'ici en connaissant la malédiction qui règne sur cet endroit. Veux-tu m'expliquer ce que tu fais, par tous les diables ?

Samuel regarda la corde qui était entremêlée autour de son bras, déjà trop large pour tenir dans sa main. Il n'avait aucune idée de ce qu'il faisait.

— Donne-moi ça, dit Malloy, empoignant la corde. Voilà comment tu enroules une corde. Je te jure, il faut que tu commences à apprendre comment faire ces trucs, Samuel. Ce n'est pas très compliqué.

Le jeune guerrier saisit une petite section de la corde dans sa main gauche et, utilisant sa main droite, il fit des cercles qu'il empila les uns sur les autres.

— Une malédiction ? demanda Samuel. Quelle malédiction ?

— Je ne sais pas. Quelques hommes parlent d'un mauvais sort jeté par d'anciens dieux, d'autres disent que ce serait l'œuvre d'esprits malins vivant dans les bois. Si tu me demandes mon avis, ce ne sont que des histoires de bonnes femmes. Tout de même, on ne peut pas ignorer ce qui est arrivé la nuit dernière. Je n'avais jamais ressenti un tremblement de terre comme celui qui nous a secoués, sans parler des grognements caverneux que nous avons entendus. C'était comme si d'immenses bêtes infernales avaient été lâchées dans notre monde par leur maître. Je pense que c'était la partie la plus terrifiante pour moi : entendre les hurlements sans savoir d'où ils provenaient.

Malloy termina d'enrouler la corde et leva les yeux vers son ami.

— De toute façon, il n'y a pas grand-chose que l'on peut faire pour l'instant, ajouta-t-il. J'ai aussi appris autre chose, en discutant avec les officiers autour de Clive. Les conseillers et le roi croient que les secousses reprendront ce soir et les nuits suivantes, jusqu'à ce que nous quittions cet endroit. Mais ils ont un plan pour briser ce mauvais sort. On dirait qu'ils n'ont aucune envie de quitter ce lieu et sont déterminés à y bâtir leur forteresse. On parle d'un garçon qui doit être amené ici, un enfant sans père qui posséderait des pouvoirs surnaturels.

— Vraiment ? demanda Samuel, intrigué.

— Attends, je ne t'ai pas encore dit le meilleur. Ils envoient un petit groupe de soldats pour aller chercher ce garçon, quelque part au nord d'ici. Clive a glissé un mot à notre sujet à son supérieur, et nous avons été choisis pour faire partie de cette mission ! N'est-ce pas de la musique à tes oreilles, mon ami ?

— Oh oui, bien sûr ! répondit Samuel, s'efforçant d'avoir l'air enthousiaste.

— Peut-être même qu'on nous récompensera avec de l'or ou des terres, en reconnaissance de notre bon travail.

— Comment sommes-nous censés voyager jusqu'à ce garçon ? demanda-t-il à Malloy.

— À dos de cheval, évidemment. Quelle question idiote !

Bien entendu que sa question était idiote. Toutefois, Samuel n'était jamais monté à cheval, et il avait encore moins galopé à toute vitesse à travers une forêt, évitant les branches, contournant les arbres, et grimpant sur des rochers glissants.

— Allez, viens, dit Malloy. Il ne faut pas perdre une seconde. Rassemble ton butin et allons-y, avant qu'on ne donne nos places à d'autres chanceux.

Le jeune guerrier ramassa prestement son épée et dissimula quelques dagues dans ses bottes et sa ceinture. Il trouva aussi son arc, ainsi qu'un carquois de flèches.

Samuel voulait dire à son ami qu'il ne savait pas chevaucher. Cela aurait été la chose raisonnable à faire. Peut-être qu'alors Malloy lui aurait donné quelques leçons rapides ou lui aurait offert de monter avec lui, comme dans les films. Mais il ne dit rien. Angéline lui avait clairement indiqué qu'il devait suivre le guerrier, peu importe où il irait, et les moyens qu'il prendrait pour s'y rendre. Samuel craignait qu'en avouant son ignorance de l'art équestre, il soit laissé derrière. Le reste du groupe n'attendrait certainement pas que ce jeune garçon maîtrise sa monture pour les suivre, juste pour lui faire plaisir.

La seule option qui s'offrait à lui était d'apprendre « sur le tas », comme on dit.

Lentement, Samuel saisit la ceinture à laquelle son glaive et sa dague étaient accrochés et la passa autour de sa taille. Il feignit ensuite de chercher sa peau de mouton, sachant parfaitement qu'elle se trouvait sous la tente, mais voulant retarder le plus possible le moment où il devrait monter sur un cheval.

— Allons Samuel ! Arrête de perdre ton temps, dit Malloy. Prends cette peau, juste là, sous la tente. Ramasse aussi l'outre derrière toi. Nous la remplirons d'eau en chemin.

— Ça va, ça va. Je viens. Pas besoin d'être si pressant.

Environ quinze minutes plus tard, ils avaient rejoint le groupe qui était chargé de ramener le garçon sans père. Six hommes avaient été choisis, l'un d'eux étant un officier. Il n'était pas beaucoup plus vieux que Malloy, mais son regard commandait le respect. Il portait un plastron de fer, qui protégeait également ses cuisses, ainsi qu'une épée décorée, accrochée à sa taille. Sur sa tête reposait un casque surmonté d'une brosse de crin noir, vestige de l'Empire romain qui occupait encore l'île jusqu'à récemment.

Deux des autres membres du groupe étaient plus âgés que Malloy et l'officier, probablement dans les débuts de la quarantaine. Ils étaient beaucoup plus grands et costauds que les autres guerriers. Ils portaient tous les deux une lourde armure d'acier et leur casque était attaché à la selle de leur cheval. Ils portaient également de lourds boucliers de bois, avec une épée attachée dans leur dos et une hache qui pendait à leur ceinture de cuir. L'un d'eux avait une large cicatrice qui courait le long de son cou, alors que le second semblait ne s'être jamais rasé de sa vie. Manifestement, ces hommes étaient prêts pour la bataille.

Le dernier membre du groupe était plus jeune que les deux précédents, mais plus âgé que Malloy. Contrairement aux autres, celui-ci ne portait qu'une simple veste de cuir, avec une cagoule qui lui dissimulait la tête. Il portait un arc et quelques petits couteaux attachés à ses poignets. Samuel en déduisit que cet homme se fiait plus à son arc qu'à ses talents au corps à corps.

— Je vous souhaite la bienvenue, mes amis, annonça l'officier à Malloy et Samuel lorsqu'ils arrivèrent tout près. J'en déduis que vous êtes les derniers membres de notre petite expédition.

— En effet, c'est nous. Voici Samuel, et je me nomme Malloy.

— Ravi de vous avoir avec nous, messieurs. Je suis Kaleb Hingolen. Les deux sales brutes derrière moi sont Atwood et Darroch, deux frères qui combattent leurs ennemis comme des animaux sauvages, mais qui survivent toujours par miracle à leurs combats. Le dernier de notre groupe est Freston, là-bas. Je vous suggère de rester à l'écart de sa ligne de mire.

— Enchanté de vous rencontrer tous, dit Samuel au groupe, espérant faire une bonne impression.

Un vieil homme s'approchait du groupe, assis sur un magnifique cheval blanc. Deux gardes du corps galopaient derrière lui.

— Qui est-ce ? demanda Samuel à Malloy.

— Morghan, le conseiller qui nous a confié cette mission.

Samuel se souvint de l'avertissement qu'Angéline lui avait donné quelques heures plus tôt. Elle lui avait recommandé d'éviter toute rencontre avec Morghan, qui s'approchait maintenant d'eux.

Savait-il qui était Samuel et pourquoi il était ici ? Savait-il d'où il venait ?

Il était impossible de connaître les intentions du conseiller et le rôle qu'il jouait dans l'histoire. Pour le moment, du moins. Malheureusement pour Samuel, il semblait qu'une première rencontre entre lui et Morghan était inévitable. Soudainement, les hommes qui entouraient Samuel se levèrent d'un bond pour se mettre en rang, prêts à accueillir le conseiller lorsqu'il atteindrait le groupe.

— Lord Morghan, dit l'officier.

— Kaleb, répondit le conseiller. Je vois que vos hommes sont rassemblés et prêts à partir.

— Oui, Sire. Nous sommes prêts. Nous n'attendions que votre ordre final pour nous mettre en route vers Mancunium.

Morghan mit le pied à terre et s'avança vers les hommes lui faisant face.

— Ces hommes ont tous été personnellement choisis par vous ? demanda-t-il à l'officier.

— Oui, Sire. À l'exception des deux au bout du rang. Ils ont été recommandés par Clive. Il affirme qu'ils lui ont sauvé la vie durant le tremblement de terre, la nuit dernière. Il croit qu'ils ont prouvé leur bravoure et leur courage par cet acte.

Le vieux conseiller se planta devant Samuel et Malloy.

— Je vois.

Samuel s'efforça de dissimuler la peur qui tentait de prendre le contrôle de son esprit. Il regarda autour de lui, évitant de poser les yeux sur le visage du conseiller et d'y voir son regard inquisiteur. Les autres pouvaient être dupés par son histoire, mais il doutait que ses mensonges fonctionnent sur cet homme. Celui-ci ne manquerait pas de le voir pour ce qu'il était : un petit garçon effrayé qui n'appartenait pas à ce monde. Il pouvait sentir des gouttes de sueur froide glisser le long de sa joue et de sa nuque, tandis que le conseiller l'observait avec un intérêt manifeste.

— Celui-ci me paraît un peu jeune, dit Morghan. Il semble... inexpérimenté. Êtes-vous certain qu'il est de taille à accomplir cette tâche de la plus haute importance ?

— Je suis certain que Clive ne l'aurait pas recommandé s'il ne l'avait pas cru capable, Monsieur le conseiller, répondit Kaleb.

— Comment tu t'appelles, mon garçon ? demanda Morghan.

— Samuel, Monsieur.

— Et d'où viens-tu, Samuel ?

— Je viens de Venta, Monsieur.

La réponse parut surprendre Morghan.

— Venta ? Tu m'en diras tant. T'es-tu enfui avant ou après l'attaque des Saxons ?

Samuel sentait maintenant la panique grandir à un rythme effréné dans son ventre. Cet homme n'était pas dupé par son histoire et ne lâcherait pas le morceau sans avoir découvert la vérité. Le problème était que Samuel ne pouvait pas lui dire la vérité sans risquer d'être tué sur place par les gardes du corps qui accompagnaient le conseiller.

— Je... Je vous demande pardon ? murmura Samuel pour gagner quelques secondes.

— J'ai dit : est-ce que tu t'es enfui avant que les Saxons attaquent ton village, comme un pleutre, ou as-tu défendu les tiens avec courage, avant de rejoindre l'armée ? C'est une question toute simple, jeune homme.

Samuel n'avait aucune idée de la réponse appropriée à fournir à cet homme. Du coin de l'œil, il vit les deux gardes du corps derrière Morghan placer la main sur leur épée.

— S'il vous plaît, ne faites pas attention à mon ami, monsieur le conseiller, dit Malloy. Il est un peu étrange, je vous l'accorde, mais il a le courage d'un régiment entier. De plus, il manie l'épée comme personne. Le grand maître Aragorn lui a enseigné comment faire danser sa lame devant ses ennemis. C'est vraiment quelque chose à voir, je vous l'assure.

Morghan sembla abaisser quelque peu ses soupçons envers Samuel, mais l'étudiait toujours avec attention. Il ne semblait pas croire une seconde qu'il était de Venta.

— Vraiment ? dit-il.

— Oui, sire, répondit Samuel.

— Je vous assure, reprit Malloy, il défendra l'honneur du roi avec la furie d'une douzaine d'hommes. Même s'il agit souvent de façon bizarre, et qu'il semble parfois se parler à lui-même, il a le cœur d'un lion.

Morghan arrêta d'écouter le guerrier dès que celui-ci mentionna que ce garçon se parlait tout seul. Il se souvint de ce que l'étranger en noir avait dit, qu'un garçon essaierait de gâcher leurs plans. Il lui avait dit que ce garçon serait une grande menace pour les Bretons et le roi.

Samuel remarqua immédiatement le changement d'attitude dans le visage du conseiller. Le garçon et le vieil homme s'observèrent l'un et l'autre durant quelques instants. Tous deux essayaient de deviner ce que chacun savait à propos de l'autre, sans être absolument certains de savoir eux-mêmes si un adversaire se tenait bien devant eux. Le conseiller aurait pu donner l'ordre d'arrêter Samuel ou de le tuer sur place, mais ses instincts lui suggérèrent de ne rien faire pour le moment. Après tout, il avait toujours besoin du garçon sans père et il ne pouvait tolérer aucun délai supplémentaire. Morghan décida qu'il capturerait ce traître à son retour. Il se retourna et se dirigea vers l'officier.

— Prenez cette carte. Elle vous indiquera le chemin jusqu'au monastère. Je compte sur votre retour avec le garçon sans père d'ici quatre jours. Sinon, ne revenez pas du tout.

— Oui, Sire.

Avant de retourner vers la colline et de retrouver sa tente, le conseiller jeta un dernier coup d'œil en direction de Samuel.

— Ce fut très intéressant de faire ta connaissance, Samuel. J'attends avec impatience notre prochaine rencontre.

— Sire, répondit Samuel, abaissant la tête légèrement, comme il croyait devoir le faire.

Tandis que le conseiller et ses gardes du corps galopaient en direction de Dinas Ffaraon, Samuel était incapable de chasser une pensée particulièrement inquiétante. Morghan savait qui il était. Il craignait que leur prochaine rencontre ne soit pas aussi « plaisante » que celle-ci.

— Il semble que le conseiller a pris un intérêt personnel envers toi, mon ami, dit Malloy.

— On dirait, oui.

— Allons, ne fait pas cette tête-là ! C'est un grand honneur. Peut-être aurons-nous une invitation à rencontrer le roi, lors de notre retour !

Samuel ne partageait pas du tout l'enthousiasme de son ami.

— Remuez-vous, bande de fainéants, lança Kaleb. Il est temps de partir. Ramassez vos trucs et mettons-nous en route.

Avec toute la commotion entourant sa rencontre avec le conseiller, Samuel avait complètement oublié le problème immédiat qui se présentait à lui. À contrecœur, il suivit Malloy jusqu'aux chevaux attachés à une poutre de bois. Celui-ci détacha deux montures et passa les rênes d'une des bêtes à Samuel. Rapidement, Malloy grimpa sur son cheval et s'éloigna pour rejoindre le reste du groupe. Plaçant une main sur la selle, Samuel leva les yeux et fut abasourdi par la hauteur du cheval.

— Allez mon garçon, cria l'un des deux frères, celui qui s'appelait Darroch. Tu n'as pas à courtiser celle-là avant de la monter !

Le reste du groupe éclata de rire. Samuel se contenta de sourire amicalement. Il n'avait plus le choix. Il devait faire une tentative. En faisant bien attention, il mit sa main gauche sur le pommeau de la selle en cuir rugueux, puis son pied gauche dans l'étrier qui pendait devant lui. À cet instant, le cheval décida que c'était le moment parfait pour se délier les jambes et fit quelques pas vers l'avant, forçant Samuel à sautiller pour le suivre.

Les hommes derrière lui éclatèrent à nouveau de rire.

Samuel décida que c'était maintenant ou jamais. Retenant son souffle, il fit un pas vers l'avant, poussa sur son pied gauche et balança sa jambe droite par-dessus le dos de l'animal. Avant qu'il ne le réalise, il était assis sur le cheval, inconfortablement installé sur la selle. Durant les premières secondes, il eut quelques difficultés à s'adapter à ce nouvel angle de vision. Il eut également le sentiment soudain d'être exposé au reste du camp, à la vue de chaque homme qui regarderait dans sa direction.

— Allez Samuel! lança Malloy, maintenant un peu ennuyé par le spectacle de son ami. Ce serait bien de ramener le garçon sans père avant qu'il ne devienne un homme.

— Allez-y, répliqua Samuel. Je vous rejoins dans une minute.

— J'espère qu'il se bat mieux qu'il ne monte, souffla Atwood.

Par miracle, Samuel réussit à faire bouger le cheval avec un petit coup de talon sur les flancs de l'animal, ce qu'il avait vu faire dans les films. Rapidement, le cheval rejoignit la troupe de guerriers. C'est alors que Samuel réalisa qu'il avait peu d'influence sur la direction que prenait son cheval. Même s'il tentait de le faire tourner à gauche ou à droite, la monture se contentait de suivre le groupe devant elle, ce qui rendait les choses plus faciles en fin de compte.

Malheureusement, dès que le groupe fut à l'extérieur du camp, Kaleb donna l'ordre d'accélérer la cadence et le groupe partit au galop. Après quelques minutes de violentes collisions avec la selle de cuir, Samuel pensa qu'il lui serait impossible de suivre ce rythme encore cinq minutes, sans parler de quelques jours.

Malloy se retourna pour observer son ami et dut se retenir pour ne pas éclater de rire à sa vue. Il ralentit le pas pour venir près de Samuel.

— Tu n'es jamais monté à cheval avant, n'est-ce pas? demanda-t-il.

— Non.

— Même pas sur un poulain?

— Non.

— Un âne?

— Écoute, je n'ai jamais grimpé sur le dos d'aucun animal avant, d'accord ?

— Je croyais que toi et ta sœur...

— Oublie ma sœur ! S'il te plaît, je t'en supplie, montre-moi ce que je dois faire parce que je ne pourrai pas endurer ça encore longtemps. Je sens que mes fesses sont en train de devenir de la purée de pommes de terre.

— Ne me dis pas que ton père ne t'a jamais enseigné à monter à cheval ?

— Non, il ne l'a pas fait ! Je t'en prie, aide-moi !

— Tu n'es pas croyable, toi. Relève-toi, pour l'instant, pendant que l'on galope. Pousse sur tes pieds dans les étriers, garde les talons vers le bas et lève-toi de la selle. C'est aussi simple que ça.

Samuel fit ce que Malloy lui indiqua et accorda à son arrière-train une pause bien méritée.

— Maintenant, continua Malloy, c'est seulement pour te reposer les fesses quelques instants. Tu ne pourras pas chevaucher comme ça toute la journée. Le truc, c'est de suivre le rythme de ton cheval avec ton corps. Surveille son épaule gauche. Lorsqu'elle bouge vers l'avant, relève-toi un peu. Lorsqu'elle revient vers l'arrière, assieds-toi. Ne te laisse pas tomber, descends doucement. Essaie de conserver le même rythme que ta monture.

Samuel essaya de suivre les instructions de Malloy, ce qui s'avéra bien plus facile à dire qu'à faire.

— Comme ça ?

— Oui, à peu près. Ne t'en fais pas, après une journée complète de chevauchée, tu seras un véritable cavalier. Allons, il faut rejoindre les autres si on ne veut pas se retrouver seuls et perdus dans ces bois.

Samuel maudit silencieusement le fait qu'il n'ait pas de pouvoir pour monter correctement à cheval.

— Je pense que j'ai repéré le sorcier dont vous m'avez parlé, dit Morghan à l'étranger en noir.

Ils se tenaient debout dans la tente du conseiller, où personne ne pouvait voir l'homme obscur.

— Bien.

— Il ne semble pas être une grande menace pour nous, si je peux me permettre.

L'étranger en noir s'assit dans une large chaise en bois, habituellement réservée pour le roi lorsqu'il rendait visite à son conseiller. Morghan ne trouva pas le courage de demander à son visiteur de se lever.

— Ne vous laissez pas tromper par les apparences. Il est beaucoup plus puissant que vous ne l'imaginez. Même lui ne connaît probablement pas encore l'étendue complète de ses pouvoirs, ce qui le rend imprévisible et d'autant plus dangereux pour nous.

— Que devons-nous faire de lui? Il fait partie du groupe envoyé pour trouver le garçon sans père dont vous m'avez parlé. J'ai cru qu'il serait préférable de le laisser partir pour l'instant et de ne pas retarder nos plans. Nous pourrons toujours le capturer à son retour.

— Je vais tenir le groupe à l'œil. Il est de la plus haute importance que le garçon nommé Myrddin arrive sain et sauf à Dinas Ffaraon. Comme je vous l'ai dit, seul ce garçon peut briser la malédiction qui règne sur cet endroit.

Morghan saisit une pomme dans un panier de fruits qu'on avait placé sur la table. C'était un des avantages d'être un conseiller du roi : on avait des fruits frais constamment à portée de main.

— Comment en savez-vous autant sur cet endroit? demanda Morghan.

En un clin d'œil, le sombre étranger s'était levé et s'était élancé jusqu'au conseiller, renversant la table de chêne et le panier de fruits. Pris par surprise, le vieil homme se renversa vers l'arrière, heurtant le sol dur, ses pieds pendant dans les airs.

— Ne me questionnez plus jamais, Morghan. Souvenez-vous que je peux vous tuer, vous et votre roi, à tout moment, si le cœur m'en dit. La seule raison pour laquelle vous êtes toujours en vie est parce que vous m'êtes utile. Arrangez-vous pour que l'inconvénient causé par votre présence ne surpasse pas votre utilité. Je suis persuadé que vous n'apprécieriez pas un tel changement de votre statut envers moi. Suis-je clair ?

— P-p-parfaitement clair, dit Morghan.

— Bien.

L'homme en noir retourna vers la chaise réservée au roi, mais demeura debout.

— Le groupe que vous avez envoyé pour ramener le garçon sans père, combien de temps mettront-ils pour s'acquitter de leur mission ?

— Probablement quatre jours, cinq tout au plus, répondit Morghan, toujours étendu au sol.

— Alors nous avons du travail à faire. Il sera capital de capturer le sorcier que vous avez identifié plus tôt, à l'instant même où il mettra les pieds dans le camp. Nous devrons aussi expliquer son rôle au garçon sans père, Myrddin, et lui indiquer pourquoi nous l'avons emmené ici.

— Entendu.

Avant qu'il ne puisse ajouter quoi que ce soit, l'étranger avait disparu.

Morghan se remit lentement sur ses pieds et ramassa la chaise, la table et le panier de fruits, essayant de remettre un peu d'ordre dans sa tente. Ses muscles étaient endoloris et des éclairs de douleur lui foudroyaient les vertèbres. Il s'assit sur une petite chaise de bois et observa la pomme qu'il tenait toujours. Une larme chaude coula le long de sa joue, jusqu'à ce qu'elle rejoigne le coin de ses lèvres.

Qu'avait-il donc fait ? À quoi avait-il pensé d'inviter le diable dans sa tente ? À quoi avait-il donc pensé ? Maintenant, il croyait fermement que cet étranger ne lui disait pas toute la vérité et qu'il préparait quelque chose, mais il ne pouvait deviner ses sombres desseins. Même si tout ce que l'inconnu lui avait dit jusqu'à maintenant avait été dans l'intérêt de son peuple, au fond de son esprit, Morghan savait qu'une partie du plan demeurait cachée à ses yeux.

Mais que pouvait-il faire ?

Il faisait dorénavant autant partie de cette machination infernale que l'étranger lui-même. S'il disait quoi que ce soit à Vortigern, non seulement le roi ordonnerait qu'on lui tranche la tête, mais cela indiquerait également à l'armée qu'il n'y avait aucun plan pour les aider. Les hommes sombreraient inévitablement dans le désespoir et tout serait perdu. Le seul choix qui se présentait à lui était de garder le cap et de suivre le plan de cet homme maudit.

9

Samuel, Malloy, et le reste du groupe chevauchèrent vers le nord durant toute la journée, avant de s'arrêter pour la nuit. Sachant que le conseiller Morghan attendait impatiemment leur retour, ils avaient voyagé avec célérité et sans aucune interruption, à l'exception de quelques pauses pour attendre Samuel, qui avait de la difficulté à maintenir le rythme imposé par Kaleb.

Heureusement pour Samuel, vers la fin de l'après-midi, en ce premier jour de leur expédition, il s'était légèrement habitué au rythme de sa monture, et il chevauchait sur le dos de celle-ci avec un peu plus d'aise. Malgré tout, il fut soulagé de donner à son corps un peu de répit après le martèlement constant qu'il avait enduré. Après avoir regardé tant de films westerns ou de fantaisie, il n'aurait jamais pensé que voyager à cheval était aussi éprouvant, tant physiquement que mentalement. Lorsqu'il s'assit finalement sur le premier tronc d'arbre qu'il vit, faisant bien attention de ne pas descendre trop vite, il pensa qu'il ne pourrait plus jamais se relever. Fixant les ombres grandissantes des arbres autour de lui, son esprit s'engourdit et devint insensible à tout sauf la douleur dans ses muscles et la raideur dans son dos.

Kaleb et l'archer Freston se mirent immédiatement au travail pour préparer le dîner, dépeçant des lièvres qu'ils avaient abattus plus tôt, lors d'une pause où ils avaient attendu Samuel. Les deux frères, Darroch et Atwood, ramassèrent un peu de bois et allumèrent un feu pour repousser le froid qui descendait sur la forêt. Moins d'une heure plus tard, ils étaient tous rassemblés autour d'un feu, dégustant un repas savoureux. Samuel fut ravi de se mettre autre chose sous la dent que le gruau servi au camp de l'armée.

Lorsqu'ils eurent vidé leur gamelle, chaque guerrier s'occupa à aiguiser une lame ou polir un bouclier.

— Il paraît que tu as sauvé la vie de Clive, la nuit dernière, demanda Kaleb à Samuel. Est-ce que c'est vrai ?

Samuel regarda l'officier assis en face de lui, de l'autre côté du feu. Puis il observa les autres hommes autour de lui. Ils étaient tous des guerriers fiers et puissants, le fixant de leurs yeux qui reflétaient toute la violence de ce monde. Il se sentit soudainement minuscule parmi ces combattants endurcis, indigne de faire partie de ce groupe.

— Évidemment que c'est vrai, répondit Malloy. Ce garçon a plus de courage qu'il ne le laisse croire.

— Si seulement il pouvait aussi chevaucher plus vite qu'il ne le laisse croire, lança Darroch, tendant son épée devant lui pour admirer le résultat de son travail.

Il se mit aussitôt à rire de sa propre blague, accompagné par son frère Atwood qui nettoyait son bouclier. Le reste des hommes ne purent retenir un petit sourire, incluant Samuel. Lui-même savait très bien qu'il était un cavalier horrible.

— Espérons que demain, vous n'aurez pas à m'attendre autant, dit-il lorsqu'ils s'arrêtèrent de rire, baissant la tête pour éviter leur regard.

— Souhaitons-le, dit Kaleb. Nous ne pouvons pas nous permettre davantage de retard. Chaque nuit que nous passons à accomplir notre mission, nos frères à Dinas Ffaraon souffrent des secousses et des hurlements à glacer le sang.

— Que supposes-tu que c'est, ces grognements ? demanda Atwood.

— En tout cas, ce n'était pas le vent, dit Freston, qui prenait place un peu à l'écart du reste du groupe.

— Pour être honnête, j'ai cru que c'était l'estomac de mon frère, dit Darroch, mais personne ne sembla trouver sa remarque particulièrement amusante.

Pendant un moment, ils demeurèrent assis dans le silence, observant les flammes dansantes et prêtant l'oreille à la symphonie nocturne autour d'eux. Un hibou leur manifesta son mécontentement à la vue de ces étrangers dans sa forêt, tandis que des loups hurlaient à la lune, un peu plus loin dans les bois. Seul le grincement de la pierre à aiguiser contre la lame de Darroch interrompait l'harmonie naturelle.

— Ma femme me manque, murmura Malloy. Et mon fils. Chaque jour, je prie pour qu'ils soient en sécurité et pour les revoir bientôt.

— Quel âge a ton fils ? demanda Kaleb.

— Il est âgé de sept mois maintenant. Je ne l'ai pas vu depuis sa naissance, mais je remercie Dieu chaque jour pour ce merveilleux présent et pour m'avoir permis de le voir. J'ai eu la chance d'être auprès de ma femme lorsqu'elle l'a mis au monde, juste avant que je rejoigne l'armée. Avec un peu de chance, je les reverrai bientôt.

— Je partage ton fardeau, mon ami, dit Kaleb. Je m'ennuie aussi de ma maison et de ma famille.

— Je m'ennuie de la serveuse à cette taverne, près de Glevum ! lança Darroch. Elle a la plus énorme paire de...

— D'accord, ça va, arrête tes conneries, trancha Freston. Et toi, Samuel, est-ce qu'il y a quelqu'un de spécial qui t'attend ?

Samuel leva les yeux vers l'archer. Cela faisait seulement quelques jours qu'il n'avait pas vu sa famille, mais il lui semblait avoir quitté son monde depuis une éternité. Il pouvait à peine imaginer la tristesse qui devait habiter ses compagnons, à qui l'on interdisait l'étreinte de leurs proches depuis des mois maintenant.

Il prit conscience qu'ils n'étaient pas bien différents de lui-même, en fin de compte. Ils avaient tous été arrachés de leur foyer et de leur vie paisible, pour être jetés dans un conflit sur lequel ils avaient peu de contrôle. Ils avaient tous un devoir à remplir avant de retourner à leur vie ordinaire, une mission à accomplir avant de retrouver la paix et le calme.

— Bien sûr, dit Samuel. Je m'ennuie de mon père et de ma mère. De ma sœur Shantel et de mes amis. Mais je suis certain de les revoir un jour. Bientôt, je l'espère.

— N'en sois pas si sûr, dit Atwood. Notre roi, le grand Vortigern, semble déterminé à prendre toutes les mauvaises décisions dans ce conflit.

— Atwood! lança Kaleb. Je ne permettrai pas que tu parles ainsi de notre souverain pendant notre expédition.

— Et pourquoi pas ? demanda Darroch. Il a raison. Vortigern n'est pas le chef qu'on veut nous faire croire. Jusqu'à présent, tout ce qu'il a fait dans cette guerre consiste à fuir devant les Saxons. Cette guerre qu'il a créée lui-même en les invitant sur nos terres, j'ajouterais. Quand allons-nous enfin nous tenir debout et nous défendre, avec nos épées pointées vers ces barbares, plutôt que nos derrières ?

— N'est-ce pas ce qu'il cherche à faire à Dinas Ffaraon ? demanda Malloy, tandis qu'il sculptait un morceau de bois à l'aide de la petite dague qu'il gardait dans un fourreau autour d'une de ses bottes.

— C'est ce qu'il a prévu, je te l'accorde, dit Darroch. Mais regarde où ça nous a menés ! Le seul endroit dans toute la Bretagne où Dieu ne veut pas de nous et c'est l'endroit qu'il choisit pour affronter notre ennemi. Ça n'aurait pas pu être pire si le diable lui-même avait indiqué l'endroit sur une carte.

— Tu ne sais pas de quoi tu parles, Darroch. C'est un endroit parfait pour y ériger une forteresse, répliqua Kaleb.

— Oh, j'en suis certain, continua le guerrier, si l'on ignore les secousses qui brassent le sol sous nos pieds pendant des heures.

Comment veux-tu qu'on y construise une forteresse lorsque chaque matin le travail est à recommencer ?

Ils demeurèrent tous silencieux pendant quelques minutes. Ils savaient tous que de parler en mal de leur roi constituait un crime, mais Darroch avait raison. Vortigern était loin d'être le plus grand chef que les Bretons aient connu, et l'histoire ne se souviendrait certainement pas de ses exploits militaires ni de ses tactiques de guerre.

— Écoutez, dit Kaleb, Vortigern n'est pas parfait, mais il est notre roi et nous devons obéir à ses ordres. Dès qu'on lui aura livré le garçon, il réussira à apaiser les démons qui habitent cette colline maudite.

— Et comment est-il censé faire ça, selon toi ? demanda Atwood.

— Ils vont sûrement répandre son sang sur le sol, au sommet de la colline, répondit Freston, la cagoule couvrant toujours son visage.

Les mots frappèrent la poitrine de Samuel avec autant de force qu'un rocher l'aurait fait. Le Gardien de Légendes leva les yeux, le visage figé d'horreur.

— Pardon ? Vous n'êtes pas sérieux ? demanda-t-il aux hommes autour de lui. Ils ne peuvent pas simplement tuer ce pauvre garçon et prier que cela règle leur problème, un mystère qu'ils ne comprennent même pas en plus. N'est-ce pas contraire à la loi ?

— Bien sûr qu'ils le peuvent, répliqua Darroch. Vortigern est le roi. Il peut faire ce qu'il veut. Et comment sais-tu que ça ne fonctionnera pas ? Es-tu une sorte de sorcier ou d'enchanteur, pour être certain que le sang de ce garçon ne nous libérera pas de la malédiction ?

— Non.

— Alors tu n'en sais pas plus que nous. Pour ma part, je suis prêt à essayer n'importe quoi, pourvu que ça nous permette d'écraser les hordes de Saxons.

— Un ami à moi a réussi à se débarrasser d'une malédiction sur ses terres avec le sang d'un âne, dit Atwood.

Personne ne lui répondit.

— Je vous jure que c'est vrai ! À partir de ce jour, il eut les moissons les plus dorées que vous puissiez imaginer.

— De toute façon, trancha Kaleb, nous ne savons pas quels sont leurs plans pour le garçon sans père. On nous a demandé de le ramener et c'est ce que nous allons faire. Il n'y a aucune raison de croire qu'ils lui veulent du mal. Je suis certain que Morghan a une très bonne raison pour vouloir le garçon vivant. En fait, je suis persuadé qu'il le veut vivant parce que ce garçon peut nous aider sans qu'on verse son sang. Mes amis, nous serons des héros pour avoir ramené le sauveur de notre peuple.

— Si vous voulez mon avis, on devrait oublier ce prétendu sauveur et trouver les fils de Constantine, dit Darroch. Ils seraient des souverains beaucoup plus aptes à nous mener à la victoire que ce meurtrier de qui nous prenons nos ordres.

— D'accord, ça suffit maintenant ! ordonna Kaleb.

Samuel réfléchit longuement à ce que l'archer avait dit, qu'ils étaient peut-être en route pour aller chercher un garçon qu'ils livreraient ensuite dans les mains d'un boucher, qui s'empresserait de répandre son sang. Jusqu'à cet instant, il avait cru qu'il assumerait son rôle de Gardien de Légendes sans trop de problèmes. Il n'avait jamais envisagé qu'il pourrait un jour faire face à des situations qui remettraient en question ses principes moraux ; des actes violents, commis dans l'intérêt général du peuple et pour en assurer la survie.

Une fois de plus, ce monde rappelait à Samuel qu'il n'était pas imaginaire. Cette guerre à laquelle il prenait maintenant part était bien réelle, à une époque où certains croyaient toujours aux rituels s'adressant à des dieux de différentes natures, tandis que d'autres guidaient leurs actes à l'aide de superstitions, plutôt que par la décence humaine. Le peu de réconfort qu'il avait réussi à trouver disparut rapidement. À nouveau, il se sentit seul dans ce monde violent, un univers qui ne manquerait pas de l'avaler tout rond et de le recracher par la suite.

— Est-ce que ça va ? demanda Malloy.

— Oui, ça va.

— Avant que l'on ne trouve le sommeil, dit Kaleb, j'aimerais partager une histoire avec vous ; un récit qu'un homme sage et bon m'a raconté.

L'officier s'éclaircit la voix et entama son récit.

— Écoutez mes paroles et écoutez-les bien, mes amis, car l'histoire que je vais vous raconter est aussi vraie que la chaleur qui se dégage du feu devant nous. Même si je ne peux pas vous contraindre d'y croire, j'espère que vous trouverez dans votre cœur l'ouverture nécessaire pour accueillir ces mots et la sagesse qu'ils contiennent.

« Le récit concerne un homme, un guerrier fougueux, qui mena de nombreuses batailles pour son lord, et qui les remporta toutes. Durant plusieurs années, il faisait naître la terreur dans l'esprit de ses ennemis et les bardes de son pays chantèrent ses exploits, afin de les conserver dans la mémoire des bonnes gens de son peuple. Par contre, malgré les années de conflits, de violence et de sacrifices, tout ce que le guerrier désirait était de trouver la paix et de vivre une existence paisible. Finalement, après une dernière victoire, le héros fut libéré de ses fonctions et on lui remit des terres où il pourrait fonder une famille.

« Cependant, avant de s'installer sur ses terres, l'homme retourna dans son village natal, où il courtisa une jeune demoiselle. Il avait toujours porté le visage de la jeune fille dans son cœur et lui révéla que chaque victoire qu'il avait remportée avait été dans le but de revenir un jour auprès d'elle, et de demander fièrement sa main. Bien entendu, la jeune fille n'était que trop heureuse d'accepter sa proposition. Leur mariage fut célébré promptement et dans le bonheur, au cours du printemps. Peu de temps après, la jeune dame portait un enfant en son sein et le couple n'aurait pu demander davantage de bénédictions.

« Tandis que les mois passaient, l'homme construisit une maison de ses mains et prépara la terre qu'on lui avait offerte. Au cours des mois les plus froids, alors que la nuit était deux fois plus longue que le jour, la maisonnée de l'homme fut remplie de chaleur et de gaieté, grâce à la naissance d'un premier enfant, un fils en parfaite santé qui deviendrait sûrement aussi fort que son père.

« L'homme n'aurait pas pu être plus heureux. Tous ses souhaits avaient été réalisés et tout indiquait qu'il pourrait enfin vivre la vie dont il avait toujours rêvé.

« Mais lorsque la neige disparut et que le sol fut prêt pour le premier labour du printemps, l'homme constata rapidement que quelque chose n'allait pas. Alors qu'il guidait ses chevaux à travers ses champs et qu'il retournait le sol, il vit que la terre fertile qu'il avait travaillée l'automne précédent était maintenant du sable sec et des fragments de roches. Plus il labourait avec ses chevaux, plus il découvrait du gravier et du sablon. L'homme en conclut que toutes ses terres étaient dans les mêmes conditions et que rien ne pourrait y pousser.

« Désespéré et incertain de ce qui lui arrivait, il rentra chez lui et raconta à sa femme ce dont il avait été témoin. Elle tenta de le rassurer et lui conseilla d'essayer à nouveau le lendemain. Peut-être s'était-il trompé, et peut-être que les autres champs seraient propices à l'agriculture. Malheureusement, au cours des jours suivants, plus l'homme labourait ses terres, plus il retournait du sable, et plus l'amertume s'installait dans son cœur.

« Comble de malheur, son fils nouvellement né tomba subitement malade, pris d'une violente fièvre, son petit corps fragile recouvert de marques mauves et bleues. Les guérisseurs et médecins examinèrent le faible bébé, mais malheureusement, aucun d'entre eux ne put déterminer la cause de cette maladie, et encore moins un remède qui en viendrait à bout. La mère de l'enfant devint graduellement une image sans vie d'elle-même, noyée dans la tristesse et envahie de désespoir.

« Il semblait que le destin prenait rapidement à l'homme tout ce pour quoi il avait combattu.

« Une nuit, alors qu'il était assis sous le porche de sa maison, priant Dieu et le suppliant de lui envoyer un ange, il remarqua du mouvement sur le sol, à l'écart de la lumière du feu. Plongeant le regard dans l'obscurité, il tenta de voir quel animal s'était aventuré autour de cette maison maudite.

« Cependant, son visiteur nocturne n'était pas un lapin ou un rat. C'était plutôt un petit lutin défiguré, un de ces esprits malins de maison qui se réjouissent de tourmenter les humains. La créature regarda l'homme et disparut rapidement, avant qu'il ne puisse la capturer. Cette nuit-là, il devint évident dans l'esprit de l'homme que la créature était la cause de tous ses malheurs. Le petit lutin avait jeté une malédiction sur son foyer, probablement dans un dessein sinistre que seules les créatures des ténèbres pouvaient comprendre.

« Le jour suivant, l'homme installa des pièges autour de sa maison, déterminé à attraper le démon qui le tourmentait. Il était convaincu qu'en tuant la petite créature, il pourrait briser la malédiction qui s'abattait sur ses terres et guérir son fils, levant par le fait même le voile de mélancolie qui recouvrait son épouse. Cette nuit-là, l'homme monta la garde sous le porche de sa maison, sa fidèle lame à la main.

« Comme de raison, alors que minuit approchait, il entendit un cri strident derrière la petite écurie où il gardait ses chevaux. Sans perdre une minute, l'homme sauta sur ses pieds et courut à l'endroit où il avait installé un piège. Lorsqu'il contourna le dernier coin du bâtiment, une torche à la main et son épée dans l'autre, il vit le lutin maléfique qui se débattait dans le piège. Lorsqu'il vit l'homme et l'épée qu'il tenait, le petit être se mit à pleurnicher et gesticuler dans tous les sens, implorant l'homme de lui laisser la vie sauve. Mais l'homme croyait qu'il n'y avait aucune autre solution. Seule la mort de ce démon pourrait libérer sa famille du mauvais sort qui s'acharnait sur eux.

« Lentement, il s'approcha du piège et de son prisonnier. Il leva ensuite l'épée au-dessus de sa tête et s'apprêta à l'abattre sur le lutin. La petite créature tourna la tête pour regarder ailleurs, tendant la main en vain pour se protéger du coup imminent et implorant toujours pour sa vie. Des larmes huileuses coulaient le long de ses joues.

« L'homme regarda le lutin, prêt à le trancher en deux, mais il ne trouva pas la force de frapper. Il avait mené des dizaines de batailles et soutiré la vie à des centaines d'hommes, mais il ne pouvait trouver en lui la force de tuer ce petit être sans défense. Plutôt que d'exécuter le lutin, il abaissa son épée sur le piège, libérant ainsi la créature.

« Le cœur plein de tristesse et de désespoir, tourmenté par son impuissance face à la malédiction qui frappait sa maison, l'homme s'en retourna auprès de sa femme. Mais la petite créature l'appela et le remercia un millier de fois pour sa clémence. Elle lui expliqua que les terres sur lesquelles il désirait s'établir étaient un endroit de rencontre pour les lutins et autres créatures imaginaires. Chaque printemps, ils se réunissaient ici et pendant trois nuits, ils chantaient et dansaient, s'adonnant à des rituels anciens qui ne devaient pas être vus par des yeux humains. Lorsque la créature était arrivée, quelques jours plus tôt, le premier de son espèce à se rendre en ce lieu, elle avait immédiatement vu qu'un humain s'était établi sur ce site sacré. Elle avait été convaincue qu'il les chasserait s'il découvrait leur secret. Le lutin avait alors jeté une malédiction sur la famille et les terres, afin d'éloigner l'homme. Elle ne voulait pas que le fils de celui-ci souffre, ni même son épouse, mais elle souhaitait que l'homme quitte ce lieu, afin qu'elle et ses semblables poursuivent leur rituel, comme ils le faisaient depuis des siècles.

« Comprenant la peur que le lutin ressentait, l'homme lui jura qu'il ne viendrait jamais embêter les créatures ni déranger leur rituel, pourvu qu'il soit averti des dates au cours desquelles auraient lieu les festivités. Pendant ces nuits, lui et sa famille demeureraient à l'intérieur de la maison, pourvu qu'ils soient en sécurité et que leurs terres soient sauvegardées. Le lutin accepta d'emblée. Avant de disparaître dans la nuit, il dit à l'homme que sa gentillesse et sa clémence seraient récompensées sous peu.

« Comme de raison, lorsque l'homme revint à la maison, il vit sa femme qui pleurait de joie, car leur fils était de nouveau en parfaite santé, guéri de sa fièvre et sa peau redevenue normale. Enfin, la famille pouvait être à nouveau heureuse. Mais le lutin avait une autre surprise pour l'homme et sa famille. Lors du quatrième matin suivant sa rencontre avec la créature, l'homme se leva et trouva plusieurs sacs remplis de pièces d'or sous le porche de sa maison, laissés là par les visiteurs nocturnes.

« À partir de ce jour, chaque année, à la même date, l'homme et sa famille prenaient bien garde de demeurer à l'intérieur de la maison pendant trois nuits. À la fin de ce délai, il trouvait inévitablement le tribut de pièces d'or que laissaient les lutins sous le porche de leur maison. Le reste de l'année, les terres de l'homme étaient fertiles comme pas une, si bien qu'il s'enrichit rapidement et n'eut plus besoin de se fier à l'agriculture pour subvenir aux besoins de sa famille. »

Lorsque Kaleb termina son histoire, tous demeurèrent silencieux pendant quelque temps.

— C'est ça ton histoire ? demanda Atwood.

— Oui.

— Que crois-tu qu'elle veut dire ? demanda Darroch.

— Eh bien, je crois qu'elle veut dire que les apparences peuvent être trompeuses. Ceux que l'on croit être nos ennemis peuvent s'avérer des alliés sans pareils, si l'on prend la peine de les connaître. Je crois aussi que l'histoire démontre que lorsqu'on a le choix entre commettre un crime ou agir décemment, même si la première option semble l'unique solution, écouter son cœur et opter pour la décence humaine sera toujours récompensé.

— Quel choix feras-tu, lorsqu'ils voudront trancher la gorge du garçon que tu vas leur livrer ? demanda Freston.

— Je ne sais pas, répondit Kaleb. L'histoire nous dit de sonder notre cœur et d'y trouver ce que nous sommes prêts à faire pour sauver notre peuple. Je ne prétends pas avoir toutes les réponses, j'essaie simplement de faire de mon mieux dans ce monde brutal.

— Je pense que l'histoire veut simplement dire de ne jamais se marier, dit Darroch.

— Je vais boire à ça, mon frère ! ajouta Atwood.

Samuel réfléchit sur l'histoire pendant un certain temps, même après qu'ils furent tous couchés pour la nuit. Il essayait d'imaginer ce qu'il ferait, s'il se retrouvait confronté à une situation pareille. Ferait-il le bon choix ? Il ne pouvait pas manquer de voir les similitudes entre l'histoire de Kaleb et le destin qui semblait attendre ce garçon qu'ils devaient trouver.

L'officier essayait-il de leur dire quelque chose à travers l'histoire ?

Était-ce une simple coïncidence ?

Tout à coup, il lui vint à l'esprit que ce pouvait très bien être le plan de l'Yfel de tuer le jeune garçon, avant qu'ils le ramènent auprès du roi. Il était évident que ce garçon sans père jouait un rôle important dans cette légende, et le tuer serait un moyen efficace pour faire dérailler cette histoire. Mais pourquoi le roi et le conseiller semblaient-ils vouloir tuer eux-mêmes ce garçon ? Dans quel but le sorcier de l'Yfel voudrait-il se substituer à eux pour faire la sale besogne ?

À moins que ce ne soit pas du tout dans leurs plans de répandre le sang du garçon. Dans ce cas, le rôle de celui-ci serait probablement plus important encore. Peut-être même planifiaient-ils de le faire, mais changeraient-ils d'idée plus tard dans l'histoire ?

Tout ça était tellement confus.

Tandis que le sommeil enveloppait doucement son corps de ses bras confortables, Samuel prit une autre décision. Il jura silencieusement de protéger ce garçon sans père, peu importe ce que dirait Angéline.

Samuel dormit profondément. La nuit animée et vibrante de vie laissait tranquillement place au jour nouveau qui s'annonçait. Dans les moments précédant les premiers rayons du soleil, lorsque les prédateurs nocturnes et les créatures diurnes dormaient profondément, la forêt semblait avoir été figée dans le temps par un sortilège quelconque.

À cet instant, Samuel fut doucement réveillé par un faible bourdonnement, se déplaçant de son oreille gauche vers la droite, puis vers la gauche à nouveau. Le petit bruit se poursuivit durant quelques secondes, tournoyant autour de sa tête comme un énorme moustique, jusqu'à ce qu'il ouvre finalement les yeux.

— Il est temps que tu te réveilles ! dit Angéline. Allez, suis-moi en silence !

Samuel s'assit et vit que ses compagnons sommeillaient toujours profondément. La petite fata lui fit signe de le suivre et s'envola rapidement, s'éloignant dans les bois. Samuel la suivit sans faire de bruit, espérant que personne ne se réveillerait avant qu'il ne soit de retour.

Quelques instants plus tard, il se tenait entre deux chênes majestueux, déliant ses muscles et bâillant à pleine bouche. Angéline flottait devant son visage, ses petites ailes battant rapidement.

— J'ai passé près de vingt minutes à tenter de te réveiller ! dit-elle. As-tu oublié que tu as une légende à sauver ?

— Bien sûr que non. Mais j'ai quand même besoin de me reposer et de dormir de temps en temps, ou je ne serai pas très utile. Je ne suis pas Superman, tu sais !

— Qui ? Ça n'a pas d'importance, nous avons des choses plus urgentes à discuter que tes expressions bizarres. As-tu appris quelque chose de nouveau depuis que nous nous sommes vus la dernière fois ?

— Oui. Il y a ce garçon que nous devons retrouver et ramener auprès du roi. Il est censé savoir comment calmer la montagne et briser la malédiction sur Dinas Fofoun.

— Dinas Ffaraon ! corrigea Angéline. Crois-tu que je n'aie pas déjà cette information ? Cela fait partie de la légende. En fait, c'est l'événement principal avant la fin dramatique !

Samuel observa la petite fata, préoccupé par ce qu'elle venait d'annoncer. Elle était toujours un peu excitée, comme si elle avait avalé trop de café – s'il existait une telle boisson dans ce monde – mais ce matin, Angéline paraissait encore plus nerveuse qu'à l'habitude.

— Est-ce qu'il y a quelque chose que je devrais savoir ? demanda Samuel.

— Quoi ? Non, pas particulièrement. Pourquoi me demandes-tu ça ?

— Es-tu certaine ? Est-ce qu'il va y avoir d'autres surprises comme un tremblement de terre ou des hurlements de monstres ?

— Tu sais tout ce que tu dois savoir pour l'instant, Gardien. Et ne prends pas ce ton avec moi !

Angéline pivota sur elle-même, croisant les bras sur sa poitrine. Pour un être qui semblait transcender les mondes, Samuel se dit qu'elle savait très bien faire la moue comme un enfant de trois ans.

— Je suis désolé, dit-il. Je ne voulais pas te paraître abrupt, d'accord ? C'est seulement que tout ça est encore très difficile à saisir pour moi.

Angéline jeta en coup d'œil par-dessus son épaule, jugeant de sa sincérité. Satisfaite de l'honnêteté des excuses de Samuel, elle se retourna et s'approcha lentement, puis elle lui tapa doucement le bout du nez.

— Je sais, dit-elle d'une voix pleine de tendresse. Je suis aussi désolée. Parfois, j'oublie que tu es nouveau et que cela doit être très déroutant pour toi.

— Ça va.

— C'est probablement très effrayant aussi.

— Ça l'est.

— En fait, si j'étais à ta place, je serais probablement morte de trouille.

— Ce n'est pas si effrayant.

— Je paniquerais probablement, avant de me mettre en boule et de pleurer sans arrêt.

— Bon, là tu dis n'importe quoi.

Angéline rit de bon cœur. C'était la première fois que Samuel entendait le rire de la petite fata et il devait admettre que c'était très apaisant de l'entendre. Pendant une seconde, il semblait que tous les soucis qui l'accablaient et toutes les responsabilités qu'on avait placées sur ses épaules avaient disparu.

— Allez, un peu de sérieux maintenant, dit Angéline. Qu'as-tu découvert d'autre ?

— Pas grand-chose.

— Es-tu plus près de trouver le sorcier de l'Yfel ?

— Pas vraiment.

Angéline tenta de dissimuler sa déception.

— Par contre, j'ai rencontré ce Morghan dont tu m'as parlé, dit Samuel.

— Vraiment ? Par la barbe d'Odin ! Comment cela s'est-il passé ?

— J'imagine que ça aurait pu être pire. Il m'a posé quelques questions, et j'ai peur qu'il n'ait pas été satisfait des réponses que je lui ai fournies. J'ai eu le sentiment désagréable qu'il savait qui j'étais et d'où je venais.

Angéline croisa les bras sur sa poitrine.

— Morghan est un guerrier chevronné et un homme intelligent, dit-elle. Peut-être a-t-il seulement pressenti qu'il y avait quelque chose de bizarre chez toi.

— Peut-être, mais je ne miserais pas là-dessus. Juste à repenser à la manière dont il m'étudiait, j'ai des frissons qui me parcourent le corps. Et lorsqu'il est parti, il a mentionné qu'il attendrait avec impatience notre prochaine rencontre. Crois-tu qu'il y avait un message derrière ces paroles ?

— Peut-être, mais je pense tout de même qu'il n'est pas le sorcier de l'Yfel, car il fait partie de l'histoire originale depuis toujours.

Samuel essayait de chasser les souvenirs de sa rencontre avec le conseiller.

— Quel est son rôle dans l'histoire, exactement ? demanda-t-il.

— Habituellement, Morghan a un rôle d'importance dans le mythe. Il est le conseiller qui suggère le site de Dinas Ffaraon au roi, afin d'y construire une forteresse. Il est également celui qui propose de trouver le garçon sans père, afin de briser la malédiction qui règne sur la région.

Samuel s'assit sur un rocher, faisant attention de ne pas prendre place sur la mousse humide qui le recouvrait partiellement.

— S'il est déjà un personnage de l'histoire et que jusqu'à présent, il n'a rien fait de différent, nous pouvons croire qu'il ne fait que remplir son rôle, n'est-ce pas ?

— Peut-être, répondit Angéline. On peut sûrement l'éliminer en tant que suspect pour être sous l'influence de l'Yfel. Qu'en est-il de tes compagnons de voyage ? Crois-tu que l'un d'eux pourrait être un ennemi ayant infiltré votre bande ?

— J'en doute, mais c'est une possibilité. Malloy fait partie de ce monde, j'en suis certain, et je jurerais que Darroch et Atwood font également partie de l'histoire. Je suis peut-être influencé par les films que j'ai visionnés, mais je ne crois pas qu'un personnage malveillant parlerait de la sorte. Il attirerait beaucoup trop d'attention sur lui-même. Freston par contre est plutôt énigmatique et se tient à l'écart. J'imagine qu'il correspond au stéréotype du vilain.

— Et l'officier qui vous mène ?

— Kaleb ? Je ne crois pas, bien qu'il soit un peu étrange. Il nous a raconté une histoire la nuit dernière, à propos des premières impressions, et comment nos ennemis sont parfois ceux que l'on suspecte le moins. Peut-être essayait-il de me fournir un indice ou de passer un avertissement.

Angéline s'approcha de Samuel et s'assit près de lui. Contrairement au garçon, elle prit place directement sur la mousse, optant pour le confort.

— Si tu as raison, dit-elle, notre meilleur candidat demeure Morghan.

Samuel repensa au vieux conseiller et à la façon dont ce dernier l'avait regardé. Bien qu'il soit évident que Morghan était un personnage de cette légende, il y avait tout de même quelque chose d'étrange à son sujet.

— Peut-être qu'il n'est pas le sorcier de l'Yfel, mais pourrait-il être impliqué d'une autre façon ? demanda-t-il.

— J'imagine que c'est possible. Mais que veux-tu dire exactement ?

— Peut-être est-il influencé d'une certaine manière par le sorcier de l'Yfel ?

— Hmmm. Peut-être que tu tiens une piste. Ton ennemi connaît la légende en entier, dans ses moindres détails. Il connaît donc tout ce que Morghan est censé faire et son rôle dans la légende. Contrairement aux Gardiens de Légendes, les sorciers de l'Yfel connaissent la légende dès qu'ils mettent le pied sur Metverold, parce que cela n'a pas d'importance pour eux s'ils changent quelque chose par inadvertance. C'est là toute la raison de leur présence ici.

— Ce n'est pas très juste, dit Samuel.

— Je n'ai jamais dit que ce l'était. Par contre, si je te révélais tout ce qui va se passer, et que tu décidais d'agir sur un aspect que tu n'es pas censé toucher, cela irait en contradiction avec la raison de ta présence ici. Nous ne serions pas mieux que l'Yfel. Tu peux le vaincre malgré ce handicap Samuel. Il faut que tu aies confiance.

Angéline s'envola et fit quelques cercles autour de la tête de Samuel.

— Je pense que j'ai une idée du rôle que Morghan pourrait jouer dans cette version-ci de l'histoire, dit-elle. Écoute-moi bien et pense à ce que je vais dire. Quelle serait la meilleure manière de gagner la confiance de quelqu'un ? Probablement en lui suggérant à l'avance les idées qu'il aurait de toute façon par lui-même ?

Samuel comprit immédiatement où la petite fata voulait en venir.

— Donc, le sorcier énonce à Morghan un plan qu'il prétend être le sien, dit-il. De cette façon, le conseiller n'a d'autre choix que d'être d'accord puisqu'en fait, c'est son propre plan, auquel il n'a tout simplement pas encore pensé.

— Exactement ! Cela serait un moyen efficace de prendre le contrôle de la légende. Pour réussir, nous devons supposer que l'ennemi est déjà très près du conseiller. En ce moment, il a probablement réussi à tisser une toile sinistre autour du vieil homme. Peut-être le conseiller agit-il sous la menace à présent, on ne sait jamais.

Samuel pensa que leur raisonnement était plein de bon sens, mais il soulevait une nouvelle question.

— Donc, si le sorcier de l'Yfel mène le conseiller par le bout du nez, dit-il, que planifie-t-il de faire maintenant ?

— Il doit y avoir un lien avec ce garçon que vous allez chercher, répondit Angéline. C'est la seule réponse à laquelle je peux penser.

— Pourquoi ça ?

— Parce que ce garçon va révéler la fin de la légende et mettra en branle des événements qui se dérouleront par eux-mêmes. Une fois qu'il aura parlé avec le roi, il sera trop tard pour que l'Yfel agisse. Dès que le roi aura déterré...

Angéline plaqua ses deux mains sur sa bouche.

Plutôt que de l'interroger, Samuel sourit à la petite fata, qui semblait prise de panique.

— Ne t'en fais pas, je ne te demanderai pas ce que le roi est censé déterrer. Dis-moi seulement si c'est quelque chose d'effrayant.

Angéline hocha lentement la tête, ses mains cachant toujours sa bouche.

— Et il faut que cela se produise pour que la légende se déroule comme prévu, n'est-ce pas ?

À nouveau, la fata acquiesça.

— Donc, puisqu'il sera trop tard pour que le sorcier de l'Yfel agisse, cela ne laisse plus qu'une option pour lui, dit Samuel. Il doit tuer le garçon avant qu'il ne parle avec le roi.

Angéline hocha la tête une dernière fois.

— Il est très important que tu aies un œil sur lui en tout temps, dit-elle. Avec de l'aide ou par toi-même, tu dois protéger ce garçon et t'assurer qu'il parvienne auprès du roi, afin de remplir son rôle.

Samuel leva les yeux au ciel, se laissant bercer par la sérénité de la forêt, la fragrance des arbres aux alentours, et la douce caresse de la brise sur ses joues. Il aurait dû être terrifié par les dangers qu'il devrait affronter, mais il faisait bon de finalement connaître son but. Il était réconfortant de ne plus suivre son chemin dans les ténèbres.

Les dés qu'il gardait au fond de la poche l'avaient envoyé ici pour protéger un garçon, un enfant qui n'avait pas de père. Un jeunot qui avait un rôle majeur dans cette histoire.

— Puis-je te poser une question ? demanda-t-il à Angéline.

— Bien sûr Samuel. Je vais y répondre si je le peux.

— Qui est ce garçon ? Pourquoi est-il si important, que l'on doive envoyer quelqu'un comme moi, un Gardien de Légendes, pour le protéger ?

— Au début, je croyais qu'il serait capable de se protéger tout seul, mais j'imagine que je me suis trompée, répondit Angéline. Son nom est Myrddin Emrys.

Samuel se retourna pour observer la fée, perplexe. Devait-il déjà connaître le nom de ce garçon ?

La petite fata lui sourit, avant d'ajouter :

— Tu le connais probablement dans ton monde sous le nom de Merlin l'enchanteur.

10

— Attends une seconde, dit Samuel. Veux-tu dire que je suis censé protéger *Merlin* ? *Le* Merlin, comme dans le roi Arthur et les chevaliers de la Table Ronde ?

Angéline se pinça le nez, comme si elle voulait chasser un mal de tête persistant ou revenir sur les révélations qu'elle venait de faire. À l'évidence, le Gardien de Légendes connaissait la mythologie arthurienne et l'importance de son enchanteur en chef.

— Oui, ce Merlin ! répondit-elle.

Les genoux de Samuel faiblirent sous lui et il dut se rasseoir sur le rocher. Tout le courage qu'il avait accumulé précédemment avait maintenant complètement disparu. Merlin, l'un des magiciens les plus puissants de la mythologie. Si ce dernier n'était pas capable de se défendre lui-même, comment un simple adolescent tel que Samuel, sans aucun entraînement, pourrait-il y arriver ?

— Tout ça dépasse l'entendement, dit-il. Tu ne peux pas sérieusement croire que je suis capable de protéger Merlin ! J'aurais besoin de beaucoup plus de pouvoirs que le simple maniement de l'épée pour être un garde du corps décent.

— N'oublie pas qu'il n'est pas encore un enchanteur, dit Angéline.

— Que veux-tu dire ?

Elle vola plus près de Samuel, plaçant sa main sur son épaule.

— Pour le moment, il n'est qu'un petit garçon nommé Myrddin Emrys. Évidemment, il est déjà remarquable, mais il n'a pas encore mérité le titre d'enchanteur. Ses pouvoirs ne sont pas même une fraction de ce qu'ils seront une fois qu'il aura appris tout ce qui doit lui être enseigné.

Samuel s'efforça de se figurer à quoi pouvait ressembler un jeune Merlin. Ce n'était pas difficile de concevoir le vieil homme à la longue barbe grise, portant un chapeau pointu et une grande robe bleue garnie d'étoiles. Par contre, il n'arrivait pas à l'imaginer tel un bambin, découvrant l'univers de ses yeux curieux et prononçant des paroles hésitantes d'une petite voix timide.

— Tu as probablement raison, dit-il.

— Bien entendu que j'ai raison ! répliqua Angéline. Pour le moment, Myrddin a seulement huit ans et il aura besoin d'un garde du corps. Il a besoin de toi pour le protéger. Malgré son jeune âge, il peut déjà se charger de petits criminels et se défendre contre des animaux sauvages, mais combattre les forces de l'Yfel par lui-même est une autre histoire. Par contre, tu es équipé pour faire face à un ennemi de la sorte. Tu peux le protéger de cette menace. Tu as déjà prouvé que tu étais courageux et intelligent. Il n'y a pas de doute que ce sont des qualités que les dés ont remarquées chez toi, lorsqu'ils t'ont choisi pour être un Gardien. Et je suis persuadée que nous n'avons qu'effleuré la surface de ton potentiel. J'ai confiance que tu réussiras, Samuel, et je ne mettrais le sort de nos deux univers entre les mains de personne d'autre. Si seulement tu pouvais croire en toi comme j'ai confiance en tes capacités.

Samuel regarda Angéline. Les yeux violacés de la fata étaient remplis de chaleur et de compassion. Il sut qu'elle était sincère, du plus profond de son cœur.

— Merci, dit-il.

Durant les quelques minutes qui suivirent, les deux amis demeurèrent assis en silence, observant la beauté de la forêt, humant les parfums de la nature et se laissant bercer par les chants du royaume animal qui s'éveillait, alors que la brume matinale cédait sa place au soleil radiant.

Tout à coup, le silence fut interrompu par la voix de Malloy.

— Samuel ! cria-t-il. Samuel ! Il est temps de partir !

— Je dois retourner au camp avant qu'ils ne me trouvent et croient tous que je suis un peu fêlé, dit Samuel. Ne me laisse pas seul trop longtemps avant de revenir, s'il te plaît.

— Bien sûr que non ! répliqua Angéline avec un sourire. Tu trouverais le moyen de tout gâcher sinon.

— Allons, je n'ai rien fait encore !

Encore une fois, le rire de la petite fée était comme de la musique aux oreilles de Samuel. Il se leva et fit quelques pas vers la voix de Malloy, où l'attendait le reste du groupe.

— Oh ! J'avais presque oublié ! dit Angéline derrière lui. Il y a une dernière chose que tu dois savoir, quelque chose qui pourrait t'être utile aujourd'hui même.

Samuel pivota sur lui-même.

— Le maniement de la lame n'est pas le seul talent dont tu disposes, Gardien Samuel. Tu peux également communier avec la vie animale qui t'entoure.

Le garçon n'en crut pas ses oreilles.

— Je peux parler avec les animaux ?

— Non, pas vraiment parler. J'ai dit communier, pas communiquer. C'est un peu difficile à décrire. Imagine que ton esprit se branche sur celui d'un animal, créant une sorte de symbiose entre vous et qui vous permet de penser et de ressentir comme un seul être. Si tu as peur, l'animal réagira en conséquence, soit en étant effrayé lui-même ou en cherchant à te protéger. Si tu es confiant, il pourrait se soumettre à ta volonté ou encore s'opposer à toi. Tout dépend du caractère intrinsèque de la créature et de la force du lien qui vous unit.

— Je ne suis pas sûr de bien saisir ce que tu dis.

— La meilleure façon de comprendre est de faire un essai. Vois si tu peux te connecter sur l'esprit du cheval que tu montes. Essaie de te faire ami avec lui.

— Et tu n'aurais pas pu me dire cela hier matin, avant que l'on quitte le camp ? demanda Samuel, quelque peu agacé d'avoir eu à endurer le martèlement de son postérieur toute la journée.

— J'imagine que j'ai oublié ! répondit Angéline, avant de se volatiliser dans un nuage de fumée.

Samuel aurait juré qu'il l'entendit ricaner.

— Samuel ! Cette fois-ci, ce fut Kaleb qui appela. C'est l'heure de partir ! Reviens ici ou nous partons sans toi, mon garçon.

Moins d'une minute plus tard, il était de retour au camp. Les autres avaient déjà rangé leurs effets, assis sur le dos de leur cheval et prêts à partir.

— Nom de Dieu, où étais-tu ? demanda Atwood. Tu as manqué un petit déjeuner terrible que Darroch a réussi à trop cuire.

— Il fallait que j'aille me soulager, répondit Samuel.

— T'es-tu aussi vidé de toute capacité auditive ? demanda Kaleb. Cela fait vingt minutes que nous t'appelons.

— Je vous avais entendus ! Je suis sûr que vous n'aviez pas envie de me voir revenir ici à la course, avec mon pantalon autour des chevilles, non ?

Darroch se mit à rire, mais Kaleb coupa court la conversation.

— D'accord, ça suffit, ordonna-t-il. Il est temps de partir.

Samuel hésita un moment avant de mettre le pied dans l'étrier, se souvenant de ce que la fata lui avait révélé. Tandis que les autres s'apprêtaient à partir, argumentant entre eux sur la route à suivre, Samuel plaça une main sur la joue du cheval et caressa doucement le poil de sa monture. Au début, rien de particulier ne se produisit. Il entendait toujours Darroch et Atwood se quereller avec Kaleb sur la manière de lire la carte. Il écouta également le chant des oiseaux autour, ce qui ne manquait pas de le distraire. Il observa ensuite le corps du cheval et s'aperçut que manifestement, il rendait l'animal nerveux. Samuel tenta à nouveau de se concentrer, cette fois-ci en portant son attention sur sa propre respiration, essayant d'ignorer les distractions autour de lui. Doucement, le bruit ambiant perdit de l'intensité, se transformant en un faible murmure, puis il disparut complètement. Tandis que Samuel se concentrait, le battement régulier de son cœur fut remplacé par une pulsation plus rapide. Le battement grandit à l'intérieur de l'esprit du jeune homme, devenant plus puissant. Samuel réalisa qu'il s'agissait du cœur de la bête.

L'attention de Samuel se précisa encore, se réduisant à lui-même et au cheval, ignorant le reste du monde qui les entourait. Tout ce qu'il voyait était l'œil noir de sa monture. Tout ce qu'il entendait était le battement de cœur du cheval. Il s'efforça de demeurer calme. Il voulait démontrer au cheval qu'il n'avait rien à craindre. Il voulait laisser savoir à sa monture qu'ils pouvaient chevaucher ensemble s'ils travaillaient à l'unisson.

Graduellement, le pouls du cheval ralentit. Bientôt, il battit en tandem avec le cœur de Samuel. Le garçon put alors ressentir la symbiose dont avait parlé Angéline. Les craintes de l'animal se dissipèrent, remplacées par un sentiment d'amitié et de calme.

Pareillement, il pouvait détecter une énergie qui coulait entre leurs corps, comme un courant électrique qui les unissait. Il apercevait presque cette rivière de lumière pure, se déversant dans son cœur et dans celui de la bête, un lien durable qui ne pourrait plus être brisé ni interrompu.

Sans qu'il y ait le moindre bruit, sans qu'un seul mot soit prononcé, Samuel sut que le cheval essayait aussi d'étendre ses sentiments vers le cavalier, de le toucher au plus profond de son être. La confiance et la puissance de la bête qui coulaient dans son corps, apaisant sa propre peur de le chevaucher. On aurait dit que la monture lui laissait savoir qu'il lui était permis de prendre le contrôle, qu'elle acceptait ce garçon comme cavalier et qu'elle prendrait soin de lui, autant qu'il s'occuperait d'elle.

— On se met en route ? murmura Samuel.

Le cheval répondit avec un sifflement, un signe de leur entente, qu'ils formaient dorénavant une équipe et qu'ils travailleraient ensemble.

Vers la fin de l'après-midi, Samuel et ses compagnons poursuivaient leur route en terrain difficile. Les chevaux devaient contourner de larges rochers et se faufiler entre des arbres massifs, dont les branches se faisant un devoir de flageller les cavaliers au passage.

— Par tous les diables, où est ce foutu monastère, Kaleb ? demanda Atwood. Je te parie une *silique* d'argent que tu es perdu et que tu ignores où nous sommes.

— Nous ne sommes pas égarés, répondit l'officier. Ceci est la route indiquée sur la carte que le conseiller Morghan m'a remise.

— Quelle route ? dit Darroch. Tout ce que je vois, c'est une forêt qui s'efforce de nous faire rebrousser chemin.

— J'imagine que vous espériez voir des affiches qui indiqueraient la route vers cette abbaye secrète ?

— Ça aurait été utile, en effet.

Samuel ne pouvait qu'être d'accord avec le costaud guerrier : cette route était loin de ressembler à un sentier balisé. S'il y avait effectivement un monastère ou un village près d'ici, il était bien dissimulé et pratiquement inaccessible. Heureusement, le nouveau lien d'amitié qu'il partageait avec sa monture lui permettait de contourner les obstacles avec une facilité qui frisait l'aisance des cavaliers expérimentés autour de lui. Évidemment, cela n'était pas passé inaperçu.

— Il semblerait que tu as acquis une aptitude sans pareille pour l'équitation durant ton sommeil, Samuel, murmura Malloy, afin que personne d'autre ne l'entende.

Samuel devait rapidement trouver une explication plausible.

— Ce n'est pas si difficile que ça, en fin de compte, dit-il. Tu avais raison, lorsque tu m'as dit qu'une journée complète de chevauchée ne manquerait pas de m'inculquer les techniques de base.

Soudainement, Atwood hurla de douleur. Immédiatement, ses compagnons s'arrêtèrent et se retournèrent vers lui. Le guerrier se tenait la cuisse droite, l'empenne d'une flèche dépassant de ses doigts gantés de cuir. Déjà, du sang coulait le long de sa jambe. L'instant suivant, une autre flèche siffla près du visage de Malloy, ratant l'artère de son cou de quelques centimètres à peine. En quelques secondes, des dizaines de flèches volèrent tout autour du groupe, la plupart se heurtant aux arbres qui empêchaient les archers d'avoir des lignes de tir dégagées.

— À terre ! lança Kaleb.

Chacun des guerriers sauta de sa monture et s'aplatit sur le sol, essayant de trouver un peu de protection derrière un rocher, un arbre ou même un tas de feuilles mortes. Un des chevaux fut atteint par une flèche et les bêtes s'enfuirent dans toutes les directions, abandonnant leur cavalier à leur sort.

Samuel entendit plusieurs flèches siffler juste au-dessus de sa tête et se pencha davantage, s'enfouissant dans le sol boueux. Il demeura ainsi pendant quelques instants, son visage dissimulé au creux de ses mains poussiéreuses.

La peur s'emparait rapidement de l'esprit du jeune homme. Combattant cette terreur qui l'envahissait, Samuel s'efforça de demeurer immobile et de garder la tête basse, car il savait pertinemment qu'il pourrait trouver la mort en une fraction de seconde.

Une seule flèche, voilà tout ce qui était nécessaire pour faucher sa vie.

Samuel voulait hurler et pleurer toutes les larmes de son corps. Il souhaitait être à nouveau un enfant, afin que sa mère le relève et l'emmène loin d'ici. Il désirait que son père intervienne et ordonne aux autres enfants d'arrêter de s'en prendre à son fils. Il espérait qu'Angéline fige le monde sur place et qu'elle le ramène à la maison.

Mais bien sûr, rien de tout ça n'arriva. Personne ne viendrait le secourir. S'il voulait s'en sortir, il devrait y arriver par lui-même.

Les projectiles volèrent par centaines au-dessus de leur tête pendant encore deux minutes, ou peut-être vingt, il n'aurait su le dire.

— Cessez le tir ! cria finalement un homme au loin, quelque part dans les bois.

Graduellement, le flot de flèches diminua, jusqu'à ce qu'un dernier projectile frappe l'arbre derrière Malloy et tombe mollement sur le dos du guerrier. La forêt fut plongée dans le silence complet. Samuel expira prudemment. L'instant d'après, le son d'une corne brisa le silence et le battement de son cœur reprit son rythme effréné. L'ennemi approchait.

— En avant ! Pas de prisonniers ! ordonna la voix plus loin.

— Des Saxons, souffla Malloy. Ils ont dû nous apercevoir plus tôt et attendaient ici pour nous tendre une embuscade.

— Tu m'en diras tant, dit Darroch d'un ton sarcastique. Ces connards de lâches nous ont tiré dessus depuis là-haut, comme de vrais pleutres.

— Et tu peux remercier les arbres, mon ami, ou nous serions tous morts à l'heure qu'il est, répliqua Malloy.

Atwood murmura quelque chose d'inaudible. Pendant quelques instants, ils demeurèrent tous au sol, l'oreille tendue et observant les alentours. Ils attendaient un signe, une indication quelconque sur l'emplacement de l'ennemi. Les Saxons avaient l'avantage de connaître la position du petit groupe, mais ils le perdraient rapidement s'ils révélaient leur position prématurément.

Samuel releva lentement la tête. Retenant son souffle, il écarta deux petites branches du buisson derrière lequel il s'était dissimulé, mais il ne vit que différents dégradés de vert et de brun ; que l'ombre des feuilles et des branches qui s'agitaient au gré du vent.

— Probablement qu'ils nous encerclent pour refermer le piège, murmura Freston.

L'archer empoigna son arc, essayant de demeurer le plus près possible du sol. Il encocha une flèche sur la corde de son arme. Il fut rapidement imité par Malloy. Kaleb tenait déjà son épée dans une main et une petite dague dans l'autre. Darroch et Atwood passèrent leur bouclier par-dessus leur tête et l'enfilèrent dans leur avant-bras. Ils empoignèrent également leur lourde épée. Samuel remarqua qu'Atwood avait brisé la flèche, probablement pour éviter qu'elle ne lui nuise durant le combat qui s'annonçait.

Samuel reporta son attention sur les bois qui l'entouraient. Son cœur battait rapidement, le sang parcourant ses veines à toute vitesse.

Il mit la main sur le pommeau de son glaive.

Soudainement, il vit une flèche voler tout près, mais elle provenait de derrière lui. Samuel se retourna et vit Freston encocher une nouvelle flèche et lever son arc pour viser le même endroit où il venait juste de tirer. Samuel suivit le regard de l'archer et distingua le corps d'un homme entre les branches, une flèche enfoncée dans la gorge. Il vit ensuite cinq ou six autres guerriers saxons, dévalant la petite pente au pas de course, à peine une centaine de mètres plus loin.

— Derrière nous ! lança Malloy qui avait aussi tiré une flèche, maudissant les arbres qui bloquaient sa ligne de tir. Une douzaine d'hommes se dirigent vers nous.

Freston tira une troisième flèche, puis une quatrième. Samuel comprit immédiatement pourquoi cet homme ne portait que quelques dagues et préférait utiliser son arc. La précision de ses tirs était mortelle et il réussit à supprimer cinq hommes de plus avant que le reste d'entre eux se mettent sagement à couvert derrière des arbres, stoppant leur progression.

— Nous sommes vulnérables comme des agneaux, dit Kaleb, cherchant un endroit par lequel ils pourraient battre en retraite.

Malheureusement, il n'en trouva aucun. Les Saxons avaient choisi l'endroit idéal pour une embuscade. Sa troupe s'était engagée par inadvertance dans un bassin naturel, avec des pentes abruptes qui les entouraient. Les Saxons avaient patiemment attendu au sommet de ses coteaux, encerclant les Bretons et coupant ainsi toutes possibilités de fuite.

— Qu'allons-nous faire ? demanda Samuel, incapable de dissimuler la peur dans sa voix.

— Nous n'avons pas vraiment le choix, répondit calmement Malloy. Il est temps de tirer une nouvelle surprise de ton sac, mon ami.

Malheureusement pour le guerrier et le reste du groupe, Samuel n'avait aucun truc caché dans sa manche, aucun pouvoir magique qui lui permettrait de les sortir de ce pétrin. À moins qu'Angéline ait omis de lui parler d'un pouvoir de téléportation, ses compagnons et lui n'iraient nulle part.

Malloy laissa partir une nouvelle flèche et atteignit un Saxon au bras. Ses compagnons plongèrent immédiatement derrière des rochers et des arbres.

— Il faut bien que nous fassions quelque chose, dit Atwood. Si nous restons ici, ils vont simplement approcher leurs archers et nous tuer sans mettre le reste de leurs hommes en danger. Je suis d'ailleurs surpris qu'ils ne l'aient pas déjà fait.

— Peut-être veulent-ils un peu de sport, répliqua Freston. Qui peut savoir ce que des barbares pareils ont dans la tête ?

Soudainement, ils entendirent des cris et des clameurs qui provenaient de partout autour d'eux, des cris d'encouragement et des rires sadiques, suivis d'un chahut assourdissant, provoqué par le martèlement de leur arme sur leur bouclier.

— Qu'est-ce qui les rend si euphoriques ? demanda Kaleb.

La réponse vint sous la forme d'un énorme guerrier qui émergea lentement d'entre les arbres devant eux, à l'endroit où les Saxons s'étaient mis à couvert de l'arc mortel de Freston. L'homme dépassait facilement les deux mètres et demi, avec des épaules aussi larges qu'un ours. Il portait une armure complète qui recouvrait son corps entier, avec un immense bouclier attaché sur sa poitrine. Les restes d'un crâne étaient attachés sur le bouclier, retenus par des lanières de cuir. Le colosse tenait une épée dans chaque main. Les lames faisaient plus d'un mètre de long, dentées sur un côté, telles deux scies infernales. Les pommeaux de ces armes démoniaques étaient garnis de lames, comme des petites dagues. Sur sa tête reposait un heaume décoré d'une corne de chaque côté, au bout desquelles étaient attachés des restes déshydratés et impossibles à identifier d'ennemis vaincus. Une troisième corne s'élevait vers le ciel sur le dessus de sa tête, blanche et affûtée. Finalement, un masque de métal couvrait son visage, ses yeux visibles par deux minuscules orifices.

— Dieu du Ciel, dit Freston.

Passant outre le choc initial provoqué par la vue du géant, il leva son arc et lâcha une flèche. Le projectile ricocha contre le bouclier que le géant portait sur la poitrine. L'archer encocha rapidement une nouvelle flèche, visa un peu plus haut et tira à nouveau. Cette fois-ci, le projectile frappa le masque de métal du colosse.

Un rire sinistre retentit depuis la montagne de muscles qui approchait calmement d'eux.

— Malloy, aide-moi ! lança Freston.

Les deux hommes décochèrent flèche après flèche en direction du géant, mais aucune d'entre elles ne parvint à percer son armure. Le reste des Saxons émergèrent de derrière les arbres où ils se cachaient, suivant leur chef à distance.

— Arrêtez de gaspiller vos munitions sur le géant, ordonna Kaleb. Concentrez-vous sur les autres derrière lui, abattez-en autant que possible.

Freston et Malloy visèrent alors les guerriers « normaux » qui approchaient, visant où ils le pouvaient et rechargeant leur arc aussi vite que possible. Lorsque le géant fut à moins d'une trentaine de mètres d'eux, Darroch se redressa, leva son bouclier, et avec un cri sauvage, il courut vers l'énorme barbare comme un homme possédé, son arme levée au-dessus de sa tête.

— Par tout ce qui est saint, j'ai l'intention de me battre sur pied et de ne pas mourir comme un lâche ! cria-t-il.

Kaleb et Atwood s'empressèrent de l'imiter, le dernier d'entre eux se levant péniblement à cause de sa blessure, qui avait heureusement arrêté de saigner. Par contre, les deux hommes se retournèrent pour faire face aux ennemis qui provenaient de toutes les directions. Malloy lâcha son arc et dégaina son épée pour faire de même, tandis que Freston continuait de viser les barbares qui s'approchaient rapidement du groupe.

Samuel ne parvenait pas à remuer le moindre muscle. Il avait vécu des scénarios semblables à maintes reprises dans des jeux de rôle, mais il n'avait jamais imaginé qu'il se retrouverait au milieu d'un véritable combat. Les ennemis étaient bien de chair et d'os, les lames étaient affûtées, et le chaos qui régnait était presque enivrant. Lorsqu'il entendit le choc du métal contre métal, alors que Kaleb attaquait le premier Saxon à atteindre le groupe, son cœur faillit sortir de sa poitrine.

Il devait faire quelque chose, il ne pouvait pas demeurer au sol et attendre l'inévitable. Sa tête lui disait de se lever, mais ses muscles refusaient de lui obéir.

Il vit Darroch charger le guerrier géant. Le costaud breton abaissa son arme avec force, frappant son adversaire sur la jambe droite dans l'espoir de le déstabiliser. Comme Darroch n'était pas le plus petit des hommes, le coup retentit dans la forêt tout entière. Cependant, plutôt que de produire l'effet désiré, l'assaut ne fit que mettre le géant en colère. Darroch eut à peine le temps de lever son bouclier pour protéger son côté droit, alors que l'immense Saxon pivotait sur lui-même pour le frapper avec puissance dans les côtes. Darroch bloqua le coup, mais la force surhumaine de l'impact l'envoya voler dans les airs, quelques mètres plus loin.

— Darroch! hurla Atwood lorsqu'il vit son frère atterrir lourdement sur un tronc d'arbre au sol.

— Samuel, lève-toi et aide-nous! lança Kaleb. C'est un ordre!

Le jeune homme tourna la tête et vit que l'officier s'était déjà débarrassé de deux assaillants et en combattait un troisième. Cependant, un autre se positionnait pour le frapper par-derrière. Avant que ce dernier ne puisse mettre son plan à exécution, une flèche de Freston se logea dans son cou et le fit tomber à genoux.

— Mon garçon, je pense sérieusement que tu devrais te relever et te défendre, dit Freston. Mieux vaut mourir sur ses pieds que de ramper comme un escargot.

Samuel savait que son compagnon avait raison. Il connaissait toutes les bonnes paroles à prononcer et les bons mots à utiliser. Il avait récité des discours puissants et motivants à plusieurs reprises, lors de fausses batailles entre amis. Il savait parfaitement ce que les héros étaient censés faire dans des situations pareilles. Mais à présent, il réalisait ce qui faisait de ces personnages des héros. Maintenant, il connaissait le courage incroyable et la force de caractère nécessaire pour se relever et faire face à une mort certaine.

Il ne voulait pas mourir comme un escargot.

Il voulait être un héros ou, du moins, mourir en essayant de le devenir.

En un instant, quelque chose se rompit dans son esprit, comme si le dernier lien qui le retenait venait de disparaître, la dernière ficelle qui le reliait toujours à son monde natal et la personne qu'il était, avant d'atterrir ici. Il n'était plus un étudiant. Il était un guerrier.

Il était un Gardien de Légendes.

Samuel se releva finalement sur ses pieds, tenant son glaive à deux mains. Il observa les alentours et se retourna juste à temps pour apercevoir un Saxon qui le chargeait à toute vitesse, une hache au-dessus de la tête. Samuel eut tout juste le temps de glisser sur sa gauche et d'éviter le coup. Tandis que le barbare passait devant lui, il le frappa du pommeau de son glaive, envoyant l'homme au sol. Samuel leva son épée et se retourna pour asséner le coup fatal à son assaillant.

Tout ce qu'il avait à faire était de frapper l'homme qui se tordait de douleur à ses pieds, plonger sa lame entre les omoplates de celui-ci et lui enlever la vie.

Mais il ne put s'exécuter.

Il tourna son arme d'un quart de tour et voulut frapper son ennemi avec le plat de la lame pour l'assommer, mais l'homme pivota sur lui-même et frappa du pied la jambe de Samuel. Ce dernier n'eut pas le temps de réagir et se retrouva à nouveau au sol. Dans un mouvement rapide, le Saxon était de retour debout et levait sa hache. Il n'hésiterait pas comme Samuel l'avait fait. Mais avant que l'homme puisse abattre son arme sur le corps sans défense de Samuel, une dague lui trancha la jugulaire.

— J'aurais dû m'en douter, ce garçon n'a jamais tué un homme, dit Freston. Je te conseille d'apprendre vite !

Samuel voulut remercier l'archer, mais quelque chose d'autre attira son attention.

— Samuel ! cria Malloy. Va prêter main-forte à Atwood.

Samuel courut vers Atwood. La scène qui se déroulait devant ses yeux semblait directement sortie d'un cauchemar. Le guerrier breton ressemblait davantage à un cavalier de l'Apocalypse qu'à un simple soldat. Même avec une flèche logée dans sa cuisse, il repoussait ses adversaires à l'aide de son bouclier, les frappant par la suite de son épée massive. Déjà, une douzaine de corps inertes gisaient à ses pieds, formant un obstacle morbide que les Saxons devaient escalader pour atteindre le guerrier dément.

— Ne vous occupez pas de moi, cria-t-il à Malloy. J'essaie simplement d'apprendre les bonnes manières à ces sauvages.

Samuel se tourna de nouveau vers Malloy qui tentait maintenant d'attirer l'attention du Saxon géant. Un peu plus loin, Darroch était toujours étendu au sol, inconscient selon toute vraisemblance, à la suite du coup dévastateur qu'il avait reçu, quelques minutes plus tôt.

Malheureusement pour Malloy, sa tactique fonctionnait. Le colosse détourna son attention de Darroch pour se concentrer sur le soldat qui cherchait à le confronter. Malloy étudia l'énorme Saxon devant lui, son épée dans la main droite et un couteau dans la gauche. Le géant était fort et massif, mais il était lent, gêné par l'imposante armure qu'il portait. Celui-ci s'approcha de Malloy et leva une de ses épées. Le Breton esquiva facilement le coup avec un pas de côté, puis contra avec une frappe qui n'eut aucun effet significatif sur la brute.

Rapidement, avant que le géant ne puisse reprendre sa position d'attaque et porter un autre coup, Malloy roula entre les jambes de son adversaire, et s'accroupit derrière lui. Il examina en vitesse l'armure de son ennemi, cherchant un point faible qu'il pourrait exploiter. Le géant se retourna pour lui faire face.

— Freston, vise l'arrière de ses genoux! cria Malloy. Maintenant!

L'archer encocha une flèche et leva son arc en vitesse pour viser l'endroit que lui avait indiqué Malloy. L'armure qui recouvrait l'imposant barbare le protégeait sur presque la totalité de son corps, mais il avait tout de même besoin d'espaces libres aux genoux et aux coudes, afin de les fléchir. Freston repéra la cible minuscule et décocha une flèche.

Le géant grogna de douleur dès que la pointe métallique du projectile s'enfonça dans son genou droit. Par contre, l'effet ne fut pas celui qu'anticipait Malloy. Le colosse demeura sur pieds et fendit l'air de ses deux épées, frappant à l'aveuglette en direction du jeune guerrier breton. Celui-ci dut reculer rapidement, afin de ne pas être atteint par les lames dentées. De plus, quelques Saxons avaient réussi à manœuvrer derrière Malloy et se tenaient maintenant en demi-cercle, attendant la suite et prêts à plonger leur lame dans le dos du jeune homme s'il parvenait par miracle à vaincre leur chef.

Sans y réfléchir à deux fois, Samuel s'élança vers le côté droit de la formation derrière Malloy, se portant à l'aide de son ami.

— Je prends la gauche, lui lança Atwood.

Le guerrier expérimenté avait apparemment battu les ennemis qui s'étaient trouvés sur son chemin et cherchait à présent de nouvelles proies.

Samuel attaqua sans hésiter le premier Saxon du groupe, poussant un cri de rage qui pétrifia son adversaire pendant une seconde, ce qui permit au jeune homme de lui enlever son bouclier d'un coup de pied. Dans un même geste, il frappa son adversaire avec le plat de sa lame, directement sur la tempe, envoyant celui-ci au pays des rêves. Poursuivant son envolée,

Samuel s'accroupit pour esquiver un coup du barbare suivant, pivota et sortit la jambe, afin de le faire trébucher. Se déplaçant toujours avec célérité, il utilisa son glaive pour parer le coup d'un troisième Saxon, faisant par la suite tournoyer son épée pour désarmer son assaillant. Il termina son avancée avec un coup de poing à la mâchoire de l'homme, ce qui l'envoya atterrir sur les genoux.

Tout comme il l'avait ressenti quelques soirs auparavant, lorsqu'il avait affronté un voleur pour obtenir un repas, Samuel sentait une sorte d'énergie couler dans son être. Encore une fois, le souffle de la fata prenait le contrôle de ses mouvements, lui permettant de se battre avec l'agilité d'une centaine de maîtres d'armes, de se défendre comme une ombre et de contrer avec des coups précis et calculés. En l'espace de quelques secondes, il était passé d'un petit garçon effrayé et étendu dans les feuilles humides, à un guerrier se débarrassant de ses ennemis avec efficacité.

Tandis que Samuel et Atwood s'occupaient des Saxons derrière Malloy, Freston tira une seconde flèche qui atteignit le géant dans le genou gauche. Cette fois-ci, le colosse tituba vers l'avant, puis se laissa choir sur les genoux, ses jambes incapables de soutenir son poids. Sans laisser le temps au colosse de reprendre ses esprits, Malloy leva rapidement son épée au-dessus de sa tête, espérant que son adversaire lèverait le bras pour se défendre. Lorsque le géant s'exécuta, Malloy enfonça son couteau sous le bras de son ennemi, logeant la lame dans l'aisselle du barbare. Le géant laissa tomber son arme au sol avec un cri à glacer le sang. Sans hésiter, Malloy asséna ensuite un coup puissant à la tête de l'homme, qui fit voler son casque dans les airs, assommant presque le colosse affaibli.

Sous les regards de tous, Malloy saisit son arme à deux mains et pivota sur lui-même, tenant son épée bien droite devant lui, jusqu'à ce que la lame rencontre le cou de son ennemi.

Lorsque le corps décapité du géant glissa tranquillement au sol, il sembla que la forêt entière retenait son souffle. Chaque homme sur place contemplait l'improbable vainqueur de ce combat, incertain que ses yeux ne le décevaient pas. Contre toutes attentes, le jeune Breton avait vaincu le géant saxon, un chef sans pitié qui avait terrorisé les champs de bataille à maintes reprises auparavant.

Mais plutôt que de s'enfuir après la mort de leur chef, les Saxons semblèrent déterminés à venger ce dernier. Plusieurs d'entre eux étaient restés jusque-là à distance, et ils se joignirent à leurs compères pour foncer vers les Bretons sans démontrer la moindre peur. Rapidement, le petit groupe se retrouva à nouveau encerclé, rassemblé autour du corps inconscient de Darroch, chaque homme tournant le dos à un compagnon.

— Que suggères-tu que nous fassions maintenant ? demanda Atwood à Kaleb.

— Je crois que nous devrions prier.

Pendant ce qui sembla une éternité, les deux factions se firent face, s'observant l'une et l'autre, attendant une ouverture pour attaquer. Les Saxons n'avaient aucune envie de laisser la vie sauve à ces hommes, mais ils étaient également plus prudents qu'à l'habitude. Après tout, un de ces Bretons venait tout juste de vaincre leur champion.

Soudainement, une lumière blanche et éclatante enveloppa la forêt entière. Samuel dut se protéger les yeux de la main gauche pour ne pas être aveuglé, tenant son épée devant lui avec la main droite. La lumière était si brillante et pure qu'il ne pouvait voir ni les ennemis devant lui ni ses amis à ses côtés. Il ne pouvait que sentir leurs épaules et leur dos, sans rien voir, comme s'il se tenait derrière un rideau blanc.

Avant que sa vision ne revienne et lui montre ce qui se déroulait autour de lui, il entendit des voix qui provenaient de plus haut derrière, hurlant et lançant des ordres. Graduellement, il reprit ses esprits. Tout d'abord, il ne vit que la silhouette d'arbres autour de lui, des ombres grises qui se précisaient tranquillement. Puis il nota des hommes qui passaient près de lui, de part et d'autre. Finalement, lorsqu'il fut en mesure de voir clairement à nouveau, il aperçut les Saxons qui s'enfuyaient dans le chaos complet, se piétinant l'un et l'autre dans leur fuite.

Samuel se retourna et vit d'autres hommes dévaler la pente derrière lui. Quelques-uns se déplaçaient à cheval et pointaient des lances devant eux, alors que d'autres portaient de lourds boucliers et agitaient des épées argentées. Le jeune homme ne comprit pas immédiatement ce qui se passait, mais il vit le reste de ses compagnons soulagés de voir les nouveaux arrivants.

— Que Dieu soit loué, soupira Malloy. Enfin, des renforts.

Les soldats bretons nouvellement arrivés passèrent devant le groupe sans même leur adresser le moindre signe, concentrés qu'ils étaient sur la poursuite de leurs ennemis. Les chevaliers atteignirent rapidement les barbares les plus lents et ne démontrèrent aucune pitié. Lorsque le dernier d'entre eux passa devant le groupe, Samuel et ses compagnons purent enfin respirer normalement, remerciant toujours le Ciel pour le miracle qui venait tout juste de se produire.

— Je suis ravi que nous soyons arrivés à temps, dit une voix derrière eux.

Elle appartenait à un homme costaud, portant une armure de fer et une cape rouge. Sur sa tête se trouvait un casque similaire à celui que portait Kaleb, semblable à ceux que revêtaient anciennement les centurions romains. Par contre, celui de Kaleb était fait de cuivre, tandis que celui de l'homme devant eux était en argent, avec une brosse rouge sur le dessus. Le visage de l'homme était parsemé de cicatrices profondes, signes d'une vie d'aventure et de dangers, tandis que ses yeux étaient sombres et exprimaient la sagesse et le courage.

C'était le genre d'homme que des armées entières suivraient sans hésiter, pensa Samuel.

— Pas autant que nous le sommes de vous voir, monsieur. Mon nom est Kaleb Hingolen et voici mes hommes.

— C'est un plaisir de faire votre connaissance, Kaleb. Je suis Ambrosius Aurelianus.

À la mention de ce nom, les compagnons de Samuel inclinèrent tous la tête et se précipitèrent à genoux. Samuel pensa qu'il serait sage de faire de même.

— Allons, une telle démonstration n'est pas nécessaire, je vous assure, ajouta Ambrosius.

Les soldats se relevèrent tranquillement, gardant toutefois la tête inclinée.

— Si je peux me permettre, sire, dit Kaleb. Par quelle ruse avez-vous réussi à aveugler l'ennemi de la sorte à votre arrivée ?

— C'est à cause de moi, répondit fièrement une petite voix derrière Ambrosius.

Un jeune garçon âgé de sept ou huit ans sortit de sa cachette sous la cape d'Ambrosius.

— Je les ai aveuglés pour ne pas qu'ils vous attaquent.

— Dans ce cas, tu as mon éternelle gratitude, mon garçon, répliqua Kaleb. Quel est ton nom ?

— Je suis celui que vous venez chercher, Kaleb. Mon nom est Myrddin Emrys.

11

Après qu'Ambrosius et les renforts bretons eurent secouru Samuel et ses compagnons, ils poursuivirent les Saxons pendant un certain temps, puis ils se regroupèrent autour de leur commandant. Quelques moines accompagnant les soldats avaient pris soin de la plaie dans la cuisse d'Atwood, en plus de venir en aide à Darroch. Heureusement, celui-ci ne souffrait pas de blessures graves, à l'exception de celle infligée à sa fierté.

Dès que les Bretons furent persuadés que les Saxons s'étaient tous enfuis jusqu'au dernier, et qu'aucun éclaireur ne les suivrait, ils escortèrent Samuel et ses compagnons jusqu'à leur camp de base, soit l'abbaye où résidait Myrddin Emrys.

Ils mirent environ une heure pour atteindre leur destination. Samuel avait pensé apercevoir une imposante cathédrale, avec d'immenses clochers, ou encore un édifice de pierre ressemblant à une prison, où des religieux vivaient isolés du monde qui les entourait. Toutefois, il fut agréablement surpris de trouver plutôt un petit village niché au fond des bois. Alors qu'il émergeait dans la petite clairière par un sentier dissimulé dans la forêt, le premier bâtiment qu'il aperçut fut un moulin, où une mule poussait une énorme roue de pierre. L'arôme du pain frais s'échappait de la boulangerie adjacente au moulin.

Devant ce bâtiment se trouvait l'atelier du forgeron, avec deux forges rougies par les flammes bien entretenues. Un homme musclé et couvert de sueur frappait énergiquement une lame à l'aide d'un immense marteau, tandis que deux apprentis lui venaient en aide. Même s'il se tenait à une certaine distance de la forge, Samuel pouvait ressentir la chaleur qui irradiait des fourneaux. Il s'attarda un instant devant les armes étalées sur des tables.

Venaient ensuite plusieurs rangées de cabanes et de tentes, installées de façon aléatoire. Samuel pensa que ces habitations devaient servir à abriter les soldats qui accompagnaient Ambrosius et les valets de ferme, ainsi que les ouvriers du monastère, qui vaquaient à différentes tâches.

Alors que le jeune homme et ses compagnons progressaient entre les cabanes et les tentes, une douzaine d'enfants accoururent vers eux et les encerclèrent, interrogeant les soldats sur ce qui s'était passé. Aucun d'entre eux ne semblait particulièrement intéressé par les réponses, se contentant de lancer une question après l'autre.

Samuel nota alors deux tentes plus grandes que les autres, entourées de gardes. Il pensa qu'elles étaient probablement occupées par Ambrosius et une autre personne d'importance.

Après être passés devant la dernière cabane de bois abritant une famille nombreuse, ils arrivèrent devant les écuries où l'on gardait les chevaux et juste après, le monastère.

Le bâtiment ressemblait plutôt à une forteresse qu'à une église. Les murs hauts et massifs étaient faits de pierre et supportés par des poutres de chêne à chaque coin. Les petites fenêtres dans la partie supérieure de la muraille empêchaient quiconque de voir à l'intérieur de l'abbaye. Un toit de bois rouge chapeautait la construction, avec de petits pignons çà et là, rendant l'endroit un peu plus chaleureux. Lorsqu'il s'approcha davantage, Samuel nota que le monastère avait été construit au sommet d'une falaise vertigineuse, offrant une vue remarquable sur la région entière, incluant l'endroit où les Saxons avaient tendu un piège à sa petite troupe.

Les Bretons avaient sûrement aperçu le groupe de Samuel et le piège qui était sur le point de se refermer sur eux, avant que les Saxons mettent en branle leurs plans. Le jeune homme remercia le Ciel que quelqu'un se soit tenu à cet endroit plus tôt, afin d'être témoin des événements à venir.

À l'exception de cette falaise, le village était entièrement entouré d'un boisé dense et sombre. Samuel ne pouvait s'empêcher de penser qu'ils n'auraient probablement jamais trouvé cet endroit si Ambrosius et ses hommes n'étaient pas intervenus pour les secourir. Peut-être que l'embuscade constituait simplement une autre étape de cette histoire, et qu'elle avait été écrite pour permettre au groupe d'atteindre le monastère et d'y trouver le précieux garçon sans père.

À cet instant, il se demanda jusqu'à quel point sa propre vie était écrite à l'avance. Avait-il été réellement en danger de mourir et si tel était le cas, y avait-il quelque chose à faire pour y remédier ? Il fut ramené à la réalité par la voix d'Ambrosius.

— Mes amis, considérez-vous comme les bienvenus dans ce lieu, dit le chef charismatique. N'hésitez pas à visiter les différents ateliers ou encore l'abbaye pour vous réchauffer le cœur autour d'un bon repas. Notre cuisine est toujours ouverte à des héros affamés tels que vous.

Ambrosius demanda ensuite à ce que Kaleb et Myrddin l'accompagnent, tandis que les autres profitaient de l'hospitalité des moines du village.

— Viens, dit Malloy à Samuel. Allons voir cette cuisine et ce que nous y trouverons à manger. Je meurs de faim.

Samuel suivit Malloy par-delà les écuries, talonné par l'archer et les deux frères blessés.

— Je vous souhaite la bienvenue, messieurs, annonça un moine qui se tenait derrière un comptoir de bois dans le petit vestibule sombre de l'abbaye. Je vous prierais de bien vouloir me laisser vos armes. Par la suite, vous aurez accès au monastère.

L'homme avait une allure insolite, accentuée par les chandelles qui brûlaient derrière lui et qui constituaient l'unique véritable source de lumière dans la pièce.

— Vous avez entendu, dit Malloy à l'intention de ceux qui l'accompagnaient. Il déposa son arc sur le comptoir de bois et défit calmement sa ceinture, sur laquelle était attaché le fourreau de son épée.

Samuel l'imita et confia son glaive et sa dague aux soins de l'étrange cénobite. Freston fit de même, empilant plusieurs petites dagues les unes par-dessus les autres, tandis que le vieux moine l'observait.

Par contre, Darroch et Atwood étaient particulièrement réticents à laisser leurs armes derrière eux.

— Qui me dit que vous me les rendrez quand nous partirons d'ici ? demanda le premier, fronçant les sourcils.

— Que crois-tu qu'il va faire au juste ? demanda Freston. Les voler ?

— Peut-être bien !

— Darroch, dit Malloy. C'est un moine ! Il ne va pas te voler tes cochonneries. Laisse-lui tes armes et allons manger.

— On ne sait jamais, se plaignit le costaud. Peut-être qu'il porte un déguisement, ou quelque chose du genre.

Atwood remit finalement son bouclier, son épée et la hache qu'il gardait à la taille, enjoignant à son frère de faire de même. Le moine prit tranquillement les objets devant lui et les rangea sous le comptoir. Puis, il pointa la taille de Darroch.

— Je dois aussi vous demander de me remettre ce couteau, brave homme.

Le guerrier feignit la surprise et l'indignation. Il empoigna un immense couteau dont la lame faisait plus de trente centimètres de long.

— Quoi ? Ceci ? C'est mon couteau à beurre ! On ne pourrait même pas faire de mal à une souris avec une arme aussi anodine !

— Nom de Dieu, Darroch, dit Freston. Remets-lui ton fichu couteau et foutons le camp.

Darroch murmura quelque chose dans sa barbe et laissa tomber son couteau sur le comptoir. Satisfait, le moine leur fit signe d'avancer, tout en tirant sur un levier qui ouvrit l'immense porte, accompagnée d'un craquement sinistre.

— Que Dieu soit avec vous, leur dit-il, alors qu'ils passaient devant lui.

— Je préférerais avoir mon épée, lui répondit Atwood.

Même si le monastère avait paru particulièrement grand depuis l'extérieur, Samuel fut surpris de l'immensité une fois à l'intérieur. Devant lui, une allée s'avançait entre plusieurs rangées de bancs en bois jusqu'à l'avant de la nef, où un énorme crucifix était exposé. À la différence de l'église où Samuel et sa famille assistaient aux offices tous les dimanches, celle-ci ne possédait pas de chœur où un prêtre pouvait prêcher à la congrégation. À la place, on avait installé un simple autel, derrière une grille de métal, avec deux cierges qui brûlaient de chaque côté.

L'endroit était sombre et silencieux, un lieu imprégné du respect de Dieu et des traditions chrétiennes du temps. Même le soleil qui filtrait à travers les vitraux multicolores, projetant des motifs divers sur le sol de pierre, n'arrivait pas à illuminer adéquatement la salle, et les chandeliers suspendus au plafond projetaient des ombres dansantes sur les murs massifs et les colonnes sculptées, fournissant à peine assez de lumière pour y voir quelque chose.

Dans un monde de violence comme Metverold, rempli de dangers et d'incertitudes, il était probablement facile de trouver sa foi et de prier pour une protection contre le mal, pensa Samuel.

— Viens, murmura Malloy. Allons trouver cette cuisine.

À l'arrière du monastère, la salle à manger lui rappela une petite taverne, avec quelques tables et des sièges éparpillés çà et là. Dès qu'ils eurent pris place, une femme corpulente entra dans la salle depuis une autre porte et leur fit un court exposé sur les mets offerts. Elle déposa aussi sur la table un pichet d'eau, une bouteille de vin, et quelques gobelets de métal. Après avoir noté le choix de chacun, elle disparut à nouveau par la porte au fond de la salle.

— Enfin, quelque chose qui vaut la peine de remercier notre Seigneur, s'exclama Atwood, tandis qu'il se servait deux gobelets de vin, sans en offrir un à ses compagnons.

— Fais attention, répliqua Freston avec un coup d'œil en direction de Darroch. Le vin pourrait être empoisonné. Après tout, ce monastère est habité par des moines maléfiques qui veulent nous voler nos armes rouillées.

Samuel goûta prudemment au vin que lui versa Malloy, mais le recracha presque aussitôt. Le goût était si mauvais et amer qu'il dut se concentrer pour ne pas grimacer de manière grotesque. Il décida de se contenter d'eau, même si elle était légèrement brune et dégageait une odeur étrange.

Quelques instants plus tard, ils se régalaient autour d'un festin de pain chaud, de viande juteuse, et de navets en purée. Alors qu'il s'empiffrait allègrement sur un gigot d'agneau, Samuel se demanda si les moines traitaient tous leurs invités de la sorte, mais ses pensées vaguèrent rapidement sur d'autres sujets. Par exemple, depuis qu'ils avaient été secourus par Myrddin et ses protecteurs, Samuel ne pouvait s'empêcher de penser qu'il connaissait le nom de leur chef, Ambrosius. Il se souvenait d'avoir déjà entendu le nom quelque part, mais n'arrivait pas à se remémorer l'endroit ni le contexte. Finalement, il décida que la meilleure chose à faire était probablement de poser la question à ses compagnons.

— Qui est Ambrosius Auralius au juste ? demanda-t-il.

La salle entière devint silencieuse. Chacun des hommes qui l'accompagnaient stoppa ce qu'il faisait. De petits morceaux de viande et de gras coulèrent le long de la barbe de Darroch. Même la femme corpulente, qui venait de leur rapporter une autre bouteille de vin s'arrêta net, avant de s'enfuir à ses fourneaux.

— Est-ce que je le prononce correctement ? demanda Samuel, une certaine inquiétude dans la voix.

Darroch déposa le morceau de viande qu'il tenait et se tourna vers Atwood. Celui-ci lui renvoya un regard interrogateur. Les deux hommes se retinrent un moment d'éclater de rire, mais ne purent s'en empêcher bien longtemps. Freston reporta son attention sur un bout de pain, se balançant sur sa chaise dans un coin de la salle. Cependant, Malloy ne quitta pas des yeux l'étrange garçon qu'il avait rencontré seulement quelques jours plus tôt.

— C'est Ambrosius Aurelianus, dit-il, et il est l'héritier légitime du trône de Bretagne.

Samuel essaya d'agir avec nonchalance, incertain des pensées qui traversaient l'esprit du guerrier devant lui.

— Je pensais que Vortigern était le roi des Bretons.

— Ce bâtard n'est même pas le roi de la merde, si tu me demandes mon avis, répliqua Darroch.

— Nom de Dieu, change de discours, dit Freston.

— Qu'est-ce qu'il y a de mal dans ce qu'il dit ? répliqua Atwood. Ce n'est que la vérité. Par tous les saints du Ciel, cet imbécile a même pris une femme païenne pour épouse. Ce n'était pas suffisant de remettre nos terres à ces barbares, il voulait également les laisser entrer dans sa maison.

Samuel observa sa gamelle et y trempa un morceau de pain dans la sauce brune et sucrée. Il sentait toujours le regard de Malloy sur lui.

— Je suis désolé, murmura-t-il pour se défendre. Je ne savais pas, c'est tout. Contrairement à vous tous, je ne connais pas toute l'histoire de notre peuple.

— Tu devrais quand même savoir ça, répondit Malloy.

— Allez Malloy, dit Atwood. Ce n'est qu'un garçon. Il ne sait pas ce que Vortigern a fait. Il ne sait probablement pas qui sont les Saxons.

— Il sait comment manier une épée par contre ! lança Darroch.

— Comment peux-tu le savoir ? dit Freston. Tu as passé le combat entier à dormir.

— Espèce de...

Atwood dut intervenir rapidement pour retenir son frère et l'empêcher de s'en prendre à l'archer. Finalement, Malloy détourna le regard de Samuel et reprit son dîner en silence.

— Eh bien, vas-tu lui raconter l'histoire ? demanda Atwood à Malloy. Après tout, il t'a sauvé les fesses plus tôt.

— D'accord, je veux bien, répondit le guerrier, se tournant de nouveau vers Samuel. J'imagine qu'il me revient de t'enseigner notre histoire. Peut-être que si tu avais passé moins de temps à t'entraîner à l'épée et mis davantage d'efforts à étudier nos ancêtres, tu connaîtrais ces détails.

— J'en prends note, répondit Samuel.

— J'imagine que tu sais au moins que les Romains occupaient la Bretagne jusqu'à tout récemment. Pendant quelques siècles, notre peuple vécut sous leur protection et à l'image de leur empire. D'après ce que l'on en sait, il semblerait que ces temps étaient relativement paisibles sur l'île, si l'on fait exception de quelques tentatives d'invasion au Nord. Puis, un jour, les Romains ont remballé leur butin et ont fiché le camp. J'imagine qu'ils ont été rappelés sur le continent pour défendre leur empire. Lorsque le dernier d'entre eux disparut à l'horizon, le royaume de Bretagne se retrouva plongé dans une lutte de pouvoir, chaque noble proclama son droit à un trône qui avait été jusque-là inexistant.

« Au bout du compte, il fut accepté par tous qu'un homme nommé Flavius Claudius Constantinus, ou Constantine II, serait placé sur le trône et proclamé roi. Il était de descendance romaine ; c'était un noble issu du continent et apprécié de tous, selon les histoires que l'on raconte. Mais sa nomination ne signifiait pas que tout le monde avait étanché sa soif de pouvoir. Comme tu le sais sans doute, il y aura toujours des hommes pour comploter contre le roi et chercher à le renverser. »

— D'où je viens, dit Darroch, nous les appelons des traîtres.

— Tu les appelleras bien comme tu voudras, dit Malloy, mais ne m'interromps plus ! Où en étais-je ? Ah oui, il y aura toujours des traîtres. Tout de même, Constantine II occupa le trône pendant plusieurs années. Son règne fut sans événements majeurs et il épousa une femme qui lui donna trois fils : Constans, Ambrosius et Uther. Le premier fut envoyé chez les moines pour étudier, tandis que les deux autres demeurèrent auprès de leur père, afin de le soutenir dans son rôle de souverain.

« Mais alors que les deux frères étaient partis en mission, un assassin picte infiltra le château et supprima le roi. Le responsable affirma qu'il avait agi seul, mais plusieurs pensaient que le clan de Vortigern était derrière toute l'affaire.

« Lorsqu'Ambrosius et son frère rentrèrent au château, le pays en entier était déjà aux prises avec des querelles à savoir qui devrait hériter du trône et devenir le prochain roi. Plusieurs croyaient qu'Ambrosius ferait un chef incomparable et devrait porter la couronne, mais ce dernier, avec l'appui de son frère cadet, insista pour que leur aîné Constans soit nommé l'héritier légitime. Lorsque Vortigern, à ce moment conseiller en chef du défunt roi, affirma son accord pour placer Constans sur le trône, celui-ci quitta le monastère où il avait entamé ses études et rentra au château pour assumer ses fonctions.

« Toutefois, si l'on en croit les histoires, Vortigern avait d'autres plans bien à lui, qu'il ne tarda pas à mettre en action. Il savait que le fils aîné pouvait être facilement manipulé, puisqu'il avait passé beaucoup de temps loin de la politique et de la cour. Il eut donc tout le temps au monde pour mettre en place les pions nécessaires à l'exécution de ses sombres desseins, ralliant à sa cause le reste du conseil et les généraux de l'armée. Lorsqu'il fut suffisamment puissant pour écraser toute forme de rébellion, il assassina le roi et prit sa place. Son premier ordre en tant que nouveau roi des Bretons fut de déclarer que les deux frères de Constans étaient des traîtres et une menace pour la Couronne. Avant longtemps, quiconque étant trouvé coupable de venir en aide aux deux fugitifs était condamné à mort. »

— Mon Dieu, dit Samuel. Personne ne s'est opposé ou n'a organisé de rébellion ?

— Il n'y eut pas suffisamment de temps. Dès qu'il fut en place sur le trône, Vortigern s'empressa de s'attaquer au problème le plus important auquel faisait face le royaume. À cette période, le peuple était furieux à cause des attaques perpétrées par les hordes de Pictes et de Scots sur les villages du Nord, massacrant les fermiers et violant leur femme sans défense. Peu importe celui qui pourrait leur offrir une protection contre ces sauvages, il tomberait immédiatement dans les bonnes grâces de ces pauvres villageois, ainsi que celles du peuple entier.

« Vortigern sauta sans hésiter sur l'occasion, mais pour y arriver, il fit venir les Saxons sur l'île, afin qu'ils se battent pour lui. Lorsque ces barbares eurent repoussé les tribus du Nord et sécurisé le mur d'Hadrien, la majorité des Bretons se rangèrent du côté de Vortigern. Le reste d'entre eux garda le silence et la tête basse, à cause de la nouvelle armée de Saxons qui était employée par le roi. Si ces derniers ne s'étaient pas retournés contre lui, Vortigern serait probablement toujours occupé à traquer Ambrosius et son frère, afin d'éliminer toute possibilité d'une reconquête du trône par ceux qui leur sont fidèles. »

— Comprends-tu maintenant ? demanda Atwood. L'homme qui a risqué sa vie afin de sauver la nôtre, Ambrosius Aurelianus, n'est rien de moins que le véritable roi de Bretagne. Il est l'héritier légitime du trône que lui a volé Vortigern.

— Je ne comprends toujours pas pourquoi personne n'organise une insurrection du peuple, dit Darroch. Regardez donc où cette limace nous a conduits, au bord même de l'anéantissement.

— Mon frère dit vrai et nous le savons tous, ajouta Atwood.

Chaque homme demeura silencieux pendant quelques minutes. Évidemment que Darroch avait raison. Mais que pouvaient-ils faire ? Le pays était divisé et la petite armée qui tentait de défendre le peuple contre un ennemi sanguinaire et terrible agissait toujours sous les ordres de Vortigern. Si une rébellion se mettait en branle maintenant, les Saxons ne manqueraient pas d'anéantir le peuple breton dès le lendemain.

— De toute façon, dit finalement Malloy, ce n'est pas aujourd'hui que nous allons organiser une révolution. Nous avons un travail à exécuter et nous devrions nous y concentrer.

Alors que le jeune homme concluait sa leçon d'histoire, un moine entra en silence dans la salle à manger, brisant la tension qui commençait à y régner.

— Auriez-vous l'obligeance de bien vouloir me suivre ? Vous êtes convoqués par le roi.

— Tu vois ? souffla Darroch, tandis qu'il se levait pour suivre le nouveau venu. Même les prêtres reconnaissent Ambrosius pour ce qu'il est vraiment. L'armée devrait faire de même.

Le clerc tenait une torche allumée devant lui, guidant la troupe le long d'un escalier en colimaçon étroit et sombre, fait de pierres grises et glissantes. Une fois au sommet, il poussa une porte de bois pour les laisser entrer à l'intérieur d'une salle obscure, où quelques chandelles et quelques lampes à l'huile produisaient une faible lueur dorée. La pièce était de forme circulaire et étonnamment grande, sans aucune fenêtre ni aucune autre ouverture que la porte d'entrée. Le plafond semblait un peu plus bas qu'une pièce normale, ce qui ne manquait pas de donner à l'endroit une ambiance oppressante. Le mobilier se limitait à une table ronde située au milieu de la salle, plusieurs fauteuils disposés tout autour, ainsi que des étagères remplies de grimoires et de parchemins, tous recouverts d'une importante couche de poussière.

Ambrosius, Kaleb, Myrddin et deux autres hommes prenaient place sur les sièges autour de la table. Le premier des inconnus, assis près du jeune Myrddin, était un vieux moine, probablement un tuteur ou un gardien pour l'enfant. Le deuxième inconnu avait le dos tourné au groupe de nouveaux venus. Il portait une armure semblable à celle d'Ambrosius.

— S'il vous plaît, entrez, lança ce dernier. Joignez-vous à nous, je vous en prie.

Samuel et ses compagnons obéirent sans hésitation. Par contre, maintenant qu'il savait qui était cet homme, il ne put s'empêcher de ressentir une certaine nervosité en sa présence. Devait-il s'agenouiller ou s'incliner ? Il n'avait pas la moindre idée du code de conduite à observer dans une situation pareille. Finalement, il se contenta de suivre ses compagnons et de prendre place dans l'un des fauteuils libres autour de la table.

Ambrosius fit un geste vers l'inconnu qui tournait le dos à la porte d'entrée.

— Voici mon frère cadet, Uther. Vous avez déjà rencontré Myrddin. L'homme près de lui est son mentor et tuteur, maître Blaise.

Samuel s'efforça de ne pas fixer du regard celui qu'on appelait Uther, mais il ne put s'en empêcher. Il avait des épaules plus larges encore que celles d'Ambrosius, et il semblait également plus grand. Son visage était stoïque et son regard inflexible, le genre de regard qui inspirait les hommes à le suivre sans questionnement. Pour le moment, il fixait Ambrosius, à l'évidence en désaccord avec son frère à propos de quelque chose.

Soudainement, Samuel relia les points et vit le tableau en entier.

La Grande-Bretagne.

Merlin.

Uther.

C'était si évident qu'il se demanda comment il avait fait pour ne pas y penser plus tôt. Il avait lu de nombreuses histoires sur ce personnage. C'était un héros et un combattant féroce, sans pareil. Mais il était aussi connu pour une autre raison bien particulière.

À quelques mètres de Samuel se trouvait nul autre qu'Uther Pendragon, dont le fils deviendrait le plus fameux roi d'Angleterre : Arthur.

Samuel n'en croyait pas ses yeux. Il était en présence de personnages qui donneraient naissance à toute une mythologie. Sa tête partit en vrille. La légende qu'il devait protéger faisait partie de la mythologie arthurienne. Peut-être était-elle la première, celle qui lancerait toute la mythologie. Non seulement fut-il soudainement excité à l'idée de participer à une telle histoire, mais il prit également conscience de l'importance de son rôle et du poids de sa responsabilité. Cette histoire n'était pas un petit mythe secondaire ou un exercice pour un nouveau Gardien. C'était une légende d'importance, l'une des pierres angulaires de l'histoire de tout un peuple.

— Nous vous avons demandé de vous joindre à nous, dit maître Blaise, parce qu'il est juste que vous participiez aux discussions qui regardent le destin de notre peuple. Vous êtes venus de loin pour accomplir votre mission, et avez combattu vaillamment nos ennemis, même lorsque tout espoir semblait perdu. Votre chef, Kaleb, nous a fait part de la situation au camp de l'armée. Vous avez pour mandat de retourner auprès de votre commandant avec ce jeune garçon, afin de libérer Dinas Ffaraon d'une malédiction. Toutefois, nous n'arrivons pas à nous mettre d'accord à savoir si nous le permettrons ou non. Peut-être pourrez-vous nous aider à en venir à une décision qui sera finale.

— En fait, trancha Uther Pendragon, nous pensons que c'est absolument stupide de laisser partir Myrddin.

— Mon frère, s'il te plaît, dit Ambrosius. Ils ne sont que des messagers. Il n'y a aucune raison d'être hostile envers eux.

Darroch était visiblement impressionné d'être en présence de celui qu'il voyait fièrement comme son légitime roi.

— Si je peux me permettre, dit-il, je veux que vous sachiez, mon roi, que nous ne considérons pas tous le traître Vortigern comme notre commandant.

— Je te remercie, mon ami.

Ambrosius se leva et fit quelques pas autour du groupe, pesant les mots qu'il voulait prononcer et réfléchissant à une solution concernant l'impasse dans laquelle ils se trouvaient. Chacun des hommes autour de la table savait très bien que

Myrddin était remarquable, et Samuel ne pouvait pas les blâmer d'être prudents avec le destin du jeune garçon.

— Je suis persuadé que nous souhaitons tous ce qui est le mieux pour notre peuple, dit-il, mais nous devons aussi protéger Myrddin. Comme vous le savez tous, il est un garçon unique, qui a de grandes choses à accomplir si nous en croyons les textes de nos ancêtres. Nous ne pouvons pas simplement l'envoyer chez les loups sans protection. Nous devons considérer la possibilité que Vortigern veuille du mal à ce garçon, si ce n'est pour aucune autre raison que de forcer mon frère et moi à sortir de notre cachette. Nous avons déjà débattu les différentes options auxquelles fait face Vortigern, et nous devons supposer que l'une d'entre elles inclut le sacrifice de Myrddin, afin de calmer des dieux anciens. Bien entendu, nous ne pouvons le permettre.

— Croyez-vous vraiment qu'il pèse une malédiction sur cet endroit, sur Dinas Ffaraon ? demanda Malloy.

— Bien sûr ! répondit Myrddin. Je sais parfaitement qu'il y en a une. Tu es allé toi-même près de la colline. Tu as fait l'expérience de ce qui se cache sous la terre et qui revit la nuit. Moi, je l'ai vu dans mes rêves. Vortigern et ses amis pensent que mon sang pourra briser cette malédiction, mais ils se trompent. Il n'y a qu'une seule façon de lever le mauvais sort qui règne sur Dinas Ffaraon.

Il se tourna vers Ambrosius.

— Tu sais que je peux les aider. Moi seul peux les sauver. Pourquoi t'y opposes-tu ?

— Parce que tu es trop important, Myrddin, répondit le roi. Je ne vais pas risquer ta vie à cause d'une prophétie sans fondement. Nous ne savons même pas si elle est véridique.

— N'est-ce pas la nature même d'une prophétie ? demanda Maître Blaise.

— Nous pouvons le protéger, sire, dit Kaleb. L'arc de Freston est sans pareil dans tout le royaume, et nos lames sont précises et rapides. Même le jeune Samuel peut mettre des hordes d'hommes armés hors d'état de nuire sans les tuer. Je l'ai vu de mes propres yeux.

Samuel ressentit un léger malaise, mais aussi un peu de fierté quant à cette marque de reconnaissance.

— Sans parler du valeureux Malloy, ajouta Atwood. Il a réussi à vaincre un géant qui était complètement recouvert de métal. Il a combattu comme un lion et l'a emporté contre cet adversaire terrifiant.

Ambrosius s'arrêta et jeta un regard sur Malloy.

— Oui, nous avons été témoins du combat. C'était très impressionnant, jeune homme. Malgré tout, vous ne feriez pas le poids contre Vortigern et son armée entière s'ils décidaient de faire du mal à Myrddin.

Soudainement, Samuel réalisa que le jeune garçon qui allait devenir Merlin ne portait aucune attention à la discussion. Il fixait plutôt Samuel, l'étudiant du regard.

Samuel retint son souffle, complètement paralysé. Myrddin n'était toujours qu'un enfant, mais ses pouvoirs étaient bien réels, il en était persuadé. Le Gardien ne savait pas si un sort était à l'œuvre ou si c'était simplement le résultat du mythe de Merlin qui l'empêchait de remuer un muscle, mais il resta un certain temps immobile, regardant à son tour le jeune garçon. Au bout de quelques secondes, Myrddin lui sourit et se retourna vers Ambrosius.

— Quel est l'état de l'armée en ce moment ? demanda Uther à Malloy.

— Je dois avouer que le moral des troupes était plutôt bas lorsque nous avons quitté le camp. Si les tremblements de terre se sont répétés chaque nuit depuis notre départ, comme le suggère Myrddin, je doute que les tentes soient les seules choses à plat. J'imagine que l'humeur des hommes est probablement à son point le plus bas maintenant. Les hommes suivent Vortigern parce qu'il n'y a aucune autre solution. J'ai la certitude que très peu d'entre eux croient qu'il pourra vaincre les Saxons dans cette guerre.

Uther bondit sur ses pieds et se tourna vers Ambrosius.

— Nous devons agir maintenant! lança-t-il. Nous devons nous rendre à Dinas Ffaraon et en finir une fois pour toutes avec ce traître! Rassemblons les hommes à notre disposition et attaquons ce félon sans perdre une minute. Reprends ce qui te revient de droit, mon frère. Reprends le trône qu'on nous a volé et qui nous revenait par les liens du sang.

— Nous vous suivrons mon roi, quels que soient vos ordres, dit Darroch.

Ambrosius réfléchit à l'idée, essayant d'évaluer tous les scénarios possibles pouvant résulter d'une attaque contre Vortigern.

— C'est une mauvaise idée.

Tous tournèrent la tête vers Malloy, qui portait un regard vide sur la table devant lui. Samuel n'arrivait pas à croire que son ami ait osé contredire Uther Pendragon.

— Si vous menez un assaut contre Vortigern maintenant, beaucoup de vies seront perdues, poursuivit Malloy. Vous pouvez être certain qu'il ne se laissera pas faire et qu'il utilisera tous les moyens à sa disposition. Même s'il s'est avéré un mauvais roi jusqu'à maintenant, il a prouvé qu'il regorge de ressources lorsque vient le temps de défendre sa position sur le trône. Nous n'avons aucune garantie qu'il ne commettra pas d'actes ignobles qui pourraient avoir de graves conséquences sur le pays et le peuple. Et n'oubliez pas les avantages dont il dispose, en particulier le terrain de Dinas Ffaraon et la fidélité des officiers de l'armée. Vos hommes n'auront pas atteint le milieu de la colline que ses archers feront pleuvoir des flèches sur leur tête.

Uther ouvrit la bouche avec l'intention de remettre ce jeunot à sa place, mais avant qu'il ne puisse le faire, Maître Blaise prit la parole.

— Il a raison, Uther. Tu devrais écouter cet homme, car il est plus sage qu'il ne le laisse croire.

— Personne ici n'est véritablement ce qu'il laisse paraître, ajouta Myrddin, regardant en direction de Samuel.

Le Gardien souhaita disparaître ou se faufiler entre les pierres du sol.

— Comment as-tu dit t'appeler, mon ami ? demanda Ambrosius.

— Malloy Cadwallader, sire.

— Malloy a raison, mon frère. Ne péchons pas par arrogance en commettant l'erreur de croire que l'armée se ralliera à notre cause et se détournera instantanément de Vortigern. Nous ignorons si les officiers sont toujours derrière lui ou non. Je ne risquerai pas la vie de mes hommes sur un coup de dés. Si notre destin veut que nous reprenions le trône, nous le reprendrons en étant sages et prudents. La première chose à faire serait de nous assurer que nous pouvons regagner la fidélité de l'armée. Nous devons trouver un moyen de rallier les officiers à notre cause, sans que Vortigern en soit informé.

— Et comment comptes-tu y parvenir exactement ? demanda Uther.

— Je vais accompagner Myrddin au camp de Vortigern.

Tous les hommes présents dans la salle restèrent bouche bée.

— Serais-tu devenu fou ? demanda Uther. Ils te verront venir à des kilomètres.

— Pas si je me déguise comme un des hommes envoyés pour chercher Myrddin.

Il pointa vers Atwood.

— Ce brave guerrier est blessé et peut à peine se tenir debout. Je revêtirai son armure et manierai ses armes, afin de prendre sa place dans le groupe. De cette façon, je pourrai protéger Myrddin et me rapprocher de Vortigern et des officiers. Me permettras-tu d'emprunter ton équipement, Atwood ?

— Ce serait pour moi un honneur, mon roi.

— Dieu du Ciel, ne l'encourage pas ! dit Uther, s'asseyant à nouveau dans son fauteuil. Cette idée, mon frère, est la pire idée que tu n'aies jamais eue. Personne n'a dit que nous devions faire quoi que ce soit. Nous pouvons très bien rester ici, avec Myrddin et ces hommes, à attendre patiemment une meilleure occasion pour frapper ce bâtard.

Ambrosius s'approcha de son cadet et se pencha au-dessus de lui comme s'il s'adressait à un enfant.

— Ne comprends-tu donc pas, Uther ? Ils ont envoyé ces hommes ici. Ils savent que nous cachons Myrddin dans cette abbaye. Je ne sais pas comment ils ont appris ce secret, mais ils savent. Cet endroit n'est plus sûr pour nous. Nous pourrions très bien ne jamais revoir une occasion comme celle-ci. Si nous restons ici, ils y viendront tôt ou tard. Si nous prenons les centaines de soldats, les paysans et les moines qui vivent ici, pour nous déplacer ailleurs, les Saxons ne manqueront pas de nous repérer. Myrddin, parle-lui de ta vision, celle que tu as eue et qui se matérialisera si nous laissons Vortigern et son armée à eux-mêmes.

— Tel que je l'ai vu, les Saxons marcheront sur Dinas Ffaraon d'ici quelques semaines et descendront sans pitié une armée de Bretons affaiblis et fatigués. Ils les extermineront tous, sans laisser de survivants. Ce sera la fin pour le peuple breton et nous serons effacés de l'histoire de ce monde.

— Des visions, murmura Uther. Elles changent sans arrêt, tes visions. Elles ne veulent rien dire du tout.

— Elles changent parce que nous pouvons agir avant qu'elles ne se concrétisent, mon frère. Nous devons agir maintenant, si nous voulons sauver notre peuple.

Uther étudia son frère. Il essaya de trouver une faille dans le plan d'Ambrosius, mais il savait que l'aîné était sage et disait vrai. Il tourna le regard vers Myrddin.

— Et tu crois pouvoir convaincre Vortigern de te laisser vivre assez longtemps pour que nous le renversions ?

— Avec un seul mot, Sire.

— Et ensuite, que ferons-nous ? demanda Uther.

Myrddin se leva et alla prendre place auprès d'Ambrosius et d'Uther.

— Votre peuple est au bord d'un gouffre, celui du désespoir, dit-il. Ils ont abandonné tout espoir et attendent patiemment la mort. Ils suivent Vortigern sans poser de question, puisqu'ils feraient face à un destin terrible aux mains des Saxons s'ils agissaient autrement. Nous devons leur redonner courage. Si nous pouvons leur fournir un signe puissant, un symbole fort et indéniable que leur véritable roi est de retour, leur montrer que celui-ci peut les mener à la victoire, alors nous aurons une chance de vaincre les barbares.

— Et tu crois pouvoir leur fournir un signe pareil ? demanda Uther.

— Je le peux, sire, répondit l'enfant.

Uther plongea le regard dans les yeux de son frère.

— Si tu te fais tuer, Ambrosius Aurelianus, j'envahirai moi-même l'enfer pour te traquer et te battre si fort que le diable lui-même aura pitié de toi.

Le visage d'Ambrosius s'éclaira d'un large sourire.

— Alors qu'il en soit ainsi ! dit-il. Nous irons voir Vortigern. Uther restera ici, au monastère, avec ses hommes, au cas où les Saxons décideraient d'inspecter la région et de chercher Myrddin. Ils n'auront sûrement pas oublié le petit tour de magie que tu as réalisé plus tôt. Assurons-nous qu'ils ne trouvent pas cet endroit, car ils ne manqueraient pas de nous pourchasser à travers l'île entière.

Pendant les minutes qui suivirent, tout le monde lança des suggestions et des idées. On étudia les détails de l'opération et il fut décidé que l'on contacterait Uther et ses hommes dès que le traître serait tué. Pour sa part, Samuel demeura silencieux, mais écouta attentivement la discussion. Après tout, c'était une occasion unique pour lui d'apprendre des stratégies et des tactiques qu'il pourrait ensuite utiliser lors de ses jeux de rôle. Qui de mieux pour lui apprendre de telles choses qu'Uther Pendragon et son frère ? Lucien ne manquerait pas d'être abasourdi par ses nouvelles connaissances.

Il ne remarqua pas le jeune Myrddin qui s'approchait doucement de lui.

— Tu fais bien de ne rien dire, Samuel. Cela aurait eu des conséquences désastreuses pour nous tous, dit le futur enchanteur.

Le sang de Samuel se glaça dans ses veines et son cœur fit un bond dans sa poitrine.

Il savait. Merlin connaissait la vérité sur Samuel. Il savait qui il était réellement.

— Ne t'en fais pas, continua Myrddin avec un petit sourire espiègle. Ton secret est en sécurité avec moi. Si tu te demandes comment je sais que tu n'es pas de ce monde, c'est en fait très simple. Tu vois, j'ai toujours eu des visions à propos d'événements à venir, ainsi que tous les dénouements possibles. Je vois sans cesse des gens que je n'ai pas encore rencontrés, mais je ne t'ai encore jamais vu dans mes visions. Je dois admettre que j'étais particulièrement emballé de te rencontrer, et j'avais très hâte que cela se produise. Mes visions de ce moment incluaient toujours tes compagnons, mais tu étais caché à mon esprit. J'avais déduit qu'il y avait quelqu'un d'autre dans ma vision, mais ton identité était toujours dissimulée, comme derrière un voile. Pendant longtemps, je me suis interrogé sur ce phénomène, puis j'ai réalisé que l'explication était toute simple : tu n'es pas de notre monde. C'est la seule raison que je puisse entrevoir.

Samuel hocha légèrement la tête.

— Je le savais ! s'exclama Myrddin. Mais alors, cela soulève des questions sur ta présence ici, n'est-ce pas ? Encore une fois, j'y ai longuement réfléchi. J'ai étudié mes visions et j'ai pesé chacune des possibilités, mais finalement, il n'y en avait qu'une seule qui s'avérait plausible. Tu es ici pour accomplir une mission et nous protéger. Ai-je raison ?

À nouveau, Samuel acquiesça de la tête.

— Peux-tu me dire ce que c'est ?

— Je ne sais pas, dit le Gardien.

Il hésita un instant, mais décida de répondre à la question du garçon de la meilleure façon possible.

— Je suis ici pour m'assurer que tout se déroule comme prévu.

Myrddin frappa énergiquement dans ses petites mains et sourit à pleines dents.

— C'est quand même incroyable. Moi, un petit garçon, qui rencontre une personne comme toi ! Je n'en reviens tout simplement pas.

— Je t'assure Myrddin, tout l'honneur est pour moi.

— Dans tous les cas, tu fais un travail splendide jusqu'à maintenant, Samuel.

— Comment peux-tu en être certain ?

Myrddin fit signe au Gardien de s'approcher et lui murmura au creux de l'oreille.

— Parce que ma vision de notre avenir est toujours inchangée, ce qui veut dire que tu n'as encore rien fait pour altérer notre histoire. Toutefois, même si tu l'as défendue avec succès jusqu'à présent, j'imagine que puisque tu es encore ici, c'est que ta mission n'est pas encore terminée.

Samuel réfléchit aux mots que disait Myrddin et immédiatement, quelques questions germèrent dans son esprit.

— As-tu déjà entendu parler de l'Yfel ? demanda-t-il.

— Je crains que non.

— Donc, si tu ne peux pas me voir dans tes visions, j'imagine que mon véritable ennemi est également invisible ?

— Vortigern ? Non, je peux le voir parfaitement.

— Non. Pas lui, mais plutôt un homme comme moi. Seulement, ses intentions sont de changer le cours de l'histoire et non de le protéger.

— Je suis sincèrement désolé, je ne peux pas t'aider là-dessus. Tout ce que je peux voir, ce sont les conséquences de vos actions, toi et ton adversaire.

— Et puisque tu ne vois rien de différent pour le moment, cela veut dire que l'Yfel n'a encore rien fait pour changer le cours de l'histoire, ce qui nous indique qu'il n'a toujours pas mis son plan à exécution.

— Cela a beaucoup de sens, en effet. Par contre, ne va pas croire que nous connaissons la suite des choses dans les moindres détails, Samuel. Beaucoup de variables sont toujours inconnues et des détails importants peuvent demeurer dissimulés à ton esprit et même au mien. Cet adversaire dont tu parles, rien ne dit qu'il n'est pas déjà à l'œuvre. Il faut être prudents.

— Mais comment le pourrait-il ? Tu ne manquerais pas de voir le résultat de ses actions.

— J'ai peur de ne pas avoir la réponse à cette question. Après tout, je n'ai que huit ans.

Samuel se laissa aller tomber le dossier de son fauteuil, repassant dans son esprit toutes les informations qu'il venait d'apprendre, essayant de résoudre l'énigme qu'était son ennemi. Il devait absolument deviner le plan de celui-ci avant qu'il ne soit trop tard. Il commençait à croire qu'il n'y arriverait jamais.

— De toute façon, dit Myrddin, je suis content d'avoir fait ta connaissance, Samuel, et je ne dirai à personne qui tu es, dans la mesure où tu ne changes pas l'histoire de mon peuple !

— Merci, répondit Samuel.

— Allons, il faut nous préparer. Nous avons beaucoup de chemin à faire avant la fin de cette histoire, n'est-ce pas ?

Myrddin se retourna et courut vers la sortie de la salle, avant de disparaître dans l'escalier. Maître Blaise s'empressa de se lever pour rattraper son protégé. Samuel, lui, était toujours assis dans son fauteuil, réfléchissant sur la façon dont il annoncerait à Angéline qu'un petit garçon avait réussi à percer le mystère de son identité.

Étrangement, il fut soulagé de pouvoir enfin partager son secret.

12

Seulement deux jours s'étaient écoulés depuis qu'il avait envoyé le groupe de soldats retrouver le garçon sans père, mais Vortigern avait le sentiment que deux ans avaient passé. Debout à l'extérieur de la tente, alors que le soleil entamait son périple quotidien à travers le ciel, il tentait d'occuper ses pensées avec diverses images de la forteresse qu'il désirait construire sur Dinas Ffaraon. Malgré ses efforts, les images d'un jeune enfant suppliant pour sa vie ne cessaient d'envahir son esprit, tels des vautours planant au-dessus d'une carcasse pourrissante.

Depuis qu'il avait accepté de mettre le plan de Morghan en action, il ne cessait de s'interroger sur sa santé mentale. Peut-être était-il devenu fou. Pour la première fois de sa vie, il hésitait à commettre les gestes nécessaires pour le bien-être de son peuple. Le crime qu'il envisageait de commettre était si atroce – un acte si vil et odieux – qu'il n'osait le répéter dans son esprit, comme il avait normalement l'habitude de le faire avant d'accomplir des gestes marquants. Néanmoins, il semblait que c'était la seule option qui s'offrait à lui. Secourir son royaume et protéger les Bretons étaient les seuls véritables buts de son existence, et rien ne l'empêcherait d'accomplir sa destinée.

Vortigern espérait seulement que l'histoire lui pardonnerait ses actions. Il se souvint des paroles qu'un sage homme lui avait soufflées autrefois : « Un bon chef se tiendra debout avec son peuple et restera courageux devant les dangers qui se présenteront, mais un chef exceptionnel trouvera aussi le courage de prendre les bonnes décisions lorsqu'il sera face à des choix déchirants. »

Le roi se retourna et jeta un coup d'œil étendu sur sa tente, affaissée au sol pour le troisième matin de suite. À l'instar des deux nuits précédentes, les violents tremblements avaient secoué la colline, apportant le chaos et semant la peur dans le cœur des hommes jusqu'aux premières lueurs du jour. Vortigern ramassa son épée et s'éloigna sur le plateau qu'était le sommet de Dinas Ffaraon, jusqu'à ce qu'il rejoigne un petit monticule de pierres. Après avoir rapidement escaladé la butte, il se retrouva au bord d'une falaise, d'où il pouvait observer le camp dans la vallée. Il vit une fois de plus le carnage et la dévastation qui affligeaient ses hommes et lui. Le vent frisquet du matin souleva doucement ses cheveux gris et sa cape pourpre, tandis qu'il s'appuyait sur le pommeau noir de son épée, afin de mieux voir ses forces militaires. Des soldats s'affairaient à éteindre les incendies causés par les secousses nocturnes. Les tentes et les refuges temporaires avaient tous été réduits en décombres, à travers lesquels les hommes tentaient désespérément de se frayer un chemin, afin d'amener les victimes aux physiciens, ou encore jusqu'à une fosse commune.

Levant les yeux vers l'horizon, observant le brouillard matinal qui s'installait tranquillement au-dessus de la vallée, le souverain des Bretons se demanda pourquoi Dieu le punissait de la sorte. Il souhaitait tant connaître la nature du crime qu'il avait commis pour mériter un destin si méprisant. Tout ce qu'il avait accompli avait été fait dans le meilleur intérêt de son peuple. Lorsque les Romains avaient abandonné son pays, le laissant à lui-même contre les tribus du Nord, se contentant de rentrer chez eux après avoir profité de l'hospitalité bretonne pendant des siècles, ce fut lui, Vortigern, qui s'était levé pour unifier les nobles.

Même après que ses propres compatriotes, amis, et voisins eurent refusé de faire de lui leur souverain, préférant demander à un étranger de les gouverner, il n'avait pas succombé à ses émotions, et ne les avait pas abandonnés à leur destin. Constantine II avait beau être un favori du peuple, il n'était pas un véritable Breton. Il n'aurait jamais pu comprendre les coutumes insulaires et les joutes politiques qui prenaient place entre les nombreux royaumes et les différentes tribus. Il avait été faible et simple d'esprit, incapable de protéger son pays contre les déchirements intérieurs ou les menaces externes. Il était impossible de trouver la prospérité en se battant contre soi-même et contre les autres à la fois.

Malgré cela, Vortigern avait offert son aide en tant que conseiller, espérant guider le nouveau roi et garder son peuple dans le droit chemin, même s'il devait le faire dans l'ombre du trône. À l'époque, une telle situation lui convenait parfaitement, dans la mesure où le roi demeure obéissant et qu'il suive ses recommandations. Après tout, Vortigern, et non Constantine, était le seul homme apte à diriger les Bretons.

Mais peu importe les bons conseils de Vortigern, Constantine avait rapidement commencé à démontrer des signes qu'il se familiarisait de plus en plus avec son nouveau rôle, développant ses propres hypothèses et prenant des décisions sans même consulter le conseil. Tout le monde pouvait clairement prédire les pièges et les difficultés vers lesquels le pays se dirigeait. Cet étranger, qui agissait comme un roi, les aurait certainement emportés aux limites de la discorde et de la guerre. Quelque chose avait dû être fait, et le crime serait éventuellement pardonné, car il aurait été commis pour le peuple, pour le libérer de ce dirigeant imbécile et le remplacer par un chef compétent : lui-même.

C'était pour le bien de tous, toujours pour le bien de tous.

Il aurait été si facile d'assassiner Constantine et de s'emparer du trône lui-même, mais malheureusement pour Vortigern, le roi avait produit trois fils, tous des héritiers légitimes à la couronne. Il doutait qu'ils l'acceptent comme leur nouveau dirigeant. Il avait donc été nécessaire de planifier longuement et avec prudence. C'est à ce moment que les Pictes et les Saxons s'étaient avérés utiles.

Vortigern avait réussi à se débarrasser de l'aîné des trois fils et l'avait enfermé dans une abbaye isolée, afin de pouvoir mettre son plan en œuvre, mais les deux frères de Constans s'étaient avérés plus difficiles à écarter. Ces bâtards étaient entêtés et désireux d'apprendre les arts de la guerre et de la politique. Bien entendu, leur appétit pour la justice en avait fait des favoris du peuple, des candidats évidents pour porter la couronne à la suite de leur père.

Mais le peuple ne sait que très rarement ce qui est bon pour lui. Comment le pourrait-il ? Les vies ordinaires des simples paysans se déroulaient si loin des jeux de pouvoir, que ceux-ci se contentaient de cultiver leurs terres et d'élever leurs enfants, inconscients des dangers qui menaçaient sans cesse l'île de Bretagne.

Heureusement, avec chaque année qui s'était écoulée sous le règne de Constantine, le mécontentement du peuple envers son roi avait grandi sans arrêt, particulièrement en raison de son incapacité à régler le problème des Pictes et des Scots, les tribus du Nord.

Vortigern baissa les yeux sur l'armée qu'il commandait dorénavant, le souvenir de ces moments glorieux défilant dans son esprit. Il se rappela la façon dont il les avait tous bernés.

Il avait intégré les Pictes à son plan, un complot grandiose qui assurerait l'avenir prospère de la Bretagne entre ses mains. Bien entendu, ces esprits faibles constituaient une écharde dans le pied de son pays, mais il en avait astucieusement fait des alliés provisoires, sans qu'ils connaissent la totalité de son plan, évidemment.

Le premier pas avait été de conclure un marché avec leurs chefs. Des sauvages, tous sans exception, mais ils étaient si faciles à acheter. Lorsqu'il avait posé le pied sur leurs terres pour la première fois, traversant le mur d'Hadrien et s'avançant en terrain inexploré, il avait été incertain de leur réaction devant sa proposition. Il avait envisagé plusieurs scénarios qui nécessiteraient des négociations violentes à la pointe de l'épée. Par contre, tout ce qu'il avait eu à leur offrir avait été la possibilité de mener des attaques sans opposition sur des villages reconnus pour leurs richesses et leurs femmes. Ces sauvages avaient accepté d'emblée. Non seulement terroriseraient-ils les habitants du nord de l'île, mais ils attendraient aussi son signal pour lancer une vague sans précédent d'attaques sanguinaires. Vortigern leur indiquerait où frapper, en plus de s'assurer que les défenses de ces cibles seraient minces et insuffisantes pour leur offrir une quelconque opposition. Tout ce que les Pictes avaient à faire était de laisser quelques survivants, afin que ceux-ci racontent leur histoire horrifiante et sèment la terreur dans le reste du royaume.

Cela le peinait de repenser à toutes ces vies perdues dans la poursuite de son but ultime, mais ces sacrifices avaient été nécessaires, afin que la Bretagne puisse accomplir sa destinée et devenir une grande nation.

Une fois sa diversion en place, Vortigern avait dû s'attaquer à l'étape suivante de son plan, un pas tout de même facile à réaliser. Comme pièce d'échange supplémentaire à la table de négociations avec les Pictes, il avait obtenu que l'un d'eux assassine Constantine II. Vortigern lui offrirait un accès sans surveillance au château et l'opportunité de commettre son crime, en plus de verser une petite bourse de pièces d'or à la famille du meurtrier.

Une semaine plus tard, il assistait aux funérailles du roi et supervisait l'exécution de l'assassin.

Les attaques répétées sur les villages du Nord par les hordes de sauvages, combinées avec l'assassinat du roi par l'un d'eux, avaient généré suffisamment de colère au sein du peuple pour offrir une diversion à Vortigern. Durant les mois qui avaient suivi, personne ne lui avait accordé la moindre attention, et il avait été libre d'entamer la portion suivante de son plan : recruter une armée.

Négocier avec les Saxons et leur chef Hengist s'était avéré beaucoup plus difficile que de débattre avec les Pictes. Les païens du continent avaient formulé des demandes plus sérieuses, exigeant non seulement de l'or, mais aussi des terres et des provisions pour leur peuple. Essentiellement, ils cherchaient un endroit où s'établir, un lieu pour un nouveau départ. Bien qu'ils étaient des êtres sans scrupules, gouvernés par les lois de la violence et pareils à des animaux sauvages, ils s'étaient néanmoins avérés vitaux à l'exécution du plan de Vortigern. Il n'avait eu d'autre choix que d'accepter leurs demandes. À maintes reprises, il avait hésité à poursuivre son plan, craignant des répercussions néfastes à son endroit, mais chaque fois, il s'était rappelé le but de sa démarche.

C'était pour le bien commun du peuple.

De plus, il avait été en mesure d'obtenir quelque chose pour lui-même dans l'échange, ce qui avait facilité la prise de décision pour la poursuite de son plan : il avait obtenu la main de la fille de Hengist. Elle était une femme d'une beauté céleste, avec de longs cheveux aux teintes d'automne et d'affriolants yeux verts. Bien qu'elle n'ait pas été chrétienne, elle n'en avait pas moins été une reine absolument splendide.

Une fois le pacte conclu et scellé par le sang, les Saxons avaient traversé la mer et ils s'étaient installés dans la partie sud-est de l'île, leur présence dissimulée aux yeux des Bretons jusqu'au moment opportun. À cet endroit, ils avaient construit leurs maisons, chassé le gibier, et reçu le tribut régulier de Vortigern, attendant son signal pour attaquer la cible qu'il pointerait.

Avec la plus grande facilité, Vortigern avait trouvé sa propre armée.

À la suite de la mort de Constantine aux mains d'un Picte, chaque conseiller et noble de la cour, incluant Ambrosius et Uther, avait réclamé que le fils aîné, Constans, soit couronné et placé sur le trône. Il avait passé la majorité de sa vie loin du château et dans la solitude, mais ils avaient tous insisté sur le fait que la loi et la tradition dictaient qu'il succède à son père.

Vortigern, bien entendu, avait prévu ce petit contretemps. Par contre, il n'avait pas été certain que Constans accepterait son nouveau rôle ou même qu'Ambrosius ne ferait pas une tentative pour s'approprier le trône. Sagement, il s'était préparé aux deux options. Lorsque l'aîné des fils, le plus faible des trois, était rentré au château et avait déclaré qu'il ferait de son mieux pour apporter la prospérité à son peuple, Vortigern avait presque dansé de joie. À ce moment, il avait su que son jour de gloire était à portée de main.

Si quelqu'un d'autre que lui s'était retrouvé dans ses souliers à ce moment, Vortigern était convaincu qu'il aurait tenté de chasser les fils de Constantine et de s'emparer de la couronne. Selon toutes probabilités, cette personne aurait réussi. Mais Vortigern n'était pas un homme ordinaire. Il aimait penser qu'il était un maître stratège et la première leçon que l'on apprenait lorsque l'on jouait au jeu politique était de toujours tirer avantage d'une coordination parfaite dans le temps. Asséner un coup avec succès à ses adversaires représentant un geste élémentaire, à la portée de tous, mais porter une attaque qui aurait des répercussions pour une vie entière était beaucoup plus difficile. Cela demandait de la préparation et une planification parfaite. S'il avait volé le trône aux trois frères à ce moment, juste après la mort de leur père, il aurait risqué de faire face à un soulèvement du peuple et probablement de l'armée, aussi petite fût-elle. Peut-être alors aurait-il réussi à s'accrocher à la couronne pour un an, tout au plus. Cependant, il savait que les héritiers du trône auraient éventuellement réussi à le renverser et à reprendre le contrôle du pays.

Il avait donc été patient, attendant l'occasion parfaite pour porter le coup fatal, une attaque qui ruinerait la réputation des frères et les chasserait du royaume pour toujours. Non seulement avait-il jugé nécessaire de s'emparer du trône, mais il avait également dû démontrer qu'il était le seul capable de mener les Bretons. Il avait dû gagner la confiance du peuple. Avec ce faible de Constans sur le trône, tentant nerveusement de ressembler à un véritable roi, incapable de gérer la colère du peuple face aux attaques des Pictes sur les villages du Nord, Vortigern avait su que le temps était venu.

L'idée d'utiliser un autre assassin picte pour tuer Constans lui avait traversé l'esprit, mais au bout du compte, il l'avait fait lui-même. Malgré tous les plans et les stratagèmes, rien ne valait mieux que de se salir les mains de temps en temps, afin de conserver un avantage sur ses ennemis. Convaincre les généraux et les nobles que le moine n'était pas un bon choix pour être le souverain avait été plus facile que prévu, et quelques mois plus tard, il plongeait une lame dans le cœur de cet imbécile.

Tandis que le brouillard matinal rampait lentement le long de la colline, Vortigern se remémora le moment crucial de son plan, au cours duquel il avait finalement saisi le trône pour lui-même.

Avant que les deux frères réagissent à la mort de leur aîné, Vortigern avait rapidement fait signe aux Pictes, lâchant une série d'attaques des plus sanglantes et violentes sur les villages du Nord. Les sauvages avaient respecté leur parole et les attaques avaient poussé le sentiment de dégoût du peuple au bord de la rage et de la rébellion.

La diversion avait fonctionné comme prévu.

Le peuple oublia les luttes de pouvoir pour le trône de la Bretagne et réclama que l'on s'oppose à la violence et aux pillages de leurs compatriotes. Vortigern s'était rapidement avancé et avait déclaré la guerre aux Pictes. Sans attendre, il avait proposé une solution toute simple : l'emploi des Saxons pour exterminer les Pictes. Le peuple avait accepté d'emblée et les Bretons avaient accueilli Vortigern comme leur nouveau souverain et leur sauveur. Lorsqu'Ambrosius et Uther avaient soulevé des questions sur la présence des Saxons sur l'île, il les avait déclarés traîtres et hors-la-loi. Il était allé jusqu'à leur mettre sur le dos les attaques du Nord, inventant une histoire selon laquelle l'un d'eux avait entretenu une relation avec une femme picte.

Lorsque les Saxons écrasèrent les Pictes, éliminant chacune de leurs tribus, le peuple entier avait exprimé sa gratitude envers

Vortigern pour sa rapidité d'action et s'était empressé d'appuyer chacune de ses décisions, même celles concernant les deux fils survivants de Constantine. Toute tentative de rébellion par les deux frères avait été anéantie, écrasée avant même qu'elle n'éclate.

Le plan avait fonctionné. Vortigern était maintenant le roi, et les deux frères avaient été pris de court, incapables d'organiser une réplique à temps. Tout s'était déroulé comme cela devait l'être, avec l'avenir de l'île en sûreté dans les mains du nouveau souverain.

Cependant, sans aucun avertissement, les Saxons avaient fait immigrer de plus en plus de leur peuple sur l'île, demandant toujours plus de terre et de nourriture. Lorsque leurs requêtes incessantes n'étaient pas satisfaites, ils avaient menacé les villages avoisinants, s'appropriant sans merci ce qu'ils considéraient comme leur appartenant. Vortigern aurait dû savoir que ces barbares préparaient quelque chose. Il aurait dû prévoir qu'ils ne respecteraient pas leur parole. Il aurait dû anticiper qu'ils se retourneraient contre lui et déclareraient la guerre aux Bretons. Depuis le début, ces sauvages avaient planifié de conquérir l'île.

Mais comment aurait-il pu prévoir tout ça?

Était-ce sa faute, s'il croyait que chaque homme possédait un minimum de décence et d'honneur dans son cœur?

Il était convaincu qu'il avait agi correctement en s'appropriant le trône, mais le destin le récompensait avec la guerre.

Lorsque les Saxons avaient entrepris leurs attaques contre les Bretons, Vortigern avait cru que le conflit durerait à peine plus d'un mois. Il avait cru pouvoir organiser une armée adéquate et repousser les barbares, mais pour une seconde fois, son plan avait déraillé d'une façon qu'il lui aurait été impossible de prévoir. Son épouse, une femme qui avait refusé de se convertir au christianisme, était maintenant devenue une ennemie, et Vortigern se retrouva dans une situation particulièrement délicate. Il aimait son épouse plus que tout, et même si leur mariage avait été de courte durée, il avait savouré chaque moment à ses côtés. Mais son pays était trop important pour le mettre en péril. Avec une reine païenne à ses côtés, Vortigern avait cru que ses ennemis tireraient avantage de la situation pour s'emparer du trône. De plus, une rumeur gagnait rapidement en popularité auprès du peuple : la reine soutenait les ennemis de Bretagne et tenait le roi sous son joug. Il n'avait eu d'autre choix que de faire ce qui était juste. Avec les yeux remplis de larmes et un dernier baiser, il avait étranglé son épouse, pour le bien de son pays, afin qu'il puisse demeurer le souverain fort dont sa patrie avait besoin.

Mais cet acte fit de lui un monstre, un tyran aux yeux de ses sujets. À nouveau, le destin s'était moqué de lui.

Il ferma les yeux, écoutant son cœur, rassemblant les dernières gouttes de courage et de volonté qu'il possédait toujours.

Pas cette fois-ci, pensa-t-il. Cette fois-ci, il aurait le dessus sur le destin. Cette fois-ci, il sortirait triomphant et renverserait l'allure de cette guerre.

Il devait y arriver, car il n'aurait pas une autre chance de réussir. Ici, sur Dinas Ffaraon, il ne mettrait pas seulement l'avenir de son peuple dans la balance de la destinée, mais le sien également. Il savait pertinemment que des petites factions au sein de l'armée complotaient déjà pour le renverser. Il savait également que le moral était à son plus bas et que ces groupuscules attiraient des soldats mécontents à un rythme alarmant, gagnant en confiance avec chaque nouvelle recrue.

La seule solution dont il disposait pour survivre durant les prochains mois était d'inspirer ces hommes, afin qu'ils croient en lui à nouveau. Vortigern devait leur prouver qu'il était toujours le chef dont ils avaient besoin, le roi qu'ils avaient adulé lorsqu'il avait écrasé les Pictes et secouru les villages du nord d'atrocités immondes et indicibles.

Il s'imagina tuer le garçon sans père qui serait bientôt ici, versant le sang de celui-ci au cours d'une cérémonie publique. Il briserait la malédiction sur ce lieu et y construirait la forteresse la plus mémorable que le monde ait jamais connue. Ensuite, il anéantirait les Saxons et poserait le pied sur la gorge du destin.

— Ils refusent de rebâtir le rempart, Sire, rapporta un officier à Morghan. Les hommes sont fatigués et faibles. Ils sont restés debout durant la nuit entière, s'efforçant d'éteindre les incendies et de venir en aide à leurs compagnons. Ils doivent se reposer.

— Dites-leur que quiconque sera pris à désobéir aux ordres ou à ne pas participer à la construction de notre forteresse sera pendu, démembré, et utilisé comme mortier dans la construction de la porcherie. D'un jour à l'autre maintenant, les Saxons découvriront que nous ne sommes pas allés au nord. Ils se mettront en route pour nous retrouver sous peu et y arriveront en quelques semaines, tout au plus. Nous n'avons pas de temps à perdre avec des plaintes stupides.

Le capitaine hésita un moment, puis acquiesça d'un signe de tête, avant de rapidement laisser le conseiller à ses pensées.

Morghan savait que les soldats rebâtissaient le mur en vain. Chaque nuit depuis qu'ils avaient posé le pied sur cette colline maudite, le sol avait tremblé pendant des heures, détruisant le travail de la journée précédente. Il n'y avait aucune raison de penser que ce soir serait différent.

Mais que pouvait-il faire d'autre ?

Tout espoir de remporter cette guerre s'était assurément évanoui dans l'esprit des guerriers. Autrefois des représentants d'une armée forte et fière, les soldats qui entouraient à présent le conseiller n'étaient plus que des fantômes, des spectres de ce qu'ils avaient été, déambulant sans but dans l'attente d'une mort inévitable. Il ne faisait aucun doute que si les hommes étaient laissés à eux-mêmes, ils organiseraient une rébellion et attaqueraient sans attendre.

Morghan ne pouvait simplement pas les laisser faire. Il devait les garder occupés, les obliger à travailler si nécessaire. Si les soldats devaient se soucier de couper des arbres et ramasser des pierres, alors ils n'auraient pas le temps de débattre et de décider du sort du roi et de ses conseillers.

Évidemment, cela voulait dire que chaque matin, il devait convaincre les officiers de l'armée que les conseillers et lui-même, en plus du roi, avaient un plan pour régler leur problème. Il devait rester impassible et calme, persuader les hommes que tout était sous contrôle et en concordance avec le plan. Mais les hommes devenaient rapidement impatients, travaillant sans relâche toute la journée et incapables de trouver le repos la nuit venue. Les esprits s'échauffaient et il n'y avait aucune cellule pour empêcher les trouble-fêtes de faire davantage de grabuge.

Morghan grimpa jusqu'au sommet de Dinas Ffaraon. Là, quelques soldats s'affairaient à rebâtir les tentes et les quartiers des officiers, qui avaient également subi les secousses de la nuit précédente. Le conseiller fut content de voir sa tente déjà érigée. Il salua les deux gardes postés à l'entrée et se glissa à l'intérieur, remerciant le Ciel pour le petit déjeuner sur sa table.

Il voulut prendre un morceau de pain et se verser un gobelet d'eau fraîche, mais s'arrêta brusquement au dernier moment. Une pensée noire lui traversa l'esprit. Qui étaient les gardes qu'il venait de voir à l'extérieur de la tente ? Étaient-ils nouveaux ? Il n'aurait su le dire. Il observa le bout de pain et flaira l'odeur qui s'en dégageait. Ça sentait le pain frais. Mais en était-il certain ? Il pencha la tête au-dessus du gobelet d'eau. À nouveau, il essaya de humer le liquide, afin de détecter si l'on y avait ajouté un poison mortel. Il décida que ça ne valait pas le coup et remit le pain dans le panier, ainsi que le gobelet d'eau sur la table. Il demanda ensuite à ce que l'on apporte un autre petit déjeuner. Assurément, les traîtres avaient utilisé la totalité de leur poison sur celui-ci, si tel était le cas.

Il étudia avec suspicion les hommes qui vinrent récupérer le panier. Avaient-ils l'air déçus ? Peut-être étaient-ils simplement fatigués.

Tout comme lui.

Tandis qu'il attendait un nouveau petit déjeuner, Morghan ramassa les parchemins et les cartes éparpillés sur le sol. Il plaça quelques-uns d'entre eux sur la table, déroulant les vieux parchemins jaunis pour les étudier. Comme si quelqu'un l'espionnait pour s'assurer qu'il travaillait bien, il s'efforça de donner l'impression qu'il élaborait un plan pour bâtir les défenses contre les Saxons. En réalité, il ne faisait que fixer les écrits et les documents, incertain de ce qu'il devait faire. Lorsqu'il entendit quelqu'un entrer dans la tente, il indiqua d'un geste nonchalant de déposer la nourriture sur une petite table près d'une chaise de bois.

— Assoyez-vous, dit une voix qui fit immédiatement courir des frissons le long de la colonne du conseiller.

Le sombre étranger était de retour.

— Nous devons discuter.

Morghan tenta de dissimuler la peur qu'il ressentit, mais il savait que c'était sans espoir. Cet homme pouvait lire chacune de ses pensées.

— Je vous en prie, asseyez-vous, dit Morghan. Avez-vous des nouvelles de notre expédition ? Ont-ils réussi à s'emparer du jeune garçon dont vous m'avez parlé ?

L'homme lugubre ne répondit pas immédiatement. Pendant quelques instants, il demeura silencieux et parfaitement immobile, fixant le vieil homme depuis les ténèbres perpétuelles sous sa cagoule. L'air autour de Morghan devint subitement glacial. Les poils de ses bras se raidirent et les gouttes de sueur froide dans son cou glissèrent doucement entre ses omoplates. Il ne pouvait voir le visage de l'homme, mais il sentait le regard de celui-ci sur son être, immobilisant son corps sur place.

Finalement, l'étranger parla.

— Ne vous en faites pas. Ils vont le rapporter ici.

— Comment pouvez-vous en être aussi certain ?

À nouveau, un lourd silence envahit l'intérieur de la tente. Le conseiller se souvint alors de la menace faite à son endroit, la dernière fois qu'il avait interrogé cet étranger infernal. Il regretta immédiatement ses derniers mots et souhaita pouvoir les reprendre.

— Je vous demande pardon, dit-il rapidement. Je vous en prie, dites-moi ce que je peux faire pour vous.

— Il n'y a rien que vous puissiez faire pour moi. C'est plutôt moi qui fais tout pour vous et votre roi. Ne l'oubliez jamais.

L'homme contourna la table et prit place dans le fauteuil favori de Morghan.

— Nous avons encore des préparatifs qui doivent être achevés, dit-il. Afin de briser la malédiction qui afflige cet endroit, des rituels précis doivent être effectués.

— Je ne suis pas certain de comprendre, dit Morghan, prenant place sur une chaise plus petite et moins confortable, de l'autre côté de la table.

— Le mauvais sort qui perdure sur ce lieu est très ancien, poursuivit l'homme en noir. Il fut conjuré sur ces collines à l'époque où des dieux païens régnaient toujours sur ces terres, où des divinités antédiluviennes commandaient vos ancêtres. Il fut réalisé avec l'aide de rituels noirs et de sacrifices violents. Si vous désirez libérer cette colline du mal qui la frappe, si vous voulez lever cette malédiction, vous devrez observer les rituels qui s'adressent à ces anciens dieux. Eux seuls peuvent briser ce mauvais sort et libérer ces terres, afin que vous y bâtissiez votre forteresse.

— Je vois, dit Morghan. Je n'ai aucune raison de douter de vos dires, bien entendu, mais l'armée sera probablement réticente face à tout rituel qui ne semblera pas chrétien. Le roi lui-même n'est pas très enclin à utiliser des symboles païens et des chants blasphématoires. Je suis sûr que je n'ai pas besoin de vous parler de sa défunte épouse, et de ce qu'elle a représenté pour lui. Les vieilles religions ont déchiré son cœur et il fut forcé de commettre l'impensable à cause d'elles.

— Votre roi devrait se souvenir qu'il a volé sa place sur le trône. S'il désire la conserver, il vous écoutera sans émettre la moindre objection. Les dieux, l'histoire, et le destin n'ont que faire de ses sentiments envers ce qui doit être réalisé. Tout doit être effectué pour le bien commun du peuple, n'est-ce pas ?

— Vous avez raison.

— Bien.

L'homme sinistre se releva, scrutant les divers parchemins que Morghan avait déroulés plus tôt. Avec un geste rapide de la main droite, il souffla chacun d'eux hors de la table, sans se soucier du désordre sur le sol. Il ouvrit ensuite sa robe et en sortit un rouleau noir. Prudemment, il le plaça sur la table vide et le déroula lentement.

Sur le parchemin se trouvaient de nombreux schémas et des douzaines d'inscriptions que Morghan n'arrivait pas à déchiffrer. Les caractères ne ressemblaient à rien de ce qu'il avait vu auparavant, même dans les grimoires les plus anciens qu'il avait consultés dans les archives du royaume. Inscrits verticalement, selon toute vraisemblance, et faits pour être lus de haut en bas, les écrits étaient organisés en de denses paragraphes, expliquant probablement les schémas adjacents. À d'autres endroits, ils ressemblaient plutôt à des formules ou même des incantations.

Morghan n'arriva pas à contenir une certaine nervosité. Ce pouvoir semblait relever des démons de l'enfer, ou même du diable lui-même.

— Que... Que veulent dire ces inscriptions ? demanda-t-il à l'étranger infernal d'une voix tremblante.

Sans un mot, l'homme en noir pointa l'un des schémas principaux. Le dessin représentait quelque chose qui ressemblait à une croix ; seulement, il y avait un cercle massif autour du point central. Deux poutres étaient assemblées pour former un crucifix, et le cercle entourait le point où elles se croisaient, afin qu'elles divisent celui-ci en quadrants égaux.

Le long de chaque poutre, des symboles étaient gravés, et d'autres runes couraient le long du cercle. À chacun des quatre endroits où le cercle croisait l'une des poutres, un symbole plus large y était gravé, différent à chaque endroit. Le conseiller pensa qu'ils représentaient probablement les quatre points cardinaux.

— Qu'est-ce que c'est ? demanda-t-il.

— Un autel, répondit l'étranger. Ce sont les instructions et le plan pour le construire.

Morghan frissonna de dégoût.

— Est-ce que... c'est là que le garçon doit être sacrifié ?

— En effet. Vous apporterez ces schémas à votre roi et le convaincrez de bâtir l'autel. Quelques minutes plus tôt, vous avez mentionné que certains hommes seraient réfractaires à utiliser des rituels païens. Pour cette raison, vous présenterez cet autel comme une croix. Une croix *chrétienne*. Vous direz à vos hommes de la bâtir exactement comme elle est décrite sur le parchemin. Il est impératif que les symboles soient identiques à ceux représentés sur les schémas.

— Je dois admettre que c'est assez ingénieux de déguiser cet autel comme une croix chrétienne, mais Vortigern ne manquera pas de poser des questions sur l'aspect particulier de celle-ci.

— Vous direz à votre roi et au reste du conseil que cette croix fait partie d'une célébration chrétienne oubliée. Dites-leur qu'elle est si puissante contre les malédictions, qu'elle est aussi particulièrement dangereuse. Dites-leur enfin que vous avez dû garder son existence secrète, afin que personne ne joue avec son pouvoir. Dites-leur que vous ne comprenez pas entièrement la portée de celui-ci vous-même, ce qui n'est pas un mensonge.

Morghan se mordit la lèvre inférieure.

— Et s'ils demandent comment j'ai obtenu ce parchemin, ou encore pourquoi je connais l'existence de cette puissante croix ? demanda-t-il.

L'étranger se retourna vivement vers le conseiller.

— Dois-je également vous montrer à pisser, vieil homme ? Pouvez-vous seulement faire une chose par vous-même ? S'ils vous posent des questions de la sorte, inventez des réponses. Expliquez-leur que vous avez appris l'existence de ce parchemin et de cette croix il y a très longtemps. Imaginez une histoire horrifiante et semez la peur dans leur cœur, afin qu'ils cessent leurs questions inutiles. Cela fonctionne généralement sur les hommes, particulièrement ceux qui sont effrayés et désespérés.

Morghan garda le silence, regardant partout sauf en direction de son visiteur lugubre. Il n'avait aucune idée de la façon dont il pourrait inventer des menaces assez fortes pour réduire le roi au silence, mais il imaginait que ce devait être plus facile que de poser davantage de questions à cet homme.

— Dites à vos hommes de disposer la croix selon un angle de trente degrés avec le sol, poursuivit l'homme en noir. Dites-leur que cela amplifiera les forces de votre dieu ou de ses anges. En vérité, ce sera l'endroit où nous devrons attacher le garçon jusqu'à ce que la dernière goutte de son sang soit versée. Afin de maintenir l'autel dans cette position, vous aurez également besoin de fabriquer une base capable de le supporter, comme celle-ci.

L'homme cagoulé pointa un schéma plus petit, représentant un cercle avec une croix au centre. Des symboles identiques à ceux inscrits sur la croix principale étaient gravés le long de la base.

— Encore une fois, il est primordial que vos hommes gravent les symboles exactement comme ils sont représentés. La moindre erreur pourrait avoir des conséquences catastrophiques.

— Je comprends parfaitement. Comment maintiendrez-vous le garçon sur l'autel ? Devons-nous y installer des sangles de cuir pour l'attacher ?

— Non ! N'ajoutez ni n'omettez rien, hurla l'étranger. Comment cela pourrait-il être plus simple ? Fabriquez l'autel exactement comme il est décrit, rien de plus. Je m'occuperai du garçon. Une fois que nous l'aurons installé dans le cercle, il ne pourra plus nous échapper. Ne vous inquiétez pas avec ce détail.

— De combien de temps disposons-nous pour bâtir cet autel ? demanda Morghan.

— Deux jours. Ensuite, le garçon sera ici. L'autel doit être achevé d'ici là et prêt à être utilisé. Le sacrifice devra avoir lieu dès que l'enfant arrivera ici, sans aucun retard.

L'esprit de Morghan était un maelström de contradictions. Ce dont ils discutaient, le crime qu'ils planifiaient de commettre, allait à l'encontre de chacune des fibres de son corps et de chacune des croyances auxquelles il tenait chèrement. Bien entendu que c'était pour le bien de son peuple, mais n'y avait-il pas une ligne à ne pas franchir ?

N'y avait-il pas de péché qu'il ne pouvait commettre ?

Tuer un enfant, même si le geste était accompli pour secourir l'armée et ultimement, les Bretons, n'était-ce pas aller trop loin ?

Comment l'histoire jugerait-elle ceux qui s'apprêtaient à verser le sang d'un innocent pour se sauver eux-mêmes ?

— C'est la *seule* façon de survivre à cette guerre et c'est la bonne chose à faire, conseiller. La seule chose à faire en fait, dit l'homme en noir.

— L'est-elle vraiment ? s'interrogea le vieil homme.

— Oui, répliqua l'étranger. C'est la seule façon et vous le savez très bien. C'était la bonne chose à faire lorsque vous avez aidé Vortigern à tuer un jeune roi. C'était également la bonne chose à faire lorsque votre roi assassina son épouse. Et c'est encore la bonne chose à faire, si vous voulez secourir votre peuple de l'annihilation.

— Et vous êtes absolument certain que cela fonctionnera ? Ce sacrifice que nous planifions débarrassera cette colline de la malédiction qui y règne, et nous pourrons construire une forteresse impénétrable et ainsi écraser les Saxons ?

L'homme en noir leva la tête et regarda le vieux conseiller droit dans les yeux. Pour la première fois, Morghan vit autre chose que de l'obscurité dans la cagoule qui recouvrait la tête de l'homme. Il vit d'abord deux petites étincelles rouges, brillant intensément comme les charbons les plus ardents d'un feu mourant, mais elles se transformèrent en flammes éclatantes.

Elles brûlaient comme les yeux d'un démon.

Morghan eut le sentiment que son esprit était tiré vers ces lumières rouges et scintillantes, emprisonné en leur sein et à la merci de cet être infernal. Il sembla se tenir au bord du gouffre de la folie, incapable de se libérer de la poigne de son adversaire. Finalement, l'étranger rompit le sort.

— Je vous jure, vieil homme, que c'est la dernière fois que vous remettez en question ce que je dis. Si vous exprimez à nouveau des doutes à mon égard, je m'emparerai de votre esprit et il m'appartiendra pour l'éternité. Vous ne pouvez même pas imaginer les tortures et les cruautés que je peux vous infliger, à vous et votre âme. Ceci est mon dernier avertissement. Cette croix vous libérera de la malédiction. Pour quelle autre raison perdrais-je mon temps avec vous ?

S'accrochant aux dernières parcelles de libre arbitre toujours en sa possession, Morghan détourna rapidement le regard, avant de devenir complètement fou. Tandis que sa conscience reprenait tranquillement le contrôle de son esprit, l'étranger parla à nouveau.

— Maintenant, allez voir votre roi, dit-il. Parlez-lui de l'autel et de ce qui doit être fait. Faites vos préparatifs avec hâte, car le temps presse.

— Je comprends, murmura Morghan.

— Une dernière chose, conseiller. Assurez-vous que le garçon ne parle à personne lorsqu'il arrivera ici, particulièrement au roi. Cet enfant est magique, et il a le don de métamorphoser la réalité, de lire les pensées des gens, et de transformer des mensonges en vérité. Avec un seul mot, il peut jeter un sort sur Vortigern et le retourner contre nous. À l'aide d'une seule syllabe, il peut défaire tout le travail que nous avons fait et convaincre le roi de lui épargner la vie.

— Que dois-je faire de ses compagnons, ceux qui ont voyagé avec lui ? Devons-nous croire qu'ils sont sous son emprise ?

— Nous ne pouvons que présumer qu'ils le sont. Il est inutile de prendre des risques. Disposez d'eux comme vous voulez, car ils sont sans importance. Toutefois, soyez sur vos gardes. Le jeune homme qui voyage avec eux, celui dont je vous ai déjà parlé, il est astucieux et peut surprendre vos hommes. Il pourrait facilement tout ruiner si vous n'êtes pas prudent. Ne le laissez pas dégainer son épée, sous aucun prétexte. Il peut sembler ne pas poser de problème pour vous, mais c'est un être très puissant, plus qu'il ne le réalise lui-même. Si vous le pouvez, débarrassez-vous de lui sans hésiter, avant qu'il ne puisse se défendre.

— Entendu.

Morghan regarda à nouveau la croix dessinée sur le parchemin.

Lorsqu'il leva les yeux à nouveau, l'homme en noir avait disparu. Le vieil homme demeura dans sa chaise inconfortable, s'appuyant sur le dossier de bois dur et observant le fauteuil coussiné, où l'homme en noir avait pris place quelques instants plus tôt. Il savait qu'il n'utiliserait plus jamais ce fauteuil, sous aucun prétexte.

Il ne pouvait tout simplement pas prendre place à l'endroit même où s'était assis le diable.

Morghan savait maintenant que ce ne pouvait être que le diable qui s'entretenait avec lui. Seul le maître de l'enfer pouvait avoir un tel effet sur l'âme humaine.

Pour la seconde fois en quelques jours, Morghan pleura.

Cette fois-ci par contre, il pleura pour le salut de son âme.

13

Samuel et ses compagnons voyageaient depuis maintenant deux jours dans la forêt dense et brumeuse. Craignant une autre embuscade des Saxons, le groupe avait décidé de chevaucher sous la couverture des arbres, empruntant un long détour qui contournait le sentier par lequel ils avaient atteint l'abbaye, quelques jours plus tôt. La piste était difficile à suivre et bien plus périlleuse à chevaucher, entraînant un retard d'une journée, mais il valait mieux prendre un plus de temps et demeurer caché aux yeux d'un ennemi sournois. Pour reprendre un peu de temps perdu, espérant retrouver des lieux plus amicaux dès que possible, le groupe avait progressé sans relâche au milieu du sombre feuillage et du terrain boueux. Ils s'étaient arrêtés seulement quelques heures par jour, afin de se reposer et de permettre à leur monture de récupérer un peu d'énergie. Il n'y avait aucun doute dans l'esprit de chacun que les Saxons n'avaient pas simplement abandonné leurs proies après la défaite qu'ils avaient encaissée deux jours plus tôt. Ils recherchaient sans doute le petit groupe, préparant un nouveau piège pour eux. Si les Bretons étaient assez imprudents pour se retrouver à nouveau entre leurs mains, les barbares ne laisseraient pas leur vanité prendre le dessus cette fois-ci. Ils les tueraient rapidement et sans aucune hésitation.

Lorsque Kaleb déclara finalement qu'ils étaient hors de danger et de retour en terrain plus familier, Samuel fut immédiatement soulagé et reconnaissant. Tandis qu'il regardait autour de lui, il vit la même expression de gratitude sur les visages de ses compagnons, comme si l'on venait de libérer leurs larges épaules d'un poids énorme. Malgré tout, ils demeuraient tous sur leurs gardes et à l'affût du moindre signe d'une attaque-surprise menée par un ennemi invisible.

Tous, à l'exception du jeune Myrddin Emrys.

Samuel avait lancé des regards dans sa direction à quelques reprises depuis leur départ, mais jamais plus que quelques secondes, de peur que le garçon ne remarque ses coups d'œil et se méprenne sur ses intentions. Myrddin semblait constamment serein, souriant de bon cœur et paraissant apprécier ce petit voyage à l'extérieur du monastère. L'imposante abbaye de pierre devait probablement avoir des allures de pénitencier pour un garçon de son âge, et il était compréhensible qu'il ressente un certain sentiment de liberté durant cette aventure. Samuel se souvint que le garçon lui avait parlé de son habileté à voir le futur, et qu'il avait régulièrement des visions sur les événements à venir. Il avait également mentionné que Samuel n'avait jamais fait partie de ses visions, un détail qui n'avait pas manqué de le rendre mal à l'aise. Samuel avait tenté de comprendre ce pouvoir que possédait Myrddin, mais il avait toujours de la difficulté à cerner cette aptitude à être témoin d'événements avant qu'ils ne se produisent. Chaque fois qu'il parvenait moindrement à organiser ses pensées autour du concept, les questions se multipliaient dans sa tête et il finissait plus perplexe encore qu'au départ.

Par exemple, puisque le garçon pouvait voir des événements n'ayant pas encore eu lieu, savait-il si les Saxons allaient attaquer la troupe en chemin ? Et s'il pouvait prédire une telle attaque, alors était-il calme et serein parce que le groupe avait pris la décision d'utiliser un autre chemin, se plaçant ainsi hors de danger ?

Lorsque le deuxième jour de leur voyage vint à terme, le groupe avait rejoint le camp où Samuel et ses compagnons s'étaient arrêtés en chemin vers l'abbaye. Il fut décidé qu'ils allumeraient un feu et demeureraient ici pour la nuit, une dernière pause avant de rejoindre l'armée bretonne et de remettre Myrddin à leur chef. Exténués par la chevauchée excessive qu'ils avaient endurée dans les quarante-huit dernières heures, les hommes avalèrent rapidement leur repas et s'allongèrent pour une bonne nuit de sommeil. Personne ne semblait avoir envie de raconter des histoires.

Cette nuit-là, le sommeil de Samuel fut particulièrement agité. Il n'arrivait pas à taire sa voix intérieure. Il avait écouté les recommandations d'Angéline et attendu que l'histoire se déroule par elle-même, se laissant porter par le courant de l'intrigue, mais il semblait parfois qu'il était sur le point de se noyer dans celui-ci, comme si l'histoire allait finalement l'avaler sans jamais le recracher. Il aurait aimé connaître la suite et ce qui l'attendait le lendemain. Il voulait être prêt à faire face aux dangers qui se tapissaient dans le futur.

Le lendemain matin, Samuel s'éveilla dès que les premiers rayons du soleil caressèrent son visage et réchauffèrent sa joue. Après avoir ouvert les yeux et délié ses muscles, il se leva et observa les alentours, s'assurant que le reste du groupe dormait toujours à poings fermés. Le jour était paisible, l'air matinal froid et humide. Sans faire le moindre bruit, Samuel ramassa son épée et sa dague et s'éloigna en douce du bivouac. Il espérait dénicher un endroit calme, où il rassemblerait ses idées et discuterait peut-être avec Angéline.

Tandis qu'il suivait un sentier brumeux, tapissé de feuilles humides et de racines glissantes, Samuel saisit les deux étranges dés qu'il conservait dans les poches de son pantalon. Avec toute l'excitation des derniers jours, il avait presque oublié leur existence. Il se remémora la première fois qu'il les avait aperçus dans la boutique, un moment qui paraissait maintenant appartenir à une autre vie. Faisant rouler les dés au creux de sa main, il vit les symboles embrasés sur chacune des faces et s'interrogea sur leur signification. Il se souvint de la classe d'art, au cours de laquelle Lucien et lui avaient tenté de peindre les faces et avaient aperçu les étranges runes pour la première fois.

Si seulement Lucien pouvait le voir maintenant.

Il rangea les dés dans la poche de devant. Après une quinzaine de minutes de promenade à travers les branches et les toiles d'araignée constellées de rosée, Samuel émergea dans une petite clairière. Il s'agissait peut-être du même endroit où il s'était tenu quelques jours plus tôt, mais il n'aurait su le dire. Il fit quelques pas vers l'avant et s'arrêta, fermant les yeux.

Dans des circonstances différentes, peut-être aurait-il été inquiet et même effrayé par la situation dans laquelle il se trouvait à présent, mais ce matin, il se sentait en paix, comme s'il appartenait dorénavant à ce monde. En fait, il se sentait privilégié de prendre part à cette aventure. Il comprenait maintenant la chance qu'il avait d'être aux premières loges d'événements que la plupart des garçons de son monde ne pouvaient qu'imaginer dans leur esprit ou lors de scénarios fictifs. Pour les jeunes adolescents de son âge, les jeux vidéo et la réalité virtuelle constituaient les seuls moyens de recréer la vie d'un héros. Samuel par contre vivait réellement cette expérience. De plus, il n'était pas qu'un simple passager dans cette histoire, un personnage inconnu qui ne survivrait pas aux cinq premières pages de ce livre. Il était bien plus que ça. Il était un Gardien de Légendes.

Il était un héros.

— Je suis heureuse de constater que tu embrasses ton nouveau rôle, Gardien de Légendes, dit une petite voix derrière lui.

— C'est aujourd'hui, n'est-ce pas ? demanda-t-il à Angéline, sans ouvrir les yeux.

— J'ai peur que oui. Ce jour est le chapitre final de cette histoire. C'est le moment où chaque intrigue fusionne avec les autres, afin de former une conclusion dramatique, où les héros s'élèveront au-dessus de la mêlée et les vilains seront chassés vers les bas-fonds de l'enfer. Si tout se déroule comme prévu, tu pourrais rentrer à la maison dès ce soir et être de retour dans ton monde, parmi ta famille et tes amis. J'aurais pensé que tu serais plus enchanté de les revoir.

Samuel posa le regard sur le sol sous Angéline, son attention dirigée vers une feuille qui dansait allègrement sous la brise matinale.

— J'imagine que tu as raison. Je devrais probablement être excité de rentrer chez moi et pour dire la vérité, je le *suis*, mais j'ai aussi appris à aimer ce monde-ci. Même si je suis sur Metverold seulement depuis une semaine, je commence à aimer cet endroit. J'ai rencontré des gens extraordinaires et j'ai développé de belles amitiés. L'idée de ne jamais les revoir ne m'excite pas particulièrement. Bien sûr, j'ai hâte de prendre une petite pause des dangers constants et de la peur incessante de mourir à tout moment, mais je crois que je vais m'ennuyer de cet endroit et des gens qui y habitent. Et n'oublie pas que j'ai aussi ma propre fata, ce qui est quand même quelque chose en soi.

Angéline rougit comme une fraise.

— Allons, pas besoin de se faire du sentiment ici, dit-elle, essayant de retrouver un visage sérieux. Nous avons des choses plus importantes à discuter. Nous devons parler de ce qui va se passer aujourd'hui.

Samuel ne manqua pas de noter que le ton de la fata était devenu un tantinet plus grave. Il prit place sur un tronc d'arbre pour écouter ce qu'elle avait à lui dire.

— Avec la fin imminente de ce mythe, dit Angéline, je suis de plus en plus inquiète, et je suis persuadée que tu partages mes préoccupations.

— Oui. Pour être honnête, ces pensées n'ont pas quitté mon esprit depuis que nous sommes partis de l'abbaye. Puisque tout semble se dérouler selon l'histoire usuelle, nous ne sommes toujours pas plus près de découvrir l'identité du sorcier d'Yfel que nous l'étions il y a une semaine. Pire encore, nous n'avons toujours aucun indice sur ses véritables intentions. Comment pouvons-nous déjouer son plan si nous ne savons même pas ce qu'il prévoit faire ?

— Précisément ! Cela est très inquiétant. En fait, je n'ai jamais vu ça. D'ordinaire, ces petits rats sont assez rapides pour faire connaître leur présence et mettre en route leurs plans diaboliques. Ceci est une première pour moi.

— Quelle chance ! Ma première mission comme Gardien, et il faut que ce soit la seule fois où l'ennemi garde son visage dissimulé.

Angéline s'envola vers le tronc d'arbre où Samuel était assis et se posa près de lui, s'appuyant sur sa jambe.

— Ne t'en fais pas, Samuel, nous trouverons une solution.

Au cours des minutes qui suivirent, ils demeurèrent assis en silence, leur esprit travaillant de concert pour trouver des réponses à leurs questions. Samuel devenait de plus en plus frustré par le manque de progrès dans sa mission. Son séjour sur Metverold avait été rempli d'aventures et n'avait certainement pas manqué d'action, mais il sentait que tout cela faisait partie de la vie de tous les jours ici. Rien ne semblait être le résultat d'une action du sorcier d'Yfel, un ennemi qui était réticent à dévoiler son visage. Il en vint presque à souhaiter que son adversaire fasse un geste quelconque et mette fin à ce suspens. Étonnamment, il souhaitait presque pouvoir faire face à son rival, à l'instant même, afin de se battre jusqu'à la mort et d'en finir une fois pour toutes.

Si seulement c'était si simple. Samuel ramassa un caillou et le fit tournoyer dans sa main.

— Et si c'était Myrddin, la clé de l'énigme ? demanda-t-il.

— Que veux-tu dire ?

— Nous savons que le jeune garçon peut voir le futur et tous ceux qui y participeront, à l'exception de ceux qui ne sont pas de ce monde. Tu as mentionné que le sorcier d'Yfel provenait également de mon propre monde, puisqu'il a ramassé les dés noirs.

— C'est juste, répondit la fata.

— Donc, même si Myrddin ne peut pas voir le visage de notre ennemi, peut-être peut-il voir le résultat de ses actions. Peut-être avons-nous omis un détail important, une minuscule parcelle d'information qui serait cruciale pour nous. Je crois que je devrais discuter davantage avec lui.

— C'est une bonne idée, mais je ne suis pas certaine que cela apportera quelque chose. Il t'a déjà révélé que sa vision n'avait pas changé, n'est-ce pas ?

Samuel acquiesça de la tête.

— Alors il est inutile de tourmenter davantage ce pauvre garçon. Je suis persuadée que si ses visions venaient à changer, il dirait quelque chose sur-le-champ.

Samuel jeta le caillou qu'il avait ramassé.

— J'imagine que tu as raison, dit-il. J'espérais simplement que...

— Aïe !

Le petit cri venait de l'endroit où Samuel avait lancé le caillou, au milieu d'un buisson. Samuel plaça immédiatement une main sur la poignée de son glaive.

— Qui va là ? demanda-t-il.

Quelques secondes plus tard, le garçon qui allait devenir Merlin sortit de sa cachette. Il avait probablement entendu toute leur conversation. Angéline parut tout aussi surprise que Samuel de voir le jeune Myrddin. Elle s'apprêtait à demander à Samuel de faire déguerpir l'enfant, lorsqu'elle remarqua quelque chose d'étrange.

Myrddin regardait directement vers elle, ses yeux grand ouverts et remplis d'émerveillement.

La petite fata s'envola rapidement du tronc d'arbre et décrivit quelques cercles devant le jeune garçon.

Les yeux de l'enfant ne quittèrent pas une seconde le petit corps d'Angéline, son regard épiant chacun de ses mouvements.

— Tu... Tu peux me voir ? demanda-t-elle.

— Bien sûr que je peux, répondit Myrddin.

Samuel s'avança vers le jeune garçon, lançant un petit regard en direction d'Angéline en chemin. La fata était pâle et inquiète, incertaine de l'attitude à adopter.

Probablement une autre première, pensa Samuel.

— Viens, il n'y a rien à craindre, je t'assure, dit-il à Myrddin. Elle est une amie. Elle est ici pour nous prêter main-forte et nous protéger.

— Oh, ça je sais, répondit joyeusement Myrddin.

— Et comment un garçon d'à peine huit ans sait-il de telles choses ? demanda Angéline.

Le sourire perpétuel de Myrddin s'évanouit de son visage.

— Je ne sais pas. Je le sais, c'est tout. Parfois, je sais des choses comme ça. Maître Blaise dit que c'est un cadeau et que je dois prendre garde à ne pas trop l'utiliser. Il dit que certaines personnes pourraient me vouloir du mal s'ils savaient que je peux voir les mauvaises choses qu'ils font ou les joies qu'ils vivront.

— Viens, dit Samuel. Assieds-toi avec nous, Myrddin. Peut-être peux-tu nous donner un coup de main.

Myrddin observa Samuel, puis Angéline. Il semblait toujours appréhensif envers la créature ailée et le ton qu'elle avait employé pour l'interroger. La petite fata lui rendit son regard quelques instants, mais son visage s'adoucit rapidement de nouveau, redevenant chaleureux et affectueux. Elle s'envola plus près de Myrddin et lui caressa la joue de sa petite main.

— Je suis désolée, Myrddin. Je ne voulais pas t'effrayer. Mon nom est Angéline, et je suis ravie de faire ta connaissance. Je suis, en effet, une amie et tu n'as rien à craindre de moi. Allez, maintenant que tu es ici, autant partager ton savoir avec nous.

Les mots semblèrent rassurer le jeune garçon et il sourit de nouveau, avant de courir joyeusement vers l'arbre où Samuel avait repris place. Le Gardien de Légendes savait qu'un jour, cet enfant deviendrait un puissant magicien, mais il n'était encore qu'un enfant, aisément effrayé, et tout aussi facile à distraire. Comme tous les enfants de son âge, il voulait s'amuser et admirer les grands.

Samuel se demanda si sa rencontre avec Myrddin influencerait l'enchanteur d'une manière ou d'une autre. Il espérait que non, bien entendu, mais en même temps, il souhaitait presque le faire. Ça serait quelque chose d'incroyable à raconter à Lucien !

— Que sais-tu exactement sur ce qui se trame ? demanda Angéline à Myrddin. Depuis combien de temps nous écoutes-tu ?

— Pas longtemps, je vous l'assure ! Je ne sais pas grand-chose ; seulement que vous tentez de retrouver un homme méchant et que vous cherchez à l'empêcher de faire quelque chose de terrible qui pourrait changer notre monde.

— Peux-tu nous aider à trouver cet homme ? demanda Samuel.

— J'ai peur que non. Comme toi, il ne vient pas de notre univers. Comme je te l'ai déjà dit, mes visions n'incluent que les créatures et les êtres de ce monde-ci. De plus, je ne peux pas vous décrire les actions de cet homme méchant, puisque rien n'a encore changé. Jusqu'à présent, je vois toujours les mêmes événements prendre place. Chaque fois que j'ai eu une vision à propos d'aujourd'hui et ce qui va se produire, je me vois toujours discuter avec Vortigern et lui révéler que...

— Attends ! trancha Samuel.

Il se tourna vers Angéline.

— Ne me dis pas ce qui va se produire, à moins que cela nous aide à gâcher les plans de l'homme méchant.

La fée sourit au Gardien. L'étudiant avait appris la leçon.

— Pourquoi donc ? demanda Myrddin.

— Parce que je pourrais changer les choses moi-même et altérer ton monde. Si cela se produisait, alors je ne vaudrais pas mieux que l'homme que nous essayons d'arrêter. Celui-ci veut modifier le cours des choses, et je dois m'assurer qu'elles demeurent inchangées. Est-ce que tu comprends ?

— Oui, je crois. De toute façon, cela ne vous aurait pas aidé de connaître ce que je sais. Je vois ce jour arriver depuis plusieurs années maintenant. Chaque fois que je le vois dans ma tête, c'est toujours la même vision. Rien ne change, pas le moindre détail. C'est comme si l'homme méchant dont vous parlez n'existait pas.

— Nom d'un lutin lutineur, c'est à n'y rien comprendre ! lança Angéline avec frustration. Pourquoi l'histoire ne change-t-elle pas ? Comment se fait-il que tu ne voies aucun changement ? C'est comme s'il n'y avait aucun sorcier de l'Yfel à l'œuvre. C'est comme si... si on t'avait envoyé ici par erreur.

Cette idée avait déjà traversé l'esprit de Samuel. Plus le temps s'écoulait sans qu'il y ait le moindre signe de l'Yfel, plus il s'interrogeait sur sa présence ici. Peut-être y avait-il eu une erreur. Peut-être que ce mythe n'avait pas besoin d'être secouru, après tout. Tout de même, cela voudrait dire que les dés s'étaient trompés en l'envoyant ici, ce qu'il avait du mal à croire. Il était relativement nouveau dans son rôle de Gardien de Légendes, mais s'il y avait une chose contre laquelle il ne parierait pas, c'était bien l'intuition des dés.

Malgré tout, cela n'avait aucun sens. Samuel sentait que quelque chose leur échappait, un indice crucial qui pourrait les conduire sur le droit chemin ; les aider à résoudre l'énigme qu'était le plan de l'ennemi. Pour la centième fois, il repassa dans sa tête la suite des événements qui l'avaient conduit ici. Il espérait y trouver une piste qu'il n'aurait pas remarquée ou un détail qui n'avait pas semblé important au départ, mais qui pourrait s'avérer déterminant à présent. Il pensa au roi Vortigern et à son conseiller, Morghan. Il se souvint du vieil homme, le matin de leur départ pour la quête de Myrddin. Il revit les secousses qui avaient ravagé le camp au cours de la nuit juste avant cette rencontre. Il ressentit à nouveau la peur qui avait paralysé son esprit lorsque les Saxons les avaient attaqués ses compagnons et lui, quelques jours plus tôt, ainsi que le soulagement qu'il avait ressenti lorsque Myrddin et ses protecteurs leur étaient venus en aide. Finalement, il porta ses pensées sur le véritable héritier du trône, Ambrosius Aurelianus, ainsi que son frère, Uther Pendragon, protégeant le jeune prodige qui deviendrait Merlin.

La suite de ses raisonnements le ramena à Myrddin, qui pouvait voir le futur, mais n'arrivait pas à percevoir un détail utile. Peut-être ne posaient-ils pas les bonnes questions. Peut-être interprétaient-ils les réponses de la mauvaise façon. Peut-être les réponses étaient-elles dissimulées dans les faits qu'ils connaissaient déjà.

Les choses sont rarement ce qu'elles paraissent être au départ, se rappela Samuel. Il repensa à l'histoire que Kaleb avait racontée à ses hommes, quelques nuits auparavant. Il examina la leçon derrière les mots de l'officier : même lorsque tous les signes pointent dans la même direction, il existe toujours une chance d'avoir tort en les interprétant. Il y avait toujours une chance pour que l'inverse de notre raisonnement soit en fait la vérité.

— C'est ça ! cria Samuel, bondissant sur pieds. C'est Myrddin ! *Il* est la clé de l'énigme.

Autant la fata que l'enfant le regardèrent d'un air perplexe, confus par l'optimisme soudain du Gardien de Légendes.

— Il est la raison pour laquelle nous n'avons pas encore eu un signe du sorcier de l'Yfel, parce que Myrddin *le verrait immédiatement*.

— Je ne te suis pas, dit Angéline. Voilà à peine un instant, Myrddin a confirmé ne pas pouvoir identifier l'homme et n'apercevoir aucune de ses actions.

— Exactement ! répondit Samuel. Nous savons que le moindre changement dans cette histoire, la moindre action qui modifierait la fin de celle-ci, serait immédiatement détecté par Myrddin, puisque nous sommes dans le dernier jour de la légende. Cependant, il a eu constamment la même vision de ce jour, depuis des années, inchangée et se déroulant toujours de façon identique. Nous pouvons supposer que si les choses venaient à changer subitement, si l'histoire prenait brusquement un virage pour le pire, il irait immédiatement en parler à Ambrosius et Uther. N'ai-je pas raison ?

— J'imagine que oui, répondit Angéline.

Myrddin hocha rapidement la tête.

— Depuis le début, nous avons observé les faits sous le mauvais angle, poursuivit Samuel. Nous espérions que Myrddin nous dirait ce qui avait changé, et puisque rien n'est différent, nous avons présumé que notre ennemi n'avait pas encore mis son plan en marche. Toutefois, le sorcier de l'Yfel est également au fait des pouvoirs de Myrddin et son habileté à voir le futur. Tu l'as dit toi-même, Angéline : puisqu'ils ne se soucient pas d'altérer le cours de l'histoire, ils connaissent à l'avance tout ce qu'il y a à savoir, jusque dans les moindres détails. Et si son plan était déjà entamé, mais d'une façon qui n'affecte pas encore l'histoire ? Si tu savais qu'un être tel que Myrddin pouvait avertir les autres du moindre changement et donc, de ta présence, ne ferais-tu pas en sorte de cacher tes véritables intentions jusqu'à la fin ? Qui que soit cet homme, il fait très attention de ne pas changer le cours de l'histoire, pas tout de suite en tout cas. Il sait que la moindre action en ce sens influencerait immédiatement la vision de Myrddin et le ferait probablement rebrousser chemin et retourner à l'abbaye avec Ambrosius. Jusqu'à présent, nous avons cru que son plan n'était pas encore en branle, mais la fin imminente de cette légende nous indique qu'il y a bien des machinations à l'œuvre. Des machinations sagement camouflées dans l'histoire.

— Cela a du sens, dit Angéline. Mais ne serait-il pas plus facile de simplement tuer Myrddin ? Sans vouloir t'offenser, mon jeune ami.

— Encore une fois, répondit Samuel, toute action prise pour organiser une tentative d'assassinat aurait pour effet d'affecter la fin de l'histoire et Myrddin le verrait. Comment peut-on tuer quelqu'un qui est témoin de chacun de nos mouvements, avant même que nous les fassions ? Non, cet homme se contente de laisser l'histoire se dérouler comme elle se doit jusqu'à la fin, où il frappera sans que personne puisse le voir venir.

— Je dois admettre que cela a beaucoup de sens, dit la fata. Cependant, je ne vois toujours pas comment cela nous aide. Si ce que tu dis est vrai, alors tout ce que cela nous confirme c'est la présence de notre ennemi. Nous sommes toujours bien loin de connaître ses intentions et de pouvoir nous défendre contre lui.

— Au contraire ! Le fait qu'il mette tout en œuvre pour demeurer caché de Myrddin nous fournit un indice additionnel : le jeune enchanteur est la cible. À partir de maintenant, nous pouvons concentrer nos énergies dans un seul et unique but : protéger Myrddin. Nous n'avons plus à considérer chaque scénario et avancer dans l'obscurité. Notre mission est claire et notre tâche est juste devant nous. De plus, cela nous fournit une indication sur le moment que notre ennemi a choisi pour frapper. Puisque la fin habituelle est toujours prévue, je suis persuadé que cela veut dire qu'il nous attaquera au tout dernier moment. Dorénavant, nous pouvons nous préparer et être prêts pour lui, plutôt que de passer chaque moment à se demander si quelque chose ne se produira pas soudainement.

— En supposant que tu aies raison, dit la fata, comment pourra-t-il influencer cette légende s'il attend le tout dernier moment avant d'agir ? À ce point, il sera trop tard pour changer cette histoire de manière significative.

— C'est exactement pour cette raison que nous devons supposer que ses gestes prennent déjà place sous le couvert de l'histoire. Les pièces de son plan doivent être en place, passant probablement pour autre chose, prêtes à être utilisées lorsque le moment viendra. Peut-être se cache-t-il déjà au cœur du camp de l'armée. En fait, il pourrait bien être déjà à l'œuvre dans l'entourage de Vortigern, prêt à saisir Myrddin dès que nous mettrons le pied dans le camp.

— D'accord, dit Angéline. De toute évidence, les dés ne t'ont pas choisi uniquement pour tes prouesses physiques !

Elle posa le regard sur le jeune garçon qui l'observait à son tour.

— Puis-je poser une question ? demanda Myrddin.

Il regardait la fée d'un air perplexe.

— Bien sûr, répliqua Angéline.

— Pourquoi parlez-vous d'une histoire et de la fin de celle-ci ? À quelle histoire faites-vous allusion ?

Angéline leva les yeux vers Samuel, soudainement prise de panique par la question de Myrddin. Le jeune homme leva les deux paumes devant lui en signe de retraite et fit un pas vers l'arrière, en direction du campement.

— Débrouille-toi sans moi, il faut que j'y aille ! lança Samuel, juste avant de se retourner et de courir vers le reste du groupe.

Un par un, les guerriers qui voyageaient avec Samuel ouvrirent les yeux et délièrent leurs muscles endoloris.

Près d'une heure plus tard, tous étaient levés et terminaient les préparatifs pour cette dernière journée de voyage. Samuel rangea ses effets à la hâte et les plaça dans les sacoches de cuir qui pendaient le long des flancs de son cheval, caressant amicalement la crinière de celui-ci par la même occasion. Il avait développé un lien d'amitié particulier avec sa monture et appréciait même les « conversations » qu'ils avaient ensemble. Son cœur se pinça légèrement en pensant que ce serait probablement la dernière fois qu'il chevaucherait avec la magnifique bête.

Il chercha ensuite Myrddin du regard. Le jeune garçon était également de retour et semblait avoir une discussion animée avec Ambrosius. Samuel ne comprenait pas ce dont ils discutaient, mais il était presque certain que la conversation concernait la protection du jeune garçon. Personne ne pouvait vraiment blâmer l'héritier du trône d'être trop prudent avec le jeune prodige.

Tandis qu'il reportait son attention sur sa monture, Samuel remarqua Malloy qui s'approchait de lui, suivi de son cheval.

— On dirait que nous allons rejoindre le camp de l'armée aujourd'hui, dit-il à Samuel. Espérons seulement qu'il n'y aura aucun problème lorsque nous présenterons Myrddin au roi... je veux dire, à Vortigern.

— Espérons-le, oui. Crois-tu que c'est vrai ? Crois-tu qu'ils vont essayer de briser la malédiction en le tuant et en versant son sang sur la terre ?

— Je ne connais pas leurs véritables intentions, mon ami, mais s'ils essaient de faire du mal à cet enfant, ils trouveront mon épée sur leur chemin, roi ou pas.

— En principe, tu ne ferais que suivre les désirs du véritable roi. Ambrosius est très attaché à Myrddin et ferait tout pour le protéger.

— Tu as raison. Allez, laisse-moi t'aider avec ça.

Malloy attacha les sangles de cuir, quelque chose que Samuel avait encore de la difficulté à faire adéquatement. Peu de temps après, le groupe était en route vers Dinas Ffaraon, prêt à affronter les péripéties qui les attendaient à destination.

Au milieu de l'après-midi, des nuages sombres se formèrent au-dessus des montagnes à l'ouest. Le vent était froid et l'air chargé d'électricité, une combinaison à faire dresser les poils sur la nuque, comme si une tempête approchait. Ce qui s'annonçait comme une magnifique journée se transformait rapidement en une fin de journée où régnait un mauvais présage.

Lorsque Samuel et le reste du groupe atteignirent les tentes en bordure du camp, celles qui avaient été installées à plus d'un kilomètre de la colline, tout semblait presque normal, comme si la malédiction avait été levée durant leur voyage. Les tentes étaient toutes debout, et les hommes s'occupaient à diverses tâches. Quelques-uns d'entre eux étaient même assis sur des chaises improvisées, partageant des chopes de bière et riant des blagues de leurs camarades.

Quelques soldats saluèrent le groupe tandis qu'il passait près d'eux, les montures contournant lentement les tables et les tentes. Heureusement, personne ne reconnut Ambrosius, car il avait prudemment dissimulé son visage derrière un foulard de cuir. Alors qu'ils approchaient de la montagne, la désolation devenait évidente. Les premières tentes se trouvaient assez loin de l'épicentre des secousses. Elles n'avaient pas été endommagées par les tremblements de terre. Par contre, plus ils progressaient au cœur de l'armée bretonne, plus le camp se transformait en un tableau chaotique de tissus souillés, de pieux brisés, d'armes éparpillées, et de soldats blessés.

Partout où ils posaient les yeux, la misère et le désespoir étaient manifestes, étouffant la volonté des hommes. Il devenait incontestable que les soldats à cet endroit avaient perdu tout espoir qu'ils avaient possédé auparavant. La vaste majorité d'entre eux ne s'était même pas donné la peine de rebâtir leur campement et de redresser les tentes. Ils se contentaient de déambuler nonchalamment à travers les débris, à la recherche d'un morceau de nourriture ou d'une goutte d'eau fraîche. Quelques-uns d'entre eux essayaient de s'occuper des blessés, mais la plupart demeuraient assis sur les pierres ou encore dans l'herbe fumante, attendant que les Saxons attaquent et mettent un terme à leurs souffrances.

— Mon Dieu, souffla Ambrosius. On dirait que les Saxons viennent tout juste d'attaquer ces hommes et les ont laissés pour morts.

— Je peux seulement imaginer ce qu'ils ressentent, fatigués et faibles qu'ils sont après plusieurs nuits sans repos, dit Kaleb. Ils étaient désespérés, attendant un signe, un indice quelconque qui leur montrerait que Vortigern les emporterait loin d'ici, ou qu'il les soulagerait du fléau qui afflige cet endroit, mais le signe n'est jamais venu. À dire vrai, je suis persuadé que la plupart de ces hommes n'attendent plus rien de leur chef.

— D'un autre côté, dit Darroch, ils sont fin prêts pour une mutinerie, mon roi. Au premier signe de votre part, ils se piétineront les uns les autres pour se joindre à vous. Le règne de Vortigern est pratiquement terminé.

— Chaque chose en son temps, mon ami, dit Ambrosius. Chaque chose en son temps.

Lorsqu'ils atteignirent le versant de la colline, là où s'étaient trouvés les baraquements des officiers quelques jours plus tôt, la destruction et le carnage étaient absolus. Les quelques hommes qui étaient demeurés au pied de la colline ramassaient maintenant leurs maigres possessions, prêts à s'enfuir de cet endroit maudit.

— Dis-moi, où est Vortigern ? demanda Kaleb à un officier qui prenait place sur un rocher, le regard perdu dans le ciel.

Ses yeux étaient vitreux et sa peau pâle comme la craie, un fantôme qui semblait attendre un tribut de ces voyageurs qui désiraient passer. Samuel aurait juré que cet homme était possédé par un esprit malsain, avec ses pupilles blanches et sa bouche asséchée, bougeant à peine et probablement inconscient de la présence des chevaux près de lui.

— Ce trouillard se cache de nous, répondit l'homme. Il s'est terré là-haut, au sommet de cette colline maudite. Il prétend avoir une solution pour enrayer la malédiction, mais plus personne ne croit ses mensonges. Il coupera probablement vos têtes à votre seule vue, mais si vous devez absolument vous rendre auprès de ce roi devenu fou, suivez simplement le sentier qui mène au sommet.

Sans ajouter un mot de plus, l'homme replongea dans une transe étrange ou une sorte de méditation sinistre. Le groupe passa près de lui, puis ils descendirent de leur cheval et poursuivirent leur route à pied, le long du sentier.

— Pourquoi Vortigern a-t-il gardé sa tente au beau milieu des secousses ? demanda Freston.

— Parce qu'il ne veut pas montrer de faiblesse devant ses hommes, répondit Ambrosius. Il veut leur faire croire qu'il maîtrise la situation.

— Il est un peu trop tard pour ça ! s'exclama Darroch. Si son idée d'une armée sous contrôle est une bande de lunatiques qui déambulent sans but précis, alors il fait un travail remarquable.

Pendant un peu plus d'une heure, ils gravirent la paroi et suivirent le chemin qui menait au sommet de la colline. Transporter du matériel de construction dans ce sentier avait dû être un véritable cauchemar, pensa Samuel.

Lorsque la bande atteignit finalement le sommet, ils se retrouvèrent sur un vaste plateau désert, à l'exception de quelques arbres fragiles et d'imposants rochers qui parsemaient le paysage. Ici, l'herbe avait complètement disparu, remplacée par un sol rocailleux et de la terre boueuse. Quelques monticules de pierres venaient rompre la monotonie du sommet de la colline, en plus de quelques bosquets d'arbustes qui tentaient de trouver un sol fertile, mais la désolation et la froideur des lieux caractérisaient tout de même cet endroit.

À l'image du camp de l'armée plus bas, toute structure qui avait été érigée ici n'était plus qu'un ramassis de débris. Malgré cela, quelques tentes se tenaient toujours debout, en particulier un immense pavillon noir, installé au milieu du plateau, à environ deux cents mètres de l'endroit où se tenait le groupe. Autour de cette tente, d'autres abris plus modestes combattaient le vent qui se levait, autre signe qu'un orage approchait.

Tandis qu'il observait les tentes devant lui, Samuel remarqua plusieurs gardes, des officiers, et de simples soldats qui couraient dans tous les sens et aboyaient des ordres les uns aux autres. Leur empressement lui noua légèrement l'estomac.

— Que faisons-nous maintenant ? demanda Malloy.

— Je n'en sais rien, répondit Kaleb. Continuons d'avancer.

Avant que les hommes fassent un pas de plus, Myrddin s'avança vers la tente principale. Rapidement, ses compagnons le suivirent, la main sur le pommeau de leur épée. Au-dessus de leur tête, le ciel devenait de plus en plus agité, tandis que de lourds et sombres nuages approchaient depuis les montagnes, chargés de pluie glacée et de coups de tonnerre violents.

Devant eux, une silhouette émergea brusquement d'entre deux tentes. Samuel reconnut immédiatement le conseiller Morghan, quelqu'un qu'il aurait préféré ne pas voir de sitôt. Il était persuadé que ce vieil homme était impliqué d'une façon ou d'une autre avec l'Yfel, sans pour autant savoir exactement de quelle manière. Une chose était certaine par contre, Morghan ne comptait sûrement pas accueillir le jeune Myrddin avec un verre de lait et des biscuits aux pépites de chocolat.

Le conseiller s'approcha du groupe d'un pas lent et régulier, avançant avec la démarche d'un homme qui contrôlait parfaitement la situation, conscient de chaque détail, incluant l'origine de Samuel et son rôle dans ce monde.

Samuel remarqua soudainement que les soldats qu'il avait aperçus plus tôt avaient tous disparu. Comme par magie, ses compagnons et lui étaient dorénavant uniquement entourés de tentes souillées, s'agitant frénétiquement sous la force du vent qui semblait près de les souffler au loin.

Le conseiller s'arrêta à une vingtaine de pas de la bande. Il les observa tous un à un, démontrant un intérêt particulier envers Samuel et le jeune garçon.

— Myrddin Emrys, c'est un honneur de faire ta connaissance, dit Morghan. Sois le bienvenu à Dinas Ffaraon.

L'enfant ne répondit pas, mais battit plutôt en retraite derrière les jambes de son protecteur, s'agrippant à l'armure d'Ambrosius.

— Je t'en prie, poursuivit le conseiller, tendant la main et s'efforçant de sourire gentiment. Je t'assure qu'il n'y a absolument rien à craindre, mon garçon.

Myrddin ne bougea pas d'un poil. Le sourire de Morghan disparut lentement, remplacé par une expression sévère et sans pitié. Il leva les yeux vers l'officier qui était responsable de cette mission.

— Donne-moi cet enfant, Kaleb, ordonna le conseiller.

— Si cela ne vous dérange pas, répondit Kaleb, nous préférerions l'escorter nous-mêmes devant Vortigern.

Morghan sembla surpris de la réponse du subordonné. Il n'était pas un homme habitué à se faire contredire, et ce minable n'allait certainement pas commencer aujourd'hui.

— Je vous suggère de faire ce que je dis, dit-il, agitant la main dans les airs.

Immédiatement, des douzaines de soldats apparurent entre les tentes, encerclant rapidement le groupe. Ils étaient tous armés de boucliers et d'épées, prêts à saisir le garçon de force si nécessaire.

— Eh bien, maintenant nous savons pourquoi ils étaient tous agités comme des poulets sans tête, dit Malloy.

— Ils sont trop nombreux pour que nous les repoussions, dit Freston.

— N'oublie pas que ce sont aussi des Bretons, nos compatriotes, répondit Darroch.

— Que suggères-tu alors ? demanda Malloy. On ne peut quand même pas lui remettre Myrddin.

— J'irai avec lui, dit Ambrosius.

Le roi légitime s'avança à l'avant du groupe. Il rangea son épée et retira lentement son casque. Tandis qu'il baissait le bandana de cuir qui lui dissimulait le visage, révélant sa véritable identité, il regarda le conseiller droit dans les yeux.

— Je suis Ambrosius Aurelianus, fils de Flavius Claudius Constantinus, mieux connu sous le nom Constantine II de Bretagne. Je suis l'héritier légitime du trône. Là où ce garçon ira, j'irai également.

Le sang quitta rapidement le visage de Morghan, faisant paraître le vieil homme quinze ans plus vieux qu'il ne l'était en réalité. Ses yeux étaient grand ouverts et remplis d'incrédulité, sa bouche béante sous le choc, et ses mains tremblaient. De toute évidence, il n'avait pas prévu que le véritable roi de Bretagne accompagnerait le jeune garçon. Quelques instants plus tard, l'effet de stupéfaction s'étant évanoui de son visage, Morghan tenta de reprendre le contrôle de la situation, se souvenant de ce qui devait être fait pour sauver son peuple, ainsi que lui-même. Il leva les deux mains pour faire taire les murmures au sein des hommes qui entouraient le groupe.

— Ambrosius, dit-il d'une voix tremblante, quelle agréable surprise. Je vois que tu es devenu un homme fort et puissant, contrairement à ton pauvre frère aîné. Comment s'appelait-il déjà ?

— Constans. À ta place, je ferais très attention aux mots que je choisis, Morghan, si tu ne veux pas que j'arrache ta langue de vipère.

— Tu ne feras rien de tel.

Le conseiller se tourna vers l'un des gardes qui entouraient le groupe.

— Attachez-les tous au pilori, à l'exception du jeune garçon et de ce traître. Emmenez ceux-ci devant le roi.

Il approcha du groupe et se dirigea vers Samuel, fixant du regard les yeux du jeune homme.

— Emmenez également celui-ci dans la tente royale. Vortigern et moi devons l'interroger.

Freston et Darroch protestèrent violemment lorsque les soldats tentèrent de les agripper, mais ils furent rapidement emmenés au loin, de même que Kaleb et Malloy. Ambrosius, Myrddin et Samuel, quant à eux, furent conduits à l'intérieur de l'immense tente noire, les mains liées derrière le dos.

Vortigern était au beau milieu d'un dîner avec le reste de son conseil. Il avait été averti, quelques instants plus tôt, de l'arrivée du garçon, et il avait rapidement enfilé son armure noire, espérant ainsi effrayer l'enfant, histoire de s'assurer de sa coopération. Lorsque les prisonniers furent conduits devant lui, il fut surpris de voir deux hommes accompagnant le garçon, l'un d'eux n'étant rien de moins que le roi légitime des Bretons. Mais contrairement à Morghan, Vortigern n'était pas effrayé par Ambrosius.

Aussitôt, les conseillers qui partageaient sa table murmurèrent diverses opinions et maintes théories sur la présence d'Ambrosius parmi eux. Déjà, quelques-uns d'entre eux imaginaient des stratagèmes pour s'allier le fils de Constantine II... s'il réussissait à renverser Vortigern, bien entendu.

Le souverain de Bretagne se leva de table et fit signe à ses invités de se taire. Il observa Ambrosius dans les yeux, puis il porta son regard sur Myrddin. Il ouvrit la bouche pour dire quelque chose, mais le jeune enfant parla le premier.

— Écoute mes mots et l'histoire de Dinas Ffaraon, dit-il.

— Je t'écoute, répondit Vortigern.

Le seigneur de guerre examina le jeune garçon pendant quelques secondes, incapable d'imaginer la raison pour laquelle il venait d'accepter d'écouter cet enfant. Il voulut changer d'idée et ordonner aux gardes d'éloigner cet enfant, mais il n'en trouva pas la force. Cherchant à retrouver son libre arbitre quelques instants de plus, il détourna finalement le regard, afin de le porter sur les autres prisonniers que l'on avait menés devant lui.

Il étudia Ambrosius. Même après toutes ces années, il aurait pu le reconnaître n'importe où. Il était un ennemi, bien sûr, mais il ne pouvait s'empêcher de se remémorer le jeune garçon qui se plaisait à courir dans les halls du château, tenant une épée de bois à la main et prétendant combattre des assaillants imaginaires. Aujourd'hui, son visage ressemblait de plus en plus à celui de son père, avec une sagesse infinie et un courage infaillible dans les yeux de ce descendant de Constantine. Contrairement à son frère aîné, celui-ci projetait un esprit de commandement et possédait la capacité d'inspirer des hommes.

— Ambrosius Aurelianus.

Le prisonnier ne répondit pas à l'appel de son nom, se contentant de plonger le regard dans les yeux de son geôlier.

— Tu es devenu un sacré bonhomme. Ton père aurait été fier de toi.

Ambrosius ne répondit rien.

— Dis-moi donc, à quoi dois-je l'honneur de ta présence dans mon humble demeure ? demanda Vortigern. Après toutes ces années passées à ta recherche, dois-je croire que tu es simplement tombé entre mes mains par un heureux hasard ?

Encore une fois, Ambrosius garda le silence.

— Pourquoi es-tu ici ? Où est ton frère au tempérament fougueux ?

Ambrosius regarda en direction de Myrddin.

— Je suis ici pour lui. Où il va, je vais. Je suis ici afin de m'assurer qu'il ne deviendra pas la dernière victime d'un meurtrier comme toi.

— Eh bien, n'est-ce pas là un geste d'une grande noblesse ? Ou plutôt, d'une grande stupidité.

Vortigern s'adressa aux gardes qui se tenaient derrière les prisonniers.

— Laissez-nous. Ne dites mot à personne de la présence de ce traître dans notre camp. Si j'entends seulement le vent prononcer son nom, vos têtes passeront la nuit au bout d'un pieu de bois.

— Aurais-tu peur que ma présence rallie les troupes contre toi, vieil homme ? demanda Ambrosius avec défiance.

Vortigern prétendit ignorer l'attaque et se plaça devant Samuel.

— Qui est-ce ?

— Son nom est Samuel, répondit Morghan, qui venait tout juste d'entrer dans la tente et de se joindre aux autres conseillers.

— Je me fous éperdument de son nom, dit Vortigern. Qu'est-ce qu'il fait ici ? Pourquoi dois-je voir ce gamin ?

— Nous avons des raisons de croire qu'il ne fait pas partie de votre armée et qu'il aurait infiltré le camp, il y a de cela quelques jours.

— Un espion saxon ? demanda Vortigern.

— Peut-être, répondit Morghan. Mais je pense qu'il cache autre chose. Ce jeune homme a réussi à s'immiscer dans le groupe que j'ai dépêché pour ramener Myrddin. Je crois qu'il y a une raison précise derrière ses actions et j'aimerais bien la découvrir.

Vortigern s'approcha davantage de Samuel et plongea son regard dans ses yeux, tentant de déchiffrer son âme et d'y détecter le moindre indice qui le renseignerait sur l'identité du jeune homme. Le garçon se sentit particulièrement mal à l'aise, un peu comme si le diable lui-même accordait tout à coup un intérêt macabre à sa petite personne.

— Je pense que tu t'en fais pour rien, Morghan, dit finalement le roi. Il ne semble pas très dangereux. Je crois plutôt que ce que nous avons ici, c'est un cas classique de quelqu'un se trouvant au mauvais endroit, au mauvais moment.

— C'est mon cousin, dit soudainement Ambrosius.

Samuel fut aussi surpris que Vortigern d'entendre l'allégation. Il s'interrogea sur les raisons pour lesquelles Ambrosius avait dit une chose pareille, mais comprit rapidement que celui-ci venait de lui sauver la vie. Vortigern était à deux doigts de se débarrasser de

Samuel. Des gardes l'auraient emporté loin de Myrddin et l'auraient probablement tué peu de temps après. Pourquoi Vortigern se soucierait-il de découvrir s'il avait raison ou si les soupçons de Morghan étaient fondés, alors qu'il pouvait simplement faire tuer ce jeune homme et régler le problème ? Par contre, maintenant qu'Ambrosius avait donné un peu d'importance à Samuel, peut-être avait-il réussi à acheter quelques heures de plus au jeune homme, afin que ce dernier puisse trouver une solution.

— Vraiment ? demanda Vortigern. De quelle région ? Je connais personnellement la famille entière de ton père et ce garçon ne me dit absolument rien.

— Tu connais ceux qui proviennent de l'île, mais ma famille possède aussi des racines sur le continent. Crois-tu que je serais assez stupide pour te révéler l'identité de ceux qui me viennent en aide ?

— Tu le feras tôt ou tard, Ambrosius. Nous avons des méthodes pour faire craquer les hommes comme toi. Si ce garçon est vraiment ton cousin, alors je ne doute pas que tu feras tout en ton pouvoir pour lui éviter des mutilations inutiles.

Samuel se souvint des lectures qu'il avait faites au sujet des machines de torture que l'on utilisait autrefois, de même que les méthodes d'interrogation employées pour faire avouer ce que l'on voulait bien à une pauvre victime. À l'idée de toutes les cruautés auxquelles il pourrait faire face, un frisson glissa le long de sa colonne vertébrale.

Soudainement, il aurait préféré qu'ils aient un meilleur plan que celui-ci, qui n'était pas vraiment un plan, en fait.

Heureusement, Morghan brisa le silence funeste qui s'était installé dans la tente.

— Mon roi, dois-je procéder avec les préparatifs en vue du sacrifice ? Il y a beaucoup de travail à faire et le soleil est près de l'horizon.

Vortigern voulut répondre que oui. Il avait même formé le mot dans sa tête, visualisant les trois lettres de ce mot tout simple, tout près l'une de l'autre. O-U-I. Il ouvrit la bouche, avec l'intention de bouger sa mâchoire inférieure vers le bas, contractant les muscles requis pour prononcer le mot avec précision. Cependant, sa langue se plaqua plutôt contre son palais, tout juste derrière les dents, et il dit le contraire de ce qu'il avait pensé, sans même le réaliser avant que les mots ne passent ses lèvres.

— Non. Je veux d'abord entendre ce qu'il a à dire. Emmenez-le à la table et asseyez-vous avec le reste des conseillers.

— Mais Sire, nous n'avons...

— J'ai pris ma décision, Morghan ! À moins que tu ne désires faire partie du sacrifice toi-même, je te suggère de faire ce que je te dis.

— Bien entendu, mon roi.

Vortigern arrivait à peine à croire ce qu'il venait de dire. Cela n'avait pas du tout été ce qu'il avait l'intention de répondre. Il essaya de corriger son erreur, mais aucun mot n'arrivait à sortir de sa bouche. Malgré tous ses efforts, il ne parvenait pas à prononcer les syllabes. Au bout du compte, craignant d'être perçu comme un fou, il décida de reprendre son siège et d'écouter ce que le garçon avait à dire, comme il venait tout juste de l'ordonner involontairement à son conseiller.

Contre son gré, Morghan poussa le jeune garçon jusqu'à l'extrémité de la longue table en chêne. Il s'assit sur le banc adjacent, près des autres conseillers. Il les regarda tous un à un, espérant trouver un appui pour son plan, qui consistait à verser le sang de ce garçon sur la colline. Malheureusement, tout ce qu'il vit fut des hommes brisés, se contentant d'obéir à leur roi aussi longtemps qu'ils le pourraient. Il suspectait que la plupart d'entre eux avaient probablement déjà pris des précautions pour assurer leur survie, une fois que Vortigern serait assassiné ou chassé du trône.

Tous des traîtres sans colonne, pensa Morghan.

Un garde qui était resté à la demande de Vortigern força Samuel et Ambrosius à s'asseoir sur le sol.

Samuel observait le jeune Merlin, seul devant une douzaine d'hommes qui ne voulaient rien d'autre que lui trancher la gorge et lever la malédiction qui détruisait leur armée. Mais Myrddin, quant à lui, ne semblait pas être troublé par de telles pensées noires, tandis qu'il les regardait allègrement, souriant même à ses persécuteurs. On aurait dit qu'il avait déjà vécu ce moment et savait pertinemment de quelle façon il allait se terminer.

Finalement, Vortigern parla.

— Que peux-tu nous apprendre sur la malédiction de cet endroit, Myrddin ?

— Ce n'est pas une malédiction.

— Mensonges ! lança Morghan. Vous avez tous ressenti les secousses, chaque nuit maintenant, depuis que nous avons posé les pieds ici. Si ce n'est pas là le signe d'une malédiction, alors je ne sais pas ce que c'est.

— Alors vous ne savez pas ce qu'est réellement une malédiction, dit simplement Myrddin.

— Et je suppose que toi, tu le sais ? demanda le conseiller.

— En effet, je le sais.

— Alors je t'en prie, partage avec nous tes connaissances infinies.

— Bientôt, répondit Myrddin, souriant au conseiller.

Samuel s'efforçait de délier les nœuds autour de ses poignets, mais sans succès. Cela semblait pourtant si facile au cinéma !

— Sait-il vraiment ce qui se passe ici ? murmura Ambrosius.

— Je crois que oui, répondit Samuel.

Myrddin reporta son regard sur Vortigern et poursuivit sa petite performance théâtrale.

— Y a-t-il un seul de vos conseillers qui sache ce qui est enterré sous cette colline ?

Vortigern passa en revue chacun des membres de son conseil, espérant que l'un d'eux pourrait répondre à la question de cet enfant de huit ans. Aucun d'entre eux n'ouvrit la bouche.

— Et pourtant, poursuivit Myrddin, sans avoir la moindre idée de ce qui se cache sous ses pierres et ses racines, vous avez choisi cet endroit pour bâtir votre forteresse.

— Cesse de jouer avec nous, je te préviens. Qu'y a-t-il sous cette colline ? demanda Vortigern.

— Avez-vous déjà entendu parler de Llud Llaw Eraint ? demanda le jeune garçon.

— Bien sûr, répondit Morghan. Il était un grand roi de Bretagne.

— En effet, il le fut, il y a de cela plusieurs siècles, dit Myrddin. Le roi Llud était un souverain extraordinaire pour son peuple, infligeant la défaite aux Coranians et repoussant un sorcier noir qui désirait s'emparer des provisions réservées pour ses sujets. Toutefois, le fait d'armes le plus marquant de son règne fut de débarrasser son peuple de la malédiction des deux dragons.

L'attention de chaque homme présent à l'intérieur de la tente était maintenant braquée sur le jeune garçon. Pas un son n'était perceptible, à l'exception d'un roulement de tonnerre qui résonnait au loin, signe que la tempête continuait de s'approcher de la colline.

— Continue, dit Vortigern.

— Merci. Durant le règne de Llud, le pays entier fut soudainement affligé par un phénomène étrange, qui se produisait une fois par année, à la veille du Jour de Mai. Au cours de cette nuit, des rugissements terrifiants étaient entendus à travers l'île entière, depuis les plages de Cantiaci, jusqu'aux collines de Damninii, et depuis la mer à l'est de Parisii, jusque dans les forêts de Demetae. Avec l'aide de ses meilleurs hommes, Llud découvrit que les hurlements provenaient d'un énorme dragon, rouge comme le sang de son peuple. Durant la nuit entière, la bête écarlate était engagée dans un combat brutal avec un autre dragon, ce dernier blanc comme un fantôme. Chaque année, au cours de la même nuit, les monstres surgissaient de l'abîme et combattaient dans le ciel de la Bretagne jusqu'au petit matin.

« Lorsque le dragon rouge était frappé par son adversaire, il poussait un hurlement si horrifiant et si puissant, qu'il retentissait dans le cœur de chaque Breton à travers l'île. Lorsqu'ils entendaient ce cri infernal, les hommes perdaient alors leur vigueur pour la nuit, en plus de leur volonté à faire quoi que ce soit. Les femmes porteuses d'enfants, quant à elles, étaient victimes de fausses-couches inexpliquées, tandis que les jeunes hommes et les gentes demoiselles perdaient leurs sens, devenant complètement hystériques jusqu'à ce que le soleil se lève à nouveau. Sous le tonnerre qu'étaient les cris de douleur du dragon rouge, les rivières devenaient noires comme de l'encre pour le reste de la nuit, les arbres secoués perdaient tous leurs fruits et leur feuillage, tandis que la terre s'ouvrait pour avaler des fermes entières, le bétail hurlant d'agonie, jusqu'à ce que les premiers rayons du soleil percent l'horizon.

« À ce moment, après une nuit à combattre sans merci, les dragons plongeaient vers le sol et disparaissaient de nouveau dans l'abysse d'où ils avaient émergé. Là, ils demeuraient pour une année complète, recouvrant leurs énergies en vue du prochain combat. »

Après avoir entendu cette histoire incroyable, tous les convives présents à la table demeurèrent silencieux.

— Que fit Llud ? demanda Vortigern.

— Le roi Llud était un homme sage et patient. Lorsqu'il fut informé de la cause de ce cauchemar annuel, il entreprit de découvrir l'endroit exact d'où les dragons émergeaient pour combattre. Il mesura ainsi l'île de toutes les façons imaginables et en détermina le centre. Là, il trouva l'entrée de l'abîme et la grotte au fond de laquelle reposaient les deux créatures légendaires, jusqu'à la veille du Jour de Mai.

« Sans perdre un instant, il fit concevoir une boîte gigantesque pouvant contenir les deux bêtes. L'année suivante, lorsque le dragon rouge et le dragon blanc émergèrent une fois de plus de l'abîme où ils se terraient, pour combattre dans le ciel breton, Llud installa la boîte sous eux, afin qu'elle recouvre entièrement l'entrée de la caverne. Lorsque la bataille fut terminée, les dragons plongèrent vers le sol, épuisés d'avoir combattu avec férocité, et se retrouvèrent prisonnier de la boîte de Llud.

« Incapables de se débattre pour retrouver leur liberté, leurs forces drainées par la confrontation, les dragons furent transportés vers un autre endroit, où ils furent enterrés pour toujours. Là, ils poursuivirent leur bataille éternelle, mais les cris et les hurlements ne furent plus jamais entendus par aucun homme et aucune femme.

« Llud les transporta ici, à Dinas Ffaraon. Il les plongea dans un lac souterrain, où ils sont confinés jusqu'à la fin des temps. »

Vortigern était visiblement étonné par cette histoire. Il observa le jeune garçon, incertain de ce qu'il devait répondre à présent. Ses conseillers semblaient se trouver dans la même position, hésitant sur l'opinion à formuler à propos d'une histoire semblable.

Samuel n'en croyait pas ses oreilles non plus. Voilà donc quel était le sujet de cette légende. Enfin, il comprenait l'histoire qui se déroulait autour de lui. Du moins le pensait-il.

Morghan brisa le silence.

— Tout ça est ridule. Comment espères-tu nous faire croire une histoire pareille ?

— Je n'espère pas vous faire croire quoi que ce soit, répondit Myrddin, souriant au conseiller.

Puis il se tourna vers Vortigern.

— Mais lui, il y croit.

Le souverain des Bretons considérait prudemment les paroles qu'il prononcerait. C'est alors qu'il réalisa quelque chose, un détail qui avait initialement échappé à son attention.

— Tu dis que les hurlements du dragon rouge étaient perçus par tous les Bretons, qu'ils résonnaient dans leur cœur et les rendaient fous. Qu'en est-il de son ennemi, le dragon blanc ? Pourquoi est-ce que personne n'entendait ses cris ?

— C'est simple, répondit Myrddin. Le dragon rouge représente les habitants de cette île, les Bretons. Il fait partie de ceux-ci, il vit au sein de leur cœur et au fond de leur âme. Il est l'esprit qui nous guide au cours de notre histoire, l'idée de base qui nous définit tels que nous sommes. Il est nos ambitions, les défis auxquels nous faisons face, et les victoires que nous remportons. Le dragon blanc est aussi un guide spirituel, mais il représente un adversaire de la Bretagne, un ennemi qui cherche à détruire le peuple de cette île en tuant le dragon rouge. Il est l'envahisseur, essayant de soumettre les héritiers légitimes de cette grande patrie.

— Les Saxons, murmura Morghan.

— Exactement, dit Myrddin. Depuis que les Saxons ont posé le pied sur ces terres, le conflit entre les deux dragons a dégénéré au point où ils doivent maintenant combattre chaque nuit, à l'intérieur de cette colline, secouant ainsi la région tout entière.

Vortigern vit immédiatement l'opportunité de tourner cette situation à son avantage. Voilà précisément ce qui faisait de lui un chef redoutable et efficace : l'habileté à tout retourner à son avantage. Du moins, temporairement. S'il réussissait à écraser le dragon blanc, il démontrerait à son peuple que les Saxons étaient faibles et pouvaient être repoussés jusqu'à leur continent. Il regagnerait la confiance de son armée et insufflerait du courage à ses hommes en tuant la bête légendaire, tout comme dans les histoires d'autrefois. Voilà exactement ce qu'il avait si ardemment souhaité, ce dont il avait besoin pour reprendre le contrôle de ses soldats.

— Donc, si je comprends bien, dit-il, sous nos pieds se trouvent deux dragons qui se battent pour le contrôle de cette île. L'un d'eux représente les Bretons et l'autre, les Saxons. Ai-je raison ?

— Vous avez raison.

— Alors notre mission est claire. Nous devons combattre aux côtés de notre dragon et vaincre l'esprit des Saxons !

Morghan, Samuel, Ambrosius, et le reste du conseil retinrent collectivement leur souffle l'espace d'une seconde. Sûrement avaient-ils mal compris les paroles du chef breton. Libérer deux dragons d'une prison qui avait réussi à les garder si longtemps ? Combattre avec l'un d'eux afin de vaincre son adversaire ?

— Assurément, dit Morghan, vous n'êtes pas sérieux, Sire ?

— Aussi sérieux que l'on peut l'être, Morghan.

— Mais, c'est de la folie ! Vous ne pouvez pas relâcher une chose pareille sans prendre d'abord les précautions nécessaires. Et les hommes ne sont pas du tout en condition de combattre une créature si puissante. Ils sont fatigués et faibles, leur esprit brisé.

— Morghan, je t'avertis, ce sont des eaux dangereuses où tu navigues en ce moment, dit Vortigern. Je te suggère de reprendre ta place et de peser tes mots avec prudence.

— Je vous demande mille pardons, mon roi, mais je dois insister. Nous ne savons même pas si tout ça est vrai. Pour ce que l'on en sait, ce garçon peut très bien nous envoyer dans une chasse chimérique et impossible, afin de gagner du temps et de libérer ses compagnons.

Vortigern réfléchit quelques instants sur les argumentations de son conseiller. Cet homme était à ses côtés depuis longtemps et il avait toujours été bien avisé de l'écouter... jusqu'à tout récemment.

— J'ai pris ma décision, dit Vortigern au bout d'un moment. Je vais rassembler nos hommes les plus forts et commencer l'excavation de cette colline, jusqu'à ce que nous trouvions ce lac souterrain où les dragons seraient emprisonnés. Pendant ce temps, Morghan terminera les préparatifs pour le sacrifice du jeune garçon. Ne prenons pas de risque inutile et versons quand même son sang, au cas où il y aurait bien une malédiction ici et que rien de tout ça ne soit vrai.

— Comme vous le souhaitez, mon roi, répondit Morghan, satisfait de la décision de son chef.

— Comment ? cria Ambrosius. Quel genre d'animal es-tu donc, Vortigern ? Tu ne peux pas assassiner un enfant sans raison. Ce n'est rien de moins qu'un meurtre. Tu es aussi fou que ton conseiller.

— Emmenez cet homme loin d'ici, ordonna Vortigern. Morghan, emmène-les avec toi, et débarrasse-toi d'eux au plus vite.

Le conseiller décocha un sourire sinistre à Ambrosius lorsqu'il passa devant lui, signalant à quelques gardes d'emmener les prisonniers à sa suite.

— Tu paieras pour ça Vortigern, j'en fais le serment, hurla Ambrosius, tandis qu'il était entraîné hors de la tente.

Lorsqu'ils furent à l'extérieur, l'héritier légitime du trône vit que Myrddin était toujours souriant et calme, comme si sa vie n'était nullement en danger.

— Dis-moi, demanda-t-il au jeune garçon, y a-t-il la moindre vérité dans ce que tu as dit ?

— Chaque mot.

— Dans ce cas, dis-moi Myrddin, qu'arrivera-t-il lorsque Vortigern creusera la terre et trouvera le lac souterrain dont tu parles ?

— Alors les deux dragons seront libres de quitter leur cellule et de s'envoler dans le ciel breton.

— Que Dieu ait pitié de nous, souffla Ambrosius.

14

Malloy tirait vigoureusement sur les liens qui retenaient ses mains derrière lui, essayant de délier les nœuds et de se libérer. Il y avait maintenant plus d'une heure qu'il s'escrimait de la sorte, sans pour autant avoir de succès. Cependant, il persistait, car c'était la seule chose qu'il pouvait faire. Il n'avait aucune intention d'attendre patiemment le retour de Morghan. Selon toute vraisemblance, le conseiller avait élaboré des plans funestes pour eux, et il n'avait aucune intention de les découvrir. Après qu'ils eurent été séparés d'Ambrosius, Myrddin et Samuel, les gardes avaient emmené le reste du groupe sur la partie est du plateau. Ici, l'endroit était parsemé de tentes souillées, la plupart d'entre elles ayant été érigées en vitesse et ne paraissant pas très solides. C'était probablement ici que dormaient les gardes du roi et les officiers de l'armée, loin de la rébellion qui naissait au pied de la colline. Au milieu de ce camp de fortune se trouvait un pilori de bois. Puisque toute tentative de construire une cellule s'était avérée vaine, les officiers avaient opté pour une solution plus simple. Le poteau était en fait un arbre droit, que l'on avait entièrement émondé et dégarni de son écorce, afin que les cordes ne puissent être rompues. Malloy et ses compagnons étaient tous attachés à cet arbre, forcés de s'asseoir l'un près de l'autre, dans la boue noire et froide.

Malloy aurait voulu connaître le sort des autres, ceux que l'on avait emmenés à Vortigern. Malheureusement, ils étaient de l'autre côté de la colline et il lui était impossible de deviner le sort que leur réservait l'imposteur qui prétendait être roi.

Il renouvela ses efforts, afin de se libérer des liens autour de ses poignets. Il devait être prudent, car il n'y avait aucune cloison autour d'eux, aucun mur qui empêcherait les gardes d'apercevoir ce qu'il faisait. Deux d'entre eux étaient assis à environ trente mètres, buvant de l'hydromel et lançant des paris sur le sort de leurs prisonniers.

Au-dessus d'eux, dans le ciel de fin d'après-midi, le soleil était dissimulé par les nuages noirs de l'orage approchant. Malloy pensa qu'à présent, l'astre céleste devait cajoler le sommet des montagnes au nord. Bientôt, la faible lumière du jour qui perçait les nuages serait remplacée par les ténèbres nocturnes. L'air qui recouvrait la région devenait rapidement lourd et humide, chargé de l'électricité d'une puissante tempête. Le vent froid, quant à lui, soufflait toujours avec plus de force, secouant violemment les quelques arbres, leur ombre sinistre dansant sur les pierres comme les mains décharnées d'un vieux sorcier.

Un orage était imminent, pensa le guerrier. Un orage dont on se souviendrait pendant longtemps.

Tandis qu'il continuait à s'acharner sur les nœuds, il regarda en direction des deux soldats responsables de les surveiller, de même que les autres hommes qui passaient près d'eux, observant les prisonniers avec dégoût. Il reconnut quelques-uns des visages, mais ne vit personne qu'il connaissait réellement. Ils n'étaient que de simples hommes, avec lesquels il avait combattu auparavant, des Bretons auprès desquels il avait repoussé des ennemis cruels. Il se sentit trahi en constatant qu'ils avaient tous changé leur attitude envers lui si rapidement. En moins d'une semaine, il était passé d'ami à ennemi.

— Que croyez-vous qu'ils vont faire de nous ? demanda Kaleb.

— Je n'en sais rien, répondit Darroch. Ils vont probablement nous exécuter au petit matin, simplement pour faire de nous un exemple pour quiconque voudrait se rebeller contre Vortigern. J'imagine que nous serons pendus, traînés dans la poussière et finalement, écartelés.

— Ce n'est pas très attrayant tout ça, dit Kaleb. Et puis d'abord, pourquoi nous a-t-on arrêtés exactement? Nous n'avons rien fait de mal. Nous n'avons fait qu'obéir aux ordres et ramener le jeune Myrddin, non?

— Tu as aussi ramené le roi légitime de Bretagne et l'ennemi juré de Vortigern, répondit Malloy. Qu'espérais-tu qu'il fasse au juste?

— Je ne sais pas. Je dois admettre que ça ne m'avait pas vraiment traversé l'esprit, répondit Kaleb.

— Je suis désolé que tu te retrouves dans un tel pétrin, mon ami, dit Malloy.

— Je suis venu de mon propre gré, non ? De toute façon, quelqu'un doit montrer à cette armée que son chef est un imbécile.

— Ferme ta sale gueule, espèce de chien galeux, lança un des gardes qui passa près d'eux, avant de se joindre aux deux autres, autour de la table.

— Pourquoi n'essaies-tu pas de me la fermer toi-même? cria Kaleb. On a peur du capitaine rebelle ?

Le garde ne daigna pas répondre à l'officier déchu. Dès qu'il se joignit aux autres, il discuta avec eux à voix basse. Les deux autres interrompirent leur repas et le regardèrent avec intérêt. Il semblait qu'il apportait des nouvelles concernant les autres prisonniers.

— Je me demande ce qui se passe dans la tente royale, dit Freston. Croyez-vous que Myrddin peut les garder en sécurité ?

— Je l'espère, répondit Kaleb. Je sais qu'Ambrosius est censé protéger le jeune garçon, mais parfois j'ai l'impression que c'est l'inverse qui est vrai. Cet enfant possède beaucoup plus de pouvoir qu'il ne le démontre, je vous le dis.

— Pour le moment, dit Freston, on dirait bien qu'il se passe quelque chose. Il semblerait que nos gardes soient prêts à quitter leur poste.

Malloy leva les yeux vers les soldats assignés à la garde des prisonniers. Le nouveau venu se tenait maintenant debout, racontant une histoire que les autres avaient manifestement peine à croire. D'autres soldats les rejoignirent bientôt, tandis que d'autres encore ramassaient leurs armes. Finalement, quelques-uns paraissaient argumenter avec le messager, posant de nombreuses questions.

— Qu'est-ce qui se passe ? demanda Malloy.

— Je ne sais pas, répondit Freston, mais ce doit être important. Regarde-les. On dirait qu'ils arrivent à peine à croire ce qu'ils entendent.

— Espérons qu'ils ne se préparent pas à exécuter quelqu'un.

Samuel, Ambrosius et Myrddin furent conduits à l'intérieur de la tente de Morghan, plus petite que celle du roi, mais quand même impressionnante. À l'intérieur, des meubles élégants étaient disposés sur plusieurs tapis poussiéreux. Le conseiller se tenait debout devant eux, étudiant avec attention ses invités. Il les regarda un par un, s'efforçant d'estimer la menace qu'ils représentaient. Finalement, il se retourna et prit place derrière une grande table de bois. Il se versa un gobelet de vin et y trempa les lèvres. À part le vieil homme, tous demeurèrent debout.

Morghan regarda le jeune garçon qui se tenait derrière Ambrosius, celui qui savait tout à propos des deux dragons cachés à l'intérieur de Dinas Ffaraon.

— Qui es-tu vraiment ? demanda le conseiller au garçon. Comment sais-tu ces choses, que personne d'autre ne semble connaître ?

Myrddin semblait à présent beaucoup moins sûr qu'il ne l'avait été un moment plus tôt. Au fond, il n'était tout de même qu'un enfant. Même s'il possédait d'immenses pouvoirs, même s'il pouvait parfois argumenter avec les plus sages des hommes, il n'en demeurait pas moins un petit garçon craignant le grand méchant loup.

— Il n'est qu'un enfant, répondit Ambrosius, qui avait perçu la peur dans le cœur de son jeune ami. Vous devriez avoir honte de proposer qu'on fasse du mal à cette créature de Dieu.

— Il n'est pas une créature de Dieu. Il ne possède même pas de père ! Pour le peu qu'on en sait, il pourrait bien être un démon, le descendant d'un incube. Peut-être que le diable lui-même a engendré cet enfant. Dieu n'a rien à voir avec lui.

Les yeux de Myrddin brillaient par les larmes sous ses paupières. Il n'aimait pas cet homme ni son supérieur, le faux roi. Il regrettait d'être venu ici, et il souhaitait être de retour dans le monastère, avec Maître Blaise pour le tenir à l'œil.

— Prends garde à ce que tu dis, Morghan. Cet enfant est un ami cher aux yeux du roi légitime de la Bretagne.

— Épargne-moi tes menaces, Ambrosius. Tu n'es pas un roi, mais un traître.

— Vous savez très bien que ce sont des mensonges. Vous connaissez les péchés que votre soi-disant souverain a commis. Il a organisé le meurtre de mon père, et il a tué lui-même mon frère, simplement pour accéder au trône. Il n'est qu'un tyran à deux faces.

— Il fit ce qu'il devait faire, car ton père était impuissant devant le problème des Pictes et des Scots, ces sauvages qui pillaient nos villages du Nord. Il s'est tenu debout parce que ton frère était faible et incapable de régner sur nos terres ! Il fit tout ça pour notre peuple, pour sauver notre magnifique patrie !

Ambrosius fit un pas vers l'avant.

— Vraiment ? Dans ce cas, dites-moi, conseiller, comment tout se passe-t-il jusqu'à présent ? Comment se fait-il que *vous* vous enfuyiez de votre pays, tandis que d'autres cherchent à s'en emparer ?

Ambrosius savait que ses mots auraient l'effet recherché sur leur ravisseur. Morghan ne répondit pas immédiatement, ses yeux s'emplissant de honte et de tristesse, ainsi que de rage et de haine. Le véritable roi avait raison et maintenant, il avait réussi à ébranler la conviction d'acier du vieil homme, un soldat vétéran qui suivrait Vortigern jusque dans la mort.

Ambrosius poussa un peu plus.

— Votre peuple se meurt de faim, conseiller. Vos hommes sont faibles, fatigués, et à deux doigts de la mort. Chaque jour, de plus en plus de soldats souhaitent être délivrés de cette existence pathétique qu'est leur vie. Partout à travers l'île nos villages sont pillés, nos femmes abusées, et nos fermes réduites en cendres. Au fond de vous-même, vous savez que Vortigern est responsable de ce désastre. Tuer cet enfant ne fera aucune différence. Hier, c'était les Saxons et avant ça, une femme païenne et les pillages des Pictes. Aujourd'hui, ce sont des dragons. Demain, il y aura un nouvel obstacle qui se dressera sur votre route, car votre roi n'a pas sa place sur le trône. Dieu vous envoie tous ces signes, mais vous êtes aveugle. Ouvrez vos yeux, Morghan. Vortigern nous entraîne tous à notre perte et nous devons l'arrêter avant qu'il ne soit trop tard.

Le vieux conseiller prit une longue gorgée de sa coupe. Bien entendu, Ambrosius avait raison, mais l'héritier légitime du trône ne connaissait pas toute l'histoire. Il ne savait rien de l'homme en noir et de ce qu'il ferait aux Bretons s'ils décidaient de ne pas lui remettre le jeune garçon.

Le conseiller se leva d'un bond et quitta la tente.

— Il est déjà trop tard, Ambrosius, dit-il, alors qu'il sortait. Vortigern a pris sa décision. Ce soir, il creusera la colline pour exposer notre destin. Que Dieu soit avec nous et ait pitié de nos âmes.

Lorsqu'il sortit, il plaça des sentinelles autour de la tente et ordonna de ne laisser personne entrer ou sortir.

Lorsqu'ils furent seuls, Myrddin sourit à nouveau, essuyant les larmes sur ses joues. Jetant un dernier coup d'œil vers l'entrée de la tente, s'assurant que le vieil homme ne revenait pas, le jeune garçon se déplaça derrière Samuel et défit rapidement les liens autour de ses mains.

— Depuis combien de temps tes mains sont-elles libres ? demanda Samuel.

— Depuis le début. Je ne voulais pas qu'ils s'en aperçoivent, sinon ils me les auraient sûrement attachées à nouveau. La corde m'a presque brisé les poignets, la première fois.

Samuel libéra également les mains d'Ambrosius et les trois compagnons prirent place autour de la table de bois. À l'extérieur, le vent semblait redoubler de puissance, soufflant sur la tente de toutes les directions. La structure craquait et grinçait, les cordages tirant sur les ancrages dans le sol. Peut-être n'auraient-ils pas à trouver une issue. S'ils étaient chanceux, peut-être que le vent soufflerait leur cellule de fortune et leur rendrait la liberté.

— Que faisons-nous maintenant ? demanda Samuel.

— Pour le moment, nous attendons, répondit Myrddin, mais je suggérerais de contacter ton amie la fée. Ma vision n'a toujours pas changé, et si tout se déroule comme prévu, les choses vont devenir très intéressantes.

Morghan rejoignit Vortigern sur le côté ouest du plateau, là où le roi avait mené ses hommes afin d'entamer l'excavation. Lorsqu'ils étaient arrivés sur la colline, une semaine plus tôt, quelques guerriers avaient tenté de construire une tour de garde à cet endroit, mais la structure était rapidement tombée au sol, celui-ci étant incapable de la soutenir. La plus grande partie de la région était constituée de pierres et de rochers, mais à cet endroit en particulier, le sol semblait plutôt fait d'argile et de sable. Vortigern avait décidé que c'était probablement le meilleur endroit pour creuser un tunnel vers le cœur de la colline.

Près d'une heure s'était écoulée depuis que Myrddin avait révélé à Vortigern ce qui se cachait sous la colline.

Vortigern avait envoyé des gardes pour répandre des rumeurs et s'assurer que tous les hommes connaissaient la nature des événements à venir. Pour que son plan fonctionne, le plus de soldats possible devaient savoir ce que les dragons représentaient ou alors tout ça ne servirait à rien.

Armés d'un enthousiasme renouvelé et d'un espoir renaissant, les hommes s'étaient rapidement portés volontaires pour participer à l'excavation, désireux d'avoir la chance de supprimer le symbole de l'ennemi et d'aider leur propre champion dans le combat. Sûrement, pensaient-ils, les Saxons n'auraient plus la moindre chance contre eux s'ils parvenaient à détruire la figure emblématique de ceux-ci. C'était le signe qu'ils avaient tous attendu, une indication indéniable que le vent de cette guerre tournait finalement en leur faveur. Ils n'auraient plus à s'enfuir maintenant. À partir de ce jour, ce seraient eux qui donneraient la chasse, poursuivant les barbares jusque sur leur continent.

Près d'un millier d'hommes travaillaient sans relâche, creusant dans la terre, le sable et le gravier, explorant chaque centimètre de la paroi, tandis que des centaines d'autres transportaient les gravats plus loin. Avec une pareille force de travail, l'excavation du tunnel progressait à un rythme effréné, chaque soldat persuadé de trouver le passage que Llud avait emprunté pour accéder au cœur de Dinas Ffaraon.

Vortigern et ses conseillers supervisaient le travail et déplaçaient régulièrement les ouvriers, tentant d'apercevoir le moindre signe qui indiquerait la présence d'une caverne ou d'un tunnel. Alors que la nuit tombait lentement, des soldats allumèrent des torches et les disposèrent autour du site de l'excavation. Malheureusement, la tempête qui approchait rendait leur tâche difficile. Le vent soufflait avec une force inégalée, obligeant les officiers à hurler les ordres et les hommes à se protéger le visage contre la poussière. Des éclairs illuminaient régulièrement l'horizon, révélant les sommets des montagnes du Nord pendant une seconde, avant que le monde ne replonge dans l'obscurité. Le tonnerre secouait le ciel, un son familier aux hommes qui avaient passé les dernières nuits dans cet endroit maudit.

Vortigern se tenait sur un petit monticule de pierres, observant le travail qui se déroulait devant lui. Alors que le vent gonflait sa cape et soulevait ses longs cheveux gris, un sentiment de confiance l'habitait. Enfin, il possédait une solution à tous ses problèmes. Avec un seul acte courageux, il remettrait la Bretagne sur le droit chemin. Il se sentit plus près de Dieu qu'il ne l'avait jamais été, presque une figure divine lui-même. Il était un sauveur, un véritable héros. Ce soir, l'histoire serait écrite et son nom serait à jamais gravé dans le cœur des Bretons. Cette nuit, il lâcherait des cauchemars comme le monde n'en avait pas vu depuis longtemps, pour ensuite les foudroyer d'un coup d'épée rapide et puissant.

Soudainement, l'éclair s'abattit sur un arbre contre la paroi de la colline, près de ses hommes. L'arbre s'enflamma immédiatement, tandis qu'un tonnerre assourdissant explosait dans le ciel, secouant le cœur des hommes et glaçant le sang dans leurs veines. Au même moment, un des guerriers abaissa sa pelle avec force et découvrit une ouverture.

— Par ici ! cria-t-il aux autres.

Tel un feu de paille, le bruit se répandit comme quoi les hommes avaient trouvé quelque chose.

— Sire, annonça l'un des conseillers à Vortigern, il semble que l'un de nos hommes ait trouvé une grotte. Il s'agirait d'un tunnel qui descend sous la terre. Cela pourrait être l'entrée vers le cœur de la colline.

— Alors qu'attendons-nous ?

Vortigern sauta du monticule sur lequel il se tenait et courut vers l'endroit où les hommes s'étaient rassemblés. Il se retrouva devant l'ouverture d'une grotte énorme.

L'ouverture faisait près d'une dizaine de mètres de largeur, s'inclinant quelque peu vers l'avant. Les hommes avaient rapidement dégagé le sable et la moindre pierre qui obstruait l'entrée, révélant encore plus le tunnel devant eux. Vortigern fixa son regard dans le gouffre noir de la caverne, s'efforçant d'en déterminer la profondeur et d'apercevoir le moindre signe des dragons censés s'y trouver.

— Qui a découvert l'entrée ? demanda-t-il.

— C'est moi, Sire, dit un jeune guerrier, désireux d'inspecter sa découverte.

— Beau travail, mon garçon. Prends tes armes et suis-moi.

Vortigern se retourna, attrapa une torche et fit signe aux hommes qui se trouvaient près de lui.

— Vous tous, empoignez vos épées et suivez-nous ! Il n'y a pas une seconde à perdre. La gloire nous attend, mes amis.

Le roi se tourna vers son conseiller.

— Morghan, j'ai besoin que tu restes ici. Dis aux hommes d'être prêts à toute éventualité. Si la chance veut nous sourire, nous réussirons à tuer la bête immonde dans son repaire, mais nous pourrions avoir besoin de l'attirer à l'extérieur. Ordonne aux archers et aux lanciers d'être prêts.

— Entendu, répondit le conseiller. Et qu'en est-il du sacrifice du jeune garçon ?

— Tu ne lâcheras pas le morceau, n'est-ce pas ? Très bien, fais-le.

— Bonne chance, mon ami.

— Je n'ai pas besoin de chance, répondit Vortigern, car Dieu est finalement de mon côté.

Vortigern leva les yeux vers le ciel. Les premières gouttelettes de pluie tombèrent sur son visage et son armure de fer. La tempête était à présent au-dessus d'eux.

— En avant ! ordonna le roi, menant sa petite armée vers l'intérieur de la caverne.

Morghan observa son ami disparaître dans le tunnel, suivi du reste des conseillers, puis par les officiers, et finalement, par les soldats. Il demeura à l'embouchure de la grotte pendant quelques minutes, priant pour ces hommes, afin qu'ils soient en sécurité et qu'ils triomphent.

Il remonta ensuite sur le plateau, prêt à livrer le jeune garçon à l'homme en noir.

À l'intérieur de la grotte, Vortigern avançait le long d'une pente douce, tenant sa torche devant lui. Pendant un certain temps, le tunnel plongea dans la même direction, puis il bifurqua soudainement sur la droite, puis sur la gauche. Les parois du tunnel, qui avaient d'abord été lisses et paraissaient avoir été ciselées à la main, étaient maintenant irrégulières et raboteuses, avec des pierres de toutes tailles qui obstruaient périodiquement le chemin et ralentissaient considérablement la progression du groupe. À intervalle régulier, le groupe devait s'arrêter et attendre que des hommes libèrent la voie, pour ensuite reprendre la descente, jusqu'au prochain obstacle où l'exercice était répété.

Vortigern devenait de plus en plus impatient et mécontent du rythme de leur progression. Il aurait souhaité simplement pénétrer au sein du repaire, trouver les deux dragons, tuer la bête blanche et libérer le symbole des Bretons. Puis il serait remonté à la surface, tenant en triomphe la tête de leur ennemi entre ses mains, ralliant instantanément tous les hommes autour de lui.

Au lieu de cela, il était obligé de tenir une torche pour éclairer son chemin, attendant patiemment que ses hommes déplacent les rochers qui obstruaient le tunnel.

Un des soldats qui s'affairaient sur la plus récente barricade déplaça une lourde pierre, s'arrêta, et regarda le soldat agenouillé près de lui.

— Est-ce que tu sens ça ?

— Oui, répondit l'autre soldat.

Vortigern se fraya immédiatement un chemin vers eux.

— Qu'avez-vous trouvé ? demanda-t-il avec excitation.

— Ici, répondit le premier soldat, laissant la place au roi. Approchez-vous de l'ouverture, Sire.

Vortigern lui passa la torche et s'agenouilla à l'endroit où s'était tenu le soldat, quelques secondes auparavant. Sans perdre un instant, il plongea le regard dans le trou noir. Il ne vit rien de spécial. Il avait espéré entendre un grognement distant ou peut-être le son d'une respiration profonde et caverneuse, produite par un dragon endormi. Il aurait même cru possible de ressentir un peu de chaleur sur son visage.

Mais quelques secondes plus tard, une brise humide et glacée caressa son visage. Il leva les yeux vers le soldat qui se tenait près de lui, puis regarda à nouveau le trou noir dans la paroi rocheuse. Il y avait une masse d'eau importante derrière cette barricade de pierre. Il s'agissait du lac souterrain où Llud avait emprisonné les deux dragons. Ça ne pouvait être que ça !

— Beau travail, dit-il en se relevant, afin que les hommes puissent dégager complètement le chemin.

Peu de temps après, le tunnel était libre à nouveau, les pierres ayant été poussées sur le côté, afin de permettre au roi et à ses officiers de passer. De l'autre côté de ce dernier obstacle, ils n'eurent qu'à parcourir une dizaine de mètres avant d'émerger dans une énorme grotte souterraine. Tandis que de plus en plus d'hommes passaient par l'ouverture, les torches qu'ils portaient révélèrent graduellement l'énorme caverne qu'ils avaient découverte. Devant eux, à une vingtaine de pas de l'endroit où ils se tenaient, l'eau d'un lac souterrain caressait silencieusement le rivage de pierre.

Un des officiers ordonna à quelques hommes de se disperser le long du rivage, afin qu'ils puissent avoir une meilleure vue de l'endroit. Ils découvrirent alors mieux la masse d'eau, sans toutefois apercevoir la fin de ce lac immense ni le plafond de la grotte au-dessus d'eux. Leurs pas résonnaient comme un géant se promenant entre des montagnes, accompagnés par le vacarme incessant de leur armure en métal. À peine plus de quelques minutes plus tard, deux cents hommes se tenaient en bordure du lac, fixant les ténèbres devant eux.

Un lourd silence descendit sur la grotte, interrompu seulement par le crépitement des flammes qui dansaient au bout des torches. Aucun homme n'osa parler, de peur d'éveiller le mal oublié. Vortigern se tenait sur le rivage du lac, l'eau sombre léchant le bout de ses bottes de cuir. La surface de l'eau était immobile, comme un miroir qui reflétait la lumière des torches.

— Pouvez-vous le sentir, messieurs ? demanda Vortigern. Pouvez-vous sentir la présence de ces deux créatures anciennes ?

Elles sont ici. Le garçon nous a dit la vérité. Pouvez-vous sentir l'énergie de leur combat éternel qui emplit cette grotte ? Cette nuit, braves hommes, notre destinée nous attend ! Cette nuit, nous allons...

Le roi interrompit sa phrase. Une vaguelette se dirigeait silencieusement vers eux. Lorsqu'elle atteignit le rivage, poussant l'eau de quelques centimètres et éclaboussant les bottes du roi, une deuxième vague émergea des ténèbres, suivie d'une troisième.

Quelque chose d'impossible à apercevoir perturbait la surface de l'eau. Quelque chose qui était conscient de la présence de ces hommes.

— Les voilà, murmura Vortigern, souriant comme un fou devant le danger.

Ambrosius faisait les cent pas autour de la table. La nuit était tombée sur le camp et Myrddin avait allumé quelques lampes à l'huile dans la tente. Dehors, le temps s'était rapidement détérioré jusqu'à devenir un orage violent et assourdissant. Le vent menaçait de souffler la tente à tout moment, et les éclairs projetaient des ombres sinistres sur les murs de tissus, suivis immédiatement par un bruit de tonnerre qui laissait croire que le ciel se déchirait.

Samuel était assis à la table de bois, ne sachant que faire d'autre. Ce n'était pas le moment de s'émerveiller, mais il lui paraissait presque irréel d'être captif, à l'intérieur d'une tente, avec un garçon qui deviendrait Merlin et l'homme qui serait l'oncle d'Arthur dans quelques années. Bien entendu, il faudrait d'abord qu'ils s'échappent d'ici et survivent aux quelques heures à venir pour que tout cela ait lieu.

Samuel se leva pour explorer la tente, faute d'avoir une meilleure idée. Il était assez surprenant de constater la quantité d'objets que Morghan possédait, même si son peuple était en temps de guerre, un temps où l'armée devait constamment se déplacer d'un endroit à l'autre. Samuel pensa au nombre d'hommes que devait nécessiter le déménagement de tous ces trucs, des soldats qui pourraient être employés à des travaux plus utiles, comme le transport d'armes ou de provisions.

Il y avait également des bibliothèques remplies de recueils de textes, ainsi que des livres éparpillés sur les tables et le sol. Samuel en inspecta quelques-uns. Il y avait des livres à propos de l'histoire des Bretons, des comptes rendus d'anciennes guerres et des récits du passé. Il ne trouva pas de Bible, mais il y avait plusieurs livres contenant des histoires à propos de la chrétienté et du Messie. Samuel tourna les pages de quelques exemplaires, tandis qu'Ambrosius avançait vers la porte de la tente pour jeter un coup d'œil à l'extérieur. L'instant d'après, il était de retour à la table, marmonnant quelque chose pour lui-même.

Samuel rangea le livre relié de cuir usé qu'il tenait entre les mains, une histoire sur l'Empire perse. Il se rendit devant une autre bibliothèque, afin d'y trouver encore plus de titres. Ici, les étagères du haut étaient occupées par différents objets : une jarre de verre qui contenait un liquide non identifiable et une petite pierre rouge sur laquelle se trouvait une inscription étrange. Les rayons suivants contenaient des livres et celui du bas, d'anciens manuscrits et des parchemins.

Il s'apprêtait à retourner vers la table lorsqu'il remarqua un des rouleaux qui semblait être à part des autres. Le parchemin semblait fait d'une matière différente et il était beaucoup plus large que les autres. Il avait été laissé près de la bibliothèque, plutôt que rangé convenablement, comme si l'on venait tout juste de le consulter. Par curiosité, Samuel le ramassa.

— C'est une découverte intéressante, dit Myrddin, qui avait observé Samuel tout ce temps. Puis-je le voir ?

Samuel se rendit à la table et y déposa le parchemin. Il déroula celui-ci avec précaution, utilisant des pierres pour le maintenir en place.

— Qu'est-ce que c'est ? demanda Ambrosius, de retour à la table et penché au-dessus du parchemin.

— Je n'en sais rien, répondit Samuel.

Il inspecta les dessins et tenta de lire les inscriptions sur le rouleau. Les schémas décrivaient une sorte de croix avec un cercle qui entourait le point de jonction, de même qu'un deuxième objet qui semblait être un piédestal pour le premier. Des caractères étranges et des runes qu'il ne reconnaissait pas étaient gravés sur les dessins.

— On dirait une sorte de plan ou des directives pour construire quelque chose, dit-il.

— Je suppose qu'on y décrit comment assembler la croix dessinée, dit Ambrosius. Je dois admettre que je n'ai jamais rien vu de tel auparavant.

— On dirait un autel, dit Myrddin. Probablement utilisé pour des sacrifices humains.

Durant les secondes qui suivirent, personne ne prononça le moindre mot. Ils savaient parfaitement lequel d'entre eux devrait monter sur ce dispositif.

— Mais les inscriptions qui le recouvrent sont étranges, ajouta le jeune garçon. Elles sont étranges et ne ressemblent à rien de ce que j'ai pu voir avant. Je doute même que Maître Blaise sache nous renseigner sur leur nature. Il est vieux, mais ces symboles semblent encore plus anciens.

— Ils sont plus anciens que les dieux d'aujourd'hui, bien plus vieux que l'humanité même, dit la voix d'Angéline au-dessus d'eux.

Samuel et Myrddin levèrent la tête, pour regarder la petite fée. Ambrosius suivit leur regard, mais ne vit rien d'autre que le plafond de la tente. Il ne s'était pas aperçu que quelqu'un avait parlé. Il baissa les yeux sur les deux garçons.

— Que se passe-t-il ? demanda-t-il.

Samuel regarda l'héritier légitime du trône, les yeux grand ouverts, son cœur frappé par la panique. Il était incapable de bouger, de respirer, ni même de réfléchir. L'homme devant lui le regarda à son tour, s'interrogeant à propos de la réaction du Gardien de Légendes. Comment ce dernier pourrait-il expliquer l'existence d'Angéline à cet homme, sans paraître complètement fou ?

— Que veux-tu dire, plus ancien que l'humanité ? demanda Myrddin, ignorant complètement le fait qu'Ambrosius ne pouvait voir la petite fée.

— Quoi ? demanda Ambrosius.

— Je veux dire que ces inscriptions font partie d'un rituel très ancien, répondit Angéline. Seuls les êtres tels que moi et d'autres créatures magiques connaissent son existence. Ces rituels proviennent de temps antérieurs à l'existence même de la plupart des figures divinatoires d'aujourd'hui.

— Sais-tu à quoi ils font référence ? demanda Myrddin.

— À qui parle-t-il ? demanda Ambrosius à Samuel.

— C'est... compliqué, Sire, répondit Samuel avec hésitation.

— Ce n'est pas *si* compliqué, trancha Myrddin.

Il se tourna vers Ambrosius.

— Me faites-vous confiance ?

— Bien entendu que je te fais confiance, Myrddin.

Samuel craignit soudainement que Myrddin en révèle trop au roi à son sujet et qu'il risque ainsi de changer le cours de cette légende. Depuis quelque temps maintenant, il avait appréhendé ce moment, l'instant où il deviendrait officiellement un personnage dans cette histoire et en ferait partie pour de bon. Malheureusement, il semblait que ce moment était inévitable.

— Dans ce cas, croyez-moi lorsque je vous dis ceci, dit Myrddin. Il y a des forces en jeu ici ; des êtres puissants que vous ne pouvez voir ou même comprendre. Tout ce que vous devez savoir pour l'instant c'est qu'une partie de ces forces agissent en votre nom, protégeant votre future ascension sur le trône, ainsi que le peuple breton. Je peux voir et entendre ces êtres, mais vous ne le pouvez pas.

— Et Samuel peut-il les voir également ?

— Il semblerait que oui, mais je ne sais pas pour quelle raison. Peut-être que ses ancêtres étaient versés dans l'art de la divination, lui donnant une certaine perspective sur le monde que la plupart des hommes ne possèdent pas.

Ambrosius se tourna vers Samuel. Le jeune homme remercia silencieusement Myrddin d'avoir conservé son secret et d'avoir omis de mentionner qu'il n'était pas de ce monde.

— Je me doutais qu'il y avait quelque chose d'étrange à propos de toi, mon jeune ami, dit Ambrosius.

Il se retourna ensuite vers le plus jeune.

— Si tu affirmes que des forces travaillent avec nous, cela veut dire qu'il en existe d'autres qui œuvrent contre nous, n'est-ce pas ?

— Vous avez raison, Sire. On dirait qu'elles tentent par tous les moyens de nous éliminer.

— Et vos amis invisibles, ils peuvent nous aider ?

— Je ne suis pas invisible ! lança Angéline, faisant la moue au véritable roi de Bretagne. Je suis parfaitement visible, mais seulement à ceux qui le méritent.

— Ne sois pas comme ça, dit Samuel. Ce n'est pas le temps de se fâcher.

— D'accord, ça va !

— Donc, que peux-tu nous dire à propos de ces symboles ?

— Je n'arrive pas à tous les déchiffrer, seulement quelques runes. Par contre, si l'on tient compte de la conception de la croix, je dirais que ce n'est pas un autel pour des sacrifices humains, ni même d'animaux d'ailleurs.

— D'accord, mais qu'est-ce que c'est, alors ?

La fata vola un peu plus bas, atterrissant presque sur la table, mais faisant bien attention de ne pas toucher au parchemin diabolique. Elle se déplaça au-dessus de celui-ci, voletant vers l'avant puis vers l'arrière, s'efforçant de lire les inscriptions.

— Ici, on décrit comment emmagasiner des pouvoirs magiques, dit-elle. Là, on indique la façon d'utiliser les symboles pour concentrer ce pouvoir en un point central. Finalement, l'angle de la croix suggère qu'il s'agisse en fait d'une sorte de loupe amplifiante.

Myrddin écoutait attentivement la description que fit Angéline de l'engin.

— Je sais de quoi il s'agit, dit-il. C'est une arme. D'après ce que tu dis, je pense qu'il est possible d'emmagasiner de l'énergie dans la base circulaire, de concentrer ce pouvoir pour former un faisceau d'énergie, et de le diriger ensuite vers une cible. Par la suite, la partie supérieure de la croix relâche ce pouvoir, détruisant tout sur son chemin.

Ambrosius comprit rapidement ce dont ils discutaient.

— C'est une arme étrange et terrifiante, dit-il. Une arme puissante, j'ajouterais. Toutefois, une question saute aux yeux : pourquoi tous ces embêtements, seulement pour éliminer quelqu'un ? Que cette arme soit dirigée contre moi ou encore contre toi, mon brave Myrddin, ne serait-il pas plus facile d'utiliser une lame ? Si vous voulez mon avis, utiliser un engin pareil me semble un peu poussé pour obtenir le résultat désiré.

Samuel étudiait toujours les plans, repassant chaque détail qu'il avait appris au cours des dernières heures, se remémorant toute l'information qu'il avait accumulée depuis qu'il avait posé le pied sur Metverold.

— Le sorcier de l'Yfel a fourni ces plans au conseiller, n'est-ce pas ? demanda-t-il.

— Ce serait la seule façon pour Morghan de mettre la main sur un document de la sorte, répondit Angéline.

Samuel regarda la fée, puis Ambrosius et finalement, Myrddin.

— Je sais ce que notre ennemi veut faire avec cet engin, dit-il. Sa cible n'est aucun de nous. Ce n'est pas Ambrosius, ni Myrddin, ni personne d'autre. Ce n'est d'ailleurs pas un homme.

— Alors que vise-t-il au juste ? demanda Ambrosius.

— Je crois que le sorcier de l'Yfel a l'intention d'utiliser cette machine pour tuer le dragon rouge.

Pendant un moment, tous braquèrent le regard sur Samuel sans prononcer un seul mot, incluant la fata, d'ordinaire volubile.

— Es-tu certain de ce que tu avances ? demanda-t-elle. Pour quelle raison le sorcier de l'Yfel chercherait-il à tuer le dragon rouge ?

— Réfléchis-y quelques instants, répondit Samuel. Nous savons que le but de l'Yfel est de changer le cours de l'histoire.

Ambrosius regardait Samuel, s'interrogeant sur ce que disait ce dernier.

— Mon roi, dit Samuel, je dois vous demander pardon, mais certaines choses que je m'apprête à dire vous paraîtront étranges. Malheureusement, je ne sais pas comment expliquer ma théorie sans révéler des informations qui pourraient influencer votre jugement lors d'actions futures. Je sais que je ne peux pas vous demander d'oublier cette conversation, mais je vous supplie de garder pour vous ce que vous entendrez, et de n'en faire mention à personne, pas même à votre frère ni à aucun autre membre de votre famille. Vous avez raison à propos de moi, il y a plus qu'il y paraît à mon sujet, mais mon identité doit demeurer un secret, ou les conséquences pourraient être désastreuses. Ai-je votre parole que vous accéderez à ma demande et que vous garderez pour vous tout ce que vous entendrez ici, jusqu'à votre dernier souffle ?

— Voilà une demande bien étrange, Samuel, mais j'accepte. Peut-être que lorsque tout ceci sera derrière nous, toi et moi pourrons nous asseoir ensemble, afin que tu m'expliques exactement ce qui se passe sur cette colline.

— Rien ne me ferait plus plaisir, mais je crains que cela aussi soit impossible.

— Tu n'es pas facile à négocier ! D'accord, je te donne ma parole. Poursuis ton raisonnement.

Samuel hocha la tête vers le roi de la Bretagne et poursuivit l'explication de sa théorie.

— Vortigern est en fait celui qui m'a fourni l'indice final qui me manquait. Au début, je n'en ai pas vraiment fait de cas, mais à présent, je peux voir clairement ce qui se passe. Il avait raison à propos d'une chose : l'armée est au bord du désarroi et le moral des troupes est à son plus bas. Les Saxons sont pratiquement à vos portes et ils écraseront les Bretons si ces derniers ne se défendent pas avec tout leur courage et toute leur volonté. Vortigern croit qu'en tuant le dragon blanc, qui représente l'ennemi, il pourra insuffler un nouveau souffle à son armée, un souffle chargé d'espoir et de chansons à la gloire de son peuple. Je crois qu'il a vu juste à ce propos.

« Le dragon rouge représente les Bretons et deviendra plus tard un puissant symbole de votre peuple, Ambrosius. Toutefois, Vortigern se trompe : il ne peut pas tuer le dragon blanc lui-même ; le rouge doit le faire. Alors seulement, les hommes y verront un signe d'espoir. Le bruit s'est déjà répandu à travers le camp de l'armée qu'il existe deux dragons, Vortigern s'en est probablement assuré. Pour que les hommes croient à nouveau en leurs chances de victoire, ils doivent être témoins du triomphe du dragon rouge.

« Si j'ai raison, Ambrosius, alors avant que tout ça soit terminé, vous aurez regagné la confiance de votre armée et l'allégeance de votre peuple. Je crois que c'est ce qui doit se passer. Vos descendants et les descendants de votre frère seront parmi les souverains les plus estimés que votre nation connaisse et ils arracheront la victoire à de nombreux adversaires.

« Je crois que cette nuit vous utiliserez un symbole, le dragon rouge, pour rallier les troupes autour de vous et renverser Vortigern. Je crois que cette nuit est celle où vous reprendrez le contrôle de la Bretagne et repousserez vos ennemis. »

Samuel fit une pause pour s'assurer que ses compagnons écoutaient attentivement son raisonnement.

— Tu en as peut-être trop dit à cet homme, dit Angéline.

— Je n'ai pas d'autre choix, Angéline. Il fait partie de cette légende et il doit savoir ce qui se passe, si l'on veut pouvoir protéger l'histoire.

— D'accord. Mais que fait-on maintenant ?

— Depuis le début, nous avons pensé que le sorcier de l'Yfel complotait pour assassiner Myrddin ou Ambrosius, alors qu'en fait il attendait patiemment la fin de l'histoire pour accomplir un geste. Voilà pourquoi la vision de Myrddin n'a jamais changé, parce que rien dans l'histoire n'a encore été modifié. Dans l'esprit de tous ceux qui sont impliqués, cette légende se déroule toujours comme prévu. Cet engin est déguisé en autel et la tentative de sacrifice de Myrddin fait toujours partie des résolutions possibles de l'histoire, même si nous savons que cela ne se produira pas.

« Je pense que dès que les dragons émergeront de leur caverne et s'envoleront dans le ciel, le sorcier de l'Yfel pointera son arme vers le dragon rouge et fera feu sur celui-ci. »

— Par tous les dieux, dit Angéline, qui comprit soudainement ce qui était sur le point de se produire et les implications d'une catastrophe pareille.

C'était presque impensable.

— Je ne comprends pas, dit Myrddin. Qu'accomplira-t-il en tuant le dragon ?

— S'il tue le symbole autour duquel l'armée bretonne est censée se rallier, alors les guerriers perdront définitivement tout espoir qu'ils possédaient encore, aussi mince soit-il. Particulièrement s'il s'exécute de manière grandiose, s'assurant que tous voient le dragon des Saxons vaincre celui des Bretons. Toute tentative par Ambrosius pour reprendre le contrôle de l'armée ne fera pas la moindre différence au monde. La métaphore est trop importante. Pensez-y. Des dragons ? On ne fait pas vraiment mieux en termes de puissance. Si le dragon rouge perd la bataille, les hommes abandonneront pour de bon et les Saxons les extermineront en quelques jours seulement, jusqu'au dernier des Bretons.

« Ambrosius et Uther ne deviendront jamais rois de leur peuple, ils n'engendreront pas de descendants royaux et le reste de l'histoire, telle que nous la connaissons, n'arrivera jamais. »

Angéline souffla un nom.

— Arthur.

— Exactement, répondit Samuel. Si le sorcier de l'Yfel réussit, il va effectivement changer le cours de l'histoire de la Bretagne, effaçant du même coup une mythologie tout entière.

— Attends un peu, dit Angéline. Tout ça a du sens, mais tout de même, pourquoi se donne-t-il tout ce mal ? Pourquoi ne pas simplement établir un plan pour tuer Myrddin, sans que celui-ci le voie venir ? De cette manière, Vortigern n'aurait jamais appris l'existence des deux dragons et son armée n'aurait jamais retrouvé l'espoir, subissant encore et encore les secousses nocturnes, jusqu'à ce que les Saxons viennent les écraser. Il aurait atteint le même objectif, sans pour autant déterrer deux dragons !

— C'est très simple, répondit Samuel. S'il avait établi un plan de la sorte et qu'il l'avait mené à terme, il n'y avait aucune garantie que Vortigern serait resté ici, sur cette colline. Sous la menace constante de rébellion, avec Morghan libre de l'influence du sorcier de l'Yfel, le faux roi aurait très bien pu emmener son armée ailleurs et ensuite, qui sait ce qui pouvait arriver ? Peut-être qu'Ambrosius aurait trouvé une autre façon de reconquérir le trône et de défendre son peuple contre les Saxons.

« Non, je pense que l'opportunité était trop alléchante pour la laisser passer. Je dois admettre que son plan est brillant, dissimulé derrière une illusion de sacrifice et s'assurant que rien ne change, jusqu'au dernier moment, influençant le faux roi afin qu'il demeure ici, et se jouant du conseiller. S'il réussit, il n'éliminera pas seulement tout espoir que les Bretons retrouvent leur courage, mais puisque les Saxons sont également à leurs portes, le peuple d'Ambrosius sera exterminé. »

— Je ne sais pas à qui tu t'adresses, dit Ambrosius, ou encore comment tu sais tout ça, mais je suis enclin à penser que tu n'es pas fou, Samuel. Si je comprends ce que tu racontes, nous devons absolument faire tout ce qui est en notre pouvoir afin d'empêcher un homme étrange d'utiliser l'engin dessiné sur ce parchemin, afin de sauver le dragon rouge et mon peuple, n'est-ce pas ?

— Absolument.

— Bien. Seulement, il y a un léger problème. Nous sommes toujours les prisonniers de Morghan et j'imagine que notre temps est compté.

Comme s'il attendait un signe de la part du roi légitime, le sommet de la colline sursauta soudainement sous la force d'une puissante secousse, tandis qu'un coup semblable au tonnerre résonnait dans les profondeurs de la terre, comme si l'un des plus bas niveaux d'Hadès venait tout juste d'exploser.

— Je pense que Vortigern vient de trouver ce qu'il cherchait, dit Myrddin, les lèvres tremblantes de peur.

15

Morghan arrivait à peine à croire les événements des dernières heures. La soirée avait pourtant bien commencé et tout s'était déroulé conformément au plan. Kaleb et le groupe qu'il avait dépêché étaient de retour avec le jeune Myrddin, l'autel pour le sacrifice était prêt et chaque détail avait été réglé. Mais maintenant, tout était chamboulé, et la situation se métamorphosait rapidement en un désastre complet. Ce qui aurait dû être un sacrifice des plus routiniers était devenu une chasse inutile aux chimères.

Des dragons ? *Vraiment* ?

Il arrivait à peine à croire que Vortigern avait accordé le moindre crédit à cette histoire inconcevable. Plutôt que de rassembler les hommes, afin qu'ils soient témoins de la libération de Dinas Ffaraon, cet imbécile de roi creusait des tunnels dans la montagne, cherchant une paire d'anciens lézards qui n'avaient jamais existé. Évidemment, Morghan avait déjà entendu parler des dragons auparavant. Depuis des siècles, ce genre de monstres s'étaient toujours avérés un moyen efficace pour transformer un parfait étranger en héros. C'était le truc le plus ancien qui soit. La formule était simple. Tout d'abord, il est nécessaire de façonner un cauchemar pour le peuple, quelque chose d'horrible et de crédible, même si personne n'arrivait jamais à voir de ses propres yeux cette chimère. Plus la menace était terrifiante, plus le plan était efficace. Ensuite, lorsque tout le monde était mort de peur, on leur fournissait un héros qui libérerait leur vie pathétique d'un ennemi diabolique qui n'avait jamais existé.

Cela fonctionnait à tout coup.

Voilà la seule utilité que les gens comme lui accordaient à des contes de fées et des créatures mythologiques comme les dragons. Vortigern pourchassait un rêve ou plutôt, un cauchemar ; une lubie créée par un souverain d'autrefois et qui n'existait tout simplement pas. C'était une quête sans fondement et une perte de temps. Heureusement, Morghan savait ce qui devait être fait. La solution à leur problème n'avait pas subitement changé parce qu'un enfant le proclamait. Le sacrifice du jeune Myrddin demeurait l'unique façon de briser la malédiction sur cet endroit et de libérer l'armée. Le sombre étranger l'avait affirmé.

Le conseiller passa devant la tente royale, noire et immense, où des soldats montaient la garde, et poursuivit son chemin vers le nord de la colline, où il avait ordonné à ses hommes de bâtir l'autel en prévision du sacrifice. Il considéra d'y emmener le jeune garçon, mais il en décida autrement. Il serait probablement plus avisé de vérifier avec l'étranger en noir avant tout, afin de s'assurer que le temps était venu et que tout se déroulerait comme il se doit. La dernière chose qu'il voulait faire était de mettre en colère cet homme sinistre.

La foudre déchira le ciel, rapidement accompagné d'un coup de tonnerre puissant, le genre qui semblait stopper le monde pour un moment. La pluie s'abattait maintenant avec force sur le camp, les gouttelettes froides fouettant le visage du vieil homme, tandis que le vent soulevait sa cape. Morghan leva une main devant lui pour se protéger de l'orage, alors qu'il avançait vers l'endroit où se trouvait l'autel.

Soudainement, la colline sursauta violemment, projetant Morghan au sol avec une force brutale, ainsi que plusieurs tentes et d'autres soldats autour de lui. Une seule secousse, comme si la montagne retenait son souffle en prévision d'un terrible danger qui s'apprêtait à déferler sur eux.

— Mon Dieu ! Serait-ce la malédiction ou autre chose ? se demanda Morghan.

Il se releva en vitesse et poursuivit son chemin. Au loin, tandis qu'un nouvel éclair illuminait l'horizon, il vit la forme de l'autel et celle d'un homme imposant qui se dressait juste à côté. C'était réellement une image tout droit sortie des pires cauchemars, une vision d'horreur qui fit naître des frissons glacés le long de sa colonne. Est-ce que tout en avait été réduit à cela ? Un rituel païen pour les aider ? Un sortilège noir pour les libérer du mal ?

Lorsque le conseiller rejoignit le monticule de pierres, il escalada la butte jusqu'à son sommet. L'ascension était lente et laborieuse, puisque la pluie torrentielle changeait rapidement la terre en boue glissante. Finalement, s'aidant de ses deux mains et ne se souciant plus des taches sur ses vêtements, il atteignit le sommet.

Un éclair et le tonnerre explosèrent à l'unisson, mais le vieux conseiller les ignora. Ce dont il était maintenant témoin était impossible à décrire ; une scène absurde et trop horrible pour la comprendre.

À environ trente mètres devant lui se dressait l'autel, tourné en direction de l'est. La croix et le piédestal sur lequel il reposait avaient été bâtis exactement comme les schémas l'avaient indiqué, respectant chaque détail du plan avec soin. L'autel faisait environ trois mètres de hauteur et un mètre de plus en longueur, installé selon un angle parfait de quarante-cinq degrés.

Toutefois, l'angle n'avait pas la moindre importance pour le moment, puisque l'autel lévitait au-dessus du sol, comme s'il ne pesait absolument rien, ignorant les vents cinglants qui soufflaient. Tel un démon à l'œuvre, une figure immense se tenait près de l'autel, les bras étendus vers l'appareil, la paume de ses mains faisant face à l'étrange engin.

Le sombre étranger était déjà à l'œuvre, préparant l'autel pour le sacrifice. Malgré tout, même dans ses rêves les plus fous, Morghan n'aurait jamais pu imaginer la façon dont l'homme en noir s'y prendrait.

Une lueur verte émanait des mains de l'homme, comme des gants d'énergie psychique. Cette lumière se répandait ensuite dans la base de l'autel, où elle était recueillie dans la section circulaire de l'engin, apparemment emmagasinée par les symboles qui y étaient gravés. Le bois brillait également de cette même lueur verte, tandis que l'énergie se déversait dans le réceptacle, tel un étrange liquide qui emplissait le cercle.

Morghan s'abstint de réfléchir aux origines de cet homme et sur la nature du rituel qu'il accomplissait en ce moment. Il était convaincu que s'il apprenait la vérité sur cet étranger, il en perdrait la raison. Chassant ses pensées noires, le vieux conseiller s'efforça d'agir aussi naturellement que possible face à une situation telle que celle-ci et s'approcha prudemment de l'étranger.

Il hésita à parler, ne sachant s'il devait interrompre le sorcier sinistre qui se tenait devant lui. S'armant de courage, il ouvrit légèrement les lèvres.

— Êtes... êtes-vous prêt pour le garçon, maître ? Dois-je le faire amener ici, afin de terminer le rituel ? Les hommes sont impatients de...

— Ça ne sera pas nécessaire, vieil homme, dit l'étranger, sans même tourner la tête. Nous n'avons plus besoin du garçon. Vous pouvez en disposer comme bon vous semble.

Morghan était sans voix. Assurément, il avait mal compris le sorcier. Myrddin était la clé de leur salut, il l'avait dit lui-même à plus d'une reprise !

— Je vous demande pardon ?

— Vous m'avez très bien compris la première fois, Morghan. Myrddin n'est plus nécessaire. Vous pouvez vous en débarrasser comme vous le voulez. Comme vous pouvez le constater, je suis occupé pour le moment. Je vous conseille de me laisser terminer mon travail et de vous assurer que personne ne m'interrompt.

Le vieil homme n'en croyait pas ses oreilles. Tout ceci était impossible. Après tout ce qu'il avait dû faire pour amener l'enfant ici, après toute la planification et les mensonges qu'il avait racontés à son roi. Dès les premiers instants où cet homme était entré dans sa vie, il avait cru chaque mot qu'il avait prononcé, passant de nombreuses nuits blanches à s'inquiéter des supplices que cet être infernal lui ferait subir s'il lui désobéissait. Tout ce travail, toutes ces inquiétudes et maintenant, subitement, le garçon n'avait plus d'importance ? Le sacrifice n'était plus nécessaire ?

Le visage de Morghan passa soudainement de celui d'un esclave obéissant au guerrier vigoureux qu'il avait été autrefois. Qui donc était cet homme, pour l'utiliser comme une vulgaire marionnette et ensuite le jeter aux ordures sans la moindre explication ? Qui était-il, pour tourner en ridicule un conseiller du roi et le traiter comme un chien ?

Morghan en eut assez. Il ne se soumettrait plus à la volonté de cet étranger. Il attrapa le couteau qu'il gardait toujours à ses côtés et pointa le bout de la lame sur la nuque de l'étranger.

— Par tous les diables, qu'est-ce qui se passe ici ? demanda-t-il. J'exige une explication, et elle ferait bien d'être acceptable ou – que Dieu m'en soit témoin – je te tranche la gorge et je t'éventre comme un porc.

Le tonnerre roula au-dessus d'eux, alors que le flash d'un éclair illumina la scène à nouveau.

Pendant quelques secondes, l'étranger ne bougea pas le moindre muscle, se concentrant toujours sur son travail. Toutefois, lorsque le conseiller appuya davantage sur la lame qu'il tenait sur son cou, il s'arrêta finalement et se retourna lentement vers le vieil homme.

Morghan plongea le regard dans la cagoule noire, toujours incapable d'apercevoir le visage de son adversaire. Il s'efforça d'ignorer sa peur et de demeurer fort. Ce démon s'était moqué de lui pour la dernière fois.

Soudainement, l'étranger ouvrit les yeux. Le conseiller ne put s'empêcher de reculer d'un pas. Malgré la pluie froide qui tombait maintenant avec abondance sur les deux hommes et qui brouillait sa vision, Morghan vit clairement les yeux de l'étranger, brûlants comme des charbons ardents. Ils ne semblaient pas du tout humains, mais paraissaient plutôt être des fenêtres sur les puits les plus profonds de l'enfer.

— Vous êtes le Diable, souffla Morghan.

— Il n'est pas nécessaire d'avoir recours à des insultes, vieil homme, répliqua la figure diabolique.

Avant qu'il ne se retourne et s'enfuie à toute allure, une intense chaleur enveloppa Morghan. Horrifié, il vit sa peau tourner au rouge vif et des cloques apparaître l'instant d'après. En quelques secondes, Morghan s'effondra sur le sol boueux, son corps bouilli sur place par un sort cruel.

— À bien y penser, peut-être que je suis le prince des mensonges, soupira l'homme en noir.

Sans perdre un instant de plus, il retourna à son travail, car il savait que le moment où son plan atteindrait son point culminant approchait rapidement.

Malloy tentait toujours de défaire les nœuds autour de ses poignets lorsque le sol sursauta brusquement sous lui, la colline vibrant violemment pendant une seconde.

— Nom de Dieu! Qu'est-ce que c'était que ça? demanda Kaleb.

— Je n'en ai aucune idée, répondit Darroch. Mais si vous voulez mon avis, je suggère que l'on trouve une façon de se tirer d'ici au plus vite. Il se passe quelque chose et je ne suis pas certain de vouloir être là pour découvrir ce que c'est.

— Pourquoi dis-tu ça? demanda Kaleb.

— Regarde les hommes autour de nous. Les gardes qu'ils avaient assignés pour nous surveiller ont presque tous abandonné leur poste. Ou ils se sauvent devant un grave danger, ou ils se sont rassemblés quelque part sous les ordres de leur chef. Peu importe ce que c'est, un événement d'importance est sur le point d'avoir lieu et mon petit doigt me dit que cela n'augure rien de bon pour nous.

Kaleb leva les yeux vers le ciel noir. Tout ce qu'il arrivait à voir était les éclairs qui fissuraient les ténèbres, illuminant brièvement les alentours, avant que l'obscurité ne les enveloppe à nouveau dans un tonnerre assourdissant.

— Je ne sais pas ce que vous en pensez, dit Freston, mais je crois que ce que nous venons de ressentir n'était pas une secousse normale. C'était quelque chose de différent, comme un mal ancien qui s'éveille après un repos millénaire. Je crains que cette nuit soit la scène d'événements terribles qui seront gravés dans les mémoires de plusieurs générations.

— Ne dis pas de bêtises, trancha Malloy.

— Tu sais très bien que je dis la vérité. Regarde autour de nous, nom de Dieu ! Cette nuit est l'une de ces nuits au cours desquelles les légendes naissent. Quelque chose est sur le point de se produire, quelque chose de grave, et nous ferions mieux de trouver le moyen de descendre de cette colline et vite.

— Et comment proposes-tu que nous fassions cela au juste ? demanda Kaleb, poussant sa voix au-dessus du tonnerre qui ressemblait à une tentative de Dieu de les faire taire.

— J'y travaille ! répondit Freston.

Durant les minutes qui suivirent, les quatre hommes demeurèrent silencieux, cherchant un moyen de s'échapper de leur cellule à ciel ouvert. S'ils réussissaient à se défaire de leurs liens et à s'enfuir en courant, ils seraient immédiatement repérés par les gardes et se retrouveraient sans aucun doute avec quelques flèches entre les omoplates. Même si, par miracle, ils parvenaient à atteindre le versant de la colline, la paroi serait probablement trop escarpée. Dans cette obscurité, ils se rompraient le cou en essayant de rejoindre la vallée en contrebas. Même Malloy avait abandonné ses tentatives pour se libérer les mains et se contentait d'observer les environs, attendant un quelconque miracle. Il remarqua alors une masse noire au loin, là où les gardes s'étaient tenus quelques instants plus tôt. La pluie torrentielle brouillait sa vision, mais il devina rapidement qu'il s'agissait du corps d'un soldat. Aussitôt, une deuxième ombre apparut près du cadavre, la tête baissée vers celui-ci. Avant qu'il ne puisse réagir, le deuxième garde tomba également au sol.

Cette fois-ci par contre, Malloy remarqua un détail qu'il n'avait pas vu auparavant : une flèche dans le cou du deuxième homme. Avant qu'il ne puisse avertir ses compagnons de ce qui se tramait, Malloy entendit un troisième garde donner l'alerte, ayant également aperçu le deuxième homme tomber au sol. Les deux soldats plus près de Malloy accoururent immédiatement à l'endroit où leurs compagnons gisaient, rapidement rejoints par d'autres gardes postés derrière le jeune homme. Toutefois, avant qu'ils n'atteignent les dépouilles de leurs camarades, Malloy vit une ombre immense se former derrière le rideau de pluie, passant par-dessus les cadavres. La forme devint de plus en plus imposante et précise, jusqu'à ce qu'il distingue un groupe d'hommes qui couraient vers eux, leurs armes en main et des flèches volant au-dessus de leur tête.

Les gardes hurlèrent immédiatement des directives, se préparant à faire face au groupe de nouveaux venus. Alors que les deux bandes se rencontrèrent au loin, Malloy ne vit que des formes et des ombres, mais entendit parfaitement le choc du métal contre métal, entrecoupé par des plaintes et des cris de douleur. Les quatre gardes tombèrent au sol les uns après les autres, jusqu'à ce qu'ils gisent tous aux côtés de leurs compagnons.

Le mystérieux groupe de guerriers s'avança lentement vers Malloy et ses compagnons. L'un d'eux se détacha du reste. Avec sa stature imposante et son armure d'acier, il était clairement leur chef. Son casque était magnifique et Malloy reconnut immédiatement les petites ailes sur chaque côté de celui-ci.

— Uther, dit-il, comme je suis content de vous voir, Sire.

— Malloy, répondit Uther Pendragon, tandis qu'il faisait signe aux autres de libérer ces hommes. Je suis aussi content de te voir en vie, mon ami.

En quelques minutes, les quatre prisonniers furent libérés et équipés avec de nouvelles épées et des boucliers. Freston observa avec scepticisme sa nouvelle lame. Il aurait préféré utiliser son arc. Quiconque le lui avait confisqué paierait chèrement cet affront.

— Où est mon frère ? Où est Ambrosius ?

— Nous ne savons pas où ils l'ont emmené, Sire, répondit Kaleb. Lorsque nous sommes arrivés au camp, nous avons escaladé la colline pour trouver Vortigern, mais Morghan nous a tendu un piège. On nous a attachés à cet arbre, tandis qu'Ambrosius, Samuel, et Myrddin furent emmenés dans la tente royale. Nous ignorons ce qui leur est arrivé par la suite.

— Comment nous avez-vous trouvés ? demanda Malloy.

— Mon frère est sage et prudent, répondit Uther, mais il a parfois tendance à se croire invincible, et il oublie que certaines personnes dissimulent également très bien leur jeu. Même en prenant toutes les précautions nécessaires, les choses peuvent mal tourner. Dès que vous avez quitté le monastère, j'ai rassemblé quelques hommes et nous avons suivi vos traces à distance. Bien que je préférerais l'éviter, l'abbaye peut tomber entre les mains des Saxons. Les gens courageux et les braves moines qui y vivent sont prêts à faire les sacrifices nécessaires. Mon frère Ambrosius, quant à lui, est trop important pour être laissé sans protection. Lorsque vous avez escaladé la colline cet après-midi, nous sommes demeurés en retrait, observant la scène depuis l'orée du bois. Lorsque le soleil disparut derrière l'horizon, nous avons infiltré le camp, nous confondant avec les autres soldats. C'est à ce moment que nous avons entendu parler d'un groupe de prisonniers et du plan de Vortigern, qui consiste à libérer une paire de créatures anciennes.

Malloy et ses trois compagnons le regardèrent, arrivant à peine à croire ce qu'il venait tout juste de dire.

— Il planifie de faire quoi ? demanda Darroch.

— Il y a une rumeur qui court dans le camp selon laquelle des soldats creusent la colline pour trouver deux dragons qui y sont cachés. Dès qu'ils seront libres, Vortigern croit qu'il peut tuer l'un d'eux. Il pense qu'ils sont des symboles qui représentent les nations de ce conflit, l'un rouge et l'autre blanc. Je parie qu'il espère regagner la confiance de ses hommes en tuant le symbole des Saxons, le dragon blanc. Cet imbécile va relâcher un mal qu'il ne comprend même pas sur notre pays.

— Mon Dieu, dit Malloy. Nous devons faire quelque chose.

— Trouvons d'abord Ambrosius et les autres, dit Uther.

Vortigern se tenait, silencieux, en bordure des eaux sombres, observant une vaguelette qui se dirigeait vers lui, la dixième ou onzième maintenant, il avait perdu le compte. Chacun de ses hommes en faisait autant, braquant les yeux en silence sur la vaste et obscure caverne qu'ils avaient découverte. Quelques minutes plus tôt, ils s'étaient tous interrogés entre eux, se questionnant sur la cause des perturbations à la surface de l'eau, mais lorsqu'un violent tremblement avait secoué la grotte, causé par un hurlement si puissant qu'on aurait dit que la colline elle-même venait d'exploser, tous avaient reculé d'un pas et personne n'avait prononcé un mot depuis.

Même si cela défiait la raison, il était clair maintenant dans l'esprit de tous quelle était la cause des vagues sur l'eau. Quelque chose avait pris conscience de leur présence et ne semblait pas apprécier l'intrusion.

La seule question qui demeurait à présent sans réponse était la suivante : que devaient-ils faire ? Devaient-ils tourner les talons et s'enfuir à toutes jambes ou devaient-ils empoigner leurs armes et se préparer à combattre ce qui émergerait des ténèbres devant eux ?

Vortigern n'était pas différent de ses hommes et se posait les mêmes questions qu'eux. Il s'efforçait de demeurer calme et d'afficher du courage, mais au fond de lui-même, la peur prenait rapidement le contrôle de son esprit. Lorsque l'idée de tuer le dragon blanc avait germé dans son esprit, dans le confort de sa luxueuse tente à la surface, cela lui avait paru être un plan extraordinaire. Évidemment, il n'avait pas pensé que ce serait une tâche facile, mais tout de même réalisable, spécialement pour lui, s'il demeurait en retrait et laissait un brave soldat se couvrir momentanément de gloire. Mais maintenant qu'il était entouré par des tonnes de pierres et de roches, prisonnier d'une caverne qui semblait encore plus énorme que la colline dans laquelle elle se trouvait, enfermé avec deux créatures infernales qui étaient plus âgées que le temps, l'idée de tuer l'une d'entre elles paraissait beaucoup moins attrayante.

Sans aucun avertissement, à l'instar de la première, une deuxième secousse fit trembler violemment la grotte, projetant la plupart des soldats au sol. Dans la confusion, plusieurs torches s'éteignirent, et la lumière à l'intérieur de la caverne diminua grandement. Au même moment, une détonation assourdissante retentit, suivie d'une deuxième et d'une troisième, chacune plus forte que la précédente.

Puis, la cacophonie s'arrêta. Pendant les minutes qui suivirent, rien ne se produisit. Il n'y avait aucun signe d'une perturbation de l'eau froide et noire. Les guerriers de Vortigern se relevèrent, tenant nerveusement leur bouclier devant eux et leur épée à hauteur de taille, à peine préparés à faire face à Dieu sait quoi.

Ou à s'enfuir sans demander leur reste.

La plupart d'entre eux regardaient leurs voisins, espérant trouver du réconfort et de l'assurance, mais tous affichaient le même sentiment de peur et d'effroi, un sentiment qui s'approchait dangereusement de la panique.

Quelques instants plus tard, Vortigern leva finalement le bras, signalant à ses troupes de rester calmes, prétendant qu'il avait la situation bien en mains. Le roi fit un pas en avant, faisant attention de ne pas toucher l'eau, comme s'il s'agissait d'un acide mortel qui brûlerait instantanément ses bottes de cuir. Il se pencha légèrement, observant l'obscurité devant lui, essayant d'y apercevoir un signe de la bête qu'ils étaient venus chasser.

Soudainement, un rugissement assourdissant remplit la caverne, résonnant contre les parois de pierres humides, comme un sortilège qui enveloppe chaque homme et remplit son cœur de peur et de folie. Le hurlement sinistre persista pendant près d'une minute, forçant chaque soldat à lâcher son arme pour se couvrir les oreilles. Même Vortigern fut poussé à genoux par le grognement infernal, comme si la créature qui l'émettait avait saisi sa volonté et la pliait sans effort. Finalement, le dernier écho de ce bruit diabolique se dissipa et la caverne fut plongée de nouveau dans le silence, telle une tombe oubliée par le temps.

Vortigern se releva péniblement, tout en écartant lentement les mains de sa tête, prêtant à nouveau l'oreille aux alentours. Durant quelques secondes, il ne détecta rien du tout, mais il réalisa ensuite que la caverne n'était plus parfaitement silencieuse. Un son étrange provenait de l'obscurité devant lui, subtil et court, mais qui se répétait à intervalles réguliers. On aurait dit le bruit d'une énorme épée qui sabrait l'air, un sifflement long et puissant, tel qu'il n'en avait jamais entendu auparavant. Cela venait et partait, encore et encore, jusqu'à ce que finalement, une silhouette prenne forme dans le vide immense de la caverne.

Le dragon émergea de l'obscurité avec une vitesse terrifiante, volant juste au-dessus de la surface de l'eau, le bout de ses ailes effleurant celle-ci chaque fois qu'elles s'abaissaient.

— Que Dieu nous vienne en aide ! Qu'ai-je donc fait ? murmura Vortigern, plongeant le regard dans les yeux rouges et incandescents de la bête.

La créature était beaucoup plus imposante qu'il ne l'avait imaginé, ses ailes ayant presque l'envergure de la caverne entière. Son corps était massif, aussi énorme que la plus haute tour du plus gros château de l'île, recouvert d'écailles sans couleur qui lui donnaient un aspect funeste, comme une bête sortie tout droit des cauchemars les plus sinistres. Sa tête était plus large qu'un cheval, avec une gueule ouverte qui révélait des centaines de dents acérées, au-dessus desquelles dansait une langue qui se terminait en pointe de flèche. Sur le dessus de son crâne se trouvaient quatre cornes noires, tandis qu'une suite de cornes plus petites courait le long de sa colonne vertébrale, jusqu'au bout de sa queue.

Lorsqu'il fut entièrement visible, le dragon sembla regarder Vortigern l'espace d'un instant. Ensuite, il tourna la tête sur la droite, ouvrant sa gueule bien grande pour cracher un jet de feu liquide, brûlant instantanément des douzaines d'hommes avant qu'ils n'aient la chance de réagir. La bête cracha un nouveau jet de feu, avant de reprendre de l'altitude et de survoler le lac pour un second passage.

Les guerriers lâchèrent instantanément leurs armes et s'enfuirent vers le tunnel qu'ils avaient utilisé pour accéder à cet endroit maudit, hurlant de panique et piétinant les malheureux qui perdaient pied dans leur tentative de s'échapper de ce piège mortel. Le dragon survola à nouveau la foule, ouvrant sa gueule et incinérant encore plus de soldats dans un océan de flammes.

Vortigern sortit finalement de sa stupeur. Partout où il posait les yeux, il vit des tas de cendres fumantes, de la roche liquéfiée et des hommes endurcis pleurer d'effroi, hurlant à pleins poumons pour couvrir la panique dans leur cœur. La grotte était dorénavant un endroit de chaos total, chaque soldat courant vers l'entrée du tunnel, tandis que le dragon embrasait les douzaines d'hommes qui traînaient derrière le groupe principal.

Qu'avait-il donc fait ? Ce moment aurait dû être le point culminant de son règne, sa marque dans l'histoire, où il aurait saisi la Bretagne d'une main de fer pour la faire sienne. Cette nuit aurait dû en être une de légendes, une nuit que les bardes à travers le royaume auraient tournée en magnifiques chansons à la gloire de leur roi qui les avait secourus des hordes de Saxons.

Mais au contraire, cette soirée s'avérait être le dernier incident d'une longue liste d'événements misérables, une suite de malédictions que Dieu jugeait bon de lui faire subir pour une raison inconnue. Des larmes roulèrent le long de ses joues, tandis qu'il demeurait immobile sur les berges du lac souterrain, observant ses hommes disparaître dans le tunnel. Le dragon blanc survola une nouvelle fois la tête de Vortigern et se posa directement sur le dernier groupe de soldats, écrasant leur corps fragile sous ses jambes puissantes. La bête observa l'ouverture devant elle et l'inspecta un moment, puis elle fit quelques pas vers l'arrière. Avec une force extraordinaire, elle se lança vers la paroi rocheuse et s'enfonça dans l'ouverture.

Derrière le roi, sans que celui-ci s'en aperçoive, l'eau s'était remise à bouger de nouveau. Doucement, des vaguelettes frappaient le talon de ses bottes, prenant rapidement de l'ampleur, jusqu'à devenir de véritables vagues. Lorsque l'eau noire recouvrit ses pieds, le roi remarqua finalement ce qui se passait et se retourna lentement.

Il se retrouva alors face à un autre dragon, celui-ci couvert d'écailles rouges et scintillantes. La bête se tenait à trois mètres du roi, fixant du regard le visage du souverain. Vortigern pouvait sentir son haleine fétide, un mélange de soufre et de cendres sèches.

— Je... je... je..., bredouilla Vortigern. Je suis Vortigern... roi... roi des Bre... Bretons... Je suis le chef de ton peuple.

La bête sembla perplexe face à cet homme devant elle qui prétendait être un roi. Elle savait parfaitement que c'était faux. Lentement, le dragon leva la tête bien haute. Vortigern s'écroula sur les genoux pour implorer la clémence de la bête. D'un geste rapide, le dragon ouvrit la gueule et engloutit le faux roi sans pitié.

Lorsque son court repas fut terminé, le dragon rouge leva les yeux vers l'ouverture élargie du tunnel et s'avança lentement vers le chemin, afin de poursuivre son ennemi.

— Je ne peux plus la voir !

Angéline, Ambrosius et Samuel tournèrent la tête pour observer le jeune enfant au bout de la table.

— Tu ne peux plus voir quoi ? demanda Ambrosius.

— Ce qui va se passer. La suite de l'histoire dont la fée a parlé. Ma vision. Je ne peux plus la voir !

— Cela ne veut dire qu'une chose, dit Angéline. Le sorcier de l'Yfel a mis en branle son plan. Il a changé l'histoire.

— Si c'est le cas, dit Samuel, alors pourquoi Myrddin ne peut-il pas voir la nouvelle suite d'événements ? Si notre ennemi a agi pour changer la fin de cette légende, ne devrait-il pas être en mesure de voir celle-ci, même si elle est différente ?

— Peut-être ne peut-il rien voir parce que rien n'est encore décidé, dit Angéline. Peut-être sommes-nous trop près des événements, avec de nombreuses variables encore imprécises. Nos actions vont maintenant déterminer quelle vision s'avérera véridique. En d'autres mots, le reste de l'histoire dépend officiellement de nous.

Samuel observa Myrddin. Pour la première fois depuis qu'il avait rencontré le jeune garçon qui deviendrait Merlin, celui-ci était véritablement effrayé. Depuis toujours, ce garçon avait conscience des événements à venir. C'était probablement pour cette raison qu'il avait accepté de les accompagner ici et de rencontrer Vortigern, car il savait qu'il ne serait pas sacrifié. Il avait vu l'avenir. C'était la raison pour laquelle Myrddin avait continué de sourire et de fredonner à voix basse, tandis que le tonnerre grondait au-dessus des montagnes et qu'ils étaient toujours prisonniers de cette tente, dans l'attente du sort qui leur était réservé. Jusqu'à ce point, il s'était senti en sécurité.

Cependant, plus rien n'était certain maintenant et tout pouvait arriver, incluant leur propre mort, s'ils n'étaient pas prudents. Pour la première fois de sa courte vie, Myrddin ressentait ce que chaque homme vivait quotidiennement, c'est-à-dire l'incertitude de la vie, être ignorant de l'heure de sa mort et de ce que le futur avait en réserve pour lui. Certaines personnes pensent que c'est une bénédiction, permettant d'apprécier pleinement son existence, vivant chaque jour de celle-ci avec les bras ouverts et acceptant les surprises que le destin met sur son chemin. Mais pour Myrddin, cela devait être une vague de réalité impressionnante et terrifiante à la fois.

— Ça va aller, Myrddin, dit Samuel, passant un bras autour des épaules du jeune garçon.

— Ça va *aller*? lança Angéline. Comment peux-tu dire une chose pareille ? Vous êtes tous prisonniers ici, pendant que notre ennemi met son plan en branle. Ça ne va pas du tout !

Samuel lança un regard vers la petite fata agitée et fronça les sourcils, inclinant la tête vers le garçon terrifié. Myrddin regardait également Angéline.

— Je veux dire, *bien sûr* que ça va aller, dit la fata. Il n'y a rien à craindre vraiment, nous sommes tous des héros et l'un de nous est même un enchanteur. Nous serons en mesure de trouver une solution. Du moins, espérons-le.

Naturellement, les dernières paroles d'Angéline échouèrent misérablement à rassurer le jeune garçon. Comme pour aggraver davantage les choses, dès qu'elle s'arrêta de parler, un hurlement strident fut entendu par tous. Le rugissement semblait provenir directement de sous leurs pieds, de l'intérieur même de la colline. Il dura près d'une minute, avant que les choses retournent à la normale.

— Qu'est-ce que c'était que ça ? demanda Samuel, visiblement inquiet.

— Ça, c'est un des dragons, répondit Myrddin, le visage pâle.

— Seigneur, dit Ambrosius. Il a réussi. Il a trouvé les dragons et cet imbécile les a relâchés sur nous tous.

Des cris et des plaintes retentirent soudainement à l'extérieur de la tente, tandis que les gardes se lançaient des ordres et des instructions. Peu de temps après, Samuel et ses compagnons entendirent des épées se frappant les unes contre les autres, à peine à quelques mètres plus loin. La bagarre ne dura qu'une minute et ensuite, le silence tomba à nouveau, à l'exception des quelques plaintes du côté des perdants.

Ambrosius attrapa le premier objet à portée de main, une lourde coupe en métal, et la leva au-dessus de sa tête, prêt à la balancer vers quiconque pénétrerait dans la tente. Myrddin se cacha derrière Samuel, avec la petite fata qui s'accrochait aux cheveux du garçon aussi fort qu'elle le pouvait.

La porte de la tente vola dans les airs et Malloy apparut sur le seuil, suivi rapidement d'Uther et du reste de leurs camarades.

— Mon frère ! lança Ambrosius.

— Avant que tu me tombes dessus pour ne pas avoir suivi ton plan, dit Uther, nous ferions mieux de partir d'ici sans perdre une minute.

— Comme je suis heureux de te voir, mon frère.

Myrddin courut vers le nouveau venu et se jeta dans ses bras. Uther souleva le garçon, observant Samuel et Ambrosius. Malloy s'avança vers le Gardien de Légendes.

— Est-ce que ça va ? demanda-t-il.

— Oui, ça va, mais nous ne pouvons pas rester ici. Nous devons faire vite, avant qu'il ne soit trop tard.

— Je sais. Uther nous a raconté le plan de Vortigern et son intention de libérer une paire de dragons. Nous devons descendre de cette colline maudite en vitesse. L'enfer est sur le point de s'ouvrir sur cet endroit et nous devrions en être le plus loin possible.

— Non ! Tu ne comprends pas, trancha Samuel. Nous devons d'abord trouver un homme. Je n'ai pas le temps de t'expliquer, mais crois-moi, nous ne pouvons pas partir avant de l'avoir arrêté. Il va tuer le dragon rouge et nous devons l'en empêcher à tout prix !

Malloy, Uther et les autres qui étaient venus à la rescousse de leurs amis observèrent l'étrange jeune homme, essayant de trouver un sens à ce qu'il disait.

— Je ne suis pas sûr de comprendre moi-même, dit Ambrosius, mais j'ai confiance en ce jeune homme. Cette nuit, j'ai été le témoin de plusieurs choses étranges et j'en ai appris beaucoup sur les forces qui nous entourent. Ce garçon dit la vérité, Uther. J'ai confiance en lui.

— Alors je lui fais également confiance, dit Uther. Que proposes-tu que nous fassions maintenant ?

Avant que quiconque ne puisse répondre, la colline trembla avec une telle force que la secousse projeta tout le monde au sol. Avant qu'ils comprennent ce qui venait de se produire et qu'ils se remettent sur pied, la tente colossale leur tomba sur la tête, les emprisonnant sous le lourd tissu souillé et trempé.

Du côté est de la colline, là où des guerriers avaient cherché un accès vers le cœur de Dinas Ffaraon, à peine quelques heures plus tôt, l'entrée du tunnel était maintenant complètement dégagée de pierres et de débris, gardée par de nombreux soldats. Quelques instants plus tôt, les hommes plus près de l'ouverture avaient perçu des cris et des bruits étranges provenant du passage, et s'étaient approchés un peu, curieux de savoir ce qui se passait. Alors qu'ils s'étaient avancés de quelques pas, une lumière vive et rouge était apparue dans les profondeurs du tunnel. Immédiatement, ils avaient ressenti de la chaleur sur leur visage et perçu une odeur dégoûtante de soufre et de viande calcinée.

À présent, tandis que la lueur rouge grandissait, ils pouvaient distinguer des silhouettes d'hommes qui couraient vers la sortie, criant des choses incompréhensibles et hurlant de terreur. Avant que les soldats à l'extérieur s'écartent et viennent en aide à leurs camarades, une immense tête reptilienne apparut dans l'entrée de la grotte, sa gueule grande ouverte, avalant les guerriers qui avaient cru réussir à s'échapper d'une mort horrible.

Tandis qu'il atteignait la sortie, apercevant le ciel nocturne pour la première fois depuis des siècles, le dragon blanc gagna de la vitesse, le sol tremblant violemment sous chacun de ses pas. La bête approcha de sa liberté aussi vite qu'elle le pouvait, jusqu'à ce que finalement, dans une explosion de pierres fragmentées et de poussière, elle émerge de la colline et ouvre bien grandes ses ailes pour accueillir le vent de l'orage. Faisant fi des hommes écrasés sous lui et des soldats coincés sous les pierres, le dragon blanc s'envola plus haut, survolant la montagne en décrivant de larges cercles.

Quelques instants plus tard, une deuxième explosion envoya une colonne de poussière haut dans les airs et des pierres furent propulsées au pied de la colline, écrasant les tentes vides et les guerriers qui tentaient de fuir cet endroit maudit. Au milieu de ce nuage de débris émergea brusquement une silhouette rouge, identique à la blanche, à l'exception de la couleur des écailles.

Apercevant son adversaire de toujours s'envoler vers lui, le dragon blanc se retourna et demeura suspendu dans les airs, se préparant à s'engager dans une nouvelle bataille de leur conflit éternel. Cette fois-ci par contre, ils auraient amplement d'espace pour manœuvrer, et chacun d'entre eux était déterminé à en finir une fois pour toutes. Cette nuit, Dinas Ffaraon serait témoin de la fin de leur combat millénaire.

Le sinistre étranger était presque prêt. Ses mains étaient endolories, fatiguées par toute l'énergie qu'elles avaient recueillie et transférée dans l'appareil. Son piège et son arme étaient prêts. Le moment était venu où il exécuterait enfin la dernière partie de son plan et atteindrait son but. Il leva les yeux vers le dragon blanc qui s'envolait et planait au-dessus de la colline, puis regarda le dragon rouge se lancer à sa suite.

L'homme en noir termina rapidement de charger l'engin avec suffisamment d'énergie pour faire exploser le dragon breton en morceaux. Lorsqu'il fut satisfait, il entonna un ancien sort de télékinésie, soulevant ainsi la croix à quelques mètres du sol.

Avec précaution, bougeant les mains sans toucher la croix, il pointa celle-ci vers le dragon rouge.

— C'est ça mon grand, murmura-t-il. Approche-toi juste encore un peu.

Samuel se tortillait pour se libérer de la tente qui s'était effondrée sur sa tête. Il pouvait entendre ses camarades tout près de lui, s'efforçant eux aussi de se libérer. Angéline, furieuse d'avoir de la boue sur sa belle tunique, maudissait d'anciennes divinités et des dieux inconnus.

Se déplaçant à l'aide de ses coudes sous les poteaux de bois, Samuel cherchait désespérément une issue. Finalement, sa tête se retrouva à l'air libre et la pluie froide s'abattit sur son visage, puis le vent souleva violemment ses cheveux. À l'aide d'une poussée supplémentaire, il se libéra finalement de sa prison inusitée et se releva péniblement. Il se retrouva aux côtés de Malloy et d'Ambrosius, qui avaient également réussi à se dégager et s'efforçaient maintenant de venir en aide à leurs camarades. Peu de temps après, Kaleb, Uther et le reste de leurs compagnons réussirent à se dégager de la tente écrasée et se rassemblèrent, Darroch étant le dernier à se joindre à eux.

Ambrosius voulut établir un plan d'action et s'assurer que tous étaient au courant de la tâche à accomplir, mais Malloy l'interrompit, avant même qu'il ne prononce un seul mot.

— Qu'est-ce que c'est que *ça* ? demanda le guerrier, pointant vers le nord, indiquant un monticule au loin.

Au début, personne ne discerna vraiment ce qu'il indiquait, mais ensuite, Samuel vit. À environ trois cents mètres de l'endroit où ils étaient tous, une lueur verte grandissait rapidement, devenant de plus en plus brillante. Elle s'élevait lentement au-dessus de la colline et palpitait régulièrement, comme s'il s'agissait d'un organisme vivant.

Lorsqu'un éclair illumina brusquement le ciel et révéla ce qui se trouvait sur la butte, Samuel vit qu'il s'agissait du même engin qu'il avait observé plus tôt sur le parchemin, avec la silhouette d'un homme qui se tenait au-dessous. Il leva les yeux vers le ciel, juste à temps pour voir deux dragons entrer en collision, chacun mordant et griffant son opposant.

— Que Dieu ait pitié, dit-il. Il est trop tard.

16

Samuel et ses compagnons se tenaient debout près de la tente écrasée. La pluie torrentielle avait redoublé de vigueur, l'orage atteignant à présent son paroxysme. Toutefois, le petit groupe ne se souciait pas du vent qui sifflait à leurs oreilles et de l'eau froide qui coulait sur leur visage. Leurs yeux étaient tournés vers le ciel, observant sans y croire une bataille improbable. Quelques jours plus tôt, aucun d'entre eux n'aurait pensé que de telles créatures pouvaient exister, mais voilà qu'elles se trouvaient devant eux, deux dragons, se mordant et se griffant sans merci.

Les bêtes infâmes étaient énormes, bien plus imposantes qu'elles ne l'avaient d'abord paru. On aurait dit qu'un pouvoir magique leur permettait de modifier leur corps afin de s'adapter à l'espace disponible. Maintenant qu'elles étaient à nouveau libres, se livrant bataille dans une arène aussi vaste que le ciel breton, les deux adversaires avaient repris leurs dimensions naturelles, combattant avec la force de deux continents qui entraient en collision.

La tempête au-dessus de Dinas Ffaraon atteignait des proportions épiques, relâchant toute la furie de la nature sur le monde dessous. Des éclairs incessants cicatrisaient le ciel noir et le roulement perpétuel du tonnerre secouait la terre. Les gouttes de pluie étaient comme des petits projectiles, poussées à l'horizontale par un vent féroce.

Samuel arrivait à peine à croire ce dont il était témoin. Même dans ses rêves les plus invraisemblables, il n'aurait jamais envisagé une image aussi cauchemardesque que la vision de ces deux créatures anciennes, combattant au milieu d'un orage déchaîné.

— Samuel ! entendit-il. Samuel ! Regarde-moi !

Le garçon secoua la tête et tourna les yeux vers Angéline. Cela faisait un moment qu'elle tirait sur son gilet, tentant d'attirer son attention.

— Que veux-tu dire, il est trop tard ? demanda-t-elle. Samuel ! Par tous les dieux, réponds-moi !

Samuel concentra finalement toute son attention sur elle. Ce n'était pas un rêve improbable ou un film illusoire. Les événements autour de lui étaient réels et il en faisait partie.

— Regarde ! dit-il, pointant vers le monticule sur la partie nord du plateau. Il est trop tard. Le sorcier d'Yfel s'apprête à utiliser la croix. Il va faire feu sur le dragon rouge d'une seconde à l'autre.

— Nous devons l'arrêter ! Nous ne pouvons pas simplement le laisser gagner.

— Comment proposes-tu que je m'y prenne ? Il est trop loin, dit Samuel, arrivant à peine à entendre ses mots par-dessus la pluie et le vent. Même en courant, je n'arriverai jamais à temps. Je ne peux pas l'empêcher d'abattre le dragon. Nous avons perdu, Angéline. C'est fini, j'ai échoué.

Angéline le gifla de toutes ses forces, sa petite main frappant avec puissance sa joue mouillée.

— Ferme-la, Samuel ! Cesse d'être un petit pleurnichard ! cria-t-elle. Ne t'avise pas d'abandonner. Tu es le Gardien de cette légende. Tu es mon Gardien et tu ferais bien de t'en souvenir. Je n'abandonne jamais et tu ne le feras pas non plus, est-ce clair ? Il y a toujours un moyen, il suffit de le trouver.

Il regarda le monticule au loin, apercevant clairement la boule de lumière verte qui grandissait et prenait de l'expansion, une masse d'énergie primaire, prête à devenir une arme mortelle dirigée contre le dragon rouge.

Il leva ensuite les yeux vers les deux créatures qui combattaient toujours, ignorant complètement ce qui les entourait et inconscientes du danger plus bas. Si seulement il y avait un moyen de les avertir, pensa Samuel. Malheureusement, les bêtes étaient si hautes dans le ciel, bien au-delà de la portée des flèches, qu'il n'y avait aucun moyen d'attirer l'attention du dragon rouge.

À moins que...

Bien sûr !

— Angéline ! dit Samuel. Les dragons sont des bêtes anciennes et légendaires, mais sont-ils quand même des animaux ? Sont-ils considérés comme quelque chose d'autre ?

— Quoi ? Bien sûr qu'ils sont des animaux, mais je ne crois pas que soit le meilleur moment pour une leçon de science, Samuel.

— Je pense que j'ai trouvé un moyen pour avertir le dragon rouge. Comme je l'ai fait avec mon cheval, il y a quelques jours, peut-être pourrai-je entrer dans sa tête et communiquer avec lui d'une certaine manière. Si seulement j'arrivais à le faire se retourner et regarder plus bas, peut-être le dragon verrait-il la boule d'énergie qui est braquée sur lui. Avec un peu de chance, peut-être que le sorcier de l'Yfel ratera son coup.

La fata ouvrit grand les yeux.

— Pourquoi n'y ai-je pas pensé avant ! dit-elle. Toutefois, il y a un problème. Auras-tu assez de puissance pour te rendre jusqu'au dragon ou pour lui faire comprendre que tu essaies d'entrer en contact avec son esprit ? Même si c'est un animal, il n'en demeure pas moins que c'est une créature avec un pouvoir immense, ancienne et protégée de façon magique. Ce n'est pas un simple cheval. Tu pourrais avoir besoin de plus de pouvoirs que tu en possèdes.

Samuel se retourna et trouva rapidement la personne qu'il cherchait.

— Peut-être qu'il peut m'aider, dit-il en pointant Myrddin.

Le jeune garçon regardait déjà en direction de Samuel. Il avait suivi la conversation et fit un signe de la tête. Il lâcha la tunique d'Uther et s'approcha de Samuel.

— Que se passe-t-il ? demanda Ambrosius.

— On ne pourra jamais atteindre l'appareil à temps pour empêcher cet homme de l'utiliser, répondit Samuel. Par contre, avec l'aide de Myrddin, je pense que je parviendrai à avertir le dragon des Bretons. Je vais avoir besoin de toute ma concentration, puisque je n'ai jamais fait ça auparavant. Pouvez-vous vous assurer que nous ne soyons pas dérangés ?

— Tu es sans aucun doute quelqu'un d'étrange, Samuel, mais j'ai dit que je te ferais confiance. Je te suggère de te dépêcher, car je crois que nous n'avons plus beaucoup de temps devant nous.

Ambrosius pointa vers le monticule, où la boule d'énergie continuait d'augmenter et de prendre de l'expansion. Puis il donna rapidement des instructions aux autres pour qu'ils prennent position en cercle autour des deux garçons. Malloy jeta un coup d'œil par-dessus son épaule pour observer Samuel, qui lui sourit, confiant que son plan allait fonctionner.

Samuel s'assit sur la tente écroulée, croisant ses jambes l'une sur l'autre, tandis que Myrddin s'assoyait devant lui, dans une position similaire. Les deux garçons se regardèrent dans les yeux une dernière fois et fermèrent ensuite les paupières, prenant les mains de l'autre dans les siennes.

Au début, Samuel ne ressentit absolument rien, mis à part la pluie froide qui tombait sur son visage et le vent qui fouettait sans relâche chaque centimètre de sa peau. Toutefois, au bout d'un certain temps, il sentit une chaleur douce, un peu comme si l'on avait allumé un feu tout près de lui. La chaleur grandit davantage, gagnant de l'intensité, jusqu'à devenir particulièrement confortable. Samuel pouvait presque s'imaginer être au milieu d'un salon, où un feu brûlait gaiement dans la cheminée.

Peu de temps après, il entendit la voix de Myrddin, prononçant doucement des mots qu'il ne pouvait pas comprendre, récitant d'anciens rituels dans un langage oublié, issu d'une culture défunte. Son corps vibrait, chaque molécule de son être soudainement plus vivante, plus consciente. Une énergie pure naquit dans son ventre et se déversa ensuite dans ses membres, jusque dans sa tête, où elle forma un halo froid autour de son crâne. C'était incroyable ! Une énergie intense et brillante envahissait son corps, attendant d'être relâchée et d'être projetée à partir de sa tête, tel un jet de lumière en quête de sa cible.

Acceptant toute l'énergie que Myrddin déversait dans son être, Samuel se concentra sur son rôle. Il imagina que l'aura autour de lui s'étirait rapidement, tentant de rejoindre l'énergie psychique du dragon. Il forma les mots qu'il voulait transmettre dans son esprit, un message d'avertissement.

Regarde plus bas, pensa-t-il.

Il essaya de rassembler toute l'urgence qu'il avait ressentie dans les dernières minutes, en plus de chacune des émotions qu'il ressentait en ce moment même. Une dernière fois, il fit apparaître le message dans son esprit et le connecta sur l'énergie qui entourait son crâne, poussant pour la relâcher, afin qu'elle porte son message, enveloppé de ses émotions.

Il ressentit un soulagement intense lorsque l'énergie quitta son corps, comme s'il venait de relâcher toutes ses craintes et ses anxiétés. Il attendit quelques secondes, priant pour que son message soit reçu, espérant prendre contact avec le dragon. Malheureusement, rien ne se produisit.

— Ça va, dit Myrddin dans son esprit. Nous allons essayer à nouveau.

Tout comme la première fois, une chaleur grandit doucement dans le corps de Samuel, puis les vibrations dans son ventre et la lumière qui s'accumulait autour de sa tête. Il formula à nouveau son message, mais cette fois-ci, il y ajouta l'image du dragon rouge, s'efforçant de se remémorer chaque détail de son énorme corps : les larges ailes, les jambes puissantes et les écailles reptiliennes. Il se représenta les cornes sur le dessus de sa tête et celles qui couraient le long de son dos. Finalement, il concentra son attention sur la couleur rouge, l'utilisant pour peindre son message. Il imagina que l'énergie qu'il relâchait à nouveau était également d'une couleur écarlate.

Encore une fois, il ne ressentit rien en retour. Il attendit encore quelques secondes, mais il ne pouvait toujours pas se connecter avec le dragon. Au contraire du cheval, qui avait été conscient de la présence de Samuel et tentait probablement de communiquer avec lui, le dragon n'avait aucune idée que quelqu'un essayait de l'avertir d'un danger. La bête n'était tout simplement pas disposée à recevoir le message du garçon.

— Je ne peux pas, souffla-t-il.

— Oui, tu le peux, pensa Myrddin dans l'esprit de Samuel. Essayons encore, nous devons réussir.

— Non, je n'y arrive pas ! hurla Samuel.

Sur le monticule, du côté nord du plateau, l'homme en noir amassait également différentes énergies et accumulait de la puissance, mais il avait recours à un appareil diabolique pour le faire. Toute l'énergie qu'il avait emmagasinée dans la partie inférieure de son arme, dans la base que les hommes de Morghan avaient construite pour lui, était maintenant transformée en une boule de pouvoir destructeur.

L'homme en noir pointa soigneusement son arme dans la direction des deux dragons qui se livraient bataille, attendant patiemment que celui aux écailles rouges lui tourne le dos. D'ici quelques secondes maintenant, il exécuterait la dernière partie de son plan et ensuite, tout serait terminé. Il avait gagné. Rien ne pouvait l'arrêter maintenant.

Dans le ciel au-dessus, le dragon rouge s'élança vers son adversaire et tenta de lui mordre une aile. Ce faisant, il roula sur le dragon blanc, changeant ainsi de position avec ce dernier. Il faisait maintenant face aux nuages, le dos tourné à Dinas Ffaraon.

Le sombre étranger saisit immédiatement l'opportunité qui se présentait à lui et relâcha toute l'énergie contenue dans la base de son arme. Lorsque la boule passa à travers le cercle de la croix, elle fut amplifiée et concentrée en un projectile d'énergie pure et primaire, une puissance qui pouvait créer des mondes et les détruire en un clin d'œil.

Le dragon rouge tentait de parer les coups de griffes que lui assénait son adversaire. Le combat était beaucoup plus violent et sauvage que leurs affrontements précédents. Peut-être était-ce dû à l'orage qui se déchaînait ou encore à leur liberté nouvellement retrouvée, mais les deux dragons semblaient particulièrement déterminés à mettre un terme à leur conflit éternel.

Soudainement, une chose étrange envahit son esprit. On aurait dit qu'un être tentait d'appuyer un doigt sur sa conscience, poussant contre sa volonté. Il sentit la peur, la terreur et l'urgence de cet étranger, des émotions qu'il n'avait pas ressenties lui-même depuis des millénaires. Puis il entendit les mots dans sa tête, un message d'avertissement provenant d'un allié inconnu.

— Regarde plus bas.

Le dragon tourna les yeux, juste à temps pour apercevoir un énorme projectile d'énergie verte se diriger sur lui à toute vitesse. Avec un mouvement puissant de ses ailes, il roula sur le côté, évitant de peu le projectile mortel. La boule d'énergie érafla sa cible et frappa une aile du dragon blanc, la réduisant instantanément en cendres. Le dragon saxon hurla de douleur, cherchant désespérément à s'accrocher à son adversaire, afin d'éviter une chute mortelle. Voyant son opposant se débattre pour demeurer en vol, le dragon breton se libéra de la poigne de celui-ci et le regarda plonger vers le sol. La bête blanche s'efforça de reprendre son envol avec une seule aile, mais ne put que tournoyer sur elle-même, tournant en spirale à toute vitesse vers Dinas Ffaraon.

L'homme en noir n'arrivait pas à en croire ses yeux. Toute cette planification, toutes ces manigances calculées, réduites à néant. Il ne comprenait pas pourquoi, mais il avait raté sa cible. Le dragon rouge avait vu le projectile et s'était retourné juste à temps pour l'éviter.

Heureusement, il avait une dernière carte dans sa manche, mais il devait agir rapidement s'il voulait réussir.

Samuel ouvrit les yeux. Il l'avait ressenti. Il avait établi une connexion avec le dragon rouge. Ils avaient réussi à avertir celui-ci et maintenant, alors qu'il levait les yeux vers le ciel, il voyait le dragon blanc décrire des spirales, plongeant vers la colline. Lorsque la bête s'écrasa dans les arbres, le sol trembla violemment.

Samuel regarda ses mains qui tenaient toujours celles de Myrddin. Une troisième paire de mains s'était jointe à eux, bien plus petite que les leurs. La fata Angéline tenait une main de chacun des garçons dans les siennes, ajoutant sa propre énergie à la leur.

— Je ne suis pas censée intervenir, mais je ne le dirai à personne si tu ne mentionnes rien non plus, dit-elle avec un clin d'œil vers Samuel.

— Merci, répondit celui-ci.

— Nous avons réussi ! lança Myrddin qui avait retrouvé son sourire éternel. Nous avons sauvé le dragon rouge !

Samuel sourit au jeune garçon.

Dans le ciel orageux, le dragon qui représentait les Bretons décrivit quelques cercles au-dessus de la colline, puis il plongea vers l'endroit où le dragon blanc s'était écrasé, probablement pour s'assurer que son ennemi était bien mort. Ambrosius et les compagnons de Samuel se retournèrent, s'approchant des deux garçons assis l'un en face de l'autre.

— Avons-nous réussi ? Est-ce que tout est terminé maintenant ? demanda Ambrosius.

— Pas tout à fait, répondit Samuel.

Il se leva et regarda en direction d'Angéline, qui hocha la tête en signe d'approbation. Il y avait une dernière chose à faire ; un dernier acte de bravoure que devait accomplir le Gardien de Légendes. Avant que quiconque s'interpose ou le questionne, Samuel courut vers le nord. Lorsqu'il passa près du corps inerte d'un des gardes assignés à la surveillance de leur tente, il ramassa deux épées courtes.

— Samuel, attends ! lança Malloy. Où est-ce qu'il va comme ça ?

— Il reste un dernier ennemi à combattre, répondit Myrddin. Il va accomplir sa destinée et s'assurer que nous sommes en sécurité.

— Seul ? dit Malloy. Ce garçon... on jurerait qu'il fait tout pour se faire tuer.

Sans perdre une seconde, Malloy s'élança à la poursuite de Samuel, courant aussi vite qu'il le pouvait.

— Je vais avec eux, lança Uther.

Il se tourna vers son frère Ambrosius.

— Trouve Vortigern, mon frère. Reprends le trône que l'on t'a volé et venge notre famille.

Ambrosius voulait répondre à son frère de rester sur place, mais il savait que c'était peine perdue. Uther n'était pas enclin à suivre les ordres. Il hocha plutôt la tête et se retourna vers le reste du groupe.

— Myrddin, tu viens avec moi. Le reste d'entre vous, j'ai besoin de votre aide pour reprendre le contrôle de nos hommes. L'armée est confuse et au bord du désarroi. Si nous voulons que les hommes reprennent de l'espoir, ils doivent apprendre la vérité. Trouvez les officiers responsables. Racontez-leur votre histoire. Relatez à chaque homme que vous croiserez tous les événements qui se sont déroulés sur cette colline, en cette nuit. Dites-leur comment Vortigern a perdu la raison, expliquez-leur comment il a relâché deux dragons dans notre monde, risquant leur vie pour sa seule vanité. Annoncez-leur le retour des héritiers légitimes du trône, revenus pour reprendre ce qui leur revient de droit. Dites-leur que nous avons vaincu le dragon saxon et sauvé l'emblème de notre peuple. Ralliez l'armée autour de vous, au nom du dragon rouge et pour le nouveau roi des Bretons.

— Nous le ferons, mon roi, répondit Kaleb.

— Ce fut un honneur de combattre à vos côtés, ajouta Darroch.

— Nous allons répandre le récit de votre succès, termina Freston.

— Merci, mes amis.

Ensuite, Ambrosius emmena le jeune Myrddin et tous deux partirent à la recherche du meurtrier de son père et de son frère, ignorant que l'emblème de son peuple avait déjà exercé sa vengeance sur le souverain perfide et corrompu. Les trois autres camarades coururent vers le pied de la colline, afin de raconter leur histoire à l'armée, espérant rallier celle-ci autour du nouveau roi.

Pendant ce temps, Samuel courait aussi vite qu'il lui était possible, la pluie fouettant son visage et le vent sifflant dans ses oreilles. Le temps des devinettes et de la patience était passé. Il en avait assez de garder la tête basse et de se cacher parmi les Bretons, tandis que son ennemi était libre d'agir comme il lui plaisait. Ce soir, il confronterait cette ombre insaisissable et mettrait fin à cette menace, une fois pour toutes.

Au loin, il vit le monticule où se trouvait l'imposante arme en forme de croix, brièvement éclairée par un éclair qui fissura le ciel. Il vit également une silhouette noire qui dévalait la butte de pierre : un homme cagoulé qui accourait dans sa direction.

Le sorcier de l'Yfel.

Samuel ne pouvait apercevoir son visage, mais il vit que l'homme était grand de taille, avec de larges épaules. Il portait un manteau noir qui recouvrait entièrement son corps, de la tête aux pieds. Alors qu'il approchait de son adversaire, l'homme en noir plongea une main dans son manteau et en sortit une grande épée avec une lame courbée et une poignée faite d'une corne noire.

En quelques secondes, les deux combattants se retrouvèrent l'un en face de l'autre. Samuel hurla à pleins poumons lorsqu'il frappa une première fois, usant de toute sa puissance pour asséner un coup à l'aide d'une de ses épées, puis un deuxième en se servant de son autre arme. L'homme en noir bloqua aisément les deux frappes avec sa propre lame, décrivant un cercle avec celle-ci pour écarter les armes de son adversaire. Calmement, l'homme cagoulé leva sa lame et l'abattit violemment sur Samuel. Le jeune homme eut à peine le temps de contrer le coup avec l'une de ses épées. Rapidement, il riposta avec un geste horizontal de sa deuxième arme, cherchant à atteindre le torse de son ennemi. Il transperça le manteau de celui-ci, mais l'homme en noir était rapide et évita habilement le coup d'un mouvement précis.

Cet homme n'était pas un guerrier ordinaire ; il était l'égal de Samuel, la version noire d'un Gardien de Légendes. Tout comme le jeune homme, son adversaire s'était fait octroyer certains pouvoirs, les mêmes habiletés au maniement de l'épée que possédait Samuel. De plus, le jeune homme était relativement inexpérimenté, alors que son ennemi pouvait très bien avoir profité de ses pouvoirs depuis plusieurs années, voir même quelques siècles.

Samuel s'efforça de chasser ces pensées de son esprit, afin de conserver son sang-froid et de demeurer convaincu qu'il sortirait vainqueur de leur duel. S'il voulait survivre, il devait se concentrer et garder son esprit vide de toutes distractions. S'abandonner à la rage et la peur ne ferait que le rendre plus prévisible et procurerait un avantage à son ennemi.

Ils échangèrent quelques coups supplémentaires, chacun évitant avec adresse les attaques de son adversaire et parant les frappes mortelles. Quelques soldats et gardes s'étaient rassemblés autour d'eux et observaient les deux hommes possédés par une rage démoniaque, combattant avec l'habileté d'un millier de maîtres et la furie d'une centaine de lions.

Les coups étaient si rapides que l'air sifflait autour d'eux.

Les frappes étaient si puissantes que des étincelles jaillissaient dans la nuit.

— Samuel ! lança Malloy lorsqu'il atteignit la scène du combat, arrivant à peine à croire ce qu'il voyait.

— Reste à l'écart ! dit Samuel.

Sa voix était soudainement si impérieuse que l'aîné s'arrêta net et observa la bataille, priant pour que son jeune ami puisse se défendre contre cet être infernal.

L'homme en noir murmura des paroles inaudibles, bloquant chaque coup que Samuel tentait d'asséner. Le jeune homme ne pouvait déchiffrer les dires de son ennemi, mais il comprit rapidement le but de ces incantations maudites. Sans aucun avertissement, l'homme en noir leva sa main libre et forma une boule de feu au creux de sa paume. Il relâcha rapidement le projectile en direction de Malloy. Samuel eut tout juste le temps de bousculer le sorcier de l'Yfel, perturbant ainsi l'équilibre de ce dernier et déviant son tir. La boule de feu rata Malloy par moins de dix centimètres.

— Laisse-le tranquille ! cria Samuel.

— Il mourra dès que j'en aurai terminé avec toi, Gardien.

Samuel bondit en l'air, évitant la lame qui décrivait un arc et lui aurait tranché les jambes à la hauteur des genoux. Dès qu'il retomba au sol, il se déplaça rapidement sur sa droite, espérant prendre son ennemi par surprise. Malheureusement, l'homme en noir anticipa le geste et pivota sur lui-même pour se placer hors d'atteinte.

Ce faisant, l'homme en noir aperçut sa véritable cible. Jusqu'à présent, il s'était amusé avec le jeune homme pour une seule raison : attirer l'attention de ses compagnons. L'un d'eux en particulier était sa véritable proie, et voilà que celui-ci accourait maintenant vers eux, prêt à se lancer la tête la première vers la mort, sans même en être conscient.

Uther Pendragon.

L'homme qui engendrerait Arthur.

— Te voilà *enfin*, murmura l'homme en noir.

Rapidement, il se retourna, pliant les genoux pour éviter une attaque de Samuel, et bredouilla une vieille incantation, appelant à lui les forces de la nature. Lorsqu'il se redressa, soulevant son épée pour ouvrir la défensive de son adversaire, il plaça sa main libre sur le torse du jeune homme.

— *Malre zug itof* ! dit le sorcier avec force.

Un éclair descendit du ciel et frappa sa lame, courant rapidement le long de la poignée de celle-ci, puis le long du bras de l'homme en noir, pour finalement s'enfoncer dans le torse de Samuel. Des étincelles bleues jaillirent du corps du jeune homme et il fut projeté dans les airs, s'écrasant avec violence quelques mètres plus loin, inconscient, ses armes gisant de part et d'autre de son corps fumant.

— Non ! hurla Malloy.

Avant que ce dernier ou Uther puissent faire quoi que ce soit, l'homme en noir se tourna vers le futur roi de Bretagne et leva son arme, la pointant dans la direction du frère d'Ambrosius.

— *Gregtol*, dit-il d'une voix caverneuse et grave, résonnant dans les cœurs de tous les hommes aux alentours. *Frove naktou* !

La lame de son épée vira au rouge éclatant, brillant comme le soleil. Un instant plus tard, la lumière se transforma en un faisceau, émanant de la pointe de l'arme, projetée en direction d'Uther. Toutefois, Uther demeura debout. Le sort avait raté sa cible et frappé un homme autre que lui. Il baissa les yeux vers ses pieds, où le corps crispé de Malloy s'était écroulé dans la boue. Le jeune homme hurla de douleur tandis que le feu magique et mortel se répandait dans son corps et son esprit, l'emportant au bord du gouffre de la folie. Sans y avoir réfléchi à deux fois, Malloy s'était lancé devant Uther, sacrifiant sa vie pour sauver celle du futur roi.

— Espèce d'imbécile ! lança l'homme en noir.

Uther s'agenouilla près de Malloy, plaçant une main sur son épaule.

— Tiens bon, mon ami, murmura-t-il.

Uther leva les yeux vers son ennemi, juste à temps pour le voir prononcer des mots identiques à ceux qu'il avait murmurés quelques instants plus tôt, préparant un autre sort diabolique. Cette fois, Uther était le seul encore debout. Cette fois-ci, l'homme en noir ne raterait pas sa cible.

Mais avant que le sorcier de l'Yfel puisse terminer sa sombre incantation, le sol trembla avec force, projetant l'homme noir par terre, le forçant à relâcher son épée et brisant ainsi le sort qu'il préparait. Avant qu'il ne réagisse, un rugissement strident assaillit ses oreilles et paralysa ses muscles, le privant de toute volonté.

Lorsque le silence retomba, le sorcier de l'Yfel se retourna tranquillement, s'agenouillant lentement dans la boue. À quelques mètres de lui se trouvait le dragon rouge, observant cet homme qui avait tenté de le tuer, un homme qui menaçait à présent le futur roi de son peuple. Cet être faible, qui avait failli modifier le cours de l'histoire, était à sa merci.

La bête inhala l'air autour avec une inspiration profonde, tandis que de la fumée se formait dans ses larges narines, ses yeux fixant sa cible. La bouche du dragon s'ouvrit toute grande et une lueur rouge apparut au fond de sa gorge, indiquant ce qui s'apprêtait à en sortir.

— Je te reverrai bientôt, menaça l'homme en noir en se retournant vers Uther Pendragon, juste avant qu'un jet de feu soit propulsé hors de la bouche du dragon, brûlant tout sur son passage, liquéfiant les pierres et transformant le sable en verre.

Lorsque les flammes s'arrêtèrent, il ne restait rien de l'homme en noir.

Uther observa le dragon qui se tenait à peine une dizaine de mètres plus loin, incertain de ce qu'il devait faire. Il maintint son épée devant lui pour se défendre, mais l'abaissa ensuite, pressentant que la bête n'était pas ici pour le combattre. Myrddin avait dit que ce dragon était le symbole des Bretons, une figure spirituelle de son grand pays. Dans ses yeux, Uther vit une sagesse infinie et un courage inébranlable, en plus d'un respect mutuel et d'une confiance absolue. Myrddin avait dit la vérité : cette créature n'avait aucune intention de faire du mal aux Bretons.

Le dragon inclina brièvement la tête en signe de respect et de soumission, avant de prendre son envol et de s'éloigner dans le ciel nocturne.

Uther s'agenouilla près du corps grelottant de son sauveur, Malloy. Il approcha son visage de celui du jeune guerrier, espérant y découvrir un signe de vie. Il fut soulagé de sentir de l'air frais sur sa joue, un signe que le jeune homme respirait toujours.

— Tiens bon, mon ami, tiens bon, souffla-t-il, serrant la main de Malloy.

Quelques soldats s'approchèrent lentement, curieux de voir cet homme qui commandait le respect d'un dragon. Tandis qu'ils s'approchaient davantage, certains d'entre eux le reconnurent.

— Uther ! dit l'un d'eux.

— Uther Pendragon ! dit un autre.

— Les frères sont revenus pour nous sauver ! s'exclama un troisième, tombant à genoux devant le prince, rapidement imité par les autres.

— Ne restez pas plantés là ! beugla Uther. Aidez-moi ! Prenez cet homme et assurez-vous qu'il ne meure pas.

Deux soldats accoururent rapidement aux côtés du prince, s'agenouillant près de Malloy pour le soulever. Uther se releva immédiatement et quitta son ami, cherchant des yeux le corps d'un autre de ses compagnons. En l'espace de quelques secondes, la panique s'empara de lui et il craignit le pire. Il n'arrivait pas à trouver le corps de Samuel, le garçon qui les avait tous sauvés.

Il fouilla les alentours du regard, la pluie troublant sa vision et le vent brouillant le paysage. Finalement, il aperçut le corps inerte du jeune homme, quelques mètres plus loin. Il courut rapidement auprès de celui-ci et se lança à nouveau sur le sol.

Le corps de Samuel fumait toujours en raison de l'éclair qui l'avait frappé plus tôt. Uther ne pouvait dire s'il était mort ou simplement inconscient, même lorsqu'il se pencha au-dessus du corps du jeune homme pour vérifier ses signes vitaux.

— Mon Dieu, non. Par pitié, non, murmura-t-il.

— Sire, dit un homme qui l'avait suivi. Que devons-nous faire ?

— Aide-moi. Prends ses pieds, nous devons les emmener tous les deux auprès de mon frère.

Les deux hommes soulevèrent le corps de Samuel et l'emmenèrent en vitesse, suivis par d'autres soldats qui portaient le corps de Malloy.

Ni Uther ni les hommes qui lui prêtaient main-forte ne pouvaient voir la petite fata qui flottait au-dessus d'eux, observant le corps inerte du Gardien de Légendes.

Aucun d'eux ne pouvait apercevoir les larmes qui coulaient le long des joues d'Angéline.

17

Uther Pendragon lançait des ordres aux hommes qui l'entouraient, des soldats qui le suivaient à présent comme leur chef. Ils avaient vu ce fils de Constantine II soumettre un dragon à sa volonté et vaincre un sorcier démoniaque qui avait tenté de les détruire. À la suite de ces événements, leur cœur s'était rempli de fierté et de courage ; ils avaient retrouvé l'espoir et étaient redevenus les intrépides guerriers de l'armée bretonne. Avec l'héritier légitime du trône pour les guider, ces hommes croyaient à présent qu'ils pouvaient renverser l'allure de la guerre et vaincre leurs ennemis.

La pluie était maintenant réduite à une bruine faible, tandis que le vent s'était transformé en une douce brise nocturne, ce qui avait permis aux soldats d'assembler en vitesse une tente suffisamment grande pour accepter deux lits et quelques chaises. Quelques instants plus tard, les corps inertes de deux camarades tombés au combat occupaient les lits de fortune.

Le premier corps était celui d'un jeune homme nommé Malloy Cadwallader, un brave soldat qui s'était littéralement jeté dans la ligne de feu. Il avait volontairement mis sa propre vie en jeu pour sauver celle d'Uther Pendragon, un geste qui avait profondément touché ce dernier. À présent, plutôt que de se retrouver lui-même dans le lit, Uther veillait au chevet de son ami. La dépouille de son sauveur était couverte de sueur froide, tremblante et grelottante sous les assauts d'une énergie funeste qui coulait dans ses veines. Le poison ne se contentait pas d'attaquer la chair de sa victime, mais s'en prenait également à son esprit, incitant le jeune homme à prononcer des mots inintelligibles, et des paroles que seul un dément pouvait exprimer.

Sur l'autre lit gisait le corps inanimé d'un jeune homme. Samuel ne tremblait pas. Son corps était comme une statue figée dans le temps. Son visage n'affichait aucune expression et sa peau était d'une teinte blanche et macabre, tracée de vaisseaux sanguins noirs et viciés.

Uther demanda aux hommes qui l'accompagnaient de quitter la tente et de trouver son frère, le laissant seul en présence des deux héros. Il ne connaissait pas la nature des forces maléfiques qui refermaient leurs griffes sur le corps de ses deux camarades, mais il se doutait que Myrddin Emrys était le seul à pouvoir leur venir en aide. Au cours de l'heure qui suivit, il demeura assis entre les deux lits, son épée sur les genoux, priant pour que Dieu secoure ces deux jeunes hommes dont la vie avait été fauchée injustement. Pendant un long moment, l'homme qui engendrerait un héros versa des larmes amères, car cette nuit aurait dû en être une de célébration et non de deuil.

Derrière lui, invisible aux yeux des mortels, Angéline flottait à un mètre du sol, priant et pleurant également.

— Vous auriez dû me prévenir, dit-elle.

Ses plaintes étaient adressées à un être mystérieux, une créature invisible, même aux yeux de la petite fata. Cependant, même si elle ne pouvait pas apercevoir sa forme physique, elle pouvait sentir sa présence dans la tente. Une voix grave lui répondit.

— Tu sais très bien que je ne peux pas intervenir dans tes tâches, répondit la voix.

— Il n'est qu'un gamin. Il est encore nouveau dans tout ça, il ne comprend pas encore les dangers de son nouveau rôle. Vous auriez pu me dire que l'Yfel avait conféré des pouvoirs magiques à leur homme.

La voix ne répondit pas.

— J'aurais pu l'entraîner de la bonne façon, lui enseigner à combattre un sorcier, poursuivit la fata. Si seulement je l'avais averti des dangers à venir, peut-être aurait-il évité une confrontation directe avec son ennemi.

— Tu as fait de ton mieux, Angéline. Les règles sont très strictes.

— Parfois, je déteste ce monde et ses règles. En ce moment, elles n'ont pas le moindre sens à mes yeux.

— Oui, je sais que tu n'es pas très encline à les suivre. Je dois t'avertir que c'est une ligne très mince que celle sur laquelle tu progresses. Fais très attention aux choix que tu fais, fata, car les conséquences pourraient être dangereuses pour toi, ainsi que pour d'autres.

Angéline leva le regard vers le ciel, ses yeux débordants de larmes et remplis d'une rage envers cet être qui ne semblait pas saisir la tragédie des événements de la nuit.

— Qu'est-ce que cela peut bien faire que je transgresse une règle ou deux ? Qui sommes-nous pour demander à d'autres de se sacrifier pour la sécurité de notre monde ? Est-ce juste de choisir des êtres d'autres mondes et de les transporter dans le nôtre, simplement pour réparer nos erreurs ou protéger notre manière de vivre ? Dites-moi !

— Ce n'est pas ton rôle de nous remettre en question ni de juger de ce qui est juste ou injuste, fata. Nous avons tous nos raisons de faire ce que nous faisons.

Brusquement, l'être invisible quitta la tente. Angéline savait qu'elle était maintenant libérée de sa présence, car sa peau n'était plus couverte de frissons. Elle n'en connaissait pas beaucoup sur cette créature, mais plus elle interagissait avec elle, plus elle détestait cet être.

— Si Samuel meurt, je te trouverai, murmura-t-elle.

Alors qu'elle prononçait ces mots, Uther ouvrit les yeux et releva la tête. Il se retourna, observant la tente vide derrière lui. Pour une raison qui lui était inconnue, il aurait juré avoir entendu quelque chose, comme un murmure dans le vent. Il observa le lit où reposait Samuel.

Pour le même genre de raison inexplicable, peut-être à cause des frissons qui couraient le long de sa nuque, Uther était persuadé que quelque chose ou quelqu'un était là, une présence amicale ou non. Son instinct lui disait de ne pas s'inquiéter, mais son expérience plaidait la prudence. Il plaça lentement une main sur la poignée de son épée, lorsque l'entrée de la tente s'ouvrit brusquement.

— Mon frère ! lança Ambrosius.

Il posa le regard sur les deux corps près d'Uther.

— Mon Dieu ! Que s'est-il passé ici ?

Myrddin le suivit rapidement et lorsqu'il aperçut Samuel qui reposait dans un petit lit, pâle et immobile, il cria le nom du Gardien de Légendes et se précipita à ses côtés.

— Il y avait un homme, dit Uther. Je ne sais pas qui il était, mais je peux vous assurer qu'il n'était pas de notre monde. Il aurait très bien pu être un démon quelconque ou un ancien esprit maléfique. Samuel l'a combattu vaillamment, mais il a payé le prix ultime pour sa bravoure.

Myrddin se retourna pour regarder les deux frères, ses yeux remplis de larmes pour son ami.

— Il n'est pas mort ! Nous devons lui venir en aide.

— Es-tu sûr qu'il est toujours en vie ? demanda Ambrosius.

— Oui ! La fée me dit que Samuel est dans un endroit entre la vie et la mort, s'accrochant du mieux qu'il peut. Nous devons faire quelque chose !

— Une fée t'a dit ça ? dit Uther, balayant la tente du regard et se souvenant des murmures qu'il avait entendus.

— Crois-moi, mon frère, dit Ambrosius, j'ai été le témoin de plusieurs choses étranges ce soir. Si Myrddin affirme qu'une fée se trouve parmi nous, je suis enclin à le croire. Et pour Malloy, que lui est-il arrivé ?

— Cet homme en noir que Samuel a combattu, lorsqu'il m'a aperçu, il... il...

Uther dut faire une pause pour reprendre son calme.

— Il a invoqué l'éclair pour frapper Samuel, et ensuite il s'est tourné vers moi. Il a lancé un maléfice qui m'aurait tué, mais Malloy s'est jeté devant moi et il fut frappé par le sort à ma place. Ce devrait être moi qui gis dans ce lit, pas ce pauvre homme.

— Par tout ce qui est sacré, répondit Ambrosius. Pouvons-nous faire quelque chose ?

Myrddin se leva et quitta le chevet de Samuel pour se rendre près du corps de Malloy. Il examina soigneusement le pauvre homme frissonnant, cherchant la cause de son supplice. Angéline vola près de lui, flottant tout juste au-dessus de son épaule.

— Il a été frappé d'un sort de poison d'ombre, dit-elle. Il a eu de la chance, car le maléfice n'a pas été créé pour lui, mais pour Uther. Si le futur roi avait été atteint, il serait mort sur-le-champ.

— Dis-moi comment le soigner, demanda Myrddin.

Uther jeta un regard inquiet vers son frère, s'interrogeant sur les mots du jeune garçon.

— Probablement la fée, répondit Ambrosius.

Au cours des minutes qui suivirent, Angéline expliqua au garçon qui allait devenir Merlin comment administrer l'antidote pour le poison d'ombre. Elle lui indiqua qu'ils auraient besoin d'eau bénite bouillie, de certaines herbes communes, et du sang d'un serpent. Lorsqu'elle eut terminé, le garçon transmit rapidement la liste au nouveau roi, qui envoya des hommes pour dénicher les ingrédients.

— Le poison lui-même n'est pas difficile à combattre, dit Angéline à Myrddin. C'est le coup initial qui tue normalement la cible. Même si les effets subséquents sont très douloureux et peuvent être fatals, ils sont généralement soignables.

Myrddin se tourna vers Samuel.

— Et pour celui-ci, peut-on lui venir en aide ?

— J'ai peur que non. Le sort de Samuel est hors de notre contrôle, Myrddin Emrys. Depuis des siècles maintenant que je suis une fata pour les Gardiens de Légendes, et je n'ai eu que deux seuls décès à mon actif. Chaque fois, la perte de mes protégés fut plutôt... violente. Dans ce cas-ci, les choses semblent bien différentes.

— Que veux-tu dire ?

— Samuel a été frappé d'un mauvais sort d'Yfel, une des forces qui œuvrent dans notre univers, mais aussi au sein d'autres mondes. Ces pouvoirs sont présents dans chacun des mondes qui existent, interagissant les uns avec les autres, ainsi qu'avec leur environnement, de bien des façons. Une force pourrait être dominante ici, tout en étant pratiquement absente d'un autre univers. Par exemple, l'Yfel agit différemment dans ce monde que dans le monde de Samuel, tout comme les forces de Virtus. Là-bas, elle est beaucoup moins puissante, parce que les habitants de ce monde ont développé une grande résistance à celles-ci. C'est pour cette raison que les Gardiens sont principalement recrutés dans le monde de Samuel. Lorsqu'ils sont transportés dans notre monde, leur résistance à l'Yfel demeure assez forte pour les protéger.

— Mais alors, pourquoi le sort l'a-t-il mis dans un tel état ?

— Cette partie de l'équation demeure un mystère pour moi. Pour les mêmes raisons que nous choisissons nos Gardiens dans le monde de Samuel, l'Yfel sélectionne aussi ses sorciers dans le même endroit. Bien que ces gens possèdent une forte résistance aux pouvoirs comme l'Yfel et la Virtus, ils ont aussi très peu d'aptitudes dans leur utilisation. La plupart du temps, ils ne sont même pas conscients que de telles forces existent. Cette fois-ci, je pense que l'Yfel a trouvé quelqu'un qui peut opérer les mécanismes de ce pouvoir, suffisamment pour blesser un Gardien, ce qui en fait un puissant ennemi. C'est une première pour moi, et je dois avouer que je ne sais pas du tout ce qu'il adviendra de notre ami, Myrddin.

— Ce n'est pas juste, dit le jeune garçon.

Cette fois-ci, Ambrosius répondit avant qu'Angéline puisse le faire.

— Ce l'est rarement, Myrddin. Toutefois, même si la tristesse d'événements comme ceux-ci peut recouvrir notre cœur meurtri d'un voile douloureux, nous devons nous rappeler qu'au bout du compte, la justice et la vertu triomphent toujours. Alors seulement, les yeux de notre âme pourront finalement voir les véritables motifs derrière les sacrifices de nos amis. Lorsque l'on comprend ces motifs, alors leurs actions se transforment soudainement en actes héroïques, plutôt que des morts dénudées de sens.

Angéline regarda celui que les Bretons considéraient maintenant comme leur roi. Elle ressentit un peu de paix intérieure au milieu de toute cette tristesse, prenant conscience que des hommes tels que lui et son frère valaient toutes les larmes et tous les embêtements.

Il avait raison : au bout du compte, chaque action, même la plus petite, prenait tout son sens.

— Samuel.

Une voix appelait son nom, dans sa tête et dans son cœur. Lentement, Samuel redevint conscient de son existence, reprenant graduellement ses esprits, après que...

que...

Il n'en avait aucun souvenir. Où était-il donc ? Il ouvrit les yeux, mais ne vit rien. Même si ses paupières étaient ouvertes, il était entouré d'obscurité complète, l'absence totale de lumière. Il tenta de tourner la tête, mais réalisa que cela lui était impossible. Ce n'était pas qu'il était paralysé, mais c'était plutôt comme s'il n'avait plus de tête à tourner. D'ailleurs, il ne pouvait plus sentir son cou non plus.

En fait, il ne pouvait plus sentir son corps entier.

Je dois être mort, pensa-t-il.

Encore une fois, Samuel essaya de lever sa main devant ses yeux, avec le même résultat. Rien ne se produisit, pas même de la douleur ni aucune sensation quelconque.

— Samuel, dit à nouveau la voix.

— Qui... qui est là ? demanda-t-il. Angéline ?

— Non, je ne suis pas la fata.

— Alors qui êtes-vous ?

— Un ami.

Tout à coup, un point lumineux apparut devant lui. Ou était-ce derrière ? Il ne savait plus quelle direction était le haut ou le bas. Sans aucun point de référence, il ne pouvait s'orienter. C'était comme si Samuel flottait partout et nulle part, en dehors de ce monde ou même de l'univers.

— Où suis-je ? demanda-t-il, sans comprendre comment les mots étaient prononcés.

— Tu es dans un endroit qui n'existe pas.

Le point lumineux sembla s'approcher de lui. Ou peut-être que le jeune homme avançait dans sa direction. Samuel ne pouvait dire si un minuscule point s'approchait lentement ou s'il s'agissait plutôt d'un immense objet s'avançant rapidement vers lui. Il n'y avait absolument aucun sens des proportions ici.

— Ça n'a aucun sens.

— En effet, cela n'en a aucun. Ceci est un endroit entre les mondes, où rien n'existe, et aucune règle ne s'applique.

Le point lumineux s'approcha un peu.

— Pourquoi suis-je ici dans ce cas, si rien n'existe dans cet endroit ?

— Parce que je t'ai emmené ici. Si je ne l'avais pas fait, la malédiction de l'éclair qui t'a frappé t'aurait assurément entraîné dans la mort.

Brusquement, tous les détails des dernières heures se précipitèrent dans son esprit. La pluie, le tonnerre, le choc de ses épées contre l'arme de l'homme en noir. Il se souvint de Malloy qui avait crié son nom, et l'homme en noir qui avait attiré l'éclair sur lui, le frappant au torse.

— Qui êtes-vous ? Ou plutôt, *qu'êtes*-vous ? demanda Samuel.

— Mon existence serait beaucoup trop complexe pour ta compréhension, mais sois assuré que je ne te veux aucun mal. Tu es en sécurité ici.

La lumière devint soudainement beaucoup plus étendue, enveloppant Samuel. C'était comme s'il arrivait à voir dans toutes les directions à la fois, ressentant la chaleur de la lumière et l'effet régénérateur qu'elle projetait.

— Pourquoi m'avez-vous transporté ici, exactement ?

— Parce que ton heure n'est pas encore venue, Samuel le Gardien de Légendes. Tu as encore de nombreuses choses à accomplir, des tâches que j'ai planifiées pour toi. Je t'ai choisi comme héros et tu le deviendras. Cependant, tu dois être prudent. Tes ennemis sont puissants et rusés. Ils cherchent à accomplir leurs sombres desseins, en plus de détruire les gens comme toi. Tu dois avancer avec précautions ou tu pourrais rapidement courir à ta perte.

— Facile à dire, pour vous.

— Oui, ça l'est. Mais ce n'est qu'en traversant des difficultés et des épreuves que l'on peut émerger comme un véritable héros, n'est-ce pas ?

— Je suppose que oui.

— Cette première aventure n'était rien de plus qu'un test, un échantillon des choses à venir, conçue pour te familiariser avec ton nouveau rôle dans l'univers.

— Puisque vous le dites comme ça... Comment me suis-je débrouillé ?

— Tu as passé le test, mais tout juste. Tu dois apprendre à contrôler tes émotions. Ton adversaire aurait facilement pu te tuer. La seule raison pour laquelle il ne l'a pas fait était pour t'utiliser comme appât afin d'attirer Uther Pendragon. Tu as été chanceux d'avoir entraîné Malloy dans la légende avec toi. Ce faux pas s'est avéré être ta planche de salut, car il sauva le père d'Arthur.

— Au moins, j'ai fait une chose de bien.

— Oui, mais tu dois apprendre de tes erreurs, Gardien. La prochaine fois, apprends à connaître ton ennemi, avant de te lancer vers lui la tête la première.

— Je le ferai.

La lumière devint encore plus brillante, recouvrant la conscience de Samuel d'un voile blanc d'énergie pure.

— Ton périple est encore jeune, Gardien Samuel. Il y aura encore bien des batailles à mener, plusieurs légendes à sauver, et beaucoup de pièges à éviter. Certains te mèneront au bord de la folie, tandis que d'autres t'amèneront au-dessus de l'abîme de la mort. Tu dois progresser avec prudence, car les forces qui se dressent devant toi sont maléfiques et sans pitié.

— Vous savez, quand vous le dîtes comme ça, je ne suis plus certain de vouloir être un Gardien.

— Malheureusement, cette décision ne t'appartient pas, Samuel. Par contre, tu pourrais trouver du réconfort dans la notion qu'être choisi signifie que tu possèdes la capacité de réussir chacune de tes aventures. Même sans leurs pouvoirs, les Gardiens ont toujours un moyen de vaincre leurs ennemis. Souviens t'en, Samuel.

— Je comprends.

Samuel demeura au sein de cette lumière quelques secondes de plus, ou des millénaires : il n'aurait su le dire. Il n'y avait aucune notion de temps ici, seulement la paix d'esprit.

— Qui était l'homme en noir ? demanda-t-il.

— Il revient à toi seul, Gardien, de découvrir la réponse à cette question.

Avant que Samuel ne puisse dire autre chose, la lumière éclatante se mit à vibrer rapidement, jusqu'au point où Samuel crut qu'il perdrait la raison, incapable de fermer les yeux et de se protéger de cette lueur éblouissante.

Puis tout redevint obscur.

Myrddin répétait les mots sacrés qu'Angéline lui soufflait à l'oreille, tenant une étrange mixture devant lui. Les soldats avaient trouvé tous les ingrédients de l'antidote, il ne restait maintenant plus qu'à infuser le mélange avec les énergies appropriées.

Lorsque l'incantation fut terminée, Myrddin versa un peu du liquide sur les lèvres de Malloy, s'assurant de faire couler quelques gouttes dans sa bouche. Au début, le jeune homme ne sembla pas remarquer le petit garçon, son corps toujours grelottant et ivre de fièvre, mais il ouvrit la bouche un peu plus grande et avala le liquide jusqu'à la dernière goutte.

Quelques instants plus tard, il ouvrit les yeux, son sang regagna lentement son visage, et sa peau reprit graduellement une teinte rosée.

— Heureux de te compter à nouveau parmi nous, mon gars, dit Ambrosius.

— Qu'est... Qu'est-ce qui m'est arrivé ?

— Tu m'as sauvé la vie, répondit Uther en s'agenouillant. Je te dois tout, mon ami.

Angéline sourit chaleureusement, heureuse d'avoir sauvé cet homme mourant avant que la Grande Faucheuse ne le réclame. Elle aurait tant voulu faire de même pour Samuel. Elle se retourna pour vérifier comment se portait le Gardien de Légendes.

— Samuel ! cria-t-elle, faisant sursauter Myrddin sur sa chaise.

Les trois hommes regardèrent le jeune garçon avec surprise.

Sur le lit, Samuel ouvrait légèrement les yeux, fixant le plafond de la tente. Lentement, il releva la tête, et découvrit où il était. Lorsqu'il réalisa qu'il était de retour dans le monde tangible, il se laissa retomber sur le lit, heureux de se retrouver à nouveau parmi les vivants.

Myrddin bondit sur le lit de son ami.

— Samuel, par la tonsure de Maître Blaise, tu es vivant ! dit-il, éclatant de rire, tandis que des larmes couraient le long de ses joues.

Ambrosius et Uther s'agenouillèrent près du jeune homme.

— Tu es aussi mystérieux que résistant, jeune homme, dit Uther. Vous méritez d'être des héros, tous les deux.

— Ne bouge pas ! Tu dois te reposer pour le moment, dit Angéline. As-tu froid ? Te sens-tu malade ? As-tu besoin de quoi que ce soit ? De l'eau ? De la nourriture ? De la nourriture ! Tu as besoin de nourriture !

Elle se retourna vers les autres hommes présents dans la tente.

— Que l'on apporte de la nourriture à cet homme ! ordonna-t-elle d'une voix forte.

— Personne ne peut t'entendre, Angéline, dit Samuel.

— Ah oui, tu as raison.

— Je vais bien, ne t'inquiète pas pour moi.

Angéline ne put se retenir plus longtemps et s'envola vers Samuel, lançant ses petits bras autour de son cou.

— D'accord, ça va, dit ce dernier.

Les autres l'observèrent, témoin de sa chamaille avec un adversaire invisible.

— Encore la fée, je présume ? demanda Uther à Ambrosius.

— Dites-moi seulement une chose. Avons-nous réussi ? demanda Samuel. L'homme en noir est-il mort ?

— Tu peux être rassuré, jeune homme, il est mort, répondit Uther.

Le frère du roi raconta rapidement aux autres comment Malloy lui avait sauvé la vie et de quelle façon le dragon rouge était venu à son aide. Il leur dit également que le jet de feu avait tout incinéré, incluant le sinistre étranger.

— Il n'est pas mort, dit Angéline à Samuel. Il a disparu juste avant que le feu ne l'atteigne. S'il était mort, je le saurais.

— Bien entendu qu'il ne l'est pas, ça aurait été trop facile, marmonna le Gardien de Légendes.

— Et pour Vortigern ? demanda Malloy. Sait-on ce qu'il est advenu de lui ?

— Nous avons regardé partout pour retrouver ce meurtrier, répondit Ambrosius. Mais nous n'avons pas trouvé la moindre trace de lui ou de sa dépouille. Peut-être a-t-il péri dans la colline, lorsqu'il a libéré les deux dragons, ou encore s'est-il enfui après coup. D'une manière ou d'une autre, je doute que nous revoyions ce traître.

Soudainement, un grondement distant et subtil gagna de la force autour de la colline. C'était comme un tonnerre distant qui roulait à l'extérieur, devenant de plus en plus puissant à chaque instant. Ne sachant pas la cause de cette commotion ni même d'où elle provenait exactement, les hommes dans la tente écoutèrent silencieusement.

— Ce sont des acclamations, dit Uther. On dirait qu'elles proviennent du camp de l'armée.

Rapidement, Ambrosius quitta la tente. Uther prêta main-forte à Malloy pour l'aider à se relever, tandis que Myrddin faisait de même pour Samuel. Heureusement, le Gardien de Légendes avait repris le contrôle sur presque tous les muscles de son corps.

Une fois à l'extérieur, Samuel fut surpris d'apercevoir le soleil au-dessus des montagnes, à peine plus haut que leur sommet, indiquant qu'il était toujours tôt dans la journée. Partout où il posait les yeux, on s'affairait à reconstruire les tentes et à remettre les meubles en ordre. Déjà, les soldats travaillaient à rendre le plateau au sommet de Dinas Ffaraon plus habitable.

Samuel et ses amis se rendirent au bord du versant sud de la colline, là d'où les clameurs semblaient provenir. À cet endroit, sur le monticule où s'était tenu Vortigern quelques jours plus tôt pour observer son armée au bord du désespoir, se tenait à présent Kaleb, regardant le petit groupe s'approcher de lui.

— Mon roi, dit-il à Ambrosius, inclinant la tête alors qu'il étirait le bras vers le pied de la colline. Votre armée vous attend.

Le roi Ambrosius s'avança vers le capitaine, le salua et grimpa au sommet de la butte. Il baissa ensuite les yeux sur des milliers d'hommes rassemblés plus bas, acclamant son nom à l'unisson.

— Ambrosius ! Ambrosius ! Ambrosius !

Lorsque la foule aperçut le nouveau souverain des Bretons au sommet de la colline, elle éclata aussitôt dans une clameur puissante et joyeuse.

Ambrosius observa les soldats, le cœur rempli de fierté et de triomphe à la vue de ses compatriotes, à nouveau forts et vigoureux, prêts à combattre un ennemi qui s'attendait à les trouver faibles et pratiquement morts. Au premier rang de la foule, debout parmi les officiers, il vit Darroch, Freston et même Atwood, leurs armes bien hautes au-dessus de leur tête, affichant leur loyauté pour le nouveau souverain.

— Tu le mérites, mon frère, dit Uther, s'agenouillant devant le véritable roi de Bretagne.

Samuel, Malloy, Kaleb et tous les soldats aux alentours s'empressèrent de l'imiter.

— Merci mes amis, dit Ambrosius. Tout ça, c'est à vous que je le dois.

Plus tard dans la matinée, Samuel aidait Malloy à dresser une nouvelle tente, au sommet de Dinas Ffaraon. Il avait été nommé Conseiller du Roi par Ambrosius et on lui avait demandé de déménager ses possessions sur le plateau, où une tente l'attendait, près de celle du nouveau souverain.

— On grimpe les échelons sociaux, à ce que je vois, dit Samuel.

— Ferme-la ! répondit Malloy avec un sourire au coin des lèvres.

— Au moins, cette tente-ci est plus spacieuse que la précédente. Et plus élégante aussi.

— Pourquoi n'as-tu pas accepté l'offre également ?

Lorsque le roi avait étendu son offre à Samuel, le jeune homme avait presque accepté, mais il s'était souvenu au dernier moment que c'était impossible. Sa tâche était terminée et sa mission accomplie. Bientôt, il rentrerait à la maison. Il y avait une semaine, l'idée de revoir ses parents avait été tout ce qu'il désirait, mais aujourd'hui il souhaitait repousser ce moment de quelques jours de plus. Il avait appris à aimer ce monde et tout spécialement les amis qu'il avait rencontrés. Les laisser derrière s'avérait être beaucoup plus difficile qu'il l'aurait pensé.

Il n'aurait pas cru cela possible, mais en ce moment, il désirait presque pouvoir rester à jamais sur Metverold.

— J'aurais aimé accepter, répondit Samuel, mais je dois rentrer à la maison. Je dois retrouver ma famille et voir si certains d'entre eux ont survécu à l'attaque des Saxons. Peut-être que je rencontrerai une fille et que je fonderai ma propre famille, qui sait ?

— Tu pourrais faire toutes ces choses et prendre part au conseil du roi. Nous pourrions avoir besoin de ta perspective unique sur le monde.

— J'apprécie ta confiance dans ma... perspective, mais j'ai pris ma décision Malloy. Je ne resterai pas.

— J'imagine qu'il n'y a rien que je puisse dire pour te faire changer d'idée alors.

Samuel noua une corde autour d'un poteau de bois qui maintenait une partie de la tente en place.

— Écoute, dit-il, je tenais à te remercier. Sans toi, je ne suis pas certain que j'aurais survécu plus d'une journée ici.

— Il n'y a pas de quoi.

— Tu es un homme bien, Malloy. Je suis persuadé que de grandes choses t'attendent.

— Samuel, tu parles comme si nous n'allions jamais nous revoir. Tu vas revenir et nous rendre visite de temps en temps, n'est-ce pas ?

Samuel fit un pas vers son ami et lui présenta sa main.

— Je ne sais pas ce que le futur me réserve, donc je ne peux rien promettre, mais j'espère de tout cœur que l'on se rencontrera à nouveau.

Malloy prit la main du garçon et la serra fermement.

— Tu es aussi un homme bien, Samuel. Un peu étrange, mais tu es brave et fort. Sois prudent dans tes voyages ou je serai forcé de te retrouver et de te donner une leçon moi-même.

— Je le serai.

Samuel étreignit son ami puis se retourna pour s'éloigner. Il sentait le regard de Malloy sur son dos, ce dernier s'interrogeant probablement toujours sur la véritable identité du jeune homme. Angéline apparut près du Gardien de Légendes.

— Tu dois te préparer maintenant, Samuel.

— Je sais, mais il y a une dernière chose que je dois faire avant.

Samuel s'approcha de la tente royale, qui avait été remise sur pied pour Ambrosius. À l'intérieur, il trouva le jeune Myrddin qui discutait avec les deux frères.

— Samuel ! dit Ambrosius. Quelle agréable surprise ! Aurais-tu reconsidéré mon offre ?

— En fait, je suis ici pour vous dire au revoir.

Tous les trois le regardèrent avec surprise.

— Déjà ? demanda Uther.

— J'ai peur que oui.

Myrddin accourut vers Samuel et se jeta dans les bras du jeune homme, le serrant bien fort contre lui, comme si sa vie en dépendait. Finalement, le jeune enchanteur en devenir leva les yeux vers le Gardien.

— Sais-tu ce qu'Ambrosius et Uther viennent tout juste de décider ? Ils vont renommer cette colline en mon honneur. À partir de maintenant, cet endroit sera connu sous le nom de Dinas Emrys. N'est-ce pas fantastique ?

— En effet, ça l'est, Myrddin.

Ambrosius et Uther s'avancèrent vers Samuel, lui serrant la main à tour de rôle.

— Es-tu bien certain de ne pas vouloir plus de temps pour reconsidérer mon offre de rejoindre le conseil ? demanda Ambrosius.

— J'aimerais pouvoir le faire, sire, mais je dois bientôt vous quitter.

— Dans ce cas, y a-t-il quelque chose que nous pouvons faire pour toi avant ton départ ? demanda Uther.

— En fait, il y a effectivement une chose. Cela vous paraîtra étrange, mais je dois insister pour que vous respectiez mon souhait. Tout comme vous m'avez fait confiance auparavant, je vous demande une fois de plus d'avoir confiance en moi.

— Bien sûr. Quel est ton souhait ?

— Vous avez probablement deviné que je ne suis pas un homme ordinaire. Tout comme Myrddin, il y a des choses à propos de moi que vous ignorez et d'autres choses qui doivent demeurer secrètes. C'est très important. Aussi étrange que cela puisse paraître, vous ne devrez mentionner mon nom à personne ni révéler qui je suis. Pour le futur de la Bretagne et pour la sécurité de vos descendants, je vous implore de faire ce que je demande et de garder mon existence secrète.

— Tu es vraiment quelqu'un d'unique, Samuel, dit Ambrosius. J'aurais demandé aux bardes les plus doués de composer des hymnes en ton honneur et aux sculpteurs les plus talentueux de conserver ton image dans la pierre, car notre dette envers toi est éternelle. Mais nous allons respecter ton souhait et nous ne ferons rien de tel.

— Tu as notre parole, ajouta Uther. Personne ne connaîtra ton rôle dans cet épisode de notre grandiose histoire. Même si je ne comprends pas vraiment les raisons derrière ta requête, je suis sûr qu'elles sont justes et nobles.

— Merci.

— Y a-t-il autre chose que nous pouvons faire pour toi ? demanda Ambrosius.

— Eh bien... il y a une dernière chose.

— Je t'en prie, tu n'as qu'à demander. Tout ce que tu voudras, mon ami.

Samuel tourna la tête vers un bureau de bois derrière Ambrosius, sur lequel une plume était plongée dans un petit flacon d'encre noire.

— Pourriez-vous signer mon gilet ?

Uther et Ambrosius se regardèrent l'un et l'autre, surpris par l'étrange requête. Ils avaient cru recevoir une demande pour de l'or, des terres, ou un titre de noblesse. Une simple inscription sur un morceau de vêtement était sans doute du jamais vu.

— Croyez-moi, mes amis, là d'où je viens, c'est considéré comme un immense honneur.

— Si c'est ce que tu désires, alors nous ferons ce que tu demandes.

Quelques instants plus tard, Samuel déambulait le long du sentier qui menait au pied de Dinas Emrys, admirant le gilet de lin que sa sœur lui avait offert. À l'intérieur se trouvait une inscription qui aurait fait rougir d'envie n'importe quel adepte de films ou romans fantastiques :

« À notre bon ami et mystérieux sauveur de notre peuple, Samuel
Osmond.
Que ton courage en inspire plus d'un et que ton cœur reste pur.
Les habitants de la Bretagne, ainsi que nous-mêmes, te sont à jamais
redevables. »
Ambrosius Aurelianus
Uther Pendragon
Myrddin Emrys

— Tu sais que tu ne pourras jamais montrer cette inscription à qui que ce soit, dit Angéline.

— Ça n'a pas d'importance.

— D'accord ! Pourvu que tu t'en souviennes, ça me va.

Lorsque l'encre fut sèche, Samuel enfila son gilet.

— Que va-t-il se passer maintenant ? demanda-t-il à la fata.

— Tu retournes dans ton monde.

— Et c'est tout ?

— C'est tout. Pour l'instant, du moins. Dès que l'Yfel enverra à nouveau leur homme dans ce monde-ci pour gâcher une légende, tu seras convoqué pour nous sauver les fesses !

Samuel sortit les dés de la poche de son pantalon. Les symboles gravés sur ceux-ci avaient disparu et les six facettes étaient à nouveau vierges.

— Tout ce que j'ai à faire, c'est de lancer les dés, c'est ça ?

— Oui. Lorsque tu seras de retour dans ta chambre, range-les dans un endroit sûr et assure-toi de ne pas les perdre ! Lorsque le temps sera venu, les runes qui se trouvent sur les dés réapparaîtront et brûleront de nouveau. Cela voudra dire que nous avons besoin de toi sur Metverold.

Samuel étudia les dés, puis la forêt autour d'eux. Pour la dernière fois, il respira les arômes des arbres. Il entendit le chant des oiseaux et le frémissement des feuilles. Il commençait à peine à se sentir chez lui dans ce monde et déjà, il devait le quitter.

— Reviendrai-je ici un jour ? En Bretagne, je veux dire. Vais-je revoir mes amis ?

— Peut-être. Tu peux être appelé à intervenir dans n'importe quelle légende, peu importe l'époque. Qui sait où nous atterrirons la prochaine fois ?

— Nous ? demanda Samuel.

— Évidemment, gros bêta ! Je suis ta fata. Là où tu vas, j'y vais également. Tu devrais être heureux de te retrouver sous la responsabilité d'une protectrice chevronnée telle que moi !

Samuel fronça les sourcils devant la fata.

— Je te demande pardon ? J'ai failli mourir la nuit dernière, tu ne t'en souviens pas ?

— Oui, je me souviens que tu semblais ne pas être tout à fait dans ton assiette, répondit Angéline, avant que tous deux éclatent de rire.

— Sincèrement, je suis content de t'avoir à mes côtés, Angéline. Tu vas me manquer.

— Tu vas me manquer aussi, Samuel.

Samuel regarda à nouveau les dés, s'efforçant de trouver le courage de les jeter et de quitter ainsi ce monde, un endroit qu'il avait toujours rêvé d'explorer. C'était bien là le rêve de tout adepte de jeux de rôle : livrer de véritables combats dans la Bretagne antique, secourant les demoiselles en détresse et pourfendant les dragons féroces. C'était plus difficile à laisser derrière qu'il n'y paraissait.

— Tandis que j'y pense, lorsque j'étais inconscient, j'ai entendu une voix, se souvint-il soudainement.

— Qu'est-ce qu'elle disait ? demanda Angéline.

— Elle affirmait que cette légende n'était qu'un test et que des aventures encore plus dangereuses nous attendaient.

— La voix s'est-elle identifiée ?

— Non. Elle a seulement dit qu'elle était une amie.

Angéline plaça sa main sous son menton, levant les yeux vers le ciel.

— Peut-être que c'était une Parca, dit-elle.

— Je croyais qu'elles n'intervenaient jamais directement.

— Tu vas apprendre rapidement, mon jeune ami, que les habitants de ce monde-ci enfreignent beaucoup plus souvent les règles qu'ils ne les respectent.

— On dirait bien.

Angéline sourit au Gardien de Légendes et s'approcha un peu. Lorsqu'elle fut tout près du visage de Samuel, elle pencha la tête et déposa un baiser sur sa joue.

— Allez, va maintenant. Le temps de nous revoir viendra bien assez tôt. D'ici là, je te conseille de lire des légendes. Comme tu le sais, je ne peux rien te révéler à propos des mythes lorsque tu es ici, mais rien ne t'interdit de connaître les détails avant même de poser les pieds sur Metverold.

— Tu as raison. On se dit à plus tard alors, Angéline.

— Bien sûr !

Samuel fit quelques pas de côté et balaya les alentours du regard une dernière fois, histoire de s'assurer que personne ne s'était approché d'eux ou ne les observait depuis les arbres. Lorsqu'il fut certain qu'ils étaient seuls, il prit une grande inspiration et jeta les dés sur le sol. Les deux objets atterrirent sur une pierre et y demeurèrent, immobiles. Les symboles étaient maintenant réapparus et brillaient d'une manière particulièrement intense.

Une lumière écarlate émergea brusquement du sol, là où les dés se trouvaient, et enveloppa le corps de Samuel. Le jeune homme leva les yeux vers la fée qui lui envoya la main. Il répondit par le même geste.

Le monde autour de lui tournoya d'abord lentement, mais gagna ensuite de la vitesse. La lumière rouge qui entourait Samuel passa au vert, puis au bleu. Le monde tourna de plus en plus vite, encore et encore, jusqu'à ce que Samuel perde la sensation dans ses membres et dans son corps entier. Tout comme il en avait fait l'expérience lorsqu'il s'était retrouvé entre deux mondes, sa forme physique disparut complètement, ne laissant derrière que sa conscience. Il voyait tout et rien, distinguait toutes les couleurs et ne voyait que du noir. Il sentit l'odeur d'un millier de fleurs, puis aucune ; il entendit chaque instrument qui existait, puis le silence complet. Tous ses sens étaient stimulés, même s'il ne possédait plus de nerfs à être titillés. À l'instar de la première fois, il fut emporté au bord de la folie, puis violemment secouru, juste avant de s'évanouir dans les ténèbres.

Finalement, le monde s'arrêta de tourner et il sentit son corps à nouveau.

Il ouvrit les yeux.

Au-dessus de lui, un ventilateur fixé au plafond tournait lentement. Il tourna la tête et aperçut le mobilier familier : sa table de travail, le bureau que son père lui avait fabriqué et de l'autre côté, son lit.

Il essaya de se relever, mais sa tête fut brusquement prise d'assaut par une douleur aiguë, lui rappelant l'éclair qu'il avait pris dans le torse, il n'y avait pas si longtemps. Apparemment, il s'était évanoui et s'était écroulé au sol, se frappant la tête sur le parquet de bois par la même occasion.

— Samuel ? cria sa mère au rez-de-chaussée. Est-ce que tout va bien ?

Samuel tenta à nouveau de s'asseoir, bougeant plus lentement cette fois-ci et se tenant la tête d'une main.

— Oui, répondit-il. Tout va bien.

Il se redressa lentement.

Il était de retour dans sa chambre à coucher.

18

Samuel prit un moment pour comprendre où il était. Il jeta un coup d'œil par la fenêtre et vit que le soleil descendait vers l'horizon. Le temps était chaud et confortable, tout comme le jour où il avait été transporté sur Metverold. Il semblait qu'il était tout juste après l'heure du dîner, le jour de son anniversaire. Il tourna la tête vers son réveille-matin : 20 h 22.

Il fut soulagé de constater que tout le temps passé sur Metverold n'égalait pas le temps de son monde. À peine une minute ou même une seconde s'était écoulée depuis qu'il avait jeté les dés, et qu'il avait été transporté dans la Bretagne post-romaine.

Il fut ravi de savoir qu'il n'aurait pas à expliquer une disparition d'une semaine à sa famille.

Ses vêtements, par contre, affichaient les signes de son improbable aventure. Le pantalon de cuir neuf et le gilet de lin qu'il avait déballés à peine une heure plus tôt étaient maintenant couverts de poussière et tachés de sueur et de boue, sans parler de la puanteur qui en émanait. On aurait dit qu'il avait fait la guerre et venait tout juste de rentrer. De plus, ses nouvelles bottes laisseraient certainement des traces de boue bien visibles sur le parquet propre.

Samuel retira ses bottes et les lança sous le lit. Avec précaution, il se releva et ouvrit légèrement la porte de sa chambre, afin de jeter un coup d'œil à l'extérieur. Lorsqu'il fut certain que tout le monde discutait toujours au rez-de-chaussée, il se faufila silencieusement vers la salle de bain, où il ferma prestement la porte derrière lui. Rapidement, il s'empara de serviettes propres pour nettoyer le plancher de sa chambre.

Lorsqu'il eut terminé d'effacer toutes traces de son escapade, Samuel se dévêtit et dissimula son pantalon derrière le bureau, où sa mère ne pourrait pas le trouver. Il y plaça également son gilet autographié, afin qu'il ne se retrouve pas au lavage par erreur. Il le laverait lui-même, plus tard. Il ne voulait surtout pas qu'un détergent efface la précieuse inscription à l'intérieur du vêtement. Quelques minutes plus tard, il se tenait debout sous une douche chaude, où il demeura pendant près d'une heure. Finalement, après une dernière petite inspection de sa chambre afin de s'assurer que tout était en ordre, il cacha les dés dans un endroit sûr. Sans attendre une seconde de plus, il s'étendit lourdement sur le lit confortable, dormant comme un ours durant la nuit entière.

Le jour suivant, Samuel ouvrit les yeux, s'attendant à voir des arbres couverts d'un brouillard matinal. Il fut presque déçu de constater qu'il se trouvait dans sa chambre, de retour dans sa vie régulière et monotone. Il était heureux de retrouver le confort et les commodités de ce monde, mais il aurait également souhaité revivre la camaraderie et la liberté de Metverold. Avant son aventure, il avait l'habitude d'aller vérifier les courriels sur son ordinateur dès qu'il ouvrait les yeux. À présent, il ne désirait rien de plus que de respirer à nouveau l'air frais de la forêt et sentir l'odeur du gruau chaud.

Son séjour sur Metverold n'avait duré qu'une semaine, mais Samuel éprouvait quand même quelques difficultés à reprendre la routine quotidienne de cette vie normale. Les devoirs, l'école, se peigner le matin et brosser ses dents étaient toutes des choses qu'il avait pratiquement oubliées. Sa mère dut d'ailleurs lui rappeler de prendre son sac et ses livres lorsqu'il voulut partir pour attraper le bus.

— Samuel, est-ce que ça va ? demanda-t-elle. Tu sembles un peu distrait ce matin. As-tu bien dormi ?

Samuel vit le sourire chaleureux sur le visage de sa mère et balaya ensuite la maison du regard.

Il était chez lui.

— Oui maman. Tout va très bien.

— Je suis heureuse de l'entendre. Maintenant, dépêche-toi ou tu vas manquer le bus.

Samuel rendit son sourire à sa mère et ferma la porte derrière lui. Plein d'allégresse, il traversa le jardin devant la maison, ses pensées se portant soudainement sur Malloy et les amis qu'il avait rencontrés sur Metverold. Il se demandait ce qu'ils pouvaient faire en ce moment même. Avaient-ils commencé la construction de la forteresse ? Avaient-ils revu le dragon ? Les Saxons étaient-ils en route pour Dinas Emrys ?

Il était perdu dans ses pensées lorsqu'il réalisa soudainement que le bus était déjà à l'arrêt, l'attendant patiemment.

— Je sais que je t'ai dit que j'attendrais, lança le chauffeur lorsqu'il monta finalement à bord, mais ne pousse pas le bouchon, mon gars.

Samuel se contenta de sourire au chauffeur et se dirigea vers l'arrière de l'autobus. Lorsqu'il aperçut son ami Lucien, un immense sourire apparut soudainement sur son visage. Il s'ennuyait déjà des amis qu'il avait rencontrés sur Metverold, mais il était encore plus heureux de retrouver ceux de ce monde-ci.

— Lucien ! Tu ne peux pas savoir comme je suis content de te revoir ! dit Samuel lorsqu'il prit place près du garçon aux cheveux roux.

— Hum... je suis content de te voir aussi, Samuel, dit Lucien. Qu'est-ce qui ne va pas ?

— Absolument rien. Tout va très bien.

Samuel savait qu'il ne pouvait rien divulguer à son ami à propos de son aventure et cela le peinait énormément. Si seulement il pouvait lui raconter comment il avait rencontré Merlin et le père d'Arthur, pourquoi il avait vu des dragons et comment il avait survécu à une malédiction d'éclair. Bien entendu, Lucien ne croirait probablement aucun mot de ce qu'il raconterait, mais il lui montrerait le gilet autographié par Uther et Ambrosius, une preuve indéniable qu'il disait la vérité.

Bien que... son ami dirait probablement qu'il avait écrit lui-même les mots.

De toute façon, il ne pouvait rien dire à Lucien.

Lorsqu'ils arrivèrent à l'école, Samuel assista en silence à chacun de ses cours, essayant de reprendre le rythme de sa vie ordinaire. Malgré ses meilleurs efforts, ses professeurs et Lucien durent le sortir de ses rêveries diurnes à quelques reprises. Toutefois, pour la majeure partie de la journée, tout se passa bien et la journée de cours fut rapidement terminée.

— J'ai l'impression qu'on nous surveille, dit Lucien à Samuel, tandis qu'ils rangeaient leurs livres dans leur sac.

Samuel tourna discrètement la tête. Il ne vit d'abord que des dizaines d'élèves qui fouillaient dans leur casier et se préparaient à quitter l'école, mais il aperçut ensuite l'un d'eux qui était immobile, se contentant de fixer Samuel : Danny. Il se tenait au bout du corridor, pour une rare fois sans ses deux acolytes. Ses yeux brûlaient toujours de rage.

Samuel pensa aux batailles qu'il avait menées ces derniers jours et à ses prouesses au combat. Si Danny tentait quoi que ce soit envers lui et Lucien, il aurait une mauvaise surprise. Mais alors qu'il imaginait l'étonnement sur le visage de Danny, il entendit à nouveau les paroles que lui avait dites la voix mystérieuse : *apprends à connaître ton ennemi avant de te lancer la tête la première vers lui*. Il avait failli payer de sa vie pour apprendre cette leçon, aussi bien la mettre en pratique dès maintenant. De plus, comme le lui avait enseigné l'histoire de Kaleb, les apparences peuvent souvent être trompeuses. Il décida donc d'ignorer Danny pour le moment, du moins jusqu'à ce qu'il en sache un peu plus sur lui.

— Allez, viens, dit-il à Lucien. Ne nous occupons pas de lui.

Sur le chemin du retour, Samuel demanda à Lucien s'il désirait aller au Repère du Griffon.

— Bien sûr que j'irai avec toi, répondit celui-ci. Il faut que je trouve une épée de toute façon, pour le jeu grandeur nature de ce week-end. J'ai tellement hâte à cet événement. Ce sera épique ! L'armée des Bretons combattant des hordes de barbares ! Peux-tu seulement imaginer à quel point ça devait être excitant de vivre dans ces temps anciens ?

— Je peux imaginer un peu, oui, répondit Samuel.

Pour la centième fois, il dut combattre l'envie de décrire à Lucien tout ce qui lui était arrivé.

— Pourquoi as-tu besoin d'une nouvelle épée ? demanda-t-il plutôt. Je croyais que tu en avais déjà une.

— Oui, mais celle que j'ai n'est qu'une toute petite *spathe*. Ce n'est rien de plus qu'une dague à dissimuler, en fait. Il faut que je trouve un espadon à double tranchant si je veux jouer mon rôle à la perfection.

— Et qui es-tu censé être au juste ? Conan le Barbare ?

Les yeux de Lucien s'ouvrirent grands, regardant son ami avec un air choqué, comme s'il venait tout juste de commettre le pire des crimes.

— Est-ce que tu te fous de moi ? Tu ne t'en souviens pas ? Cela fait une semaine que j'en parle sans arrêt.

— Apparemment, j'ai oublié

— Je vais jouer le rôle de Malloy Cadwallader, bien sûr.

Samuel crut avoir mal entendu. Son sang ne fit qu'un tour et son cœur fit un bond dans sa poitrine.

— Qu'est-ce... Qu'est-ce que tu as dit ? demanda-t-il.

Lucien remarqua le changement chez son ami et les yeux écarquillés qui l'observaient à présent.

— Ai-je dit quelque chose de mal ? J'ai simplement dit que je jouais le rôle de Malloy, tu sais, celui qui a secouru Uther Pendragon et qui a commandé son armée contre les barbares. Tu voulais jouer ce personnage, mais j'ai gagné le pari. Attends une minute ! Tu n'essaierais pas de changer avec moi, par hasard ?

Soudainement, Samuel eut l'impression qu'on le frappait avec une tonne de briques. Angéline avait raison : la plus petite erreur de calcul de sa part pouvait affecter son monde de bien des façons, toutes plus imprévisibles les unes que les autres. Même s'il avait pris garde de ne rien changer, s'assurant avec précaution que la légende se déroulait comme elle le devait, il avait quand même modifié le mythe.

Et maintenant, il était témoin du résultat de son faux pas, d'une façon qu'il n'aurait jamais pu imaginer.

En venant en aide au Gardien et en sauvant Uther de l'homme en noir, Malloy s'était gravé une place dans la légende et faisait dorénavant partie de la mythologie arthurienne. Après que Samuel eut quitté Metverold, Malloy avait probablement joué un rôle plus important que d'ordinaire, combattant aux côtés d'Ambrosius et d'Uther. Peut-être même avait-il rencontré Arthur et l'avait-il influencé d'une façon ou d'une autre.

Un simple acte de courage de la part du jeune Breton et quelques millénaires plus tard, les gens se souvenaient encore de son nom.

— Je suis désolé, tu as raison. J'avais oublié. C'est un bon choix. Il était un homme courageux et vaillant.

— Bien sûr qu'il l'était, dit Lucien.

— Bon, d'accord, allons à la boutique dès que nous arriverons à la maison. Ma sœur peut nous conduire au centre commercial. Je vais aussi devoir faire un arrêt à la librairie, pour y prendre quelques trucs.

— Quel genre de trucs ?

— Je ne sais pas... des livres ? Tout ce que je peux sur les légendes et la mythologie.

— Pourquoi ?

— Parce que j'ai envie de lire sur le sujet. Puis-je m'intéresser à quelque chose sans d'abord obtenir ta permission ?

— Ça va ! Ça va ! Peut-être que j'en profiterai pour trouver une encyclopédie de la magie. Le Repère du Griffon ne tient que des trucs ringards pour les enfants, de jolis livres pour se faire un peu d'argent. Peut-être que je pourrais trouver quelque chose de plus authentique ailleurs.

À la boutique de jeux de rôles, Lucien se dirigea immédiatement vers les étagères qui contenaient des armes de plastique, espérant y trouver l'épée qui serait digne de son personnage. Samuel, quant à lui, se dirigea immédiatement vers le comptoir où il s'était procuré les dés. Il jeta un coup d'œil au comptoir vitré, sachant très bien ce qu'il y verrait, mais désirant quand même obtenir la confirmation.

Comme prévu, les dés noirs avaient disparu.

— Excusez-moi, dit-il à un employé tout près. Je suis venu ici il y a deux soirs et j'ai acheté une paire de dés blancs, faits d'une matière qui ressemblait à de l'ivoire, sans que rien soit inscrit dessus.

— Et après ? répondit l'employé.

— Vous aviez également une paire de dés noirs à ce moment. J'aurais aimé les acheter aussi.

L'employé se pencha au-dessus du comptoir pour regarder à travers de la vitre à son tour.

— Je pense qu'on les a vendus, mon gars. Je ne les vois pas.

— J'en suis conscient, mais peut-être que vous vous souvenez de celui qui les a achetés et où je pourrais le rejoindre ?

— Écoute, petit gars, je ne sais même pas de quoi tu parles. Beaucoup d'enfants passent sans arrêt dans ce magasin. Peut-être que c'est quelqu'un de ton école, je ne sais pas. Pourquoi ne demandes-tu pas à tes potes ?

Samuel devenait rapidement frustré par le désintérêt évident de l'employé à lui venir en aide. Il avait vu un dragon et combattu des Saxons, nom de Dieu.

— Peut-être pourriez-vous demander à vos collègues, ou vérifier dans votre ordinateur. Cela me rendrait un immense service, si vous pouviez retrouver son nom ou même un numéro de téléphone.

— Mon gars, je ne peux pas, d'accord ? Si tu veux les dés tant que ça, appelle le manufacturier. Je m'en fous.

Sans attendre de réplique, l'employé se retourna et s'éloigna du comptoir.

Contrarié, Samuel se rua hors de la boutique, laissant Lucien s'amuser avec une épée qui semblait particulièrement réaliste, faisant des bruits de vents avec sa bouche tandis qu'il fendait l'air.

Il était dommage que Samuel ait interrogé le mauvais employé. S'il était entré dans la boutique quelques minutes plus tard, un commis plus âgé aurait été de retour derrière le comptoir, après avoir terminé son dîner. Cet homme, qui était beaucoup plus gentil que le plus jeune, aurait pu révéler au Gardien de Légendes qu'un autre client était passé plus tôt dans la journée, posant la même question que lui, mais à propos d'une paire de dés blancs.

Mais Samuel se dirigea plutôt à l'autre bout du centre commercial, où se trouvait une librairie. Il se rendit directement à la section « fantastique » et s'empara de toutes les encyclopédies mythologiques et toutes les compilations de légendes sur lesquelles il mettait la main.

Il avait beaucoup de lecture à faire.

FIN

À PROPOS DE L'AUTEUR

Merci d'avoir lu *Les trésors du barde*, quatrième tome de la série *Les Gardiens de Légendes*. J'espère que cette aventure de Samuel et Angéline vous a plu tout autant que la précédente.

N'hésitez surtout pas à me faire parvenir vos commentaires à l'adresse suivante : info@martinrouillard.com. Je promets d'y répondre le plus rapidement possible ! Vous pouvez également me suivre sur les différents médias sociaux, où je discute de plusieurs sujets, dont l'écriture, les voyages, le sport et la santé. Je partage également d'autres petits textes, comme des poèmes.

Surtout, n'oubliez pas de retrouver Samuel dans le tome suivant de la série, à paraître bientôt!

www.martinrouillard.com

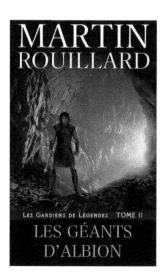

LES GÉANTS D''ALBION

CHAPITRE 1

— Fermez-la tous les deux ou ils vont nous repérer !

Samuel ne s'était même pas retourné. Après avoir rampé durant près d'une heure sur le sol couvert de feuilles et à travers de nombreuses toiles d'araignées — priant à chaque fois pour qu'elles soient abandonnées — il n'avait aucune intention de remuer le moindre muscle et courir le risque d'être vu par l'ennemi.

— Si l'on ne passe pas à l'action bientôt, je vais pisser dans mon pantalon moi, se plaignit un blondinet nommé Thomas derrière Samuel.

— Arrête de te plaindre et va pisser plus loin, dit Tony, le deuxième compagnon de Samuel.

Comme Thomas, Tony était un peu plus petit que Samuel, mais ses cheveux étaient noirs et bouclés, et il possédait les narines les plus énormes que Samuel ait jamais vues.

— J'espère pour toi que tu t'es entraîné à l'épée ou c'est toi qui vas pisser dans ton froc, répliqua Thomas.

Le garçon aux cheveux bouclés ramassa une poignée de feuilles mortes et les lança vers Thomas. Les feuilles volèrent sur quelques centimètres seulement et flottèrent jusque sur la nuque de Samuel. Celui-ci soupira d'exaspération.

— Ça suffit tous les deux ! dit-il en s'appuyant sur les coudes. Si vous continuez à vous chamailler ainsi, vous allez tout faire rater. Nos amis dépendent de nous, alors ce n'est pas le moment de se bagarrer. Gardez ça pour les Saxons.

Ses compagnons échangèrent des regards exaspérés, mais Samuel les ignora. Il était responsable de cette mission et ces deux petits nouveaux n'allaient certainement pas tout gâcher. Il essuya la sueur qui perlait sur son front, leva la main gauche pour se protéger les yeux du soleil, et reprit son observation du camp ennemi.

Contrairement à celui des Bretons, le camp des Saxons semblait solidement construit et surtout, beaucoup plus confortable. Il ne faisait aucun doute que leurs ennemis avaient bâti une installation permanente, plutôt qu'un bivouac facilement démontable.

Le premier bâtiment était une caserne ou un dortoir. Entièrement fait de bois noirci, il faisait au moins vingt mètres de long et n'avait qu'un seul étage. Il n'y avait aucune porte à l'arrière du bâtiment, mais Samuel pouvait détecter du mouvement à l'intérieur par les quelques fenêtres sur le mur arrière. De temps à autre, un visage apparaissait brièvement dans l'une des fenêtres et scrutait la forêt où Samuel et ses compagnons se cachaient. À chaque fois, Samuel retenait son souffle et tentait de s'enfouir davantage dans le sol humide. Heureusement, personne ne les avait encore aperçus.

C'était d'ailleurs assez incroyable qu'ils soient demeurés cachés de la sorte, puisque les deux compagnons de Samuel n'arrivaient pas à tenir en place plus de quelques secondes.

À gauche du dortoir, et perpendiculaire à celui-ci se trouvait un deuxième bâtiment, également fait de bois noirci. Par contre, il se trouvait à quelques mètres au-dessus du sol, soutenu à l'aide de trois énormes poutres de bois et d'arches massifs. Samuel pensa que c'était probablement un poste de commandement ou un dépôt d'armes.

Une chose était certaine : ce n'était pas dans ces deux bâtiments que Samuel et ses compagnons trouveraient ce qu'ils cherchaient.

— Je commence à avoir faim, dit Thomas. Quand est-ce qu'on mange ?

— Pas avant d'avoir libéré nos amis, répondit Samuel. Maintenant, ferme-la !

— Ouais, ferme-la, répéta Tony.

— Ferme-la toi-même, dit Thomas.

— Avez-vous bientôt fini ? demanda Samuel. Nos amis comptent sur nous. Vous voulez qu'ils se fassent massacrer par les Saxons parce que notre ennemi a deviné que nous étions sur le point d'attaquer son camp ?

— Non, répondirent timidement Thomas et Tony.

— Alors, bouclez-la !

Samuel secoua doucement la jambe droite pour se débarrasser d'une colonne de fourmis qui semblaient déterminées à lui passer sur le corps pour retourner à leur nid, puis il reprit son étude du camp des Saxons. Au milieu de celui-ci se trouvait leur objectif : une tour en bois, haute de trois étages. Selon les informations obtenues par les Bretons, c'était là que les prisonniers étaient enfermés. La présence d'archers au sommet de la tour et les sentinelles qui patrouillaient tout autour tendaient à confirmer leurs soupçons. Samuel scruta encore une fois les environs et chercha des failles dans la sécurité des Saxons. D'un moment à l'autre, l'armée bretonne donnerait l'assaut sur le camp et s'il voulait que leur mission soit un succès, il devait être prêt à toute éventualité. Les Saxons anticipaient probablement une tentative de sauvetage et Samuel savait que leur réussite était loin d'être assurée.

— Pourquoi est-ce si long ? demanda Tony avec un soupir d'exaspération. Qu'est-ce qu'ils foutent à la fin ?

Samuel était forcé d'admettre que son compagnon avait raison. Cela faisait plus de deux heures que les trois garçons avaient quitté le corps principal de l'armée bretonne. Le plan avait été d'utiliser les arbres de la forêt comme couverture, afin que le trio puisse contourner le camp ennemi. Ensuite, l'armée donnerait l'assaut sur l'entrée du camp ennemi pour créer une diversion. Au même moment, les trois garçons s'infiltreraient dans le camp par l'arrière et se dirigeraient vers la tour centrale pour libérer les prisonniers.

Samuel avait d'abord cru qu'ils manqueraient le rendez-vous, car Tony les avait fait tourner en rond pendant plus de trente minutes, affirmant à maintes reprises qu'il connaissait parfaitement le chemin. Samuel avait dû prendre la tête et après de nombreux débats entre eux, ils avaient finalement trouvé leur route. Lorsqu'ils eurent pris position, Samuel avait craint qu'ils fussent trop tard, mais le camp des Saxons était calme et silencieux. Apparemment, l'armée des Bretons avait également pris du retard. Samuel pensa que les dirigeants avaient probablement argumenté entre eux en cours de route, comme il l'avait fait avec ses compagnons.

— Nous devrions essayer de nous approcher, dit Thomas. Peut-être que l'armée attend de nous voir avant de lancer l'assaut. Ils veulent sûrement s'assurer que nous sommes en position et prêt à faire notre part.

— Ils ne pourront jamais apercevoir ce côté-ci du camp de leur position, dit Samuel. C'est pour ça que nous avions fixé un délai. Tenons-nous-en au plan et attendons qu'ils lancent l'attaque.

— Mais j'ai faim moi ! Regarde, même les Saxons pensent que c'est l'heure du déjeuner.

Il pointa en direction d'une marmite en fonte noire qui se trouvait au-dessus d'un feu, non loin de la tour centrale. Quelques Saxons se servaient du potage qui bouillait à l'intérieur du chaudron. Un peu plus loin, une douzaine d'entre eux prenaient place à une table de bois, partageant leur repas et riant de leurs blagues.

Tout semblait paisible à l'intérieur du camp, jusqu'au moment où une sentinelle au sommet de la tour crie à pleins poumons.

— Aux armes ! Ils sont ici ! Les Bretons sont ici !

— Il était temps ! dit Tony.

En un instant, le camp tout entier s'anima. Chaque guerrier bondit sur pieds et courut vers son poste, une arme à la main et un bouclier sur l'avant-bras. L'un des Saxons, plus grand que les autres, lança des ordres dans toutes les directions et s'empressa de disposer les guerriers. Quelques instants plus tard, Samuel entendit un grondement sourd et lointain, accompagné par les cris des Bretons qui lançaient leur assaut.

— À nous de jouer, dit Thomas en se relevant.

— Pas encore, dit Tony. Laisse-leur le temps de créer une diversion suffisante et d'engager les troupes ennemies.

— J'en ai marre d'attendre ! J'ai besoin d'action.

Sans laisser de temps à Samuel pour le rappeler à l'ordre, le jeune blondinet bondit sur pieds et déguerpit en direction du camp des Saxons.

— Moi, j'y vais, dit-il. Vous pouvez rester planqués ici comme des lâches si vous voulez, moi je vais chercher l'enchanteur.

Samuel observa Thomas parcourir rapidement la distance qui le séparait du dortoir, recroquevillé sur lui-même pour éviter de se faire repérer. Le garçon se plaqua contre le mur arrière du bâtiment. Samuel secoua la tête et inspira profondément pour se calmer. Il se leva ensuite et rejoignit Thomas à l'arrière du bâtiment, suivi de près par Tony. Après avoir repris la tête du groupe, il longea prudemment le mur jusqu'au coin et avança lentement la tête pour vérifier la position des soldats saxons.

À l'avant du camp, la bataille était bien enclenchée, et les Bretons et les Saxons étaient tous engagés dans des combats maladroits. En quelques secondes, le peu d'ordre qu'avaient voulu instaurer les chefs des deux factions avait été remplacé par le chaos de la guerre, et la bataille tournait rapidement au carnage.

Au rythme où tombaient les guerriers, Samuel et ses compagnons devraient faire vite s'il ne voulait pas que le combat se termine avant qu'ils aient secouru leurs amis dans la tour. Serrant les doigts sur le pommeau de son épée, Samuel longea le côté court du dortoir et s'arrêta de nouveau au coin suivant. Au prochain pas, ils seraient à la vue de tous et plus rien ne pourrait les dissimuler jusqu'à ce qu'ils atteignent la tour.

— Ne les laissez pas s'approcher de la tour, hurla celui qui semblait être le chef des Saxons. Ils sont ici pour l'enchanteur ! S'ils le récupèrent, tout sera perdu !

Samuel jeta un dernier coup d'œil pour s'assurer que la voie était libre, puis il se lança vers son objectif. Afin de réduire les chances d'être vu, il se retint de courir et avança plutôt d'un pas rapide. Tandis qu'il approchait de la tour, il leva les yeux et aperçut les archers au sommet de celle-ci qui faisaient pleuvoir des flèches sur leurs assaillants. Par miracle, aucun d'entre eux ne regardait dans leur direction.

Le chemin paraissait libre pour Samuel et ses compagnons. Ils pourraient même atteindre la tour sans avoir à parer le moindre coup d'épée. Quelques mètres de plus et ils seraient à l'abri des regards des Saxons.

— Nous y sommes presque, souffla Tony qui suivait Samuel comme son ombre.

À ce moment, quelques Saxons jaillirent du dortoir et aperçurent aussitôt Samuel et ses compagnons. Sans réfléchir, Thomas et Tony se jetèrent sur eux en hurlant, leur épée bien haute au-dessus de leur tête. Le premier réflexe de Samuel fut de les rejoindre pour leur prêter main-forte, mais leur mission était plus importante. Il devait récupérer l'enchanteur s'ils voulaient avoir une chance de gagner cette guerre. Après quelques secondes d'hésitation, il déguerpit vers la tour.

Le cœur de Samuel lui martelait les côtes, et la sueur de ses mains faisait glisser la poignée de son arme, tandis que son champ de vision se limitait à l'entrée de la tour. Il ne suffirait que d'un seul coup d'œil dans sa direction pour faire échouer leur plan.

Un petit effort de plus et il serait à l'intérieur, à l'abri des regards ennemis.

Samuel aperçut la flèche juste avant qu'elle le frappe à la jambe. Ce fut un bref instant, rien de plus qu'un battement de paupières, mais ce fut suffisant pour que son cerveau enregistre son échec. Il avait été repéré à quelques pas de son but et il allait maintenant payer le prix de sa négligence.

Dès que l'embout en mousse de la flèche lui frappa la cuisse, Samuel plaça la main à l'endroit où il devait simuler une blessure, leva les yeux au ciel et s'écroula de tout son long. Alors qu'il poussait un cri déchirant pour simuler la douleur, une seconde flèche l'atteignit en pleine poitrine et l'abattit sur place.

— Ils essaient d'entrer dans la tour par le nord ! cria l'archer plus haut.

— Bordel de merde ! lança Samuel.

Il n'arrivait pas à y croire. Comment avait-il pu être aussi imprudent ? Il tourna la tête. Thomas et Tony gisaient également au sol, tombés sous les coups d'épée de mousse brandies par ceux qui les avaient surpris près du dortoir. Samuel regarda en direction de la tour. Elle était si proche — à quelques pas seulement de l'endroit où il était tombé.

Samuel laissa tomber sa tête sur le sol humide. Au moins, il avait eu la chance de mourir dans l'herbe, qui était plus confortable que le gravier qui encerclait la tour. Il aurait détesté faire des trous dans le pantalon de cuir que sa sœur lui avait offert quelques jours plus tôt, à l'occasion de son anniversaire. Il s'étira pour toucher l'endroit où la première flèche l'avait atteint. L'impact avait été un peu plus douloureux qu'il l'avait anticipé.

Même si la pointe était recouverte de mousse, le squelette de la flèche était fait de graphite solide, et il aurait probablement une petite contusion le lendemain.

Samuel reporta son attention sur la bataille qui se déroulait tout près. Son équipe, dont les membres portaient des brassards rouges autour du bras pour les identifier, se défendait relativement bien contre l'ennemi, dont les brassards étaient bleus. Maintenant que les joueurs moins expérimentés étaient tombés au combat — dont faisait apparemment partie Samuel —, les meilleurs épéistes s'affrontaient avec plus d'adresse. Des duels intéressants prenaient maintenant place de part et d'autre du camp des Saxons.

L'un des membres de l'équipe de Samuel tenait une épée dans chacune de ses mains. Pour l'instant, il faisait face à deux adversaires, tandis qu'un troisième préparait une attaque de l'arrière. Le joueur breton pivotait lentement, ses épées pointant vers le sol devant lui et forçant ses trois adversaires à tourner avec lui. L'un des deux Saxons qui lui faisaient face décida soudainement de lancer une attaque, mais il rata sa cible. Le guerrier breton empoigna aussitôt le bras de son assaillant et le poussa vers son autre adversaire, qui lança un juron dès que l'arme de son coéquipier le frappa à la poitrine. Il s'écroula par terre, imitant Samuel et feignant d'être mort.

Le troisième soldat saxon leva un énorme marteau de mousse et l'abattit de toutes ses forces. Le Breton eut tout juste le temps d'esquiver le coup et de pivoter sur lui-même, se retrouvant aussitôt le dos contre son ennemi au marteau. D'un geste rapide, il plongea ses deux épées dans le corps de son adversaire, qui s'écroula au sol à son tour.

Au même moment, le guerrier saxon qui avait raté sa première attaque se lança sur le guerrier breton, qui lui tournait maintenant le dos. Toutefois, le guerrier breton s'accroupit pour éviter le coup et l'arme du Saxon rata de nouveau sa cible. Le Breton se retourna rapidement et exécuta une combinaison de trois coups dans les côtes de son adversaire. Ce dernier s'affaissa finalement au sol, tout près de ses deux compagnons.

— Wow ! dit Thomas qui avait aussi observé la scène. Il sait se battre celui-là.

Samuel n'arrivait pas à détourner les yeux du guerrier breton, qui portait un casque qui lui dissimulait le visage et une cotte de mailles faite en mousse. Ses avant-bras étaient protégés par une pièce d'armure faite du même matériel, et il portait un pantalon de style cargo. Samuel n'avait aucun souvenir d'avoir aperçu ce guerrier lors de leur arrivée au camping, et il ne pouvait deviner de qui il s'agissait exactement.

Le guerrier mystérieux se tourna brusquement vers Samuel, Thomas et Tony, puis s'avança vers eux. Lorsqu'un Saxon se dressa sur son chemin, le guerrier breton sauta sur la table de bois tout près, puis il fit une culbute au-dessus de la tête du guerrier ennemi, qui en demeura bouche bée. Sans même ralentir sa course, le Breton lui asséna un coup d'épée dans la nuque. Un deuxième ennemi tenta de lui barrer le chemin, mais le Breton glissa entre ses jambes, tout en lui poignardant le ventre au passage. Tandis qu'il roulait de nouveau sur ses pieds, il lança l'une de ses épées vers un troisième ennemi qui venait tout juste de sortir de la tour. Le pauvre Saxon hésita un instant, incertain de ce qui venait de se produire, mais lorsqu'il vit que Samuel l'observait, il s'écroula sagement au sol et fit le mort à son tour.

Samuel n'avait jamais vu personne se battre de la sorte. Même lorsqu'il était sur Metverold, l'univers parallèle qu'il avait découvert il y avait près d'une semaine de ça, où son rôle de Gardien de Légendes lui conférait une habileté extraordinaire avec une épée, il doutait qu'il puisse se défendre d'une façon aussi magistrale que le guerrier qui pénétrait à présent dans la tour.

Quelques secondes plus tard, Samuel entendit une pluie de jurons et de cris de surprise, tandis que le guerrier breton grimpait les escaliers de la tour. Les joueurs adverses n'eurent aucune chance, et en quelques minutes, il vit les archers tomber les uns après les autres au sommet de la tour. Il aperçut brièvement le casque du guerrier breton par-dessus le muret, puis il disparut et le calme s'installa de nouveau.

Après quelques instants, le guerrier breton réapparut sur le seuil de la porte de la tour. Il jeta un coup d'œil rapide aux alentours, puis il fit signe aux joueurs à l'intérieur de le suivre. Il se déplaçait comme un félin et se glissa rapidement à travers le camp, parant les coups des guerriers saxons qui tentaient de l'empêcher de s'échapper. Au pied de la tour apparut un autre joueur breton, qui portait une robe grise et sale, ainsi qu'une fausse barbe noire qui lui donnait sans doute des boutons. Le nouveau venu se mit rapidement à lancer des cris indescriptibles, tandis qu'il agitait les mains de manières absurdes.

— Boule de feu! lança-t-il brusquement, tandis qu'il ouvrait sa main droite vers un ennemi, qui feignit immédiatement de brûler.

— Bouclier de protection psychique! cria encore l'enchanteur, produisant un mouchoir vert de sa poche qu'il colla aussitôt sur sa poitrine. Allez, Malloy, suis-moi! Il faut se tirer d'ici au plus vite.

Lucien apparut à son tour dans l'ouverture de la porte de la tour et suivit le sorcier de près. Il gardait l'œil attentif aux ennemis autour de lui et tenait une immense épée à deux mains devant lui. Son corps était entièrement couvert d'une imposante armure de mousse, qui semblait être plus encombrante qu'efficace.

— Vas-y, Melrok, dit Lucien. Je te couvre!

Les deux garçons avancèrent vers la liberté en s'efforçant de suivre le guerrier breton qui les avait secourus. L'enchanteur Melrok lançait des sorts dans toutes les directions, tandis que Lucien aboyait des ordres à l'équipe des Bretons. Personne ne lui prêtait attention. Lorsqu'il tourna la tête pour s'assurer qu'aucun ennemi ne cherchait à les attaquer par derrière, il aperçut Samuel qui gisait au sol, son épée le long de son corps inerte.

— Samuel? Mais qu'est-ce que tu fous là?

Samuel haussa les épaules et balança la tête vers ses deux camarades, qui gisaient dans l'herbe derrière lui. Il aurait voulu répondre à Lucien que Thomas et Tony avaient gâché la tentative de sauvetage par leur impatience, mais il était mort et malheureusement, les morts ne parlent pas. Par contre, Tony semblait ignorer complètement cette simple règle.

— Je pense qu'ils tiennent votre sauveur, dit-il à Lucien. Vous feriez mieux de foutre le camp au plus vite.

Samuel balaya le camp du regard et repéra un petit groupe de soldats saxons. Ces derniers avaient réussi à encercler le guerrier breton qui avait libéré Lucien et l'enchanteur Melrok quelques instants plus tôt. Il compta cinq ennemis, qui se tenaient tous à l'écart du Breton. Plutôt que d'utiliser leur nombre pour se débarrasser rapidement de leur ennemi, les Saxons se jetaient des coups d'œil inquiets et faisaient attention de se tenir hors de portée des épées du Breton. Le mystérieux guerrier avait retrouvé sa deuxième épée et tenait le bout des lames pointées vers le sol, attendant patiemment la première attaque de ses adversaires.

Samuel décida d'ignorer les règles que devaient suivre les morts et se releva sur les coudes. L'affrontement promettait d'être spectaculaire et il ne voulait pas en rater une seule seconde.

Le soldat Breton jeta un coup d'œil derrière lui, puis il parcourut du regard les joueurs qui lui faisaient face. Il était évident que ceux-ci avaient été témoins de ses prouesses avec une épée, et aucun d'entre eux ne semblait particulièrement chaud à l'idée d'être le premier à se lancer à l'attaque. Ils demeurèrent plutôt immobiles, observant le Breton qui attendait patiemment qu'ils commettent une erreur.

Soudainement, deux des guerriers saxons s'écartèrent, révélant un archer qui se tenait derrière eux. Il tenait un arc devant lui, une flèche de mousse encochée. Faisant quelques pas vers le guerrier breton, il relâcha la flèche, qui atteignit sa cible directement sur le nez.

— Aïe! cria le Breton, tandis qu'il se débarrassait de son casque et de son masque.

Samuel était déjà fasciné par les prouesses du guerrier, mais il était maintenant abasourdi également.

À peine le casque fut-il retiré que le vent chaud d'été soulevait une masse de cheveux roux et bouclés, entourant le visage délicat d'une jeune fille. Elle avait de magnifiques yeux en amande, d'un vert plus éclatant que l'herbe qui l'entourait, et une bouche délicate avec des lèvres d'un rose pastel.

Par contre, le charme fut vite rompu lorsque les lèvres de la jeune femme se déformèrent pour devenir une grimace incendiaire.

— Espèce de petit imbécile ! cria-t-elle à l'archer. Vous allez me le payer, bande de connards !

Pendant un moment, la jeune fille aux cheveux roux étudia les six garçons qui lui faisaient face. L'instant d'après, ils étaient tous désarmés. Ne sachant trop s'ils devaient ramasser leurs armes ou se jeter au sol pour faire les morts, ils demeurèrent tous debout comme des imbéciles, à se regarder les uns les autres. La jeune femme fit un geste brusque dans leur direction et le choix fut alors évident pour les six Saxons : ils se jetèrent rapidement au sol.

— Par la barbe d'Odin, estimez-vous chanceux que ce soit des épées de mousse, dit-elle.

Elle tourna les talons et se précipita à l'extérieur du camp.

— Je me répète : Wow ! dit Thomas.

— Je suis bien d'accord, ajouta Samuel.

Les Gardiens de Légendes, Tome II

Les Géants d'Albion

En vente maintenant.

www.martinrouillard.com

Milton Keynes UK
Ingram Content Group UK Ltd.
UKHW021940281223
435087UK00005B/63